U0920467

魅丽文化
飞言情工作室

小情劫2
XIAO
QING JIE
纪十年
著

江苏凤凰文艺出版社
JIANGSU PHOENIX LITERATURE AND
ART PUBLISHING, LTD

图书在版编目（CIP）数据

小情劫. 2 / 纪十年著. — 南京 : 江苏凤凰文艺出版社, 2018.6
ISBN 978-7-5594-2146-3

Ⅰ. ①小… Ⅱ. ①纪… Ⅲ. ①长篇小说－中国－当代 Ⅳ. ①I247.5

中国版本图书馆CIP数据核字(2018)第106679号

书　　名	小情劫. 2
作　　者	纪十年
出版统筹	汪修荣　邹立勋
选题策划	飞言情工作室
责任编辑	胡小河　姚　丽
文字编辑	胡　月
责任监制	刘　巍　江伟明
出版发行	江苏凤凰文艺出版社
出版社地址	南京市中央路165号，邮编：210009
出版社网址	http://www.jswenyi.com
印　　刷	湖南新华精品印务有限公司
开　　本	880mm×1230mm 1/32
字　　数	311千字
印　　张	10.5
版　　次	2018年6月第1版，2018年6月第1次印刷
标准书号	ISBN 978-7-5594-2146-3
定　　价	36.80元

（江苏凤凰文艺版图书凡印刷、装订错误可随时向承印厂调换）

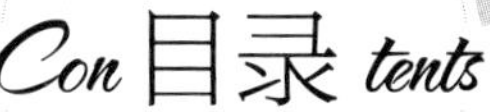

目录

Con 目录 tents

Con 目录 tents

第一章
烟花迷离之吻

某人情致很好地躺平，声音里透着喑哑："嗯？"

也就是这抹喑哑，提醒了某少女——现在到底是什么状况。

夜色旖旎，风光正好，情致甚佳，而她这是……

苍澜山别墅。

长夜漫漫，轻风吹进卧室，扬起柔软的纱幔。

周薄暮的吻落下来，印在俞绵绵唇上，将她刚说出口的话吞入唇舌。

明明是那样高高在上的人，明明曾经那样孤绝，却有着这世间最炽热的吻——

似火，一寸寸侵袭着她的神智。

俞绵绵呼吸发沉，恍惚中感觉牙关被撬开，唇舌相交。她的肌肤上泛起细细的鸡皮疙瘩，这种感觉就像是湿润的手指碰到开关，通了电般，让她更加的不知所措。

周薄暮丝毫不给她喘息的机会，低头，纤长的手指划过她的下颌、脸颊、耳根……

俞绵绵身子一阵激灵，喉口溢出一声低低的嘤咛。

声音太轻太细，如同糖丝一般划过男人灼热的心脏。

周薄暮的脊背几不可察地一顿，不可抑制地低笑出声。

空气里有三秒寂静，紧接着，身下的小女人爆发出一声挫败的哀号：这人怎么这样啊！

生气！俞绵绵一个翻身坐到了周薄暮身上，紧咬着腮帮子宣泄自己的不满。

周薄暮情致很好地躺平，一只手按在她柔软的腰身上，指尖摩挲着露出的一截细腻肌肤，声音里透着一丝丝喑哑：“嗯？”

也就是这抹喑哑，提醒了某少女——现在到底是什么状况。

夜色旖旎，风光正好，情致甚佳，而她这是……

俞绵绵差点被口水呛死，目光落在他身上：刚刚吻得激烈，他领口的纽扣都被扯掉了几颗，露出精致的锁骨，而在锁骨下边，紧实的肌肤、漂亮的肌肉线条……

“咕隆”，她吞下一口唾沫，手指掐在床单上，将一千二百针的埃及棉揉皱，再揉皱……

脑海里，两个小人叽叽喳喳地讨论着：

胖小人说：“矜持啊少女！”

更胖的小人说：“没错，这个时候得男人主动啊！”

于是，俞绵绵深吸一口气：“那个……”

“嗯？”

俞绵绵一咬下唇：“嗯！”

周薄暮挑眉，声色慵懒，带着不可描述的性感：“嗯？”

这哑谜打得很厉害了！

俞绵绵觉得自己濒临崩溃了，更崩溃的是，三秒之后，她听到了自己的声音，十分激昂，百分英勇，让她想一掌拍死自己。她说的是，“要不，我、我们继续吧？”

黑暗中，周薄暮眼眸晶亮。一秒、两秒、十秒过去了，他偏开头，将目光落在窗外，故作淡定道：“你脑袋里装的都是什么啊？”

俞绵绵撇了撇嘴，答道：“你啊。”

声音里有怯意，更多的是理所当然，跟所有精心准备的情话都不同，不煽情，甚至就这样没了后文，却让周薄暮眼眸眯起。

不过瞬间，他眉头松开，像是释然般叹道：“算了。”

俞绵绵一头雾水。

周薄暮没有再解释，伸手将她拉进怀里，抵在心口的位置，好久才低声道：“舍不得。”

声音很轻，像是自言自语。

窗外云雾淡淡，连带着眼前的温情，也如梦似幻。

周薄暮握住她的手，似是无意地摩挲着她的手心，那是刚刚她太紧张留下的掐痕……

让她有一丝丝犹疑与害怕？

他舍不得。

可是，以俞绵绵的智商来说，她没听懂。

她想了老半天，接下来应该说些什么暖场，在周薄暮怀里蹭了蹭，终于，在窗外一簇烟火升空后，俞绵绵歪头建议道：“要不，我们去庆祝一下？”

久别重逢又甜甜蜜蜜，庆祝一下怎么了？

俞绵绵认为很是合情合理了，甚至事后跟闺蜜李小疯总结道：这其实是个还不错的夜晚。

尽管，她刚说完就被李小疯打了一掌。

按李小疯的话来说，“兢兢业业坚持这么多年想睡到周薄暮，都滚到床上了，居然还能失败？有什么好庆祝的？烟花比男神还好看吗！”

俞绵绵无言以对。

因为，本该滚床单的一个夜晚，他们的确开车去了苍澜山顶，放了一晚上烟花……

很多人说，初心不改，方得始终。

周薄暮将路虎开上苍澜山顶的那十来分钟里，俞绵绵想了想，她的初心是什么。

是推倒男神？是嫁给周薄暮？不，是跨越重重阻隔与周薄暮并肩前行；是站在他身侧，堂堂正正，足够资格。

后来，周薄暮带她来到观景台上，烟火怒放时照亮了远处影影绰绰的摩天楼，照亮了半壁浩瀚星空。那一瞬间，俞绵绵觉得，这一路走来所有的辛苦都值了。

楼思危的心机、顾心的小伎俩还有星星点点的委屈，霎时间烟消云散。

于是，山顶石砌的围栏边，她的脑袋往周薄暮那边靠去。

如此温情的夜晚，两只脑袋像冬菇一般凑在一起，一定很有爱！俞绵绵眼眸一亮，却发现，学长太高，她压根凑不到。

要不怎么说理想很丰满，现实很骨感呢？

当她努力地踮起脚尖时，周薄暮一个侧身，挑眉看了过来：“你在干什……”

“么”字还没出口，俞绵绵往他腾空的地方一栽。

这样也很不错啊：千钧一发之际被学长拦腰截住，两人亲密贴近，可以说是非常软萌了！俞绵绵配合地闭上眼，直到——真的栽进草丛里。

最怕空气忽然安静……

俞绵绵从草里坐起来，半天没缓过神。倒是周薄暮，一脸平静地说完后半个字音："么。"

所以，学长，你的人生里就没有一丝丝震惊吗？！

你的字典里难道就没有"哇塞"之类的词吗？！

良久，俞绵绵缓过神来，深吸一口气道："你为什么不接住我？！"

"因为来不及。"周薄暮一脸坦然。

"可是电视剧里都是这样演的！"俞绵绵抗议道。

"电视剧里女主都是白痴，你是吗？"

"当白痴女主有什么不好……"俞绵绵极小声地嘟囔，"至少能亲亲抱抱举高高。"

就在她拍拍手准备起身时，周薄暮弯下腰将她抱了起来。

惊呼声响起，俞绵绵的心怦怦乱跳，只感觉裙裾在空中划了一道优美的曲线，然后，她被平稳地放到了石砌栏杆上。

周薄暮低眉道："我喜欢这样。"

"哪、哪样？"

"拥抱加举高高同时进行。"周薄暮淡然道，"简单高效。"

俞绵绵寻思了一会儿：可是这样算吗？

周薄暮嘴角微勾，补充道："这样，能把时间放在重头戏上。"

"重头戏是什么？"俞绵绵不解。

周薄暮看着她身后的夜空与云雾，一手揽住她纤细的腰身，俯身靠了过去，薄唇移到她耳边，低声吐出一个词："亲亲。"

几乎是同一刻，他覆上她的唇。

五百五十四米的苍澜山顶，一吻深深。

夜风将她的长发扬起，天与地之间，喧嚣褪尽，仿佛只剩下他与她，唇齿亲昵。

同一个夜晚，同一座苍澜山，好巧，也是在同一片绚烂烟花下。

半山腰上，秦唐倚靠着迈凯伦车门，一口饮尽水晶杯里的红酒。眼前云雾淡薄，摩天大楼与灯塔映射出璀璨光芒，整座城市熠熠生辉，可在他眼里却不值一提。

红酒一杯接着一杯地倒，水晶杯一次又一次地空了。

睁开眼，万家灯火里没有一盏灯会为他亮起；偌大的城市里，不会有一个人为他停留……

闭上眼呢？

秦唐迎着山腰吹来的风，对着疏朗月光，将双臂展开。

他在想什么呢？那都是很久远的事了。

六岁，俞绵绵试着逃出澳园七号，遇到在花园里踢球的他，如果他没有躲开那个青涩的吻；十五岁，俞绵绵在笔记本扉页上写“周薄暮，你的名字比我生命更重要”，如果他没有为此与她冷战半个月；十八岁，俞绵绵一心要考C大建筑系，如果他没有帮她补习；二十一岁，她酩酊大醉的那个晚上，如果，是他先赶到西街Club……

这一切会不会不一样呢？

如果你也在这里，你可以见到一个男人最孤独的样子，明明眉目英挺，明明嘴角带着笑，却莫名地让人觉得伤心。

所以，即使是身为路人甲的小鲸鱼，也看得出了神。

她出神的后果是：试探性地将手里拿着的东西扔了过去。

于是，洛城内以风流闻名的秦家小公子，就这样被一颗黏糊糊的糖炒栗子砸了。偏偏面对一个浑身酒气的小女生，他发作不得。

“你是神仙吗？”她晃动双臂准备Say Hi，又不禁感慨道，“长这么好看，不是神仙就是妖怪了……”对面，秦唐抱臂，目光在那张稚嫩脸蛋上停了两秒，然后转身走人，全程没有一丝搭理她的意思。

“喂喂喂！”小鲸鱼回过神来，握着他放下的水晶杯，“你的杯子不要了吗？”

没有回音。

“你的酒不要了？”

没有回音。

小鲸鱼将迈凯伦引擎盖拍得啪啪作响：“那车呢，车还要不要？”

终于，秦唐停下脚步，看了她一眼：月光下，少女一脸笑逐颜开、明丽可爱。他久久地看着她，眼眸里忽地闪过一抹深沉。

四目相对之际，小鲸鱼觉得自己酒醒了，不然她怎么能看清一个陌生男子眼底的深情呢？搭讪她试过，爱情她遇到过，可是这样的目光却是绝无仅有地撩拨人心。

她目瞪口呆，看着他一步步走近，如同盖世英雄脚踏七彩祥云。

终于，她一掌盖在自己额头上，疯了疯了！

再抬头，眼前是好看到宛若明月的一张脸，她干咳一声，正经道："你好，我是小鲸鱼，很高兴……""认识你"三个字没来得及说出口，手臂被拽住，与他一起闪到了迈凯伦车门后。

后来啊，凉风吹啊吹，小鲸鱼是真的清醒了。

醒了才能看清楚，苍澜山 B 道上，一对情侣并肩漫步下山：少女手腕上还牵了一只幼稚到没话说的气球，蹦蹦跳跳地绕着旁边身形修长的男人打转。

"他们在热恋。"小鲸鱼摸着下巴定义。

抬头，对上近在咫尺秦唐的脸，她笑眯眯继续道："你看呐，那个男人虽然脸色淡漠，看起来冷冰冰的，可是……看向身边那个弱智少女时，眼底有温暖。"

"你说什么？"秦唐开口。

小鲸鱼此刻脾气很好，耐心上佳，又给重复了一遍："我说他眼底有温暖。"

"上一句。"

"弱智少女。"小鲸鱼重复道。

话音刚落，秦唐撤回手，原本没站稳的某鲸鱼"咚"的一声摔在了地上。

"你干什么呀！我都给你自我介绍了，我们不是朋友嘛！干什么这么冷冰冰……"她一脸委屈。

B 道尽头，那对男女走了很远，秦唐收回目光："我们不是朋友。"

他将手插进口袋里，朝截然不同的 A 道走去，"我不需要朋友了，再也不需要了。"

小鲸鱼走过很多路，喝过很多酒，体验了种种不同的人生，但是，这是第一次，见到有着这样目光的男人。

看着他走远，她习惯性地掏出手机在备忘录上打了一串字。

后来，洛城的月光照亮了那句话，她写的是：世间千万人，有一种如他，以不羁来掩饰孤单。

后来，汽车停在别墅院子里。

周薄暮解开安全带，将睡着的俞绵绵抱回床上，小心翼翼地护着，弯腰替她掖好被角，周薄暮的视线落在她脸上……

那时候已经很晚了，整座房子、甚至整座苍澜山都安静了下来，房间里月光盈盈，他的影子与她的影子重合，静谧、安详，就连身边一盏落地灯浅浅的光都变得温柔起来。

一切都有种地久天长的架势……

他就这样看着，好久才发现，自己既不是坐着也不是站着，而是不太舒服地弯着腰，不太舒服地凑近她。回过神后，他自嘲一笑：他智商一百八，自诩冷漠淡然，居然有现在这样的时刻。

可是，这样的走神，这样的犯傻，莫名地让他想到两个字——圆满。

原本孤绝而高高在上的人生，变得温暖热闹。

他想摸一摸她泛着粉红的脸蛋，手刚伸出去，俞绵绵像是感应到了一般，抱住了他的掌心，嘴里嘟哝了一句："学长……"

周薄暮皱眉，他凑过去，听到她含糊地说："学长感冒了，明早不要喝凉水了……"

周薄暮的手停在半空中，好久，嘴角勾出一道弧度，俊逸、翩然。

他的确有每天早晨喝凉水的习惯，而不久之前，在苍澜山B道上，他也的确咳嗽了。

那时候，一场烟火到了尾声，他们沿着山路漫步，他的心思何其细致，怎么看不到山腰上那辆扎眼的迈凯伦？怎么会忽视那道熟悉的人影？

周薄暮手握成拳，抵在薄唇上，几声轻咳吸引了她全部的注意力。

然后……

哪有什么然后，输就是输，赢就是赢，成王败寇。

再睁开眼时，周薄暮和衣躺在她旁边，很微妙，更微妙的是，时钟指向八点十分，刚刚好，上班之前她还有时间做早餐。

俞绵绵从床上爬起来，迈着小碎步往房间外面挪，好不容易手碰到房门把手，又一脸纠结地看回来：学长睡着的样子……帅到爆炸啊！

如果说醒着时他清冷淡漠，充满禁欲系诱惑；那么睡着就是无瑕美好，恍如神祇。

真让人纠结啊！俞绵绵掐了掐手心，咬牙跺脚，再度挪了回去。

摸出手机，关掉声音，俞绵绵靠在床沿边摆了好几个姿势：猫爪加嘟嘟唇？不行，太招摇。对着学长粉嫩的薄唇亲上去？不行，太直接。或者，悄咪咪解开学长上衣纽扣，大胆狂野一点？不行不行，俞绵绵摇头如拨浪鼓，脸颊也跟着粉了一粉。最终还是打开相机，聚焦的同时，亮出了剪刀手。

就在她按下自拍键的瞬间，身后轻风一起，耳畔也跟着一热。

她，她被偷亲了？

俞绵绵转头，周薄暮好看到天妒人怨的脸近在咫尺，甚至舔了舔嘴角，性感又诱惑。

她看得耳根一热："你你你……"

周薄暮被她发愣的样子取悦到了，毫不犹疑地压下来，在她的唇上舔了一口。

俞绵绵手上跟着发软，定制版手机眼看就要落地开花，周薄暮长臂一伸，稳稳接住。

脑袋卡壳了三秒，俞绵绵嗓子抖了抖："学长！你什么时候醒的？！"

"刚刚。"他漫不经心地点了点屏幕，顺口道。

还好！俞绵绵刚要松口气，就被周薄暮一句话吓得咳出声："就在你幻想着早餐做满汉全席，并且碎碎念的时候。"

俞绵绵好不容易稳住呼吸："你骗我？"

"你偷拍我。"

俞绵绵："你……你还偷亲我！"

“你都可以偷拍我，为什么我不能亲你？”周薄暮一脸坦然。

俞绵绵哑口无言。

“所以……”周薄暮举起手机，随意地按了几个键，拍下了某少女炸毛的几张照片：无一例外，都是帅到掉渣的一张脸边上凑了一张肉嘟嘟、粉嫩嫩的苹果脸。

所以，为什么不让她好好摆拍一下？！

俞绵绵抬起头想要抗议，周薄暮适时低头，亲吻上她的唇，与此同时，长指按下自拍键，镜头一闪，晨光熹微，一吻甘甜，如油画般美好的一幕永远地留存下来。

良久，周薄暮低沉道：“你可以正大光明地拍我，任何时候。”

你永远不必躲躲藏藏，不必畏畏缩缩，在今后的人生里，你不用在乎任何人的眼光，无论何时何地，我是你的。

咕咚！俞绵绵心里刚冒出一个粉色泡泡，就听到周薄暮幽幽地开口：“口水流出来了。”

说完，他举起手机作势要拍下。俞绵绵赶紧把手机抢过来，擦着口水逃跑了。

周薄暮靠在床沿边，淡淡的日光落在眼角眉梢，温柔一片，美好一片，他微微勾起嘴角，自言自语：“所以，作为交换，我也可以正大光明地亲你，你是我的。”

世间千千万万人，你是我的，你只能是我的。

理想跟现实有多远呢？

大概就是一碗红烧肉里，你瞄准了一坨精致喜人的肉，咬到嘴里，却发现是颗蒜。

这个早上，俞绵绵打算做红烧肉盖浇面。

她觉得，不太顺利。

她在微信上求助李小疯，最开始提问是这样的：请问，怎样做一份红烧肉浇汁？

到后来画风急转，提问变成了这样：请问，烧肉烧到锅里着火怎么办？

李小疯知道她是在周薄暮家做饭之后，反应相当冷静：没事，锅烧坏了再买就好了。

俞绵绵小心翼翼地问：那房子呢？

李小疯：没事，他不差房子。

俞绵绵：……

周薄暮在跑步时就觉得哪里不太对，后来一想，大不了就是把厨房烧掉，权当给她做实验了。但真的闻到焦味时，他还是忍不住去厨房看了一眼，然后，心服口服了。

彼时，早餐已经上桌，黑到完全无法区分这是一碗面，还是一堆垃圾。

周薄暮立刻想到了俞绵绵窝在他家时看过的电视剧，女主角下厨，无一例外都是这种结果，然后他释然了，指尖嫌弃地将那些东西推到一边。

跟电视剧里演的不一样！俞绵绵睁大两只眼睛，委屈巴巴地看着他："你为什么不吃光？"

"我又不傻。"

"跟傻有什么关系？"她没懂。

周薄暮走到厨房里，打量了一眼剩下的食材，顺口道："跟你有关系。"

俞绵绵想了好久，似乎才回过神：学长拐弯抹角地说她傻！

她跟在周薄暮身后，居然看到他开火、煎鸡蛋、烧水、下面条，十分钟后，两碗鸡蛋面上桌，他拿起筷子，淡淡道："肉都被你……"

他想了想措辞，继续道："烧光了。所以只有鸡蛋盖面了。"

烧、光、了……

俞绵绵脑仁有点疼。

周薄暮瞥她一眼，状似无意道："以后我做饭。"

"嗯嗯？"俞绵绵还没回过神来，以后？

周薄暮表情有些不自然，连喝了两口凉水："就这样决定了。"

俞绵绵想了一圈还是没察觉到问题在哪里，点头如捣蒜的样子在周薄暮看来很萌，接着，她说出口的话更萌，她说的是："那以后，我负责洗碗吧。"

岁月温柔，来日方长。

这样的约定没有玫瑰钻石，柴米油盐低到尘埃里，却显得更隽永悠长。

真好。

李小疯也觉得真好啊。

她看着俞绵绵手里的信用卡，心都跟着滴血：“你拿着黑卡，去买洗碗机？”

不会太过分吗？

俞绵绵其实不知道黑卡有什么不同，自然也不知道偶像剧里对黑卡有这样的解释：如果天上飞的波音 747 有货，你随时可以刷一台走人。但是她记得，有次学长带她去超市买菜，刷的就是这张卡，当时收银员的脸先是白了，后面又变红了。

算了，俞绵绵决定先不管别的，她今天的任务是买台洗碗机。“烧厨房”事件后，她幻想的“小厨娘”人设彻底崩塌，她试着在周薄暮面前挽回尊严，比如：“我虽然不太会做饭，但是……”

周薄暮：“去掉‘太’。”

俞绵绵：“哦。”

学长依旧分分钟能把天聊死。不过这次不同，他给了俞绵绵一天假期，还有一张卡，让她选购一台洗碗机回家。俞绵绵第一时间想到约李小疯出门，没准还能杀价。

李小疯对此翻了个白眼，拿着黑卡杀价，多像精神分裂症患者！可是她忽然又想到一层，感慨道：“这卡不是限量吗？也不知道秦家小公子有没有。”

——秦唐。

俞绵绵愣了一瞬，那个夜晚、滚落唇边的吻、他离去的背影，无一例外地刺痛了她的心，多少天来，她选择不再提起，这算不算是一种逃避？

李小疯也在问：“真的不去见一面？毕竟……”

毕竟，是秦唐。

俞绵绵很久都没说话，漫无目的地在电器城里逛着，她试着转移注意力，只好东摸摸饮水机，西摸摸消毒柜，李小疯拉了一把她的袖子，问得小心翼翼：“你这样对他，会不会不公平？”

俞绵绵顿了一下，埋头道：“我再联系他，那才是真正的不公平。”

李小疯明白了，像俞绵绵说的一样，不能出现在他今后的人生里，不去打扰，这才是基本的尊重啊。或许，就因为他是秦唐，她再难过、再痛苦，也只能假装什么事都没发生过。

那一瞬间，李小疯懂了一句话：不是所有的放弃都冰冷无情，不是所有的痛苦都有声音。

俞绵绵能怎么样？依旧笑嘻嘻地生活，在他需要时，第一时间出现，以朋友的身份。

俞绵绵勉强地笑了笑，还没说话，身后传来“砰”的一声响。

两人都被吓了一大跳，一回头，发现一个女孩手掌拍在桌上，眼睛鼓得圆乎乎的，见她们回头，赶紧又拍了一下：“好！”

什么好？哪里好？

俞绵绵吃了一惊，女孩叉着腰，人虽然瘦弱，但气场却是百分百的足，一个箭步从烤箱柜台后面冲过来，俞绵绵都怀疑这人是来打架的，心想着要不要躲开，手就被她握住了。

“我觉得你说得太好了！你叫什么名字？偶像，你是我偶像了。”女孩冒着星星眼，一拍大腿道，“你说怎么我的情敌们就没这种觉悟？”

俞绵绵彻底凌乱了，讪讪地抽回手，又被她一把握住：“我叫小鲸鱼，偶像您贵姓？”

一脸诚恳的样子把李小疯也吓着了。

后来，俞绵绵才知道，这位自称小鲸鱼的奇葩是电器城的销售员，并不是什么神经病。

于是，那个下午，俞绵绵非但买到了洗碗机，还听了小鲸鱼一个小时的唠嗑，从她最近暗恋的宅男，她的白莲花情敌们，再到她一个纤纤少女为什么会卖烤箱，全交代清楚了。

而刚刚拍桌子、叫偶像纯粹是有感而发：她最近看上的宅男被几朵白莲花缠上了。小鲸鱼幻想着全世界的女人都跟俞绵绵这样，最好是自觉地从她的宅男跟前消失。

事后，李小疯一脸佩服道：“一个卖烤箱的，顺带卖了个竞争对手的洗碗机给你，现在的少女，脑回路不一般呐。”更不一般的是，这位少女还阐述了自己的理想：希望有朝一日能买台烤箱回家，躺在床上，等着蛋挞熟，然后一口咬下去，人生圆满了。

回苍澜山的路上，俞绵绵又感慨了一遍“世界之大无奇不有”。手机响了起来，是小鲸鱼发的微信：偶像，感谢你加我好友，有时间我们一起探讨爱情的真谛，好吗？

俞绵绵看着屏幕上“认真脸”的表情大感头疼。

然而，更头疼的是，从这天以后，小鲸鱼就在她的人生里屡屡刷新存在感了。比如：别人订的洗碗机是安装师傅送货上门，而俞绵绵买的……一打开门，她看到了扛着包装箱的小鲸鱼。

“哟呵！这是你的别墅啊？”小鲸鱼将包装箱放在厨房后，兴奋到恨不得围着客厅跑个两三圈。

“不是，不……”俞绵绵一个字音没出口，小鲸鱼像是发现新大陆了：“哟呵！那是你的车？”

俞绵绵顺着她的视线看过去，院子里的路虎刚停稳，周薄暮从驾驶位下来，正朝主楼走来。她有种不太好的预感，果然，小鲸鱼一拍腿：“哟呵！这是你男人啊？”

彼时，周薄暮刚好开门进来。

三个人你扫扫我，我看看你，气氛莫名的诡异。

周薄暮眉毛一挑，视线落在俞绵绵身上，居然是在等她的回答。

“是吗？是吗？”小鲸鱼一脸八卦道。

而周薄暮，懒懒抱臂，嘴角勾出一抹颠倒众生的微笑。

学长，你这是犯规，你知不知道！俞绵绵压住心口咆哮，生怕小鲸鱼少女心荡漾、猛攻周薄暮，只得狠狠点头：“是是是！”

小鲸鱼当即立正，甜滋滋地喊：“偶像姐夫！”

然后，俞绵绵从指缝里看过去，周薄暮笑得腹黑极了。

学长，你再这样幼稚我会抛弃你的！我真的会的！俞绵绵撇嘴，紧接着一上午都被小鲸鱼拉着探讨人生和爱情。

“偶像，你喜欢的人不喜欢你，怎么办？”小鲸鱼捧着热茶，兴致盎然。

俞绵绵扶额："追。"

"追了以后，他还是不喜欢你呢？"

俞绵绵叹气："再追。"

小鲸鱼在手机备忘录里记录，明显没领会其中真谛，狗腿地坐得更近了些："那万一他还是……"

女生们的茶话会实在没什么营养，在一旁看书的周薄暮终于抬起头来，推了推精致的平光眼镜，顺口道："不会的。"

俞绵绵回过头去，周薄暮不知道什么时候已经走到她身后，视线交会，他弯腰就着她手里的热茶喝了一口，声色慵懒："她喜欢的人，也喜欢她。"

小鲸鱼："……"

房间里寂静一片，俞绵绵看着他唇上的湿痕，脸蛋烧红：天哪，以前还只是闷骚，现在当着外人的面也能撩了？！

她吞了口唾沫，深深地觉得，小鲸鱼的影响力真是……了不起！

沙发另一边，小鲸鱼捂着脸"嗷呜"一声叫，直道自己受了一万点暴击，这画面实在看不下去了。没多久，小鲸鱼觉得自己完全是五百瓦电灯泡，连滚带爬地撤了。

大门关上，俞绵绵终于松了一口气。

这个下午，她对小鲸鱼的了解又深入了一分：单细胞少女，喜欢上一个宅男，最大的烦恼是不知道应不应该为了宅男，伪装一段时间的宅女。

俞绵绵很羡慕这种人生，简单快乐，不用担心焦虑症再发作、再度刷爆信用卡；也不用害怕哪天楼思危改变主意又回国对付她了。

是了，她名义上的哥哥楼思危回欧洲了；"那边"也一直没再找过她。俞绵绵虽然表面上没心没肺，这段时间却一直在留意国际新闻，如果楼家的家主、她的外公楼善文病情恶化，一定会有新闻爆出来，到时候，她还能不回去吗？

俞绵绵只能安慰自己，没有消息就是好消息——至少，现在的她是自由的。

周薄暮拥上来的时候，俞绵绵正在厨房里洗杯子。

他的下巴蹭在她的颈窝上，酥酥麻麻的，他闷闷道:“麻烦精终于走了。”

水流过指尖，俞绵绵耳根发烫：“唔。”

周薄暮凑到她耳边：“怎么谢我，嗯？”

俞绵绵果然歪头想了半天，身子忽地被他掰正，两人面对面，风轻轻吹，挂在厨房门上的风铃摇啊摇，叮叮当当一片响声里，她红着脸踮起脚尖，想在他唇上啄上一口。

踮脚，再踮，呼吸缠绕，四目相对，她懊恼地扶额:“太高了！亲不到，啊啊啊！”

周薄暮嘴角一勾，“没关系，我会弯腰。”

一吻甜甜，风铃依旧叮叮当当的响，连滴滴答答的流水声都显得清越非常……

某知名社交软件上，有这样一个提问:跟男神交往是怎样的一种体验？

俞绵绵觉得自己可以去回答这个问题了：随时随地都有情敌出没，同事是情敌，上司是情敌，一块招牌砸到十个女人，其中八个都有可能是情敌。

比如说，现在……

世贸大楼奢华的电梯里，周薄暮正在回复手机邮件。一束灯光从头顶照下来，将他的轮廓勾勒得利落俊朗，就连敲在屏幕上的手指也漂亮到无可挑剔……

周围两个女生低低地议论着，俞绵绵竖起耳朵听清了几句：

“好帅啊，不知道他有没有女朋友？看着就心动耶！”

“想上就上呗，旁边这个是保姆吧？反正连你的手指头也比不上。”

俞绵绵看了眼反光镜里的自己，她，保姆？！

今晚的饭局是 BN 设计协谈与 Jone’s 广告公司的合作，正经八百的商业餐会，本来轮不到她出席，被周薄暮带来学习，她可是好好打扮过一番的，哪里像保姆了！

俞绵绵重重地呼出一口气，将刘海吹得高高的。

两个女生并没意识到她的不悦，反倒是拿出了手机偷拍——这就过分了。俞绵绵下意识地往周薄暮身边凑近，昂首挺胸挡住了摄像头，只差比个剪刀手了。

动作幅度有些大，周薄暮从邮件里抬起视线，淡淡道："怎么了？"

"哼，没什么。"某少女傲娇地偏过头。

电光火石间，周薄暮伸手挡在了她脑后，动作很轻，连俞绵绵自身也没发觉。

三十二秒之后，电梯升上顶层的星光餐厅。

俞绵绵跨出电梯后，周薄暮再自然不过地放下手，原本他护住的位置露出尖锐的广告牌棱角，擦红了他的手背，他却浑然不觉。

电梯里两个女生面面相觑，空气里一片静谧。

周薄暮收好手机，视线冰冷地掠过刚刚出言不逊的那位。一秒，两秒，三秒，电梯门关上的瞬间，他眼眸冰寒，冷然一笑："不自量力。"

•

第二章
重逢在星光璀璨时

俞绵绵一个踉跄，被人接住。她低头，看着揽在腰上的手——显然不是学长啊！

对面，周薄暮面沉如水；身后，秦唐勾唇缓缓道：“好久不见，有没有想我？”

声音不大不小，随着关门声响起，能保证不让外边的某人听见。

随后，香槟色电梯门打开，周薄暮停在俞绵绵跟前，看着她皱得像包子一样的脸，眉尖轻扬，仿佛从来没有冷言冷语，从来没有面色如霜。

“学长……你、你干什么去了？”她刚刚只顾着傲娇了，埋头往前边走，才发现学长压根没跟上。

周薄暮抱臂，看着她红扑扑的脸蛋，像熟透的苹果，一定很甜。那瞬间他忽然在想，为什么要带她来这样正式的餐会呢？现在他好想把她的头发揉乱怎么办？

“学长！”俞绵绵没得到回答，脸蛋更红了一些。

周薄暮将擦红的右手收在身后，另一只手拍了拍她的脑袋瓜，拍着拍着，他忽而嘴角一弯。那时候灯光柔和，从他身侧照过来：清亮的眼眸，明亮的微笑，这一切太美好，足以让俞绵绵所有的郁闷烟消云散。

她仰头看着他，满脑子都是一句话：这么好看的男人为什么喜欢我，是不是瞎？

想着想着，她也跟着笑弯了眼角。

远处的宴会厅里传来婚礼的钟声，司仪庄重地宣布：“现在，新郎可以亲吻新娘了。”

琴声与欢呼声交织，俞绵绵甜甜地笑，忽然觉得这一天、这一刻很美好。

周薄暮：“听到了吗？”

俞绵绵：“嗯嗯？”

周薄暮：“可以亲亲了。”

话音刚落，他弯腰，想在她红扑扑的脸上印上一个吻。

很庄重，很正式——俞绵绵扑哧笑出声，往后退一步，甜蜜蜜地躲闪。

后背忽然撞到了什么，电光火石间，耳边有风声擦过。

俞绵绵腰身被揽住，与此同时，“砰”的一声沉闷响起。

然而，摔在地上的，不是走廊里摆着的大花瓶，也不是什么服务生手里的红酒托盘，而是一个活生生的人。

倒地的女孩子一声哀号：“谁？！谁暗算我？！”

俞绵绵心肝一颤，天地良心，她刚刚是撞到了这人，可是她一个晚餐都没吃的少女，再大力也不至于直接将人撂地上吧？俞绵绵纳闷，皱眉看向满脸怒意的女孩。

女孩拍拍裤腿，一双圆溜溜的眼睛瞪了过来，与俞绵绵视线交会后，两人都是一愣。

“偶像？！”

“小鲸鱼？！”

两道惊呼声同时响起，俞绵绵还陷在“洛城为什么这么小”和“这家伙是不是在跟踪我”的震惊里，忽然发现小鲸鱼的目光不太对……

不，是超级不对！

俞绵绵低头，看着揽在腰上的手：五指纤长，骨节分明，力道把握得刚刚好，温柔却有力——明显是一个男人的手。

而这个男人……不是学长！

对面，周薄暮长身玉立，面沉如水；一旁，小鲸鱼满脸讶异，笑容停顿在嘴角；而身后，男人呼吸浅浅，启唇缓缓道：“好久不见，有没有想我？”

明明是轻佻的戏谑，嗓音里却分明透着些许喑哑。

俞绵绵猛然转身，男人嘴角微勾，夕阳透过玻璃幕墙照进来，在璀璨的光芒里，俞绵绵忽然想起了这样一句话：人生若只如初见。

时光轰然倒退，回到十七年前的盛夏：她是从劳斯莱斯车里跳下来的小不点，而他，是澳园里气宇轩昂的遛狼少年。

俞绵绵嘴唇发颤，道：“秦……唐？”

是秦唐，不是秦小唐。那个晚上的吻已经成为她心底的一个疤，他和她到底是回不去了。

秦唐的手顿在空中，终于还是收了回去，再自然不过地插回口袋里。目光再扫过来时，他眼底晦涩的光早已荡然无存，嘴角依旧挂着不走心的浅笑。

“嗯？”他挑眉，目光里透着倦懒，道，“小绵绵。”

俞绵绵下意识地往前走了一步，她脑海里乱糟糟的一片，只有一些片段不断地闪动，是小时候的，笑的、哭的，仿佛无穷无尽。直到手腕上一紧，一股强势的力道插进来，将她生生往后拉了一步，毫无犹疑，毫不妥协。

她当然不知道，甜蜜的昵称、轻巧的三个字，听在某人耳中完完全全罪不容诛。

俞绵绵浑身一怔，看向这抹力道的主人，道：“学长……”

周薄暮薄唇紧抿，眼底一片倨傲，道：“站在这里。”

俞绵绵一时间如梦初醒。

“秦公子。”周薄暮前进一步，嘴角勾起一抹冰冷的浅笑，说，“好久不见了。”

秦唐漫不经心地挑唇笑了笑，道：“也没多久。这么巧你们也来吃饭？”

俞绵绵看着两人交谈，一时间沉默也不是，插话也不是。倒是小鲸鱼，恍然大悟道：“秦小唐你认识我偶像姐夫？”一句话出口，俞绵绵还在深深的震惊中：秦、秦小唐？！小鲸鱼和秦唐认识？俞绵绵整个人都凌乱了，自然没意识到“姐夫”俩字出口后，秦唐眼眸一冷；而周薄暮，十分不客气地笑了。

十分钟后，俞绵绵在想，这可能是本年度最匪夷所思的饭局了。

她坐在周薄暮与秦唐中间，看着对面小鲸鱼天真无邪的笑脸，很想把脸埋到水杯里。

“干脆淹死自己好了……”俞绵绵埋头碎碎念。

周薄暮瞥到她生无可恋的表情，嘴角微勾。俞绵绵抬头，恼火地朝他瞪过去——

她的心跳得很快啊！谁知道会有这么一出！谁又知道小鲸鱼常提起的那个：相貌平平、生活无聊、嘴巴毒辣的宅男会是秦家小公子？都这样了还相貌平平？

刚刚在电梯间里她拉了好几把周薄暮的袖口，示意他赶紧去商务饭局。毕竟他们是真的约了 Jone’s 广告公司的人会面啊！可周薄暮呢，伸手揉乱了她的头发，开口道：“秦公子赏脸吃个饭么？”那一瞬间，俞绵绵差点儿崩溃。更崩溃的是，秦唐笑意不减，点头同意了。

而现在，这两个人居然坐在一起聊经济和格局？

俞绵绵不敢松懈，绷紧神经留意他们的聊天内容，生怕涉及一个敏感点，不是小公子翻脸掀桌子，就是冰山学长的眼神把她秒成渣。可围观了老半天，两个男人居然还聊得挺和谐。俞绵绵怀疑自己看错了，当然，以她的智商和敏锐程度，不可能感受到杀气弥漫。

俞绵绵小口地喝水，手机震动，好几条微信消息发了过来，无一例外都是 BN 设计的同事知道周薄暮取消了商务会餐，都来她这里打听内幕消息了。能有什么内幕啊！俞绵绵清楚地记得，餐会接待员早早就等在大厅里了，见周薄暮没有丝毫参会的意思，小心翼翼地提醒道："周先生，Jone’s 的代表已经在等了。"

周薄暮说了什么？他说的是："那就让他们等着。"

俞绵绵扶额，恰好服务生将菜单递了过来，她刚接过，就听到小鲸鱼轻快的声音："我要肋眼牛排，八分熟。"

服务生尴尬道："小姐，牛排没有八分熟。"

俞绵绵不懂太复杂的餐桌礼仪，但是从小跟在秦唐身边，贵公子的做派见多了，这些还是知道的，几乎没人会点双成熟的牛排，尤其是在世贸顶层这样的高级餐厅。

俞绵绵踹了秦唐一脚，示意他帮小鲸鱼解围。秦唐无可奈何地看过来，扯了扯嘴角，漫不经心道："所谓几成熟只是英文翻译而已。"

"可是我就喜欢……"小鲸鱼嘟囔。

"所以，你是白痴吗？"秦唐语气淡淡的。

这算哪门子解围？俞绵绵瞪了他一眼。秦唐察觉到她的目光，嘴角一勾，道："不过，你可以。"语调沉沉，声色温柔，甚至补了一句，"在我身边的人，想做什么都可以。"

俞绵绵心脏猛地一跳，好久才反应过来他是在接小鲸鱼的话。

可是，真的是吗？

俞绵绵手指掐紧，秦唐已经移开了目光，刚刚那道凝视的目光，是幻觉么？

另一边，小鲸鱼心花怒放道："那好的，我就要八分熟，你们的厨师如果不会做，就该下岗啦，聘我吧！”俏皮的问句到底让气氛轻松了一些。俞绵绵不由地跟着问：“你会做菜？”

小鲸鱼一脸骄傲，斜睨秦唐一眼道：“当然啦！这几天一直是我在照顾某人。”

秦唐声色冰冷，不甚客气地拆台：“没有。”

“明明就有——”

两人一本正经斗嘴的样子，让俞绵绵笑出声来，问：“所以你们是怎么认识的？”

“偶然相遇，一见钟情！”小鲸鱼笑眯眯道。

话音刚落，周薄暮的手指敲在桌沿上，在一片静谧里眼观鼻、鼻观心。

俞绵绵条件反射就想调侃几句，对上秦唐沉静的视线，到喉咙口的话又“咕咚”咽了回去。真要命啊！她讪讪地笑，去摸餐桌上的水杯，手一抖，半杯水倒在了裙子上。

“怎么这么不小心？”周薄暮伸手去拿纸巾，几乎是同一时刻，秦唐将纸巾递了过来。

两个男人目光交会，一个冰冷淡漠，高高在上；一个优雅不羁，嘴角透着丝丝笑意……

俞绵绵听见了自己慌乱的心跳，也清楚地看到，一左一右两个男人脸色都很微妙。俞绵绵掐紧手指，以最快的时间拟好了对策：三十六计，跑为上计。

“我自己可以的！”说完，她直奔洗手间。关键时刻，保命真的很重要。这样尴尬的饭局，就不要再有了好吗？俞绵绵心惊胆战，自然不知道，在她转身的那瞬间，两个男人脸上的笑意荡然无存，餐厅里气压骤然下降。

“遗憾么？”周薄暮把玩着餐刀，顺口道。

秦唐的关心藏得很好，他眼底的深情也藏得很好，可是周薄暮却能一眼看穿。

大概这就是命中注定，旁人觊觎俞绵绵，哪怕只是多看一眼，他都觉得芒刺在背。

秦唐靠在椅背上，如沐春风地笑了，道：“还好。”

目光交会，杀气腾腾。

小鲸鱼一口前菜塞进嘴巴里，再心大也发现异常了，问：“你们在说什么呀？”

秦唐抿了一口红酒，畅快地笑了笑，道：“我们在说窈窕淑女，君子好逑。”

后来，秦唐也觉得不可思议。明明他已经决定放弃了，明明他也打算消失在她的世界里，为什么，还是会出现在她面前？

世贸大楼顶层，星光餐厅里，香烟的火忽明忽灭，他的视线变得悠远。当俞绵绵从洗手间出来时，看到的是这样一幕：秦唐斜靠在落地窗前，北去的江水、熠熠生辉的苍澜山，绝美的夜景在他的眼前黯然失色。

这是十七年来她第一次见到秦唐抽烟！

俞绵绵气到快跳脚了，愤愤道：“你到底在干什么啊！”

“抽烟。”秦唐嘴角跷起，满不在乎地吐了个烟圈。优雅却又邪气，摆明就是挑衅了。

记忆中的秦唐明明是讨厌烟味的！为什么他要变成自己最讨厌的人？

俞绵绵生气地夺下他的烟头，说：“你怎么这样了！”

“是啊，从你走后我就变这样了。”他垂着眼居然笑了起来。

俞绵绵心里堵了一口气，用力地攥紧了手心，出声道：“啊——”

燃起的烟头扎在手心里，疼到钻心裂肺。小小的惊呼声，让秦唐所有的伪装消失殆尽。

“烫到哪里了？”秦唐皱眉道，“给我看看！”

俞绵绵咝咝地吸着冷气，秦唐再顾不上其他，将她拽到了洗手池边。冷水开到最大，哗啦啦地冲洗着伤口。他再也不是刚刚疏离的样子了，连手指也有些隐隐颤抖。俞绵绵看着镜子中的人，喉咙不由自主地一哽，道：“我没关系的。”

秦唐的动作顿住，任她匆匆地抽回手。

俞绵绵转身就想走，脚步里带着自己都未曾发现的慌乱，可是刚踏下楼梯，身后就被一层阴影覆上。秦唐声音极轻，道：“你在怕什么？”

“没。”俞绵绵脚步一顿，没有回头，道，“我没有……”

话音刚落，他修长的手臂勾上她的脖颈，声音里透着丝丝邪气，道：“所以，你后悔了？”

俞绵绵浑身一颤，道：“后、后悔什么？”

秦唐手臂一僵，靠着她耳畔低低地笑了一声，像是心碎，也像是自嘲般道：“如果你后悔了，记得告诉我。”他的手指伸出去，沿着俞绵绵的耳郭擦过，指尖点在玻璃幕墙外，划过璀璨夺目的城市，也划过高耸入云的银塔，低声道：“你看，那里多亮。”

“秦小唐……”一怔之下，往日熟悉的称呼脱口而出。

秦唐嘴角一勾，道：“我会站在亮着光的地方，站在你一抬头就能看到的地方，等着你。”

说毫不在意，是假的；说心底毫无波澜，也是假的。他可是秦唐啊，曾是她黑暗的人生里唯一的朋友，是周薄暮不曾出现的晦涩青春里她唯一的光亮。

俞绵绵心头苦涩，就在她失神的这一刻，一只手臂横进两人之间，仓促地将她拉退一步。所有如梦似幻的烟雾消散，缥缈光彩褪去，现实才最为赤裸裸！

周薄暮面沉如水，嘴角掠过讥诮的笑，道：“秦公子，自重。”

秦唐抬起头，嘴角挂着颓然浅笑：“如果我拒绝呢？”

两人再度对垒，周薄暮冷笑一声，当即挥起拳头。俞绵绵的心怦怦乱跳，急切地牵住周薄暮的手，惊呼：“学长！”

世界一片静默，周薄暮削薄的唇抿紧，居高临下地看着她，说：“很好。”

汽车飞驰在滨江路上，树影与路灯远去。

冷风吹进车里，哪怕只是一丝丝凉意沾到伤口上她也疼到皱眉。驾驶位上，周薄暮目光如刃，视线冰冷森然，道：“你有什么想说的？”

俞绵绵不想开口说话，却又不得不吐出两个字：“没有。”

刹车声尖锐地响起，惯性之下，俞绵绵身体猛然前倾，又被安全带狠狠勒了回来。

周薄暮转头，脸色已经难看至极，黑眸里闪过凌厉之色，道：“俞绵绵！”

俞绵绵埋头，隐忍着心头起伏的波澜，说：“今天……对不起，学长，我很累。”

两人对峙着，终于他拽起她的手，冷厉地逼近，道：“是不是我对你太宽容了些？”

手指压到她的伤口，俞绵绵皱眉呼了一声，再度死死地咬住下唇。

她痛，可是她的这些痛与秦唐相比，又算得了什么？

俞绵绵鼻尖酸涩，将头偏向窗外，时间一分一秒地过去，终于车门“砰”的一声被摔上。

那一刻，俞绵绵几乎听到了楼思危的嘲笑声，从很早开始他就说过“俞绵绵你不会幸福的”。终于，她又一个人了。

周围车水马龙，灯火灼灼，映在她眼底宛如一场默片。

她不认识路，更加不会开车，她能去哪里呢？

前所未有的无助感扑面而来，俞绵绵哽咽着，眼泪终于掉了下来——

与她一国的秦唐成了现在冰冷的样子，她能继续喜欢学长吗？她能安心地过着幸福的生活吗？俞绵绵肩膀抖动着，眼泪一颗颗砸在手背上。

这一幕落在周薄暮眼里，他打开车门的手一僵，只停了一秒钟，再度坐回驾驶位上。

视线相对，一个抱臂皱眉，一个哭得惨烈。

俞绵绵的手被他握住，泪眼模糊里，看着他拆开塑料袋，拿出药膏和棉签，从消毒到上药，一层一层处理她手上的伤口。

俞绵绵揉了揉眼睛，嗓音带着哭过之后的沙哑：“学长？”

周薄暮脸色依旧难看，涂完最后一点儿药，顺手将棉签狠狠折断。

“吧嗒”一声，俞绵绵心头一寒。果不其然，周薄暮的视线冷冷的，道：“闭嘴。”

三秒之后，周薄暮想，世界上怎么会有这么不按常理出牌的人？

他一句话都没来得及说，俞绵绵已经哭得惨绝人寰，也不管他周身散发的寒气，一股脑儿地扎进他怀里。

看着胸前小脑袋一抽一抽的，周薄暮削薄的唇抿紧：“你不要……”

不要以为哭我就拿你没办法！这话还没说完，他已经被俞绵绵一把熊抱住。

周薄暮双手僵在空中呈投降状——哪里还有半点儿冰山男神的样子？BN 设计里任何一个人看到这样无奈又头疼的他，都得笑掉大牙吧？周薄暮动了动嘴巴，很想扶额。

俞绵绵却还在掉眼泪，道："我真的好难过啊！今晚的事儿，秦、秦唐的话，还有……他的反应……"句子很长，逻辑混乱，吐词不清，却让周薄暮脊背一僵。

喧闹的冬季街道上，一场雪落下来，纷纷扬扬压在枯枝上。他静静地看着，嘴角吐出两个字："三秒。"

俞绵绵嗷嗷哭泣，道："什么？"

"让你为别的男人流泪三秒钟。"周薄暮扯了扯薄唇，语气中带着不愿意承认的丝丝别扭，道，"最后一次。"

"学长……你在说什么？"她显然没听清。

"我说三、二、一。"周薄暮伸手，将她脑门推开。

俞绵绵眼泪鼻涕糊了满脸，看到车窗上自己的影子后，将他突然变冷的猜想串联起来，道："对不起……学长，我把你的衣服弄脏了，你有洁癖吗……"

"没有。"周薄暮拆台。

"哎？"不会吧？

"我在生气。"周薄暮抱臂。

"哎？"是真的？

所以，一路上因为生气，某人真的一言不发。

车子驶上苍澜山，沿着一条私路开进别墅区里。周薄暮长腿一伸跨进院子里，眼看就要上楼了。俞绵绵终于反应过来，追了上去，道："学长！"

没有回应。她无奈，绕着他转圈，道："你为什么生气？"

话出口，她觉得不太对，但是转悠的脚步还没停下来，俞绵绵补充道："我是问，你为什么还在生气？"不是刚刚就和解了吗？

周薄暮站在台阶上，居高临下地看了她一眼，觉得这画面很熟悉。几秒之后，他才想起，团团转的俞绵绵很像绕着尾巴打转儿的哈巴狗。于是，他出于本能拍了拍她的额头，说："因为我是天蝎座。"

"哎？"俞绵绵吸吸鼻子，不可置信。他不是一贯都不了解星座吗？

周薄暮冷眼看过来，语气十分平静地道："哦，因为我小心眼又爱记仇，就是有事儿没事儿画个圈圈诅咒你。"他凉飕飕地笑，一字一顿道："你最讨厌的天蝎座。"说完，周薄暮跨进卧室里，"砰"的一声将房门关上了。

像是恶作剧得逞的小孩儿，周薄暮心里畅快极了，长腿一迈，倒在了软绵绵的被褥里。时钟嘀嗒嘀嗒在响，这个点他有一个视频会议要开，电脑里也有草图等着勾勒，但是他选择什么也不干。

黑暗里，周薄暮对着天花板磨牙，因为他要生气！

卧室外，俞绵绵隔着雕花木门去听屋子里的动静……

居然没有动静？

她摸索了好几个位置，终于放弃了，甩甩头朝自己的房间走去：她跟他又不是在一间房睡，关什么门嘛！没走几步，俞绵绵的视线落在走廊的电话上，脑海里闪过周薄暮刚说的话……

她什么时候说过讨厌他了？男人心，海底针呐！

一秒，两秒，俞绵绵顿在原地，猛然想起——她在跟李小疯煲电话粥时，是真的说过讨厌天蝎座的！那次两人从天南聊到地北，从选购内衣……聊到了跟周薄暮接吻时的心潮澎湃！

俞绵绵仰头，感觉一道闪电从天灵盖儿上直劈而下：为什么被学长听到了？天呐，他到底听见了多少啊？

这个晚上，俞绵绵失眠了。

同一片星空下，失眠的还有秦唐。

温暖的壁炉前，他闭上眼，脊背陷入柔软的羊皮沙发里。

几个小时前，星光餐厅里。周薄暮突然出现，冷冷地与他对视，那瞬间，他做了什么呢？毫不避忌地拽住俞绵绵的手腕？还是，将她抢过来？不，他没有。那一刻的秦唐只是将手插进裤袋里，然后转身离开。

星光餐厅里响起低沉的乐声，是大提琴独奏，还是其他什么乐器和弦？有什么区别，听什么他都觉得像告别曲。秦唐自嘲地笑，身后响起清越的叫喊：“你走那么快干吗！”

是小鲸鱼。

秦唐脚步不停，朝停车场走去。

“秦、秦小唐……”

“闭嘴！”秦唐冷漠道，“不许这么叫我，以后都不许！”

身后一片静谧，突然响起她怒气腾腾的声音：“胆小鬼！”

秦唐脚步顿住，小鲸鱼却大步走过来，一掌拍在他心口，道：“你当我是瞎的吗？我是萌，不是蠢，你以为我看不出来你喜欢她……”

话音刚落，秦唐揽住她的腰身，冷厉地收紧。两人的鼻尖擦过，就连唇畔也只距离一毫。

小鲸鱼毫不畏惧，恨恨道：“在电梯间里你把我推开就是为了救她！你以为我不知道？”两人身体相贴，唇齿贴合的前一秒秦唐停了下来，冷冷道：“你要是再胡说八道，我会让你闭嘴。”

苍澜山烟花夜后，是他收留醉酒又无家可归的她，房主与借宿人，他们的关系仅此而已。

秦唐收回手，平稳地说：“你可以走了，我不开收容所。”

力道一撤，小鲸鱼便腿软地摔在地上，道：“你明知道我没地方去！你、你欺负我……”

那时候，秦唐说了什么？他说的是：“如果你觉得这算是欺负，那就是好了。”

他可以温暖，可以阳光，也可以放低姿态，只是，不是对她。

或许他跟周薄暮本来就是一类人，他们同样是天之骄子，孤独冷漠；不同的是，十七年前他遇到了俞绵绵，十七年后他失去了她。

第二天，俞绵绵站在梨树下，看着枝丫上硕果累累，仰头沉默了。手机另一端，小鲸鱼撇了撇嘴巴，说：“所以，你到底爬不爬？”

“爬。”俞绵绵一咬牙一跺脚，对着枝丫开启了奋战模式。

谁让学长生气了呢？谁让她想哄好他？俞绵绵想了一早上也没想到该从哪里哄起，翻遍了所有社交软件，最后视线停在小鲸鱼发在朋友圈的图片上：一碟小小的手工梨膏糖。

学长这几天经常出入工地，加上感冒，一直有些咳嗽，而梨膏糖刚好可以润肺止咳。

于是她在跟小鲸鱼打听完做法后，这才有了现在爬树摘梨、宛如猴子的这一幕。

后来，俞绵绵后悔了，因为……

她下树时踩错了枝丫，“咔”的一声响后，从树顶直接滑到了离地十厘米的地方。幸运的是，她没摔倒；不幸的是，她被挂到了树上。

俞绵绵撇嘴想哭，更让她想哭的是，周薄暮站在院子里很认真地问:“你在爬树？”

被挂着的某少女一个激灵，苦着脸道：“早上好，学长。”

周薄暮抱臂，特别认真地问：“你是不是有多动症？”

多动症个鬼！你就不能动一下你一百八的智商，善解人意地装作没有看见？

显然不行。

周薄暮绕着她走了一圈，开口道：“自挂东南枝？”

学长，你还是滚吧。

俞绵绵想哭，兜里的梨子“啪”地一下摔在地上，滚落到他的脚边……

周薄暮看了一眼，很自然地想起厨房里散落的便利贴，每一张都写满了熬制梨膏糖的步骤，线索串联在一起，他安安静静地站着，视线落在俞绵绵苦兮兮的脸蛋儿上。

周薄暮走过去，想了想说：“答应我三个条件，我就放你下来。”

“这……”

“为难就算了。”周薄暮摊手转身。

“我答应！”俞绵绵哀号。

周薄暮的嘴角挑起一抹满意的弧度，再转身时，笑意收敛干净，横抱起她往屋子里走。

原本一切很美好的，俞绵绵以为是她脑海里冒着粉红色泡泡的公主抱。但是——

周薄暮将她放在厨房的石英台案上，道：“第一，以后不许爬树了。”

“嗯！”

“第二，以后不许讨厌天蝎座。”

“嗯？”俞绵绵睁大眼，好像哪里不对？

“第三，这个比较重要，”周薄暮扬唇微笑，缓缓道，“不许和别人分享我的吻技。”

“嗯？”俞绵绵怔住，一秒之后哀号道，“你偷听我和李小疯讲电话！”

“是无意经过。”他认真地纠正。

俞绵绵快崩溃了，一把拽住他的衣角，声音有点哆嗦：“那、那你到底听见了多少？！”

“不多，大概就是罩杯是C；吻很甜，其他的方面就……”周薄暮俯身靠近，邪恶地朝她的耳郭吹气，道，“很期待。”

“我没有！”俞绵绵脸色绯红，濒临抓狂，“我不是那个意思！真的不是！”

“哦，”周薄暮勾唇，道，“其实当时我没听清，原来你真的很期待？”

某人垂着脑袋，忍不住绝望地发出一声哀号。

第三章
我心可藏娇

晨光落下来，照亮她眼底的狡黠：“你是不是在公司金屋藏娇？”

周薄暮“嗯”了一声，俞绵绵气极：“你敢！”

他低低地笑，凑近道：“这世上，我只想藏你，不想藏娇。”

一顿早餐吃得安静极了。

两人相对而坐，俞绵绵全程埋头作小媳妇状；而周薄暮白衣黑裤，衬衫纽扣随意解开，清晨的阳光下，周身上下流淌着道不尽的风流俊朗。

所以说，上帝造人可真不公平呐！俞绵绵摇头感慨。

对面，周薄暮已经放下筷子，慢条斯理地抿了一口凉水，道：“今天给你放假，去找朋友玩吧。”这口吻，十足就是在对院子里看门的大狗说话。

又放假？说起来这半个月里，买狗粮放假，装洗碗机也放假，后来又把她安排去分公司开会，简直就没去 BN 设计几次！

“为什么？”俞绵绵想了想凑上前小声道，“哦？是不是你在公司金屋藏娇？”晨光落下来，照亮她的眼角眉梢，一片狡黠，一片光彩。

“金屋藏娇？”周薄暮忽而勾唇一笑，道，“嗯，对。”

“你敢——”俞绵绵去掐他，却又被他的肌肉硌得疼，没事儿练这么多肌肉干吗？！她气鼓鼓地咬唇，猝不及防地被周薄暮拽住，唇边逸出一声低呼，眨眼就被他拉到怀里。

餐厅里阳光淡淡的，周薄暮手指按在她柔软的腰肢上，低笑道：“你也不看看我的‘屋’在哪，我的‘娇’是谁……”

俞绵绵耳根一热，周薄暮凑近，吐气如兰：“这世上，我只想藏你，不想藏娇。”

于是，这天上午俞绵绵甜滋滋地研究怎么做梨膏糖。

菜谱背完了，梨子准备好了，然而半小时过去了，她将锅给烧了。

屡战屡败，挨到中午时，小鲸鱼亲自上门指导，一盒梨膏糖终于艰难完成了。

俞绵绵看着晶莹的糖果，心花怒放，道：“你以后不要叫我偶像啦！你才是我偶像！”

小鲸鱼将剩下的糖果咬得嘎嘣响，一边道：“说好的，一物换一物。我教你做了梨膏糖，你答应我的呢？”

昨天，她的确拍胸脯跟小鲸鱼说了，只要做成功了糖果，之后一切好商量。俞绵绵想了想，问：“你想要什么？”

小鲸鱼窝在沙发里，忽然抬头，笑得很甜美。

俞绵绵顿时生出一种不太妙的预感，果然，下一秒她听到小鲸鱼欢快的声音。

“秦唐。”小鲸鱼甜美一笑，“你就把秦唐让给我好了。”

事后，俞绵绵跟李小疯通电话时，果不其然被骂了。

李小疯是知道星光餐厅里那场尴尬的四人饭局的。秦唐走人了，周薄暮也带着俞绵绵撤了，那小鲸鱼呢？口口声声喜欢秦唐的小鲸鱼，难道就没发觉其中的问题？

李小疯不信，但是俞绵绵这个傻帽居然信了！见过心大的，没见过这么心大的。

俞绵绵硬着头皮解释：“其实，小鲸鱼没心没肺还挺可爱的……”

李小疯气笑了，说：“哦，是吗？比你还没心没肺？”

俞绵绵咂咂嘴。前一天晚上她无意翻到了微信，随手在小鲸鱼的晒图下问了一句：哇，怎么做呀——之后小鲸鱼就一通电话拨了过来。从多吃梨膏糖有益身心，一直讲到他们家乡的贤惠小妻子是怎么熬糖的。俞绵绵这才心动，有了第二天的爬树摘梨。

俞绵绵之前一直觉得，与小鲸鱼做朋友，和与秦唐的往事，两者没有直接关系。

可是……

李小疯问：“所以，小鲸鱼说让你把秦唐让给她，你是怎么回答的？”

俞绵绵想了想，沉吟道：“她压根没让我回答。”

这是真的。

当时的俞绵绵目瞪口呆，理了一下自己的逻辑，隐约觉得，梨膏糖好像是个坑，她就这么直截了当地往坑里蹦了。等她回过神来，小鲸鱼已经在她脸上吧唧亲了一口，风风火火地跑了，回音远远地飘了过来……

她说的是：“那我就当你答应啦！”

俞绵绵头疼地扶住脑门，再一抬头，发现出租车已经到了BN设计门口，于是匆匆忙忙挂了电话。她是偷偷来公司的，这个点，周薄暮快要开月度会议了，她大可以悄悄地将梨膏糖放在他桌上，给他一个惊喜！

俞绵绵闪过前台，直奔周薄暮的办公室。还没走到就被拥挤的人群吓了一跳，她想往前边挤，但还没挪到最前边，办公室里响起一道尖锐的声音："周薄暮！你会后悔的！"

这个声音好熟悉！俞绵绵心脏跟着一紧，踮脚看过去：办公室里一片狼藉，顾心摔在地上，平时精致梳理的长发也散乱下来，哪里有半点儿端庄美丽的样子！

发生什么事情了？俞绵绵跟着紧张起来，而办公室里，周薄暮却冷静至极，长身玉立，淡淡道："人生这么长，有一两件后悔的事情，我不介意。"

他的回答让顾心愈发歇斯底里："你这样冷漠的人，居然会相信爱情！你凭什么能幸福？凭什么你毁了我的幸福后，你还能幸福下去？"

"我会不会幸福下去，不劳你操心了。"他如沐春风地笑，说，"但是我确定，你不会。"

周薄暮什么也没再说，坐回主位上，冷静地按下电话，道："一分钟内出现，将她带走。"

没多久，保安一拥而上，连带着地上的纸箱与文件夹，将顾心一起拖了出去。

原本吵闹的人群里一片寂静，而后响起一阵阵窃窃私语：

"顾小姐真是因为得罪了枕边那位被弄走的？"

"就是平常被人呼来喝去的小助理，叫什么来着，陈绵绵，还是余……管她呢！"

"这以后谁敢用这助理，又没本事还靠男人。"

后面的话就很难听了，俞绵绵躲在一边只当没听见。她在想：之前发生的不愉快，大多是她那位哥哥楼思危和顾心在联手陷害她，学长知道了真相后就把人辞了？BN 设计堂堂首席建筑师，就这样被扔出了大楼？

俞绵绵忽然想起一件事儿：学长一连几次给她放假的原因居然是不让顾心再出现在她的世界里！回想起早晨周薄暮将她拉入怀里，不怎么正经却又让人无法抵抗的样子……俞绵绵脸蛋儿悄然红透。

然而，更要命的是，她一转身就见到了一张阴沉的脸。

俞绵绵呼吸都快吓停了，几秒之后才回过神来："戴……戴安姐。"

戴安·陈，年过四十的英籍华裔，并非建筑系科班出身，履历却漂亮到让人叹息。重点是，她还是周薄暮亲自从伦敦挖回国的建筑师。如果说顾心是学院派，那么眼前这位女士，则是不按常理出牌的自由派。

现在，这位"自由派"建筑师的脸色很冷，开口道："热闹看够了？"

俞绵绵头皮一麻，张口就要解释，对方却耸肩一笑："我不关心真相。"

"可是……"俞绵绵迟疑着。

戴安·陈脚步一顿，随口道："如果我是你，我会把时间花在本职工作上，而不是谄媚地讨好老板，费尽心思围观八卦。"

一席话冷冷清清，俞绵绵听得目瞪口呆，视线落在自己手里捧着的梨膏糖上。

她误会了。什么谄媚讨好老板？那是她男朋友啊！

可是她还来不及解释，戴安·陈已经转身走了。

俞绵绵回程的路上都耷拉着脑袋，迎面走来一个人影，叽叽喳喳地围着她问着什么。

她抬头，才发现是周薄暮的助理之一。俞绵绵没心思搭理，顺手将梨膏糖塞了过去，没精打采地离开了。

不管是海归同事，还是履历漂亮的前辈，几乎没人看得起她，在他们眼中她这算什么呢？攀附权贵、借机上位？他们看到的是高高在上的周薄暮，看到了他一步步成为建筑界天才，几乎忘了，他身边的俞绵绵，只是一个大四在读的女孩子而已。她也兢兢业业，她也奋斗拼搏，她也有苦战工地、为一颗螺丝钉和工人争到面红耳赤的时候……

可是，没人管你一路走得有多么跌跌撞撞，他们只在乎你走到了什么位置。

回到苍澜山别墅后，俞绵绵坐在花园的秋千上，看着面前一个劲摇尾巴的大狗，自言自语道："做人干什么呢，有时候做只狗多好。"

狗跟着汪了一声，毛茸茸的脑袋在她裤腿边蹭了蹭。

半小时后，周薄暮停车落锁走过来时，就看到这样的一幕：夕阳西下，小小的人强行抱住了大大的狗，完全无视狗脸的无奈，伸出魔爪强行给它顺毛。

他走近了，这才听清俞绵绵的嘀咕：“下辈子我也做只狗，汪。”

狗：“汪汪。”

俞绵绵龇牙咧嘴，毫不示弱：“汪汪汪。”

周薄暮嘴角跟着一抽，走过去，手在是揉狗还是揉俞绵绵的选择中犹豫了一下——反正都是毛茸茸的……然后，大狗眼睁睁地看着主人漂亮的手指落在白痴少女的脑袋上。

它这是失宠了吗？嗷呜一声叫，委屈巴巴地跑了。

这厢，周薄暮长身玉立，嘴角微勾，道：“做一只狗，每天就只能啃肉骨头了。”

“那也挺好的。”俞绵绵撇嘴，起码不用应付一大堆的闲言碎语。

“会被关在园子里。”周薄暮补充道。

“可以悠闲晒太阳。”俞绵绵觉得不错。

周薄暮理了理袖口，语气淡淡道：“所以，遇不到我了。”

俞绵绵意识到事情的严重性，“噌”的一下坐直，晃了晃脑袋，道：“那算了！”

周薄暮眼眸清亮，嘴角扬起，道：“小兔子，你对我居心不良？”

两人之间亲昵的称呼就这样被叫了出来，自然而然，如同夕阳浅浅，透过云霭照在手心上。俞绵绵耳尖微红，讷讷道：“哪、哪有！”

周薄暮目光与她平视，低音很低：“明明就有。”

顾心闹事儿时围观的员工太多了。周薄暮那时没见到俞绵绵。之后料理完琐事儿，助理老陈才战战兢兢地汇报：俞绵绵来过，又走了。

他点头，按流程继续开着部门会议，却满脑子都是她。

她会不会胡思乱想？

会不会沮丧？

会不会……

然后，有史以来周薄暮第一次中断了会议回到苍澜山。

冷静理性、逻辑和自制力，他一贯擅长的东西瞬间变得无足轻重。只有在抱住俞绵绵的那一刻，周薄暮才觉得一切都有了真实感。关于辞退顾心，关于顾心和BN设计撕破脸的事儿，一切到此为止。

这个世界光怪陆离，而她，只需要记住美好。

他叹气，似是自言自语道："完蛋了。"

"什么完蛋了？"

周薄暮勾唇："没什么。"

不过是他泥足深陷，他完蛋了而已。

夜里，俞绵绵辗转反侧。

她觉得有什么事情被自己忘记了，抱着被子在床上坐了很久都没想起来，于是干脆起床喝了一杯凉水，终于想起问题出在哪里了——本应该送给学长的梨膏糖，她白天塞给谁了？

俞绵绵对此毫无印象，她记得自己明明是带着梨膏糖去了BN设计呀！

放下水杯，俞绵绵焦躁地在餐厅里走来走去。

十分钟后，她想出了完美解决方案——将剩下的剪切得参差不齐、味道浓淡不一的残次品梨膏糖悄悄解决了，当作没有这回事儿。

一边，金毛晃着尾巴，不屑地看着白痴少女将糖果咬得嘎嘣响。

一人一狗，四目相对，俞绵绵甚至很"体贴"地在狗盘里也放了几颗。

身为一只只吃法国狗粮的金毛寻回猎犬，它觉得自己的"狗品"都被侮辱了。可偏偏白痴少女在它脑门上拍了拍，握拳鼓励道："趁学长没发现，咱们快吃哈。"

它翻了个白眼，再翻回来时，狗胆都快给吓没了：什么时候，主人已经出现在白痴少女身后了？

于是，它眼睁睁地看着主人爸爸手臂一伸，将俞绵绵捞在怀里，顺带还把它面前一包难吃到要命的梨膏糖给拿走了。

他们的对话是这样的：

"学长！你怎么能跟狗抢糖果！"

"我不介意。"

“你怎么这样！”

“因为我还得跟狗抢你。”

然后，卧室门“砰”的一声被关上了。身为一只听力极佳的金毛寻回猎犬，它很认真地竖起了耳朵，期待着不可描述的下文。谁知道三分钟过去，房门再度被打开，它颜值无敌的主人爸爸就这样走出来了。

一人一狗，目光交会，各怀心思。

狗：爸爸你是不是有毛病？否则为什么还没将那个白痴吃干抹净？

周薄暮：这只狗的眼神是什么意思？我到底是养了只金毛犬，还是蠢萌哈士奇？

终归是跟一座冰山对视，狗很快败下阵来，“嗷”的一声叫，字音都没发全，周薄暮便投来一记警告的眼神，随之，他比了一个噤声的姿势，道：“妈妈要睡了，安静。”

摇动的尾巴瞬间的耷拉下来。

周薄暮对此很满意，往自己卧室走，忽然想到了什么，道：“对了，跟你商量一件事儿。”

某只狗的尾巴再度跷起来，双眼忽闪，充满了期待地叫：“汪。”

周薄暮戳了戳它的脸颊，道：“以后不许欺负她。”

它无力地趴下：不带这样的哇，呜呜呜。

就这样到了工作日。

微信群里，大学室友们叽叽喳喳地聊起来，俞绵绵挤在地铁里，时不时地瞥一眼屏幕，大概是说下个月导师要抽查毕业论文了。过了老半天她才腾出一只手回复：知道了。

于是，话题彻底跑偏，直接演变成了：跟男神同住一个屋檐下感觉怎么样？

这句话明显有歧义。俞绵绵脸红地制止了少女们的浮想联翩：分房睡，上下级，发乎情，止乎礼。

十二个字发出去，微信群炸了。

梨花：周薄暮躺在你面前你都不睡？！毫无人性！

璐子：暴殄天物。

李小疯：如果我告诉你们，这个毫无人性、暴殄天物的少女，放着豪车不坐，去挤地铁，每天想着怎么跟男神保持距离呢？

俞绵绵很无奈，BN 设计里人多、口舌也多，她跟周薄暮保持二十米远都能生出流言蜚语来，再同行上下班，那还了得？

虽然说在她决定跟周薄暮保持距离时，他的眼神跟刀子似的，差点把她扎死了，但也好过被全公司上下女员工的唾沫星子淹死，是不？

俞绵绵边叹气，边往公司走，刚到助理办公室，就被叫去了人事部——

推门，跨步，眼神入定，三秒之后，俞绵绵知道事情大发了。

面前的小沙发上大咧咧地坐着个人，目光相对，对方冷冰冰地将咖啡杯放下，道："哦？原来你就是人事经理安排给我的新助理？"

俞绵绵脑袋卡壳了一会儿，人事部？新助理？

每个词她都理解，但是组合到一起的意思是：顾心走了，面前这人是她的新上司？

关键是，这人不是别人，而是昨天在学长办公室门前将她抓包的戴安·陈啊！

俞绵绵震惊了，道："我……"

戴安·陈起身站定，伸手跟她握了握，说："巧了，陈绵绵小姐。"

俞绵绵张嘴，道："我姓俞……"

"哦，余绵绵小姐。"

她该怎么跟这位知名建筑师解释，她是姓俞，不是余呢？俞绵绵斟酌着，然而，就在她斟酌的一分钟里，场面冷成冰了。人事经理在一旁打着圆场，俞绵绵也跟着傻呵呵地笑，笑着笑着，她就想哭了。

因为，她想起了其他同事茶余饭后的谈资：铁打的戴安·陈，流水的助理。

顾名思义，这位英籍华裔女建筑师的要求完美到出了名，招一个助理弄走一个，招两个弄走一双，江湖人称"助理收割机"。

而现在，这位助理收割机，马上就要收割她了。

俞绵绵脚下有些打飘，道：“戴安姐，我、我一定会努力的！”

戴安·陈毫不在意，只是淡淡地嗯了一声，也就是这声“嗯”，开启了俞绵绵的“外放”生涯。

什么是外放？

其余的设计助理在办公室里完善草图，在工地做软装陈设；而她，被下令满洛城地跑，在一个个分公司与合作公司之间做项目交接。

这时候，已经临近一月了，是洛城一年里最冷的时候。

西街上洋楼鳞次栉比，俞绵绵紧了紧外套，视线落在其中一座建筑上。

大面的玻璃幕墙折射出华丽的光，太远了，她看不清那幢楼里是否有人，甚至看不清广告牌上的文字，但是，她知道那写的是什么——协光医院第七心理诊疗室。

隶属秦氏的心理咨询机构，他的办公室之一，就连数字也是他喜欢的，第七。

他说过，七是开始，也是结束。

他喜欢西街，因为一半是古老，一半是现代，青石板、洋楼与这条街上的一座座私人会所、一家家酒吧安然共处，是除去苍澜山之外洛城最贵的地段。

他是——秦唐。

俞绵绵掐紧手心，她告诉自己，她是来沟通项目的，是工作，是任务。可是走到某一家蛋糕店前，她还是停下了脚步——

不久之前，她在西街与恶魔般的哥哥楼思危重逢，无助地守着整个蛋糕，一口一口咽下。

多么焦虑，多么绝望的时刻啊，是秦唐突然出现，告诉她一切没那么糟。

那么光鲜的秦家小公子，食不厌精、倨傲出尘，却和她一起咀嚼着油腻腻的奶油……

俞绵绵的指甲陷进手心里，良久，她终于深吸一口气，强迫自己朝另一边的欧式小洋楼走去。

“小姐，请问您找哪位？”前台小姐面带着微笑问。

俞绵绵还没出声，对方惊讶道：“小姐，你……”

俞绵绵一愣，顺着她的视线摸了摸脸，被脸颊上湿润的触感吓了一跳，道：“我……”

接待小姐表情怪异，俞绵绵的声音也干巴巴的：“风太大了，呵呵。”

一定是因为风太大，才会把泪也吹下。

俞绵绵胡乱地擦了擦，忽然，觉得哪里不对劲儿。

几乎是同一时刻，她猛地回过头去，大面的玻璃窗外，车水马龙的街道，对面竖立着的是湛蓝色的第七心理咨询室，除此之外，一无所有。

所以，她刚刚感受到的一道灼热目光，是幻觉？

“小姐，小姐，你还好吗？”

俞绵绵回过神，“啊，我……我是来找……”

找谁？

凌晨两点收到的邮件，发件人是戴安·陈，让她到西街一百三十二号小洋楼找 Jone’s广告公司的设计总监。俞绵绵翻着包包，记事本、签字笔哗啦啦倒出一堆，在接待小姐巴巴的目光中，终于找到了手机里的存图，道：“庄瑞！”

名字报得响当当，漂亮的接待小姐怔了怔。

俞绵绵唯恐她没听清，重复道“我是BN设计的俞绵绵，来找庄瑞先生。”

西街的房子随便挑一座都是古董，一百三十二号更是装潢得精致风雅，不像是 Jone's 的分公司，也不像是个人工作室……哪里有工作室连一块招牌也没有？

俞绵绵疑惑地往楼上看了一眼，灯火幽暗，愈发显得年久月深。

面前接待小姐顿了一刻，问：“你是 BN 设计的员工？”

俞绵绵点了点头。半个月前，BN 设计与 Jone’s广告定下了合作餐会，主题是协谈明年一整年的品牌推广宣传。可……那不是因为她和秦唐，所以取消了吗？

学长取消了餐会，戴安·陈负责善后，到头来，转一个圈任务又落到了她头上，这大概就是“自己挖坑自己填”吧。

俞绵绵很无奈。

然而，Jone’s广告却没给她填坑的机会，接待小姐播了一通内线询问几句，随后道：“总监不在，小姐您请回吧。”

五秒钟内，俞绵绵被送出了大门。

寒风迎面吹来，俞绵绵陡然醒神：她这就被失败了？戴安·陈是在邮件里提过，不指望她能旗开得胜，但是，起码应该见到庄瑞一面，定下一个双方再谈的时间啊。

现在，她连庄瑞的脸都没见到？！

天阴沉沉的，像是要下雪。

俞绵绵昂起头，热血满满地给自己加了把油。

很积极很向上了——看得十几米外的某人不禁扬起嘴角。

在线条凌厉的宾利车里，助理看了眼后视镜里男子的微笑，干咳一声，小心翼翼地提醒道：“少爷，咱们……”还走吗？都在这里停了半小时了，再耽搁下去，机场高速都堵车了，香港的研讨会一定会迟到吧？

他偏头，目光里的温柔荡然无存，取而代之的是不羁与锐利。

助理在一秒之内噤声，正因为自己的出声后悔不迭，男子按在车门上的手却倏然收回了，视线到底还是撤了回来。

天寒地冻，她为什么在这里？

他靠上精致的羊皮后座，像是挣扎，也是无奈，道：“会议取消。”

“可是……”

他叹息，声音里透着疲惫，道：“我累了。”

累是什么意思？

助理没懂，顺着他的视线看去：橙色洋楼前人影稀疏，寒风中却站着一个女孩子，一脸傻乎乎的样子……司机纳闷，跟着嘀咕道：“大冷天的，这小姑娘，为什么不找个暖和的地方待着？”

男人睁开眼，声色低沉道：“你和司机都下车吧。”

“什、什么？”助理怀疑自己听错了。

“下车。”他重复。

会议取消，其他人也离开了。

西街寒风凛冽，阴云、树影、孤独的宾利，构成一抹孤寂。

他靠在后座上，自嘲地笑，道：“我该……拿你怎么办好？”

耳边忽然钻出一道惊讶声：“什么怎么办呀？”

车门前站着个七八岁的小女孩，穿着鼓鼓的棉袄盯着他看，问：“你不冷吗？”

暖气关上了，一边的车门打开，冷风从车窗倒灌进来，他随口道：“冷。”

小女孩更疑惑了，指了指座椅一边，说：“围巾也有，手套也有，为什么不戴呢？”

“因为就想冷着。”

“为什么啊？”

为什么？

因为无法站在那个人身边，无法给她一个拥抱，在今后的人生中，恐怕也无法给她一丝一毫的温暖——

那就冷着吧，和她一起忍受这冰天雪地。

他的嘴角扬起，道：“冷使人清醒，也使人情感麻木。”说完他自己也失笑了，“算了，你怎么会懂。”

小女孩是来卖报纸的，听到这里，脆生生地答：“我懂，就和那个小姐姐一样嘛。”

他脊背一僵，小女孩指着的方向，俞绵绵脸蛋儿被冻得绯红，傻站在洋楼前像是在等人。

终于，他叹息，长腿迈下宾利，俯身靠近女孩，道：“答应我一件事情，我买下你所有的报纸。”

所有——这个词对她的吸引力太大了！

“真的假的？”小女孩问。

就在怀疑的片刻，男子将温暖的围巾裹到了女孩脖子上，道：“你去告诉她，街角有家 KFC。”

“就这样？”小女孩吃惊地问。

“就这样。”他低声地答。

银货两讫，男子双手插进裤袋里，朝西街另一端走去，身后传来轻细的声音：“你一定是个很善良的人，从来没有人送过我围巾，你、你叫什么名字呀？”

男子没有停下脚步，声音疏淡道：“秦唐。”

云雾稀薄，远远的，终有一抹霁色显露出来，透过树影落在他肩头。

终究他还是拨通了助理的电话，道：“我会准点到机场。”

几秒之后，他敛眉道：“洛城和……她，你盯着，有什么事情告诉我。”

尽管她可能永远不再需要他。

但是他能袖手旁观么？

秦唐告诉自己，就这样吧。

孤独？他不怕。

冰冷？他无所畏惧。

西街另一边，俞绵绵看着突然窜到身前的小女孩，吃惊了三秒钟，道：“你、你有事吗？”

小女孩哪管那么多，指了肯德基的路就要走，刚转身，帽子忽然被拎住，下一秒俞绵绵凑了上来，声音里透着感叹，道：“你很奇怪耶！”

女孩气呼呼地说：“你还很傻呢！”

“你！”俞绵绵咬唇，小孩顺势抓住了她的手，吐舌道：“看看，都冻僵了吧！不过放心好了，你也不是唯一的傻瓜了。”

毕竟有人放着大汽车不坐，放着暖气不开。

手心的暖意让她的心也跟着一软，俞绵绵讷讷道：“你在说什么呀，还有，你到底是从哪里冒出来的？”

小女孩可没回答，做了个鬼脸，蹦蹦跳跳地逃走了。

俞绵绵回过神来，恍惚地看了一眼手心，女孩戴的那条围巾——

低调的十字织纹、沉稳的烟灰色，还有温暖的羊绒触感……

在哪里见过呢？一定在哪里见过吧。

俞绵绵搜寻着记忆里的碎片，似乎就快想到什么了，手机突然“叮”

的响了一声，一条短信跳了出来：你在哪里？发件人：我的学长。

她已经在戴安·陈手下工作好些天了，连日早出晚归，周薄暮是知道的。

这是人事部的安排，他对此不置可否。可是这个小丫头片子一天到晚不见人影，倒让他挑起了眉头。

俞绵绵弯起嘴角，将屏幕敲得噼啪响："学长，你想我啦？"

周薄暮："收工后早点回家。"

俞绵绵心花怒放，瞬间原谅了这寒风瑟瑟的冬天："啊呀，你真的想我啦？"

刚发送不到一秒钟，周薄暮的电话拨了过来，道："你是复读机吗？"

"我不介意是呀。"俞绵绵笑起来，隔着听筒也让人觉得甜甜蜜蜜。

"我介意。"周薄暮心情甚佳，嘴角跟着勾了起来，说，"谁要跟一个复读机接吻。"

他嗓音动听，最后两个字却分明闪过一抹低沉。

俞绵绵耳尖红透，回想起早晨的一幕——

衣帽间里，她踮着脚要给周薄暮系领带。

温莎结太复杂，她皱眉，一个使劲不均，将领带连带着领带的主人拉到了身前。

鼻尖儿挨着鼻尖儿，呼吸一重一重缠绕。

俞绵绵心如擂鼓，下一秒，他动了动薄唇，不怀好意地笑道："索吻？"

手心跟着一紧，俞绵绵满面羞赧，"我真的是……"

是什么？

是什么都无所谓，反正余音已经被他吞入腹中……

吻到浓时，他低声说了什么。

她想起来了，早上他说的是："那我就勉强奉陪吧。"

俞绵绵脸红滴血了，一吻再吻，哪里勉强了？！

当下，俞绵绵紧张地转移话题道："那个，咳嗽好些了吗？梨膏糖吃了吧？"

"我不想吃糖。"周薄暮低低一笑，意有所指，"糖又不甜——"

这世上，能有什么甜过你的吻？

周薄暮声音低柔，再要开口时办公室门忽地被打开了，助理老陈风风火火地冲进来，道："太棒了！拉斯维加斯的竞标我们拿下——"

"了"字没说完，周薄暮抬眸，冷冷睇了他一眼。

老陈当即立正，尴尬地搓手道："那个……谈恋爱呢，呵呵，呵呵……"

周薄暮缓缓勾唇，道："嗯——"

就在老陈颤巍巍的目光里，他淡淡道："正好，阿富汗有个项目也拿下了，你收拾东西，明天去一趟吧。"

"不、不好吧？"

俞绵绵隔着听筒都能感受到老陈的崩溃，可是，她清楚地听到学长一声冷笑，说："我看，挺好的。"

阿门，俞绵绵点了点胸口，终于憋不住，扑哧笑出声来。

一连四天，俞绵绵的工作就是蹲点西街一百三十二号。哦不，准确地说是蹲点西街街口的一家肯德基。毕竟，洋楼前厅里连一条板凳都没有，即便有，前台小姐姐也不会邀请她去坐一坐。

还好，肯德基里暖气很足。

俞绵绵窝在靠窗的位置，仔细留意着洋楼前的动静，一有个什么风吹草动，第一时间冲上去询问。

这样的守株待兔实在算不上聪明。

她试图通过微信跟戴安·陈沟通："戴安姐，西街一百三十二号是庄瑞的私人工作室？那能不能找到他公司的地址哈？感觉这样会方便一点。"

戴安·陈："哦，可以啊。"

终于可以告别肯德基了！俞绵绵激动起来，赶紧码字道："那 Jone's 公司的地址是？"

戴安·陈："香港特别行政区，中西区，皇后大道东。"

临末，还补充道："现在订机票的话，今晚就能到。"

这人冷起来跟学长有什么区别？俞绵绵满脸黑线。

还好她早习惯了冰山，俞绵绵垂死挣扎："或者他家的地址也行……

虽然说男女有别，但是，为了公司，我也可以登门造访！”

最后，俞绵绵壮志满满，加上了个“加油”的表情。

刚发出去，手机就叮叮叮地响个不停。

俞绵绵吓得手抖，差点就把手机给丢了出去，刚刚稳住了，再一看屏幕，戴安·陈的微信一条一条发了过来：

“俞绵绵，你弱智吗？

“你脑子里装的都是什么？

“你这种智商到底是怎么进BN设计的？”

俞绵绵看得满头雾水，垂死挣扎想打出个问号，戴安·陈已经将电话拨了过来。

她“噌”的一下从座椅上站起来，颤巍巍地按了接听键。

“俞绵绵，你都不上网的吗？不看景致设计奖颁奖典礼？谁告诉你Jone's的设计总监、今年的最佳平面设计奖得主庄瑞是个男人？”

一句话噎在嗓子眼里，俞绵绵下巴都差点儿掉地上——

谁能想到啊？闻名遐迩的国际设计大奖得主庄瑞，和她要求见的Jone's设计总监庄瑞是同一个人！还有，原来庄瑞是个女人？！

俞绵绵老实巴交地听训，小脑袋点啊点，时而垂下脑袋，时而打满鸡血。

而这样的一幅场景落在橱窗之外的某人眼里，却是眼角眉梢跟着一软。

第四章
遥不可及的他

秦唐冷声道："为什么她还在西街？"

电话那头冷汗涔涔："她、她这几天都在，我以为……"

秦唐再也按不住怒火："你以为？你凭什么以为可以瞒报她的消息！"

一字一句，狠戾逼人。

他的女孩，在西街挨冻了四天！

秦唐一方面觉得很温暖，一方面还是皱紧了眉头：四天前就在西街蹲点守着的人，为什么现在还在这里？

四天前，宾利车从第七工作室驶出，他是赶着去香港参加学术研讨会的，意外遇到她，本意是要取消会议，却还是强迫自己飞去了香港。

秦唐深吸一口气，拨出了一个号码，怒气冲冲地道：“为什么她还在西街？”

电话那边，助理几秒后才领会到少东家话里的意思，道：“她、她这几天都在，我以为……”

助理以为，原本要取消香港之行，却还是上了私人飞机的意思是：风流闻名的秦公子不甚在意这个小意外。助理这厢战战兢兢，因为在协光医院总部表现出色，他新调到第七心理诊疗室不到一周，自以为摸透了这位秦公子的脾性，万花丛中过，片叶不沾身——小道消息里说好的不沾身，为什么又记挂着路边的小女生？

驾驶位上，秦唐冷厉道：“你以为？你凭什么以为？告诉我，你凭什么以为可以瞒报她的消息？！”

一字一句，狠戾逼人。

助理冷汗涔涔地想解释，秦唐已经“啪”的一声将电话撂下了。

他的女孩，在西街挨冻了四天！

手指扣在方向盘上，秦唐深吸一口气，再度捞起了手机，一个键一个键地按下周薄暮的电话，濒临拨出的一刻，再一字一字删除，换上了另一个号码。

徐墨白看到来电显示时眉梢微扬，唇边溢出一抹邪气的笑，道：“秦小唐还有空找我？”

秦、徐两家都是医药世家，两个人更是发小。徐墨白自然是认识俞绵绵的，可惜不知道秦唐和俞绵绵最近闹的隔阂，这声“秦小唐”便是十足的揶揄了。

秦唐没心思反驳，面色不善道：“有事情。”

隔着听筒徐墨白都感受到了低气压，当即正色道：“怎么了？”

“你帮我查查，西街一百三十二号是什么地方。”秦唐开口道。

这事换底下人去查是可以的，但西街的人非富即贵，查到有效线索需要时间，关于俞绵绵的一切，秦唐都不愿意等。

“好。”徐墨白沉吟道，“给我半小时。”

秦唐蹙眉道：“二十分钟。”

听筒那边，徐墨白讶异地挑眉，到嘴边的一句低咒到底还是咽了下去。

上一次这么十万火急的时候是怎么回事儿来着？

徐墨白想了想，是他们在一起打斯诺克，没多久秦唐接到了电话，说俞绵绵在热舞酒吧喝高了。秦公子扔下球杆就跑了，半路开车出了刮擦事故，直接撂下跑车让他善后。

徐墨白撇嘴，还没问他上次接到人没有。

肯德基餐厅内。

俞绵绵挂断了电话，却依旧感觉太阳穴突突直跳。戴安•陈的声音好似魔音穿脑，一遍遍在耳边回响：“你给我搞定庄瑞！不然就别回来了！”

俞绵绵回到餐位上，暖饮杯、没咬几口的汉堡都被收走了。

她趴在桌子上，眼神在餐盘上打转——

好饿，好累，好困……阳光照在身前，暖融融的，让她昏昏欲睡。

很短的时间里，她梦到了戴安•陈拖着大刀追杀她；又梦到那只金毛将她的梨膏糖丢远；最后，画面定格，她梦到了秦唐。

梦到他出现在肯德基里，就这样安安静静地坐在她对面，喝着咖啡，晒着太阳。

“秦小唐——”她睁开眼，低低地喊了一声……换了个动作继续睡了。

一切仿佛再自然也不过，而对面……

日光温软，咖啡香气袅袅，秦唐呼吸怔住，直到她再度入睡，这才松了一口气。

他拂开她凌乱的头发，低喃道：“你以为这是梦么？是你累极时的一场虚无缥缈的梦？”

终于，他低叹道：“我又何尝不想一切是梦一场。”

餐厅里暖气融融，从秦唐的角度看过去，少女睡到无知无觉，睫毛弯成漂亮的弧度，在眼底投下一圈淡青色的阴影。莹润的鼻尖，蜜桃般诱人的唇瓣……像是堕入凡间的天使，美好到让他心慌意乱。

秦唐弯腰，越过桌沿靠近她的唇……

这样贴近，鼻息这样炙热，在最后一刻，他强迫自己停下来，手掌顿在空中某一个位置，不举高，也不放下，刚好为她挡住一片刺目的阳光。

纤长的阴影投在眼皮上，睡梦中的少女终于舒展了眉头。秦唐凝视着，低首浅浅一笑。

尘嚣凝固，时光仿佛永无止境。

街口采风的画家将这动人一幕画在纸上，偶尔有行人驻足，看看画纸，再抬头看看玻璃墙里的人——

原来，深情不是亲吻；

不是占有；

是移不开目光的凝视；

是为她遮住日光的手；

是举手投足无意释放的温柔。

一阵风吹过，落叶纷纷扬扬，多好的时光。

俞绵绵睁开眼，看着对面空空的座位、熟悉的肯德基标志、端着餐盘经过的路人，她的脑袋空了：我在哪里？发生了什么？我要干什么？

三秒之后，俞绵绵拍桌子叫道：“我居然睡着了？”

响声太突然，后桌一个的小男生饮料都给吓掉了，咖啡淌了一桌子。

俞绵绵脸色一白，一边道歉，一边跟人收拾桌子，全程恨不得挖个坑将自己埋起来。

可是……

她可不可以把自己埋到面前这堆汉堡鸡翅里？

俞绵绵羡慕地看了小男生一眼，恋恋不舍地移开目光。她好饿啊！偏偏肚子还叫了一声。俞绵绵双手捂脸，提起包飞快地往门口跑——

经过一面装饰墙时，她感觉有道黑影闪过，脚步停了停，那里有人吗？

她朝角落里看了一眼，刚要迈开腿，肩膀被人拍了一下。一转头，穿着服务生制服的小姐姐眼角弯弯道："小姐，打扰一下哦！"

俞绵绵一愣，问："有事儿吗？"

话音一落，视线落在小姐姐手里的餐盘上：薯条、烤鸡翅、新出的花生汉堡，还有热乎乎的奶茶……

俞绵绵鼓动一声吞了口唾沫，意识到失态后，飞快地捂住嘴巴。

小姐姐体贴一笑，道："餐厅今天正在办周年活动哦，您刚坐在七号桌是吗？被抽中了一份套餐。您愿意收下吗？"

这未免太惊喜了！

上帝真好！知道她没发实习工资特意派了天使来救她吗？

俞绵绵感动到眼泪都要流出来了，道："谢谢姐姐！"

服务生微微一笑，端着餐盘转身，视线与装饰墙后的某人相对，动了动嘴型：OK 了。

几米之外，俞绵绵一手捧着汉堡，一手举着奶茶，心满意足地离开餐厅。

玻璃门关上的一刹那，秦唐从装饰墙的后面走出来，微微点头同服务生道谢。

目光相对，对方羡慕道："先生，您对您女朋友真用心！"

为什么不光明正大地出现呢？她半句话到了嘴边，秦唐挑唇一笑，说："谢谢，再见。"

客气又疏离。

你有没有遇到过这样一个人，温暖如光却又遥不可及。

你有没有见过他这样一面，费尽心思，体贴如斯，却永不露面，永不留名。

世界上比薄情更令人伤心的事，大概就是永远没有立场深情吧。

秦唐将手边冷掉的咖啡投进垃圾桶，这才拿出震动许久的手机，屏幕上十多通未接来电，他手指一一掠过，按下接听键，道："你说。"

徐墨白已经濒临爆炸，却又碍着身份，教养良好地压住怒火，道："哥们儿，是你让我二十分钟后打给你的！这都两个小时了！"

秦唐点头，说："哦，有人在睡觉。"

徐墨白耳朵灵活地动了动，坏笑道：“哦？秦小唐——”

秦唐扯了扯嘴角，道：“如果你再这样阴阳怪气，后果自负。”

徐墨白最近在倒贴一个小丫头，正打算收购人家住的一条街，偏偏那条老街上有秦家济林医药的店铺，秦唐若是不放手，谁敢接盘？

徐墨白干咳一声，正色道：“西街一百三十二号，私人住宅，户主姓庄。”

两个小时前，秦唐派人查了俞绵绵来西街的原因，她是来找 Jone's 的设计总监庄瑞的。

这就没什么问题了，俞绵绵是为了工作。

姓庄？Jone's、庄瑞……

秦唐皱眉道：“觉得哪里不太对。”

徐墨白一声嗤笑，道：“你也就这点出息。”

“嗯？”秦唐有些不悦。

徐墨白冷笑，一字一顿道：“关、心、则、乱。”

什么不太对，明明哪里都对——

无非资深老巫婆上司对上职场小白的经典戏码，也值得用他的关系去调查？

杀鸡用牛刀，徐墨白今天知道是什么意思了。

一周之后，俞绵绵开始怀疑人生。

那是在一百三十二号洋楼门口，俞绵绵将背包垫在屁股底下，伤感地抬头望天。

洋楼里的前台小姐也不过刚来上班而已，一走到门口，被她席地而坐的样子吓一跳。

俞绵绵不想的，既不想蹲点洋楼，也不想傻子一样吓人。实在是因为街口的肯德基在修业重整呀！俞绵绵裹紧大衣，大大的帽子盖住半张脸，露出耷拉的嘴角——

这个角落偶有暖气传来，不至于寒风凛冽，可是，还是好冷呀！她想念苍澜山别墅里的地暖，想念那只金毛暖烘烘的肚皮，也想念秦唐炒的蛋炒饭……

不知道过了多久，困倦来袭，俞绵绵嘟哝了一句什么。

她正对面，秦唐横越马路，听清楚了那声小小的呓语——

她说的是：原来，下雪了呀。

是啊，下雪了。秦唐眉眼温柔，无声地回答。

他知道，他大可以继续站在诊疗室里安静地观察这一切；或者他也可以将她抱进怀里，一步一步踏雪离开；他可以做的事情这样多，可是他却选择了沉默。

所以，那个下午经过西街的人都看见了一幅奇怪的景象：少女在屋檐下犯困，脑袋似小鸡啄米一点一点；而面前，英俊的男子站在雪地里，握着纯黑的长柄伞，为她挡去纷飞的雪花。

洛城银装素裹，有的爱深入尘埃，静谧无声却又开出无瑕的花来。

低入尘埃？

一百三十二号洋楼里，窗前站着的人饶有兴味地挑起微笑，手指按在古董电话上，拨出了前台的号码，道：“那个找我姐找了半个月的小丫头，还不死心呢？”

前台小姐有些诧异，道：“庄少，我已经按照您的吩咐尽量打发了，可是——”

可是人家一不围追堵截，二不占道拦路，她也没法驱赶呀！

庄越沉吟片刻，问：“我姐呢？她知道BN设计的人这样死皮赖脸么？”

话刚出口，他摇头，得，不知道也好，知道的话，就她和BN设计的渊源，指不定闹个天翻地覆。光是想想他就忍不住打了个冷颤，看着楼下睡得无知无觉的少女，庄越挑唇一笑，坏心眼儿地将窗户用力摔上。

就是这一摔，窗上的雪笔直地砸在地上，俞绵绵猛地惊醒，揪了揪软绵绵的帽子，露出一双明亮的眼睛来——走到哪里都能打盹，她好佩服自己呀！

俞绵绵蹦蹦跳跳地暖身，视线落在眼前的脚印上：谁跟她一样惨，还在大雪天里罚站？

那会儿，她始终心大，不曾发现三楼窗棂后庄越的身影，不曾发现前台小姐异样的目光，自然，也不曾发现那串脚一直延伸到转角。

那个在大雪天“罚站”的人，那个手指冻到通红也为她撑伞的人，那个沉默地爱着她的人，始终没有离开。

秦唐靠在墙上，仰起头，任冰冷的雪花落在眼角眉梢。

手指忽而被拉了一把，低低的声音传了上来，问：“你是不是很冷啊？”

秦唐低头，看着突然出现的小女孩：她穿着灰蒙蒙的棉袄、红扑扑的小脸裹进羊绒围巾里，露出一双明亮的眼睛。如果不是抱着大叠没卖出去的报纸、如果不是围巾织纹太熟悉，他险些忘了，半个月前他们见过。

“是你？”秦唐声音很低。

小女孩昂着脑袋，皱眉道：“你怎么还在这里呀？”

卷跷的尾音与记忆里的俞绵绵相似极了，他有些走神，淡然道：“经过。”

“骗人！”小女孩朝他做了个鬼脸，娇俏的劲头都与记忆里七岁的某人如出一辙。

秦唐微微发怔，声色柔软起来，道：“你为什么不回家？”

“我没有家。”明明是这么悲伤的话，小女孩却不甚难过，笑眯眯道，“那你呢？”

秦唐视线落在远处，雪地里，少女傻乎乎地守在洋楼前，像是在跟人打电话。

他的嘴角扬起，轻轻道：“我以前也喜欢回家。”

“后来呢？”

“后来不喜欢了。”

小女孩不懂，连声问：“为什么呀？”

秦唐想了想，淡然道：“因为后来，没有人会等我。”

这是一个没有过程的故事，只有冰冷的结果，不动听，也不精彩。

小女孩沉默了，秦唐也是。

在沉默中，他挂掉了三个小鲸鱼打来的电话，手指停在她的备注名上，往黑名单里移，只差分毫，他停住了手——

有什么用呢？

今天把她加入黑名单，明天那个女人就能翻墙抢着他的手机然后再加回来……

想到这里，他有些头疼，转身朝第七心理诊疗室走去。

“我、我把围巾还给你吧？”小女孩期期艾艾地喊。

远远地，秦唐摆了摆手。

秦唐是三十七分钟后接到徐墨白的来电的。

彼时，他坐在诊疗室沙发里，视线落在马路对面的小洋楼前：她在看手机、她在喝水；她沮丧、她开心——俞绵绵所有的样子，他统统收入眼底。

秦唐揉了揉眉心，听着徐墨白的怒吼声：“你有没有搞错！”

“说。”秦唐淡淡吐出一个字。

果不其然，徐墨白压下怒火，磨牙道：“你不接那头鲸鱼的电话，她直接杀到我这儿来了！你知不知道，那家伙是往死里整我啊……”

徐墨白心肝发颤，他为了收服小椰子都砸重金买下一条街了，哪里知道小鲸鱼一冲出来，抱着他胳膊直喊亲爱的——他们是哪门子亲爱的？充其量就是半个熟人！

这下倒好，到嘴的小椰子又跑了！

徐墨白头疼，直接找秦唐兴师问罪，道：“我不管，这头鲸鱼是你从苍澜山捡回家的，她就是看上你了，你就等着收场吧！”

秦唐不冷不淡地“哦”了一声，兴致缺缺地准备切断电话，徐墨白却忽然道：“对了！你上一次让我去查的西街一百三十二号，我想了想，还是有必要跟你说一下，是不是有人在整小绵绵啊？庄瑞压根儿就没在那栋楼里……”

秦唐低咒一声，丢开手机朝楼下跑去。

徐墨白还说了什么？

——那位得了德国景致大奖的设计总监这几天在香港。

——洋楼里倒不是没人，庄瑞有个弟弟叫庄越，据说刚回国不久，就住在里边儿。

——这就奇了怪了，BN设计家大业大，连庄瑞没回城的消息都不知道？

秦唐飞奔下楼，鞋子一深一浅地陷入雪地里，他的脑子有些混乱，满脑子只有一个她。

这种感觉就好像多年前，俞绵绵逃了自习课去看高三年级的毕业典礼，她急匆匆地想去抢周薄暮的校服的第二颗纽扣——

那时候的秦唐呢？他在会考上心乱如麻，终于摔下笔冲出了教室。

盛夏骄阳似火，没有灼烧他的肌肤，却实实在在在灼烧他的心脏。

后来他终于出现在她面前，可是那又怎么样呢？

就像现在，秦唐站在雪地里，看着眼前的一幕，他在想：那，又怎么样呢？

冷意一寸寸蔓上他的眼角，秦唐的手指松开，长柄伞应声落地。

他失声而笑，转身消失在了西街街口。

寒风凛冽，大雪纷飞，他开始明白，世间的事情，差一步就是错，差一步都不可以。

雪地里，周薄暮看着面前冻得脸蛋儿绯红的少女，薄唇紧抿，浑身上下透露着肃杀之气。

俞绵绵惊讶了："你、你怎么会在这里？"

"不然应该怎样？"周薄暮嘴角泛起嘲意，道："在办公室吹暖气？"

一个在冰天雪地里挨风受冻，一个毫不知情还在谈跨国合作案！如果不是他致电助理部，周薄暮甚至不知道俞绵绵最近一直蹲点在西街！多可笑，他们每天见面，在眼皮底下，他却不知道她的近况！

"回家。"周薄暮面沉如水，将大衣罩在她身上，拉住她的手腕就要走。

"喂——"俞绵绵吓了一跳，急急地拉住他的袖口。

"嗯？"某学长眼眸眯了眯。

俞绵绵低头，道："我不能走。"

俞绵绵不是傻子，她知道守株待兔的方式不太聪明，她也知道大冬天在雪地里挨冻很傻；可是，她只是BN设计小小助理而已，既没法建摩天大楼，也没法得国际大奖，这样的傻事儿不就是她这样的新人该做的吗。

周薄暮低头，看着拽住他衣角的那只手——原本就偏白的肌肤被冻到毫无血色，偏偏倔强满满，即使有些微的颤抖，也一丝一毫不愿退缩。

“你想干什么？”周薄暮哑声道，“证明自己？”

“我……”

“证明你有毅力？证明你有能力，还是……”他走近一步，将她逼入角落里，道，“证明你压根就不需要我？”周薄暮的眼眸很冷，那抹冰冷后却有一抹受伤的神色闪过，稍纵即逝。

角落逼仄，他的呼吸洒在她的鼻尖上。俞绵绵张了张嘴，说：“我是很想……”

想什么？

周薄暮没等她说完，就将人揽在怀里。不是亲吻，也不是拥抱，他将她带到了洋楼里。

玻璃门应声而开，他脚步森冷，笔直地停在前台前，道：“转告庄瑞，二十四小时内露面，否则合作免谈。”

前台小姐仍在惊愕中，愣愣地看着突然出现的人，道：“先生，您、您是？”

周薄暮冷冷地将名片按在大理石桌面上，森冷气压里他看向俞绵绵，道：“现在可以了？”

是询问，但是分明没有听她回答的意思。

前台小姐拿起名片，久久没回过神来：周薄暮？

气场凛冽，直到两人走远，前台小姐一口气才缓缓吐出来——

他就是年少斩获德国景致建筑大奖的天才周薄暮？

俞绵绵被塞进副驾驶后，能感觉到周薄暮是生气的。

可他呢？扣安全带、踩油门，将捷豹开得行云流水，全程不带一丝停顿。俞绵绵想说些什么，比如说下次她会学聪明一点儿？或者压根就不冷？

算了，说什么都没可信度。

她手指挪过去，小心翼翼地靠近他的身侧，抠一抠，没反应。

再抠，还是没反应。

俞绵绵心一横，沿着他的腿往上滑，想拽着他的衣摆，摩挲着摩挲着，手指蓦然被握住。

她心一顿，与此同时，尖锐的刹车声响起。

松手、开门、下车，周薄暮脚步不停，剩下俞绵绵一个人在副驾驶位上愣神。

周薄暮走到台阶上，又折返，打开车门居高临下地看过去，一声不吭。

俞绵绵最受不了他这样的眼神，冷冷清清感觉不到一丝感情，仿佛又回到了七年前，他是高高在上的神话，她是一钱不值的路人甲。

光是想想就很让人沮丧啊！

俞绵绵噘嘴，道："我下次好好安排工作时间嘛，跟戴安姐商量好，以后不会这样傻等了……我也不想在雪地里待几天嘛，实在是……啊！"

前半段是委屈巴巴的陈述，最后一个字是尖叫。不为别的，就因为眼冷眉冷的周薄暮已经将她扛了起来！

轰——倒挂着的某人血脉逆流，道："啊！学长！你放我下来呀！"

周薄暮脸色很不好看，一句话也不想搭理，大步地往电梯间里走。这时候已经很晚了，整幢大楼里人烟稀少，剩下零零散散的几个人都被吓了一跳：这是什么情况？

周薄暮冷眼一扫，大厅一片死寂，电梯一层一层降下。

俞绵绵这才发现，他们居然到了BN设计大楼？这是要干什么！

"学长！你冷静！咱们有话好好说，别冲动好好说啊——"

周薄暮被吵得头疼，一掌拍在她的跷臀上，冷冷吐字："闭嘴。"

空气一下子冻住。俞绵绵耳根红透，只觉得电梯里氧气变得稀薄起来，整个人云里雾里的，直到——

她被放到洗手台上。

准确来说，是周薄暮办公室洗漱间的洗手台上。

陡然而来的暖意让她浑身一激灵，刚刚被拍过的肌肤灼热到发烫，沿着腿骨一直蔓延开来，像点点火星溅到心湖，漾开一圈又一圈的涟漪……

周薄暮俯身，道："刚刚的对话还没结束。"

"什么对话？"俞绵绵没懂。

"不许——"周薄暮危险地凑近，"不许证明你不需要我。"

不许、证明、你不需要我。

有点绕口，不符合他惜字如金的冰山属性。但是，俞绵绵心狠狠地酥了一把。

原来，一整个下午他在为这句话生气？

原来是这样。

她动了动嘴巴，还想说什么，周薄暮已然撤开，伸手打开了莲蓬头。

水雾散开，哗啦啦地落入浴缸里，氤氲中，他转身，冷冷道："洗澡吧。"

洗、洗澡？

俞绵绵满脸通红地跳下洗手台，披在肩上的羊绒大衣沿着圆润的肩膀滑下，她心内一跳，赶忙去捞，几乎是同一时间周薄暮眼疾手快地接住。

"砰"的一声，她的额头撞上他的胸膛。

"好疼！"俞绵绵头晕眼花，腰身忽地被他紧紧箍住。身体相贴，她冰冷，他却出奇的炙热。俞绵绵的身子骨抖了抖，腰上的力道却忽而加重一分。周薄暮呼吸一低，沉声道："水放好了。"

"那、那你呢？"她怯怯地开口，猛地顿住，道，"我、我不是那个意思！"

想着她在西街冻了一天，他的火就不打一处来。BN 设计离西街最近，他的本意是将她丢进办公室的浴缸里泡个澡，而现在，眼前小脸通红的人明显是想歪了。

周薄暮垂眼，嘴角一勾，道："哪个意思？"

沙哑的调调将她脖颈后的鸡皮疙瘩都勾了出来，俞绵绵恨不得挖个坑将自己埋了，着急道："就是……就是……"

他伸手将她额边的碎发别到耳后，指尖在她脸畔流连，轻轻一勾，从灼热的脸颊一滑而过，"你是不是又在幻想什么乱七八糟的东西，嗯？"

"没有！我没有！"俞绵绵急得快哭了！盥洗室的暖气一定坏了，不然她为什么会觉得缺氧！明明手心冰冷到冒汗，她的耳尖到脸颊却滚烫起来。她下意识地往后退一步，手心却被猛地一拽，"小心——"

周薄暮的喊声刚落，俞绵绵踩到飞溅的水花，往后一倒，摔进了浴缸里。

巨大的落水声和灼热的水汽扑面而来，她的视线陡然一花，下意识地想攀住什么。

事实上，也确实攀附到了——凌乱之后，俞绵绵睁开眼，看着近在咫尺的周薄暮冷峻的脸色，睫毛猛地颤了颤：她、她……的手什么时候挂在了他的脖子上？！

两人湿身相对，满室只有哗啦啦的流水声。

俞绵绵看着他衬衫里若隐若现的肌肉，呼吸猛地一窒，顺着他幽暗的视线低头，她的外套大开，打底衫已然贴身，勾勒出玲珑曲线……

他的呼吸骤然一沉，将唇贴近她的耳边，道："小妖精——"

随即，他火热的吻落下，沿着她柔软的肌肤烫下一道道痕迹。

外套沉入浴缸里，他的指尖扣在她柔软的腰上。俞绵绵濒临迷醉，只觉得身子骨忽然被捞起来，抵在了冰冷的墙上。

明明已经离开了溢满水的浴缸，她却觉得愈发的呼吸困难。俞绵绵抬头，想深吸一口氧气，周薄暮低低一笑，在她脖颈上坏心眼地吮上一记。

红痕如樱花般绽开，她嗷呜一声低咽，一不留神触到了花洒的开关，然后……

冰冷的水花兜头泼下，将两人彻底淋醒。

周薄暮脊背一僵，抢先掰动开关，水温一点点升高，怀里的人却像是傻掉了。

他的鼻尖抵在她唇上，声音嘶哑道："你什么时候毕业？"

"啊？"在他湿漉漉的目光下，她张皇失措，道，"什么？"

薄唇摩挲着她细腻柔软的肌肤，周薄暮呼吸沉沉，眼角眉梢皆飞上浓浓的桃花色，道："我问你，什么时候长大……"

字里行间的气息灼灼如火，俞绵绵的心脏都快跳出嗓子眼儿了，小声道："六、六月初。"

然后，他箍在她腰肢上的力道慢慢加重，像是犹疑，也像是留恋，道："再等，我快等不及了。"

……

盥洗室的门从外面被带上。俞绵绵看了看浴缸，又看了看镜子里如熟虾般的自己——

所以，学长刚刚的意思是？情到浓时，她也不排斥婚前……哎呀，好害羞呀！俞绵绵扭了扭，额头撞到花洒，热水一浇，整个人都粉红到冒泡。

扭扭捏捏地洗完澡，俞绵绵裹着浴巾，突然想到一个问题：衣服都淋湿了，她穿什么？

盥洗室外，周薄暮坐在办公桌边，电脑亮着荧荧的光，折射在平光眼镜上，幽暗迷离。

她的温度、她的喘息在脑海里回荡，周薄暮压下呼吸，一口气将刚勾勒的图纸揉皱，气呼呼地投进了垃圾桶。

这时候他已经换好衣服了，湛蓝色衬衫搭配黑色长裤，浑身上下风流尽染。所以盥洗室里响起一道低低的声音时，他不觉得奇怪。

“学长。”俞绵绵将门掩开一条缝，白嫩嫩的手臂伸出来在空中晃了晃，说，“我，我没有衣服穿……”

身边放着从衣帽间里清出来的衬衫，周薄暮拿起来递过去，道：“只有这个。”

俞绵绵在空中摸了摸，声音里带着惊讶与羞涩：“啊？”

周薄暮靠在墙上，嘴角勾了勾，说：“反正，该看的都……”

“住口呀！”俞绵绵羞愤欲死，连忙把衣服扯了过去，几下就往身上套：黑色的男款衬衫，从头罩下来刚刚遮住了大腿，也……还算好？

俞绵绵抱着一堆衣服开门走出来，被守在门边的某人吓了一跳。

周薄暮可不给她回神的机会，将她手里的东西捞起来，再度扔回了浴缸里，道：“不要了，回头再找人收拾。”语气淡淡，刚说完又将吹风塞到了她怀里，说：“把头发吹干。”

所以，从俞绵绵的角度看去，周薄暮冷冷静静，只有她一个人脸红到爆炸？

也许，是见过的世面太小了？俞绵绵竭力恢复如常，满屋子找插座吹头发。她哪里知道，某人的视线就没敢在她身上多停留一刻，转身飞速地回到办公桌前，握住铅笔，死磕图纸。

原本几分钟就能搞定的一个局部模型图，他画了又画，满心的焦躁。

不经意地一抬头，小小的人高举手臂吹着发尾，黑色衬衫跟着被拉高，露出细腻的一截肌肤，他的呼吸跟着停了停，这家伙真不把他当男人看啊？

几乎是瞬间来火，周薄暮起身，连带着吹风机跟人一起抱到浴室里。

他飞快地将插座插上，将她的身体掰到镜子前，道：“在这里吹。”

“呀！”俞绵绵回神惊呼道，“学长，我吵到你啦？”

男款衬衫毕竟不合身，纽扣全系上也等同于小V领，从他的角度看去风光大好，周薄暮移开眼，磨牙道：“是，很吵。”然后掉头走了。

闹了一晚上，他才回到座位上，狠狠地揉了揉太阳穴——

什么是心猿意马？他今天感受到了。

什么是生不如死？呵呵，这大概就是了。

第五章
你的归属权

俞绵绵沮丧道:“被上司训了,我会不会被辞退呀?”
秦唐满不在意:“值得商榷。”
“所以,我真有可能被炒鱿鱼?”
“不。”秦唐冷冷一笑,“我是说,周薄暮如果没解决这事,你的归属权值得商榷。”

可是，俞绵绵没感受到。

她只觉得今天的周薄暮特别冷，想了想，俞绵绵脸上一烫，偷看了办公的周薄暮一眼。

他察觉到她的目光，赫然抬眉。

四目相对，“咕噜”一声，她的肚子不合时宜地叫了一声。

饿了。

中午在西街吃的面包，挨到现在也应该饿了。

办公室构造很好，甚至连茶水间也配备了。一扇玻璃墙外就是陈助理的办公间，俞绵绵瞄到了，那里有方便面，还是泡菜五花肉口味的。

老陈人那么好，征用一下他的方便面，应该不会介意的哦？

俞绵绵跃跃欲试泡方便面时，周薄暮的确是愣住了——这到底算什么脑回路呢？老陈桌上就有点餐本，一个电话就能让米其林三星餐厅送最精致的吃食过来，而她看上的居然是人家的方便面？周薄暮觉得匪夷所思。一抬头，茶水间里灯光温暖，小小的人忙忙碌碌，开水咕噜咕噜地冒着泡，明明是如此粗糙的过程，如此简陋的食物，却让他觉得安宁。

周薄暮想了想，用座机拨通了一个电话。

听筒那头，老陈一看来电显示就有股不妙的预感，道：“老板，那个你怎么……”每天下班准点撤，重点项目、电话会议一律搬回苍澜山别墅里跟进，只为在某人跟前刷存在感的老板，怎么会这个点还在办公室？

周薄暮薄唇紧抿，开口问：“戴安·陈让她去盯着庄瑞？”

老陈顿了三秒才反应过来“她”是谁，当即紧张起来，“听、听说是。”

将俞绵绵调到出名的“老巫婆”手下工作是人事部的决定，至于接手什么任务，他不曾插手过问，只是现在听老板的语气，好像很不妙？

老陈一时间如临大敌，周薄暮的声音却愈发淡了，道：“换个人。”

“换谁？”戴安·陈已经是女建筑里的跷楚了，有才华的没她有经验；有经验的不比她有魄力；两者皆有的，那就是迷死人的顶级建筑师了，您老人家能乐意？

周薄暮深吸一口气，道：“算了。往后你盯着，有什么事情第一时间汇报。”周薄暮点到即止，老陈也客客气气地应了。

“还有一件事儿。”

电话那端的人坐直了些，却只听到周薄暮懒洋洋道：“借用你两盒方便面。”

方便面？借用？

老陈张了张嘴，说：“那个，如果您需要的话，我可以帮您点餐。”

周薄暮睨了茶水间一眼，一碗面正在起锅，腾腾热气里，她脸蛋儿绯红，格外认真。

他忽而笑了，嘴角勾起漂亮的弧度，道：“不用了。”

“哈？”

“我喜欢方便面。”

喜欢？被撂了电话的老陈半天没回过神来。上次他加班时吃了一口，第二天是谁一来办公室，嫌弃得差点儿把他丢出去？

这也能喜欢上，世界可真玄幻。

周薄暮觉得，泡菜五花肉味的方便面不好吃，事实上，他觉得任何方便面都不好吃。但是对面的人吃得兴致勃勃，他也跟着动了筷子。

俞绵绵的鼻尖儿冒出细密的汗珠，她伸手胡乱地擦去了，又满屋子找纸巾。

办公室门就是这时候被打开的，准确地说，是被撞开的。

“砰”——

撞门的人直接倒在了地上，抱头哀号：“庄瑞，你使这么大劲儿干吗？”

周薄暮冷冷抬眉，看着倒地的男子：二十出头的年纪，黑发黑眸。而在他身后，庄瑞优哉游哉地走进来，敲了敲办公室大门：“有人在吗？”

礼貌又得体，好像刚刚把自家弟弟扔进来的人不是她。

庄瑞的视线搜寻了一圈，终于见到了气场冷冽的周薄暮，“哎呀”一声道：“你在呀？”

“你怎么上来的？”周薄暮语气很冷。

庄瑞优雅地在办公室扫了一圈，甜蜜地笑，道：“刷脸呀！”

“解释一下，这是演哪一出。”周薄暮看着地上的人，淡淡道。

“这个啊！”庄瑞将弟弟捞起来，笑眯眯道，“我带我弟来负荆请罪的呀！”

请的什么罪？BN 设计派人一次次催请的时候，她还在香港喝老火靓汤呢。是她嫡亲的弟弟庄越一次次给人吃瘪。无非是气不过两家公司第一次餐会约见时，她被周薄暮放了鸽子。毕竟，半个月前星光餐厅那场餐会，她等了周薄暮整晚啊。

庄越被自家老姐跟拎小鸡儿一样拎着，刚想说什么，一触到她冷冰冰的眼神，到嘴边的话再度咽了下去——生意事大。

这厢，庄瑞笑眯眯地解释道：“我弟闹着玩儿呢，小孩子家家的不懂事儿。”

闹着玩儿，不懂事儿。

周薄暮不置可否，看了眼手表：三个小时。

他三个小时前跟 Jone's 的人说过，限时二十四小时，没有庄瑞就没有接下来的合作案。时间点上他是满意的，但是时机——

盥洗室的门虚掩着，显然，他的小兔子穿着刚没过大腿的衬衫，正在里边躲着。

周薄暮有些头疼，冷笑道：“负荆请罪，‘荆’呢？”

庄瑞眼疾手快，一把抽出办公桌上画图的长尺，“唰”的一声摊在他跟前，道：“喏，揍他吧。”

门缝后正在偷听的俞绵绵没忍住，扑哧一声笑了。声音很低，周薄暮察觉到了，庄越的耳根也灵活地动了动。两个男人的目光撞到一起，前者冰冷，后者耐人寻味，终于，庄越道：“周先生有养猫的嗜好啊？”

话音刚落，周薄暮的脸都黑了。

周薄暮与庄瑞早年在欧洲认识，一个主攻建筑设计，一个专修广告设计，都是华人圈里才华卓绝的天才。庄越也是知道他的，一向不喜欢宠物的人，怎么会养猫猫狗狗？

空气冷了三秒钟。庄瑞一挑眉，领悟到了这是提出合作案的最佳时机。于是，拿起马克笔，就着落地窗画出了广告设计初稿，笔画利落、简洁明了。

周薄暮看了一眼，在玻璃上圈出了几个问题，道：“拿回去改。”

一个拼尽全力想谈下合作，另一个百般冷脸，巴不得下一秒就将两位不速之客丢出去。

落地窗前，两人对峙着。

一旁的庄越早就司空见惯了，干脆抱臂欣赏着墙上的挂画。他踱步，忽而又停下，朝盥洗室的方向看了一眼：周薄暮藏着的人是什么样子？

男人？还是女人？可真让人好奇呐！

门缝里漏了一条光，清晰地显示有人影靠近。俞绵绵心脏猛地一跳：不会吧？

越来越近，庄越嘴角一跷，手按在了门把手上，用极低的声音道："谁养的小野猫呢？"

俞绵绵浑身汗毛都竖了起来，"咔嗒"一声响，门锁扭动了！

俞绵绵屏住呼吸，眼看门缝被拉开，光亮照进来的一瞬，"砰"的一声再度关上。

她被冷冰冰的摔门声吓了一跳，接着更冷的声音从门后传了过来："庄少，私人空间，不便游览。"

庄越也笑，嘴角弯起来，道："情不自禁想看看。"

"情不自禁？"周薄暮冷冷扯起嘴角，道，"某些情愫，还是'自禁'得好。"

他们还说了什么？

声音越来越小，俞绵绵的好奇心也越来越重，干脆将耳朵贴到了门上，一边踮脚，一边挪动位置……

悲剧就在这一瞬间发生了：门锁刚刚被摔坏了，玻璃门等同于虚掩，俞绵绵一靠，身子骨往前一栽，狠狠地摔在了办公室的地毯上。

屋子里另外三个人都愣住了。

庄越看着倒地的少女：单薄的黑色衬衫，露出白嫩嫩的两条大腿，长发散乱，隐约还有湿痕，再把目光移向她身后的盥洗室，水漫成灾、一室狼藉。

他倒吸了一口凉气，暗暗睇了周薄暮一眼，忽而又觉得哪里不对。

庄越看向少女苍白的脸：灵动的双眸、莹润的鼻子、嫣红的嘴……明显与记忆里的某张脸蛋儿重合——

西街雪地里，他分明见到了这个女孩与秦家的小公子在一起！

秦唐在雪地里帮她撑伞，周薄暮将她藏进盥洗室……

庄越嘴角一勾：呵，人生的境遇还真是有意思。

周薄暮将俞绵绵抱在怀里，隔空向庄越投去冷厉的目光，道："管好你的眼睛。"

外套将她裸露的肌肤裹住，周薄暮才将人拦腰抱起，声色如冰，道："现在不是谈合作的时候，不送。"这就是下逐客令的意思了。

庄瑞还在发愣，这就是周薄暮？这，就是她印象中的周薄暮吗？

尽管，她一早就察觉到盥洗室里有异常。她猜到是藏了女人，她理所当然地知道，曾经冰冷的对手、曾经杰出的队友，身边一定会有其他人。

他会和她认识的、不认识的某个女人共度这一生。

但是，真正见到他眼角眉梢的宠溺，真正触碰到他柔软的眼神，真正见证这一刻，她还是会深深怔住：马克笔在玻璃窗上勾勒图纸时，他一次次走神；为了合作案冷冷对峙时，他在留意盥洗室的动静；内间玻璃门大门被推开时，他第一时间拦住庄越的脚步。

曾经的他高高在上，沉溺在建筑与线条中，心无旁骛。

而如今，他会分心，也会无条件宠溺某人。

回程的路上是庄越在开车，他问："同样是德国景致大奖的得主，你和他一样才华横溢，凭什么非要签下这个合作案？"

为了Jone's的年度报表好看？为了设计界再出一个经典案例？还是，为了……

车窗降下，冷风迎面吹来，庄瑞终于收好了敷衍的笑，淡淡道："为了我自己。"

这是她的理想，与周薄暮共同完成一个案例，是她余生唯一的理想。

像是触碰到某些伤痛，庄越沉下眉眼，低声道："我知道了。"

BN设计顶层，CEO办公室里。

周薄暮将俞绵绵抱起，软软的小人也知道丢脸丢到家了，将脑袋埋在他胸前怎么着也不肯抬头，他将她放在桌案上，道：“抬头。”

俞绵绵额头在他胸口蹭了蹭，周薄暮无奈，手指往下滑，按在她白嫩的脚踝上。

冰冷的手碰到温暖的肌肤，俞绵绵身子骨一颤，条件反射地抬起头来，小鹿般无辜的眼神撞进某人深沉的目光里。

周薄暮一低头，准确地吻住她的唇，先是慢慢摩挲，再是试探，最后是深吻……

带着喘息的威胁声自唇边溢出，他说的是：“小兔子，再敢冒冒失失，看我怎么收拾你……”

第二天，俞绵绵依旧在清晨出门，没走几步就接到助理部的电话，让她直接回公司待命。

老实巴交地回到工位上，她这才惊讶地发现，自己的“外放”生涯结束了。既不用蹲点守庄瑞，也不用在几个工地、几个子公司间来回沟通了，就在她一头雾水时，戴安·陈扔给她一叠图纸，让她细化善后。

于是，俞绵绵加班到深夜。再回到苍澜山别墅时已经是晚上十点了。一打开门，周薄暮正在沙发上看书。

她小心翼翼地道歉，说：“对不起学长，我没想到会这么晚。”

中午周薄暮问她吃什么，她兴致勃勃地回了句“咖喱饭”，最后吃的却是公司的加班餐。

周薄暮从书卷里抬起眼，道：“没关系。”

声色温柔，只有在她转身时，眼眸里才有光一闪而过。

加班？呵呵，加班。于是，第二天，连续好几个月五点就撤的某冰山学长也开启了加班模式。为此，老陈几度惶恐，搓手问；“那个，咱们公司没遇到什么危机吧？”

“没。”周薄暮惜字如金。

“那，这……”是太阳打西边出来了。

太阳有没有打西边出来俞绵绵不知道，但是她知道，加班到深夜，一出门就能见着周薄暮的车停在公司门口。和 Jone’s 定下合作案以后，学长也忙了起来？俞绵绵心疼地看了一眼开车的某人。

周薄暮察觉到她的目光，嘴角勾了勾。

“如果我有庄瑞那样的头脑就好了。”俞绵绵低低道，她也许就能帮上学长一点儿。

周薄暮视线仍在公路上，腾出一只手，精准地停在她的脑袋上，胡乱地揉了揉，道：“论文写好了吗？”

论文？论文！

俞绵绵怔住，上次在办公室盥洗间里，他的吻炙热逼人，最是情动时，他问她什么时候毕业。难怪俞绵绵一直觉得哪里不太对！

分明就是很不对啊！

毕业论文这事儿已经被她忘到九霄云外了！

俞绵绵抖着手登录手机 QQ，班级群里的消息一条又一条跳出来，有学霸在问：大家的论文写到什么程度了？导师抽检没几天就要开始啦！

她哭丧着脸看向周薄暮，继而埋头，打开了李小疯的对话框：如果毕业论文还在填框架阶段……

李小疯发来一个踢凳子上吊的表情。

俞绵绵嗷呜一声，更想哭了。

“抽检准备好了没？”周薄暮问。

“没。”俞绵绵答。

“没准备好？”他挑眉。

俞绵绵颤巍巍地捏着手机，一脸凝重地出声：“不，是没准备。”

就这样，俞绵绵过上了临时抱佛脚的日子。白天工作画图，晚上与毕业论文死磕到底。

有时候她请假去图书馆写论文，周薄暮独自开车去公司，他总会觉得少了些什么，环顾四周：俞绵绵的发绳放在挡风玻璃前；俞绵绵买的卡通贴纸贴在空调口；俞绵绵抽奖中的一把小红伞被放在了后座上；就连她打印好的一整沓参考文献，也被粉色燕尾夹订好，整整齐齐地代替她，占领了副驾驶的座位。

不知道什么时候开始，他的生活里全是她留下的痕迹。

周薄暮觉得，好像还不错。

俞绵绵却在想，不能再糟糕了。

彼时，她学校、公司两头跑。有时候会在图书馆累到睡着；有时候看着图纸就开始打盹；而今天，她在小组会议上犯困，主位上的戴安·陈当即扔下钢笔，暂停了会议。

俞绵绵被叫进了办公室里，低头攥紧手心，道：“对不起……”

下半句还没说完，一叠图纸迎面扔了过来，纷纷扬扬地落在脚边。

戴安·陈开口道：“现在睡意醒了吗？”

俞绵绵惊呆了，何止是醒了，简直连今晚也睡不着了！

“可是……”可是，这都是会议前她整理好的图纸呀！俞绵绵张了张嘴，到底没说出口。

戴安·陈把玩着钢笔，随口道：“重新整理。”

重新整理？！

这里的图纸起码有三百张！每一份都是按空间布局分好，重新整理完起码得两个小时！

“对不起，今天是我错了，但是……”俞绵绵试着开口，话头被对方冷冷截断：“俞小姐，你知道的，我不听但是。还有……”

俞绵绵眼底升起希望，却在她接下来的话之后，变成了灰暗的失望。

“你既然有本事挤走顾心，也应当有那么一丁点儿的能力在BN设计立足吧？

“放眼看去，这里哪一位助理建筑师不是履历辉煌？你是有名声，还是有才气？

“不然趁着年轻改行去做其他设计？VI？平面？”

毕竟，建筑设计不适合你这样弱到骨子里的小女孩。

俞绵绵解读出了她没说出口的意思，攥紧的手心冒出细密的汗珠。

“砰砰——”办公室门突然被敲响，屋子里的两个人都朝门口看去。庄瑞推开玻璃门，笑得温和可亲，道：“门没关好，我听到了一两句。”

“所以？”戴安·陈挑眉。

“所以，风水轮流转，莫欺少年穷。她……”庄瑞视线落在俞绵绵身上，笑眯眯道，“你信不信，你倒下后周薄暮随时能找她顶上？”

戴安·陈冷冽一笑，道：“就凭她？”

“就凭她。”庄瑞踩着长筒靴走近，随意地捡起地上的几张图纸，悉心理好，放到了桌案上，说：“经验过几年总会有的，名声在业内摸爬滚打几年也就够了，才气？你像她这个年纪，是拿过景致大奖，还是建了迪拜塔？”

庄瑞目光一扫，笑了笑，说：“戴安·陈，我没认错吧？没记岔的话，二十出头的你好像还在英国某大学的数学系里画坐标轴吧？”

戴安·陈本就是数学系出生，没有受过正统建筑学教育，国内外大奖拿了无数，闻名遐迩的景致大奖却连提名的机会也没有。

庄瑞太知道怎么戳人的痛点了！

而此刻，戳痛点的人还在优哉游哉地补充道：“另外，我想告诉你，VI 设计、平面设计与建筑设计平起平坐，收起你老学究的心态，现在是年轻人的天下了。”

她冷冷一笑，将名片扔在理好的一叠图纸上，道：“我以本年度景致平面设计大奖得奖者的身份告诉你，所有试图将设计分高下的人，都是垃圾。”

一言既出，戴安·陈愣住了。

俞绵绵还在震惊中迟迟没回过神，手上忽然一紧，庄瑞挑唇一笑，志得意满地将她拉出了办公室。

见过英雄救美，但是俞绵绵从没试过被美人搭救。

被拉着走了老远，她觉得身子骨轻飘飘的，庄瑞的手好软，好柔，就连温度也是刚刚好的暖。

气质绝佳的美人她见过，如顾心，永远挂着端庄得体的笑，嘴角上扬十五度，优雅迷人。跳脱的少女她也见过，像徐墨白的心上人顾椰，眼角眉梢都是俏皮。甚至小鲸鱼、李小疯，一个活泼，一个倔强；可是，俞绵绵从没见过庄瑞这样的女子。

明明是像周薄暮一样的天才，却……

俞绵绵想到一个词语：英气逼人。

此刻，英气逼人的女子将她拉进电梯里，十秒钟的时间，电梯升入顶层。庄瑞的脚步没有停下，俞绵绵就亦步亦趋地跟上去。

天台落雪刚融，阳光从云后照进来，一派的风光和睦。

“庄小姐。”俞绵绵忽然出声道，“刚刚谢谢你。”

庄瑞脚步停了一瞬，眼眸一飞，道：“你谢我？”

她像是听到了趣闻般勾起嘴角，好笑道：“谢我什么？谢我怼你的顶头上司？谢我摔了名片走人？还是谢我把你拉出办公室，让戴安·陈哪天想不通了，有机会给你小鞋穿？”

很复杂，这就是二十一岁之后的世界。有甜如蜜的爱情，也有再也回不到从前的友情；有需要花精力去应付的人际关系，更有错综复杂的办公室政治。

戴安·陈会因此而刁难她吗？俞绵绵不知道，甚至在庄瑞笑完后她也跟着笑了笑，说：“不是，是谢谢你帮我出头。”

俞绵绵知道，被帮是情分，漠然才是本分。

毕竟，人人都很忙，谁有空在乎一个职场小白的伤心难过。

她的目光黯了黯，情绪有些低落，不是因为戴安·陈，也不是因为被训，而是因为庄瑞跳出来帮她说话的那一幕，让她想起另一个人不顾一切纵容她的样子。

她曾经是个上选修课都会睡着的少女呀，是那个人为她挡住飞来的粉笔头，也是低调惯了的那个人，冰冷地摔出名片、搬出身份与老师对峙。

那个人是她心底的美好，同样，也是她心底的一根刺。

与此同时，庄瑞在打量面前的人：青春明媚，眉宇间笼着丝丝忧愁。更重要的是，眼睛、鼻子、嘴巴，分明就是当日藏在周薄暮办公室里的少女！

“我不是帮你。”庄瑞眼眸一扬，淡淡道，“只是看不惯她那样拿腔拿调而已。”

“嗯，但是……”俞绵绵还在想措辞，庄瑞指了指云雾后正在修建的摩天楼，道：“那样的建筑，基地出了纰漏，谁会听‘但是’？建造过程中生了事故，谁要听‘但是’？”

俞绵绵一怔，说：“我……”

庄瑞看着远方拔地而起的建筑，道：“小朋友啊，‘但是’不是惊喜，也不是悬疑小说里真相揭晓的铺垫，对建筑来说，‘但是’就是意外。”

庄瑞的手指慵懒地划过栏杆，声音不紧不慢，道：“三点钟方向，标高四百三十二米的世贸大厦；六点钟方向，标高四百九十九米的徐氏集团；八点钟方向，标高五百四十米的中心商厦，甚至我们脚下的 BN 设计，每一桩、每一件都不容意外。”

庄瑞是笑着说这些话的，俞绵绵却觉得后背的每一寸肌肤都在发冷。

她的工作不只是画图而已，更不只是勾洽合作公司、巡视一个个尘嚣满天的工地，她是未来的建筑师啊，每一分心思都承载着生命与责任。

戴安·陈的严苛没有错，错的至始至终都是她。

俞绵绵不知道庄瑞是什么时候离开的，她只记得自己垂下了眼眸，从 BN 设计里走出来，漫无目的地游走在大街上。

多令人沮丧啊，整整七年，她跟在周薄暮身后，毅然决然地选择了 C 大建筑系，如今都快毕业了，连最浅显的道理都需要提点才懂。

这样一个她，能跟上周薄暮的脚步吗？

她凭什么与他比肩？

大街上车马川流不息，目光所及之处，所有人都是脚步匆忙。

俞绵绵坐在长椅上，摩挲着手机屏幕，一个个掠过微信栏里的人名，这个点，学长一定在忙，李小疯在午休，另外的室友们也都不在洛城……

指尖点在一个名字上，她的呼吸怔了怔，终于还是挪开手闭上了眼。

——秦唐。

天空阴沉，有细碎的雪花飞上来，落在俞绵绵眉心上，透出丝丝凉意。

不知道过了多久，她觉得风小了，雪也收了。

可是……很奇怪呀！

俞绵绵忽地睁开眼，映入眼帘的居然是一把黑色长柄伞！

“你、你……你……”她看着身侧的人，惊愕地出声。

秦唐一勾唇，在她身边的长椅上坐下。白衣黑伞，在漫漫雪地里俊逸如画。

他本就人高腿长，长腿慵懒地伸直，一双马丁靴踩在薄雪里，帅而不自知。

“嗯？”秦唐哼出淡淡的鼻音。

俞绵绵鼓大眼睛，还在惊讶的状态里，道：“你真的在这里？”

下一秒，一双手伸过来，笔直地落在她的脸蛋儿上，胡乱地在婴儿肥脸蛋儿上揉了又揉，道：“不是梦，不是幻觉，不是神游……白痴。”

最后两个字轻飘飘的，却分明有股宠溺闪过。

俞绵绵被捏了又掐，脸颊红彤彤的，终于恢复了点血色，她道：“你怎么会在这里？”说完，她惊觉过来，不知不觉间她居然走到了西街。只需要转一个路口，就到了一百三十二号洋楼，也就到了秦唐的第七心理诊疗室。

他也在这里，是巧合吗？如果不是巧合，那又是什么呢？

雪花细细密密，他暗自将伞柄往她那边靠了靠，淡淡道：“过得不顺利么？”

“你怎么……”知道？后面两个字俞绵绵没说出口，她疑惑地看着他，隔了会儿改口道，“没有呀。”

“你的眉毛动了一下，鼻子也暗自皱了皱，嘴角的笑嘛，大概……”秦唐比画了个弧形，不紧不慢道，“大概十五度的样子。”

“那又怎么样？”俞绵绵不明所以。

秦唐勾唇一笑，不紧不慢地吐字：“很好看。”

明明是寒冬腊月，眼前得男子偏偏笑如春风，轻柔又温存。

俞绵绵看得愣了，这家伙什么时候嘴变得这么甜了？反应过来后，她的嘴巴跟着弯了一弯，然后就听到身侧传来凉飕飕的声音：“但是，你在撒谎。”

“扑——”冷水泼下将心头的小火焰熄灭。俞绵绵下意识地一掌打过去，被他当空截住。

目光交会，时光仿佛停滞，两人都愣了一刻，同时撤回了手。

她低头，将一簇碎发别到耳后；他移开视线，佯装不在意地将目光落在远方——

可是，明明都是在意的。

秦唐沉吟片刻，率先开口：“你只有不开心的时候才会这样漫无目的地游荡。”

第一次，六岁的俞绵绵第一次逃出澳园同他在丛林里晃荡，自在得仿佛在环游世界。第二次，周薄暮高中毕业，俞绵绵再也没法在操场偷看到他的背影，她逃了下午的课，满洛城地走，多久之后一回头，才发现他一直跟在身后。第三次，第四次……

明明很久远了，却好像发生在昨天。秦唐偏头看着她，沉声问：“为什么不开心？”

“就……”她犹豫着。

“因为生活？因为理想？”他知道都不是，最后一刻他眉宇稍沉，试探地问：“还是，因为爱情？”声色轻微，如风般在雪雾天里消散了。

这个问题是没有答案的，他知道。

所以，秦唐轻笑，只是一瞬间便恢复到了世家公子的翩然姿态，淡淡道：“想也不会。”

俞绵绵没有懂他字里行间的深意，她一直在想：他怎么会在这里？

虽然是西街，虽然距离第七心理诊疗室如此接近，但是他是秦唐啊！名下的工作室、平日里出没的场所是何其多，怎么会刚好在这里？

怎么会如此巧合，她要找他，他就如天神降临，漫身璀璨荣光？

秦唐看懂了她目光里的疑惑，随口道：“这几天我一直在西街。”

“为什么？”俞绵绵下意识接话。

为什么？他眼眸深深，嘴角勾出淡淡的唇形：为了你啊——笨蛋。

他当然不会告诉她，他这几天一直在西街，担心她工作没解决、再在雪地里犯傻；他不会告诉她，他一直关注着Jone’s设计和一百三十二号洋楼的动静，唯恐中间再出什么岔子；自然，他也不会告诉她，这几天的时间他走在雪地里，坐在肯德基靠窗的位置上，甚至站在她站过的那个透风的墙角里，看着和她相似的视野——

秦唐将围巾取下来，套在她脖子上，淡淡地想，这都是她不需要知道的事情。也许，这一生她都不会知道了。

俞绵绵没有得到回答，却得到了一条暖融融的围巾。柔软的羊绒刚好没过鼻尖，呼吸之间能闻到属于他的淡淡雪松清香，她垂下了眼眸，一时之间不知道能说些什么，耳边却忽然传来一道含笑的声音：“走吧。”

走？去哪里？

俞绵绵一头雾水，手腕忽然被拉了一把。她猝不及防地低呼，秦唐却满不在意，右手一扬，产自德国的限量版樱桃木雨伞就这样落进雪地里。

他附身凑近，笑得兴味盎然，道：“你猜。”

猜你个头呀！俞绵绵下意识地就想一掌推过去，忽而被他明亮的笑容闪到眼：她有多久没见到这样的秦唐了？她都险些忘了，他原本就是这样傲娇的小公子，原本就是这样的眉眼无忧。

愣怔的瞬间里，俞绵绵也跟着弯了眼睫，笑如月牙。

是真的有些傻气的，秦唐却看得勾唇一笑，手情不自禁地伸过去，想抚摸一下她的笑脸，临到半空中，她兜里的手机忽然响了起来。

俞绵绵一看清楚来电显示，霎时间眉毛眼睛都皱到了一起：戴安•陈。

光是看着就好头疼啊！她迟疑地按下接听键，戴安•陈的质问连珠炮似的传了过来：“你是不想上班了吗？被训几句就要跑路吗？请你搞清楚现状行吗？！余小姐！”

俞绵绵被训得一怔一怔的，手指揪住衣摆，老半天才吐出几个字，道：“我姓俞……”

那边戴安•陈也是气急了，一拍桌子道：“你给我搞清楚！你没有身份地位之前，谁管你姓鱼还是姓猫！”声音很大，即便是站一边的秦唐也一字不落地听见了。他不动声色地移开眼，眉宇悄然一沉。下一刻，将俞绵绵手里的电话捞走了。

俞绵绵还没回过神来，看了看空空如也的手心，再看了看眉眼如画的某人。

秦唐对此不置可否，一耸肩，转身就走。

与此同时，听筒那边戴安•陈怒不可遏道：“为什么不说话！你在听吗？到底在干什么！”

秦唐忽而挑唇一笑，将手机挪到唇边，温柔地吐字：“她在休假。“

轰！俞绵绵回过神来，好似听到了五雷轰顶的声音，她想好怎么死了！

“快还给我呀！”她用嘴型道。

秦唐在她期待的小目光里邪魅一笑，同样用嘴型答：“那你求我啊？”

求你奶奶个熊！俞绵绵欲哭无泪，对面，秦唐毫不在乎地将通话给掐断了。

“你！”俞绵绵气急。

“我？”秦唐眯眼浅笑。

带着雪松清香的呼吸洒下来，他微微挑眉，顺手将手机扔进了车窗里。“啪”的一声，黑屏的定制机落在了羊皮座椅上。他这才坐进驾驶位里，微笑道：“上车。”

俞绵绵气呼呼的，一叉腰无动于衷。

过去二十多年里，秦唐最懂她的怒点与软肋。当即举起了手机，作势要按回拨键。俞绵绵三秒之内认怂，蔫巴巴地坐了进去，“砰”的一声摔了车门。

“恨不得给这奢华迈凯伦补上两脚！”她磨牙嘀咕道。

“别伤了脚。”秦唐还跟没事儿人似的，做了个请便的动作。俞绵绵被噎住，委屈巴巴地捞回手机，低声道：“还休假呢，我的小公子，那可是我上司，她要是不高兴打我两个小报告，我明天就不用去上班了！”越想越糟心，俞绵绵脑袋在后座撞了撞，道：“死了死了。”

秦唐满不在意，道：“是吗？”

那个人会看着她被辞退么？他发动汽车，视线落在前方的雪地上，眼底的光同样冷冽如冰，道：“值得商榷。”

俞绵绵的耳朵动了动，可怜兮兮道：“所以你也觉得，我被辞退这事儿，是有可能的？”

“不。”他视线里一派清明，忽而看向她，淡淡道，“我是说，如果他连这件事情也解决不了，那么，你的归属权……值得商榷。”

他们都太清楚，字里行间那位“他”是谁了。俞绵绵怔住了：这真的是秦唐么？是她认识十多年的秦小唐？那么他眼底的寒光是怎么回事儿？

秦唐若无其事地移开眼，脾气良好地提醒道：“电话响了。”

俞绵绵吓了一跳，下意识就要去捞自己那台定制机，手刚伸出去，身边某人淡定地补充道：“是我的电话。”

“啊？哦。”她怯怯地收回手指，掐了掐手心，一抬头便对上他似笑非笑的眉眼。

秦唐嘴角微勾，道：“帮我接一下。”

反射弧太长，俞绵绵拿起他那台新款镜面手机时，来电已经响了两个回合了。她皱了皱眉，按下接听键，道：“你好……”

后半句话还没出口，电话那边传来歇斯底里地咆哮：“我不好！我十分的不好！”

声音尖锐，俞绵绵身子骨都跟着抖了一抖，赶紧将手机挪远点儿，自然没注意到，身边的某人嘴角勾起了一个得逞的笑。

俞绵绵还在疑惑中，道：“那个……您找哪位呀？”

电话那头少女深吸一口气，“你不是说好要将秦唐让给我的吗？你这个大骗子！”

第六章
雪夜让人沉醉

纷飞的雪地里，俞绵绵问：“你刚刚许的什么愿？”秦唐嘴角扬起，“我希望——”嗓音低下去，他眼神深邃，带着静谧与孤绝。

几乎是同一时间，车鸣响起，森冷的远光灯照在两人身上。

听筒那边少女愤怒到濒临爆炸，而这头，俞绵绵举着手机满头雾水，愣愣道：“我什么时候说过要把秦唐让给你？我都不认识你……”

一言既出，秦唐握着方向盘的手指一顿，眼底闪过明亮的光：“嗯？”

俞绵绵迅速反应过来，这话有歧义呀！

然而，来不及了。

电话里，少女的嗓音带着哭腔道：“秦小唐是我的！俞绵绵你说话不算话！”

秦小唐……

空气凝滞三秒钟，俞绵绵心底“轰隆”一声响，总算意识到那里不对头了！她颤巍巍地将手机挪开，终于看清楚了来电显示上跳跃的名字：小鲸鱼。

完蛋了！自己刚刚说了什么：我什么时候说过将秦唐让给你？

俞绵绵看着面前含笑的某人，结结巴巴地解释：“我、我不是这个意思。”

“那你解释一下？”他靠过来，低低地呼吸，道，“嗯？”

柔软的腔调、暧昧的呼吸一点儿不落地透过听筒传进小鲸鱼耳里。

俞绵绵后背的鸡皮疙瘩都起来了，偏偏秦唐不甚在意，将手机掠了过去，顺手给掐断了。

车厢里一片静谧。

她局促不安地搅着手指，一会儿担心戴安·陈把她丢出BN设计，一会儿忐忑小鲸鱼找人来追杀她。他呢？手指随意地搭在方向盘上，雪地里飙车飙到安心安意。

“坏蛋！”俞绵绵深吸一口气，再度抢走他的手机，犹豫着该跟小鲸鱼说些什么。

俞绵绵是懂这种痛苦的，曾经周薄暮与顾心深夜独处，她也备受煎熬，她也愤怒不已。

如今，位置调换了，她不应该做伤人的那把利刃，她不愿意，一丝一毫也不愿意。

俞绵绵掐了掐掌心，手机被抢了过去，秦唐目光深深，随意将手机扔出窗外。

咚——俞绵绵听到了绝望的声音。

“你怎么能这样！”她惊呼。

秦唐眉目淡淡，道：“我有钱，为什么不能？”

俞绵绵一口气窒住，道：“你明明知道我指的不是这个！小鲸鱼喜欢你啊！她是真的喜欢你，就算你不喜欢她，也不要……”

“不要怎样？”秦唐眉峰轻扬，笑容里透着桀骜，“不要在她的世界里消失？那我应该一如往常地跟她相处么？让她喜欢我更深一些，从而……沉迷得更深一些？”

俞绵绵愣了愣，秦唐收住笑，认真道：“回答我。”

俞绵绵回答不了。“沉迷”两个字从他嗓子眼吐出，夹杂着丝丝哀伤。

俞绵绵低下头去，离开还是留下？继续出现在那个人的人生里，或者从此挥手告别，这样的难题，她和秦唐不是也面对着么？俞绵绵脑海中一片混乱，指尖一寸一寸地收紧，来不及剪去的指甲抵住细嫩的皮肤，眼看就要戳出血痕……

关键时刻，秦唐不忍心了。

他的嘴角掠过自嘲的笑，声色淡淡，几近于妥协地转移话题，道：“我不喜欢她。”

俞绵绵下意识道：“可是，她喜欢你啊。”

秦唐看过来，四目相对的瞬间，他削薄的唇动了动，几经踌躇，还是将滚到嗓子眼儿的一句话咽了下去。多少个深夜，他看着窗外漆黑的庄园，看着晦暗的星空，远山与河流，终于问出了这样一句话：我也喜欢你啊，然后呢？

然后呢？没有然后了吧？

秦唐踩下油门，改装过的迈凯伦车胎碾压着薄雪，如在平地飞驰。

良久，他淡淡道：“我是故意的。”

“为什么呀？”俞绵绵眼神里闪过惊讶。

他故意让她接的电话，原因很简单，让小鲸鱼死心。让她知道，自己宁愿苦守某人一生一世，也不会回头看她一眼。

多狠——

可是，对待没有希望的爱情，难道不应该如此狠厉么。

他呼吸平稳，回答道："我不想让你跟她做朋友。"

俞绵绵不明所以，秦唐也没有解释。他始终不曾告诉过她：他不放心，任何有可能对俞绵绵造成的威胁，他都不放心。

脑海中，小鲸鱼娇俏的眉眼一闪而过，他强迫自己转移注意力，依旧不自觉地扫了漆黑的手机屏幕一眼，她在哭吧？在伤心，在难过？可是，他管不到了。

是谁说的爱情不分先来后到？

秦唐凉薄地勾起嘴角，错了啊，也许从十七年前，他见到俞绵绵的第一眼开始，这一切就错了。

俞绵绵还在生气。可是，她又如此深刻地知道，自己是没资格生气的。

工作是自己搞砸的，小鲸鱼的电话也是她手欠自己接起来的，还有未完成的论文、即将展开的毕业抽检，秦唐唇边若有似无的笑，每一桩每一件都是她的压力。

俞绵绵垂下头，她觉得自己快要透不过气来了。一抬头，有什么东西明显地吸引着她的注意力——俞绵绵将车窗打开，疑惑道："是这家肯德基啊……"

是那家冰天雪地里，她待了好多天的西街街口的肯德基。不过才过了几天便装修好重新开业了。她不可置信地揉了揉眼睛，道："居然装窗帘了？"

肯德基也会装窗帘的吗？她怎么记得以前选修的企业形象设计课上，老师讲过，所有的连锁门店的风格与陈列都是大体一致的，不应该有特殊化吧？

洛城这么多家肯德基，有窗帘的她还是第一次见到。

俞绵绵想起自己之前靠在窗口犯困的日子，日光透过玻璃窗照在眼皮上，刺眼又灼热。现在好了，起码能造福往后去肯德基蹭午休的人。

她甜甜地笑，身边的秦唐一眼扫过来，嘴角也悄然勾勒出一抹弧度。

他没有告诉她，此后洛城的每一家肯德基都会有窗帘，无一例外，每一家。

窗外的风飞进来，俞绵绵慵懒地眯了眯眼睛。

明明是冬日大雪纷飞，她却觉得这抹凉意能使疲惫的心霎时间放松。

“我可以把窗户再打开一些些么？”她小声地征求秦唐的意见。

他看过来，眼角眉梢都跟着一软，道：“小绵绵。”

“嗯？”她试着将手伸出窗外，去接住一片雪花，身边的秦唐声色淡淡，却有种不容置疑的魄力，“你永远不必问我可不可以。”

——你知道的，只要你要，只有我有。

他移开视线，声音低到只有自己能听见：“你要的，我都愿意给。”

——哪怕只是一缕风，一片雪。

“嗯？”俞绵绵没听清楚后半句，欢欣愉悦地将车窗降下来。霎时间，凉风迎面吹来，一片一片雪花落在脸颊上，很清凉，也很温柔。

她试着将手里的丝巾扬起，与此同时，秦唐的手指碰触到金属按钮，刹那间，迈凯伦敞篷扬起，片片飞雪似吻擦过两人的发梢与眼角。

他的唇边衔着温软的笑，操纵着迈凯伦越过洛城的大街小巷，终于，驶上了巍峨壮观的苍澜山大桥。风急雪烈，在宽广的桥上，两人将洛城最壮阔的雪景尽收眼底。

俞绵绵发出低低的惊呼声，情不自禁地挥动着右手，正红色丝巾如同一簇火焰点燃漫天雪色，天地之间，秀色美到惊叹，直击某人眼底。

秦唐低低地笑了，问：“喜欢？”

俞绵绵站在羊皮座椅上，尽情地展开双臂，呼出声来：“喜欢呀，好像到现在才真正活过来！”

凉风侵袭，神智一丝丝清明，这时候，脱离了那些喧扰与疲惫，她是自由的，也是快乐的。如果可以一生一世不去面对这个光怪陆离的世界，永远活在自己坚硬的壳里，多好呢？

这些话她没有说出口，他却好似清晰地听到了。

秦唐沉默着，将车速控在最安全的范围内，他也希望时光就此静止，这一刻就是他期待的一生一世。

那天下午，迈凯伦越过山川与河流，越过大桥与私路，终于停在了苍澜江边最安静的一段。秦唐倚靠在车门边，看着俞绵绵兴奋地在重重芦苇荡里穿梭。

“喂！”她像是发现了新大陆一般，问，“你怎么找到这个地方的？”

她在洛城生活这么多年，几乎天天都从苍澜江边经过，从来不知道有这么幽静的地方！芦苇金灿灿的，随风轻轻扬起，灰蓝的山峰、青碧的河水在飞扬的雪花的映衬下美得自成一派，仿佛一切都美出了隽永的意味。

秦唐倚靠在车边，眼底既没有远山，也没有河流，只有她。

“徐家新买下的地，不久之前徐墨白叫我来看过一次，价格合适，就拿下了。”他道。

俞绵绵没有问“价钱合适”是多合适，涉及徐墨白和秦唐，这俩人的“合适”程度，和她概念里的牛奶五块钱一盒很合适，估计差了十万八千里。俞绵绵点了点头，顺口问：“他买了这里能干什么呀？这样安静的地方，该不会是要修大楼吧？”

那多可惜呀……她拨弄着一株芦苇，在心底无声地感慨。

秦唐抱臂，嗓音低沉道：“不想修成大楼么？”

俞绵绵随口“嗯”了一声，然后被草丛后的一处天地惊艳到了：香樟木铺在地上，一段一段地延伸向远方，她一步步踏上木质平台后，视线豁然开朗！江水好似从身边奔腾而过，临水的植物因为潮湿，结成了一株一株的雾凇，在淡薄的夕阳下熠熠生辉！

她第一次见到这样美的景色，惊讶极了，更惊讶地发现，平台角落里，居然还坐着两位老人！俞绵绵走近才看清，江边竖着一根钓竿，冰天雪地里，两人一边喝着暖烘烘的热茶，一边谈天说地。谈什么呢？远去的儿女什么时候回家，钓上来的鲤鱼是红烧还是煮汤，洛城这场雪下得及时，不知能否像多年前一样没过脚踝。

俞绵绵凑近了，老人递了一杯茶过来，道：“难得这地方还真的有人过来！天可真冷啊！赶紧喝点热的暖暖啊！小姑娘。”

俞绵绵笑眯眯地接过了，弯腰同两人寒暄着，蓦然发现，老奶奶跟前摆了一个小小的百货摊，从梳子发卡到折叠雨伞，从烟火棒到打火机一应俱全，简直就是个小型杂货铺。

似乎看到了她眼中的疑惑，老奶奶呷了口热茶，解释道："我哪里会钓鱼呀，都是来陪老头子的，这雪天，想也不会有什么人来！卖不出去喽！"

天寒地冻里，最温暖人心的情谊大概就是陪伴了。明明雪天不会有人来，不会买一把梳子或是一个发卡，但是，因为她要陪着他，也一同忍受这风霜与飞雪。这样的感情，白首不相离，说不动人也是假的。

"谁说不会有人买啦！"俞绵绵弯腰挑选着地摊上的小百货，甜蜜蜜地笑了，说，"我就很喜欢这些小东西呀！"

远处，秦唐斜倚着车门，目光里含着温软与亮光。恰恰是这个时候，身边传来一声不合时宜的干咳声，道："你是谁啊你！这里是私人地方，可不能停车的！"

秦唐皱了皱眉头，目光在巡逻的园区保安身上停了一秒，不咸不淡道："借一下电话。"

在对方疑惑的神情中，秦唐冷冷静静地拨出了一个电话号码，声色低沉，语气不善道："徐墨白。"

电话那头，徐墨白稍稍挑眉，道："哟，这么肃杀味儿十足的，又整出什么麻烦了？"

秦唐视线落在保安身上，声音平静无波，道："济林医药在平安街的店铺，我想了想，可以转让给徐氏。"

徐墨白一声欢呼，徐氏收购平安街的计划开展已久，只要秦唐他们家的济林医药肯松口，拿下北区的一整片店铺都不成问题。现在，终于把这大少爷给哄下来了！徐墨白的眼底闪过丝丝光彩，而听筒那头，秦唐接着道："但是——"

"嗯？"别说一个"但是"，一百个"但是"徐墨白也能答应啊！

秦唐想了想，微笑道："苍澜江西边这块地，让给我。"

三个门面换一块地的投标！摆明就是吃准了他非要平安街不可！徐墨白气得磨牙，踌躇了老久，从牙关里吐出一个字："靠！"

这就是同意了的意思。秦唐一勾唇，不咸不淡地笑了，说："所以，现在轮到你帮我解决问题了。"他的余光掠过那位原本不怎么耐烦、听到"徐墨白"三个字立马立正站好的保安，缓缓道："先解决一下，你们家保安。"

电话那边，徐墨白跟身边人交代了什么，不过十来秒的工夫，园区尽头的传达室内有人哆哆嗦嗦地朝这边喊：“来、来接电话啊！总公司秘书长打来找、找你的！”

语气里充斥着满满的不可置信。以至于再回来时，园区一干领导围着秦唐挨个道歉。

为首的经理一句话三鞠躬，只差没趴在雪地里，道：“那个……秦先生！真是对不起，手下人不懂事儿，没能认出您……”

秦唐视线依旧停在俞绵绵身上，伸手中断了他的话。

经理顺着他的视线看过去，小声地招呼着身后的人，道：“怎么回事儿啊！不是说好园区不能摆摊设点么？那老头儿和老太太是怎么进来的？能不能让秦先生和秦太太好好约会了？！”

秦太太——

秦唐手指抱臂，眼底一抹温存漾开。

“还不赶快过去清场子！”经理扯了扯领带，额头上冷汗都渗了出来。

就在刚刚，总公司的秘书长连拨了三通电话到这个小小的分部，千叮咛万嘱咐地让他悠着点接待，最后电话更是被人扯了过去，那头的人朝他大喊道：“你给我顺着秦唐的话来！毁了平安街的案子我跟你没完！”

经理颤巍巍地问：“您……您是？”

对方明显冷到不能再冷了，一字一顿道：“徐、墨、白。”

经理听到这个名字，冷汗都要滴下来了。以往只能遥遥在公司年会上见一面的少董，居然给他通了电话！而现在，保安清场在即，刚刚还眉目温软、嘴角带笑的秦唐一眼扫过来，道：“慢着。”

声色淡淡，却让所有人都停了下来。

“散了吧。”他不紧不慢道。

“什、什么？”一群人纳闷地问。

“我说，你们可以散了。”秦唐淡淡开口，甚至吝于再看他们一眼。不，有心人是能发现的，他的目光始终停在芦苇荡里，俯身挑选地摊货的女孩子身上。

美吗？谈不上。

灵气逼人？也不至于。

但是命好呐，能成为唯一，成为他眼底璀璨的光。

几米之外，俞绵绵很纠结！她到底应该选哪把梳子呢？桃木的那把辟邪，系着红穗子，摇摇曳曳非常漂亮；牛角相比就朴素很多，小小的一柄，胜在能安神。她苦恼地掂了掂左手、又看了看右手，然后，一道淡淡的阴影投在她身上。

秦唐弯下腰来，看了看脸皱成包子的某人，问：“怎么了？”

俞绵绵认真地询问：“我选哪一个呀？”

秦唐“唔”了一声，将桃木的那把收入口袋，笑得风流尽染、人畜无害，道：“谢谢，我很喜欢。”

“我是在二选一！”她提出抗议。

“我是在帮你二选一。”他耐心良好地纠正。

俞绵绵撇嘴，嘀咕了句什么，秦唐听清楚了，她说的是：小气鬼，喜欢自己买呀！

话一出口俞绵绵就后悔了——因为，秦唐真的掏出了钱夹……买的不是一样两样，而是大手一挥，全要了。虽然早习惯了小公子的购物风格，但眼睁睁地看着他抱着一大包小百货，俞绵绵还是心肝颤了颤：败家孩子！

梳子能梳头发，剪刀勉强能派上用场，其他东西呢，都有什么用？

没多久，秦唐真的完美诠释了俞绵绵的疑问。

那会儿俞绵绵沿着芦苇丛踱步，冷风轻轻吹皱江水，忽而察觉到身后有异样，一回头愣是被面前的景象惊呆了：风流闻名的秦家小公子秦唐，居然从百货包里摸出了烟火棒，顺手就给点燃了。

那是怎样的一种景象呢？

暮色西沉，薄雪纷飞，点点火光照亮他俊逸的脸庞。

俞绵绵失神了，手里被塞了一大把璀璨烟火，明灭的光线里，一切都变得不真实起来。江水与嘈杂好似都远去了，这一刻，她不是BN设计里谨小慎微的建筑助理，不是全公司绯闻八卦的中心，不是论文压力加身的毕业生……

她只是一个刚满二十一岁的女孩子，她只是俞绵绵而已。

很久之后，俞绵绵都记得这个傍晚，他们在风雪里奔跑，在烟火璀璨的光彩里朝着江水呐喊，看着动人的火焰落进浩浩的江水里……

“去他的 BN 设计！”

“去他的建筑助理！”

“去他的毕业！”

一声一声，随着奔腾的江水统统远去。俞绵绵笑得见牙不见眼，秦唐单手插兜，嘴角挑起一抹淡淡的笑意，道：“许个愿吧。”

“嗯？”

他视线从天际挪开，与她相对，道：“趁着有烟火，也有流星。”

双子座流星雨与象限仪座流星雨、英仙座流星雨并称北半球三大流星雨，常在十二月光临地球。不比狮子座流星雨盛大，也没有夏日的流星色泽迷人，但是，却像命中注定一般，在她投掷烟火的那瞬间划过星空。

是幸运吗？

多少观星人等到深夜也无缘得见，谁能想到夜幕初升之际会被她给撞见呢？

回程的路上俞绵绵刷到了这场流星雨的新闻，在今夜，每小时大概有一百二十颗流星坠落，一年才一次而已。

秦唐已经将车停在了苍澜山上，步行送她回家。准确地说，是送她回周薄暮的家。

雪停了风也小了，空气里静谧得很，脚踩在薄雪上，嘎吱嘎吱的声音清晰可闻。眼看着离别墅区越来越近了，俞绵绵悄悄地拽紧了手指，只是一秒，秦唐忽然凑近，眼里亮着狡黠的光，问：“你紧张了？”

这提问实在来得突然，俞绵绵呼吸都险些被吓停了，道：“啊？”

“不然，你又东张西望，又怯怯生生的做什么？”他看着她，忽而挑唇一笑，说：“哦！我知道了，这孤男寡女、月色清凉的，你该不会是怕遇到‘什么人’吧。”

什么人，是谁？

还能是谁？俞绵绵嘴角抽了抽，下意识就想起星光餐厅里那场尴尬的四人饭局，一抬头，对上秦唐灼灼的目光，俞绵绵的手指头有些哆嗦，道：“别、别开玩笑了，没有的事情……”

他的笑意停住，眼眸里盛有细碎的光。

俞绵绵有一瞬间的怔忪，刚刚他们还自如地散步，放烟火看流星，甚至到了夜市的小吃街，像从前一样从头吃到尾……怎么只是一会儿的工夫，又被打回原形了呢。

俞绵绵的心像悬在半空中，上不来也下不去，心底有个声音在说：再像从前，也不是从前啊……相似，不就是不同吗？

她低头，半张脸埋进围巾里，嗅着羊绒织物上淡淡的雪松木香气，温暖又醒神。

俞绵绵顿了一刻，开口道：“那个，今晚还挺冷的哈！我也快到了，呵呵，快到了。”

她一边说，一边要取围巾，手指忽然被秦唐按住。咚！俞绵绵的心脏狠狠地跳了一下，然后，听到他温暖甚至带着些许笑意的声音，道：“刚刚许的什么愿？”

哎？

俞绵绵一时没反应过来，愣愣地答：“希望……希望你幸福。”

话一出口，她怔了怔。不久之前，在苍澜江边纷飞的雪地里，她小心翼翼地合上双手，心头冒出许许多多的期待，手背忽而一暖，偷偷睁开一只眼，是秦唐将她的手心包住，将她的双手纠正、交错成拳。

他笑着，道：“哪有这样许愿的，傻丫头。”

那一刻，她心上的愿望烟消云散，对着漫天流星悄悄地说：这个世界如果真的有神迹，请一定、一定要让秦唐幸福啊。

而现在，俞绵绵陷入伤感里，犹豫着抬起头，脑门被他弹了一下。

手指温润，带着暖意掠过她的额头，俞绵绵猝不及防地“啊”了一声，道：“痛！”

“知道痛？”秦唐勾了勾嘴角，道，“怎么不多想想自己？”

明明有那么多理想，明明有那么多期待，为什么会在那一刻想到的是他？这样让他如何不动容，又让他如何舍下？

俞绵绵皱眉，深吸一口气道："那你呢？"

"我？"秦唐声音低下来。

她掐紧手指，有些生气地道："你又许的什么愿？"

秦唐的指尖划过细腻的羊绒围巾，细心地帮她整理领口，嘴角微微扬起，"我啊，我许的愿望是——"嗓音低下去，他的眼神深邃，宛如一池秋水，带着静谧与孤绝。

"嘟嘟——"

几乎是同一时间，刺耳的车鸣声响起，紧接着，森冷的远光灯照在俩人身上。

俞绵绵下意识地抬手挡住双眼，透过指缝看去：驾驶位上有个冷峻的身影，视线笔直地射过来，如箭一般，只差在她身上戳几个窟窿了。

老话怎么说来着？举头三尺有神灵。人在做，天在看，苍天饶过谁啊！俞绵绵惶恐地吞了口唾沫，在这间隙里，冰冷的远光灯却在一瞬间熄灭了！

眼前一暗，紧接着是"砰"的一声响，车门被狠狠摔上。眼前的男人静默地站着，不动声色，眉宇之间却分明蕴着幽深的怒火。

三人迎头遇上！俞绵绵的思绪仿佛被抽空了，一时间说话也不是，沉默更不是，终于还是张了张嘴，老老实实地叫人："学长。"

他知道她今天被训的事了吗？

知道她毫无底气，还要被庄瑞救场？

知道她一无所有，压根不配站在他身旁？

俞绵绵沮丧地垂下目光，而对面，周薄暮的指尖敲打着腿侧，眼里闪过冷厉的寒光，终于，他嘴角勾出一抹冰冷弧度，道："小兔子，过来。"

秦唐在瞬间抬起眼，两个男人的目光相遇，脸色各自阴沉了一分。

不是俞绵绵，而是小兔子，昭示主权是吗？秦唐把手插在裤袋里，侧头微笑道："小绵绵，还想知道我许的什么愿望么？"

俞绵绵迷茫地转头，同一秒，周薄暮低沉的声音传了过来："过来。"

简简单单两个字，不容拒绝。

一时间，周遭气压极低，俞绵绵清楚地感觉到，有冰刀嗖嗖地飞过来，一下一下地擦着她的肌肤划过，每一刀都是死里逃生。她突然想起，之前有公司跟 BN 设计谈合作，双方大战三天愣是没谈妥，最后周薄暮直接上，一个小时将对手斩于马下。签合同时，合作方代表只说了一句感慨，翻译成中文是这样的：与周薄暮对峙的每一秒，都是生不如死。

俞绵绵反射弧再长，也隐约感受到了这股令人生不如死的气氛。

她扣着手指，犹豫着要说些什么，就在这当口，周薄暮眼光一扫，转身朝花园里走去。

“等等呀！”俞绵绵追了两步，脚步骤然停下，回头看着秦唐，“我，那个……”

清朗的月光下，秦唐将手里的东西递了过来——夜市小吃街上十块钱一只的帆布袋，里面装了她在夜市上淘的冰箱卡贴、没拆封的一串冰糖葫芦，还有，没放完的几支烟火棒。

俞绵绵迟疑地接过，脑袋只卡了一瞬，听他道：“那，我们再见了。”

秦唐脸上的笑意不减，把手插进裤袋里，刚好碰到她的那柄桃木梳，指尖一寸一寸收紧。

再见？

他要跟她告别？

秦唐不知道如何选择才是对的，但是，他的确选择了：将一腔心愿吞进肚子里，怀揣爱意，闭口不提。

他许了什么愿呢？

秦唐转身朝山下走去，如果对流星雨许愿真的有用的话，他希望，他们有天即使不在一起了，她也会记得今天，一直记得。

你遇到的最难的抉择是什么？

下午茶喝热巧克力，还是橙汁？去欧洲旅行时选法国，还是意大利？或者，你从小到大的理想是考上清华，还是考上北大？俞绵绵遇见的最难的抉择就是当下：周薄暮毫不迟疑地离开，头也不曾回；秦唐掉头离去，单手插兜，目光倦懒。

剩下她一个人站在原地，满脑子智商被抽空，抬脚犹豫着，应该如何抉择？

周薄暮就是这时候停下来的，他眼底闪过一抹光芒，下一刻，将手指抵在唇边，不轻不重地咳嗽着。从俞绵绵的视角看过去，周薄暮手撑在墙上，连肩膀都在隐隐发抖。

俞绵绵心头一急，连声道："学长怎么又咳嗽了？受凉了吗？"

到底还是朝着周薄暮的方向追了上去，俞绵绵下意识去拉他的手臂，刚碰到，右手被挣开。目光相对，她担忧极了，道："学长！你没事儿吧？"

"没事儿。"周薄暮敛眉，目光逼人。

俞绵绵浑然不觉问题的所在，握住他的手再一次被冷冷地甩开。这瞬间，她才真的错愕了，愣愣道："学长……"

周薄暮抬头，视线扫过她脖子上的羊绒围巾，小半张脸蛋儿隐在围巾后，泛着绯红，可爱到要命。呵，他家可爱的小兔子，就是这样跟另一个男人度过了一整个下午。

周薄暮心口跟着狠狠一堵，嘴角挑起冰冷的弧度："有事情？"

"没……"她小声地答着，一边想着下文。

可周薄暮压根没给她再开口的机会，往前走了一步，紧接着，"哐的"一声，将大门摔上了。

就这样走了？

又把她一个人撂下了？

她刚刚可什么也没说呀！

俞绵绵一脸不可置信，重重地跺了跺脚，道："明明是你让我过来的啊！有事儿的人是你，没事儿的人居然也是你？"她深吸一口气，绝望地哀号，道："学长！你已经长大了！你是个大孩子了，不可以这么任性耍酷！"

虽然她承认，这真的很冷，很酷。

扶额，俞绵绵拧开门把手，垂头丧气地进屋。室外月光通明，屋子里却一盏灯也没开。她凭着记忆去摸墙上的开关，突然碰到一寸温热的肌肤。

"啊！"俞绵绵的尖叫声逸出唇瓣，然后眼前一道黑影闪过，将她扎实地推到了墙上。

分明是有人！

俞绵绵心惊胆战，嘴唇忽然被一只温暖的手按住，将未出口的呼救声生生地掐断。

怦怦怦，她的心脏都快跳出嗓子眼儿了，面前的这人却蓦然低下头来，忽而浅浅的薄荷香气萦绕上鼻尖，这么熟悉！这么亲昵！丝毫没让她怦怦乱跳的心脏安稳下来。

“唔，学、学长！”俞绵绵含糊不清地出声。

一缕月光从窗外洒进来，照在周薄暮的眉眼上，十分难得的，他嘴角扬起一抹笑，带着丝丝痞气，道：“嘘——”声音很低，呼出的热气沿着她的耳郭烫进脖颈里。

俞绵绵忍不住浑身一激灵，道：“你……”

下一刻，他低头，霸道的吻密密匝匝地落在她脸上，从额头蔓延到鼻尖，从鼻尖儿轻滑到耳郭，一寸一寸，时而如狂风骤雨，时而如冬雪飘零，覆盖万物。

“你刚说谁是孩子，嗯？”他的嗓音暗哑，低沉地发问，“孩子会这样对你么？”

周薄暮的手掐在她腰上，纤纤细腰、不盈一握，手感柔软而细腻，他邪气地跷起嘴角，声线慵懒，道：“孩子会这样吻你么？”

他的吻步步深入，探过她耳下的肌肤，毫不留情地拉开碍眼的围巾，缱绻的吻落在锁骨最漂亮的一处，吮下一个又一个的红痕，怀中的人如春水般酥软一片。

“嗯——”俞绵绵情不自禁地仰头，嘴里滑出一声嘤咛。

周薄暮嘴角的弧度很漂亮，围巾绕着指尖，哑声问：“你说，孩子会在你身上留下这样的痕迹么？”

“什、什么？”俞绵绵有些发蒙。

“呵，没什么。”周薄暮拉开碍眼的围巾，揉成团扔开，再度要吻下去。

那是什么意思？俞绵绵不懂，余光见到围巾落地，下意识就要去捡。一弯腰，却实实在在地捞了个空。她躲开了他的吻，周薄暮眼眸一沉，揽紧她的腰身。力道蛮横，不至于弄疼她，却实实在在让怀中的人无处可逃。

四目相对，俞绵绵怔了怔，看清了他眼底蕴藏的幽深怒意。

哪有什么温柔的吻？哪有什么缱绻的情话？刚刚的一切，不过是暴风雨来临之前的平静罢了。

周薄暮生气了。

或者说，他一开始就是生气的，从在苍澜山顶看到她和秦唐在一起时，也许在更早之前，她毅然决然走出 BN 设计大门之时。

“俞绵绵。”周薄暮低头，嗓音里带着丝丝疲惫，道，“让那个人从你的生命里消失，有这么难么？”

让那个人消失？

俞绵绵声音一颤：“可、可是……那是秦唐啊。”

是相识十七年的朋友，是陪伴她走过青葱岁月的秦唐啊！

她低谷时，他一一见证；她一无所有时，他不离不弃；就连她走到光亮处，也离不开他的支持。难道就因为她收获了爱情，就必须告别秦唐么？

成长，什么时候变得这样残忍了？

爱情，什么时候复杂到如斯境地？

俞绵绵觉得可怕。从过去到现在，所有人都在逼她抉择，她总以为会好起来，可是没有，纵使他们从不曾越界，周薄暮依旧介意秦唐的存在，如同介意宿世仇敌。

周薄暮笑了，笑意冷冷清清，道：“秦唐又怎么样？”

她抬头，道：“什么叫‘那又怎么样’？”

周薄暮如墨的眼底弥漫着危险的色彩，薄唇抿成一条直线，是不悦的征兆。良久，他冷笑道：“小兔子，你做错了，你不该如此。”

指的到底是她与秦唐见面，还是她的反驳？

俞绵绵不自知，她觉得疲惫，也觉得绝望，道：“我没有错！”

一字一句，生硬锐利。

她没有错，她爱周薄暮，心底的每一寸，过去的每一分、每一秒都在爱他。这样的爱能让她付出所有，再失去所有，但是不能是秦唐。

不能是过往岁月里，她珍而重之的那个人。

俞绵绵的心跳很快，手指情不自禁地掐紧帆布袋，苍澜江边的雪地里，他的笑那样明朗。几年前，她要逃出澳园七号，刚爬上窗户，就看到秦唐在花园里踢球，那时他的笑容就是如此温暖。

一如当初，分毫未变。

与周薄暮目光交会，俞绵绵的声音软下来，带着哀伤的色彩，道："难道我就不能有一个朋友吗？"

周薄暮说什么？

他居高临下地看着她，漫不经心道："不能是秦唐。"

"砰——"捏紧的帆布袋落地，冰糖葫芦应声而碎，七零八落地滚出来，嫣红的糖渍粘在地板上，斑驳而可笑。

周薄暮弯腰，一一捡了起来。

他当然看到了帆布袋里的一支支烟火棒，看到了他们从地摊上淘回来的那些小玩意；当然，他也看到了他们在夜市上印出来的两三张照片。

有芦苇荡，有星空，也有一张他们的合影。

俞绵绵手指收紧，低声道："我不想过被限制的人生。"

一句"对不起"到底还是咽回了肚子里。俞绵绵移开眼，她跟自己说，她没有错。秦唐如果真的喜欢她，那些未被宣之于口的喜欢，也没有错。

也许世事压根就不分对错呢？

那，所有的喜怒哀乐又是因为什么？

俞绵绵想到了一个词——占有欲。

她深吸一口气，蓦然抬头看向周薄暮……

在俞绵绵看不见的角度里，他眼底受伤的神色一闪而过，如烟花般瞬间消逝。

然后，大门被关上，他离开了。

屋子里一片寂静，俞绵绵沿着墙壁滑坐在地上，慢慢地抱紧膝盖，一墙之隔，周薄暮发动汽车，就这样走了。

第七章
占有欲在作祟

“周薄暮！”庄瑞急切地喊。

他步履微停，听见她道：“说中你的心事了？害怕了？”

男人目光一敛，嘲讽地勾了勾嘴角，“无所畏惧。”

对秦唐，他无所畏惧；对俞绵绵，他势在必得。

西街七号，洛城有名的私人会所。

一层是米其林三星餐厅，一层辟作台球室，还有一层半地下室，是城内最顶级的清吧。九点过半，清吧里灯红酒绿，有炫目的光透过垂帘照进VIP卡座里，男人利落的身线忽明忽灭，手上一杯威士忌泛着冷淡的光芒。

举杯添满，一饮而尽、再添满。

酒水滚过漂亮的喉结，灯光之下愈发迷离动人，看得周围的女人们一阵心潮澎湃！

已经连续两个晚上，他都来这里买醉！

七号会所里凯子常有，但是……女人们的视线在他身上流连，锁定了男人手腕间那只限量版江诗丹顿腕表，终于倒吸了一口凉气，极品少有！

一时间，热情到抛媚眼的人有；屡次从卡座前经过想要吸引他注意的人有；尺度更大的，有人点了情歌，嘴里衔着黑玫瑰，就这样边唱边跳地上台了。

乐声低迷，时而饱含挑逗，时而声轻如情话，撩得周围的男人们口干舌燥。这样的盛世风光，VIP卡座里的那一位却……

“呵，连头也不曾抬起。”九点钟方向，庄瑞靠在吧台边，慵懒地开口。

声音很轻，几乎融进了背景音乐里，即便是这样，前来搭讪的某个富二代还是听到了。顺着她的视线看过去，富二代微笑道：“那位先生今晚很受欢迎呐，连小姐这样的美人都移不开目光。”

庄瑞喝完了最后一口Long Island，并不说话。

富二代殷勤地端来一杯，感慨道：“可惜了，那边竞争太激烈，胜率太低。”

低？

庄瑞这才认认真真地看了他一眼，并不接过杯盏，只是冷笑道：“那你看好了。”

话音刚落，庄瑞笔直地向VIP卡座走去，一抬头、一扫眼，身影里流淌着道不尽的风姿绰约。临到卡座前，她停下脚步，从侍应生的托盘里换了杯新酒回来，是威士忌，与面前的男人同款。

“喝一杯？”庄瑞自顾自地坐下，睨了舞台上唱得正起劲的女人一眼，道：“满场庸脂俗粉，怎么配得上周先生？”

男人目光微冷，轻晃酒杯：“你怎么知道我在这里？”

庄瑞眉眼一飞，道：“连续两天都在七号会所里喝酒，周薄暮，你以为会没人知道吗？”

一时间，卡座之外兴奋的人有，失落的人也有。前者是因为终于知道了男人的名字，后者居多，是因为瞬间便知道自己再无机会。论美貌气质，她们比不过庄瑞；论时机，她们瞻前顾后，错过了最好的时候。

卡座之内，男人一口饮尽威士忌，不置可否。

庄瑞跷了跷长腿，问得状似无意：“这两天，你都没回家？”

语音刚落，男人瞬间抬眉，眼底闪过一道冷光。

庄瑞会意，不紧不慢道：“我可没调查你，就这事，稍微有心的人应该都知道了吧。”

三天前的下午，庄瑞将俞绵绵带到天台，聊了聊建筑与人生的道理。

俞绵绵失魂落魄地离开，庄瑞去了周薄暮的办公室，代表 Jone’s 公司与周薄暮洽谈合作案。

会议室里，她一页一页地讲解 PPT，严谨中不失风趣，偏偏周薄暮的目光越来越冷，视线从手机屏幕上抬起时，脸色已经难看至极。再接着，与会人员都被清了出去。一室静谧里，他将钢笔扔在一边，冷淡道：“戴安·陈办公室里那一幕，是怎么回事？”

庄瑞挑了挑眉：这就收到了助理的线报啦？还真让人盯着俞绵绵呀？

庄瑞几句话讲清楚了戴安·陈那茬子事，然后抬头，定定地等着周薄暮的回复。

他呢？起身系扣，冷冷道：“失陪。”然后转身离开。从容不迫的样子，如果没撞到大门边的盆栽，她差点就要信了。

现在，庄瑞的手指抚过杯沿，懒洋洋地开口：“你说了一句‘失陪’，Jone’s 的广告便悬而未决，没关系，我有的是时间等你……”她笑了笑，接着道：“不过听说你连德国景致大奖审查委员的约会都推了，如果因此与大奖失之交臂，你也不介意？”

她不信，曾经光芒万丈的男人，会真的走下神坛。

那是德国景致大奖，设计界的奥斯卡，衡量顶尖设计师的绝对标杆。只要踏上过那样璀璨的颁奖台，谁会甘愿堕入平凡？周薄暮固然是神话，可是，谁说神话就能例外？

周薄暮抬起头来，嗤笑了一声。

他没有说话，但是庄瑞却觉得，此时无声胜有声，他已经回答了她。并且，他的答案是：Not At All——一星半点也不关心，一丝一毫也不在意。

她被震撼了，端起酒杯连喝了好几口威士忌，最后仓促地擦了擦嘴角。

“周薄暮，你变得不像你了。”她强装镇定地说道。

“是吗？”他冷淡一笑，随口道，“那我以前什么样？”

以前的周薄暮，浑身散发着夺目的光彩，他是景致建筑大奖最年轻的获得者，是建筑界的传奇，也是华人圈里的骄傲，他年轻、多金、英俊，几乎具备极品男人的一切特质，但是……

“冷血，还有孤独。”她笑了笑，说，“以前的你，对这个世界漠不关心。”

——同样，对这个世界上的任何人，漠不关心。

周薄暮对她用的形容词毫不意外，他在喝酒，一口接着一口，一杯接着一杯，脑海里俞绵绵的脸闪过，懵懂的她、可爱的她、被吻到嘴唇嫣红的她，还有和秦唐在一起笑意盎然的她。周薄暮的眼底有寒意掠过，直勾勾地盯着庄瑞，最后，居然笑了。

明明在笑，却让人感觉不到一丝温暖。

庄瑞怔了怔，说：“你有没有想过你这样生气的原因？”

不是因为她和秦唐在一起；不是因为他们拉拉扯扯；更不因为八卦或者流言；而是因为——

“占有欲。”庄瑞看着他俊朗的面容，深吸一口气，道，“周薄暮，作祟的是你的占有欲，还有你爱她。”

事实上，她不愿意说出爱这个字眼，不愿意承认周薄暮像其他男人一样，有迟疑、有软肋，但是她还是说了。庄瑞知道，她想听到否定的答案。她期待周薄暮冷淡地说：没有，他不爱俞绵绵。可是，她只等到周薄暮目光变得锐利，放下酒杯，淡漠地转身要走。

“周薄暮！”她急切地喊。

他步履微停，皱起了眉头，听见庄瑞好笑道：“说中你的心事了？你害怕了吗？”

男人目光一敛，嘲讽地勾了勾嘴角：“无所畏惧。”

对秦唐，对任何敌人，他无所畏惧；对俞绵绵，他势在必得。

“这么冷酷？那个小丫头会喜欢吗？”庄瑞问。

他看了她一眼，优雅地启唇：“与你何干？”

他看中的人，物物交换也行，强取豪夺也罢，必须是他的，从过去到现在，一直如此。

而挡他路者……周薄暮的眼眸微微眯起，罪不容诛。

“不然……”庄瑞眼眸一飞，慵懒道，“你换我试试？”

她俯身，将手撑在卡座吧台上，抬眉看向他。

这个姿势妖娆动人，刚刚好勾勒出女子一身姣好的曲线，眉眼如画，身线玲珑。

时间仿佛停了下来，万籁俱寂，庄瑞能听到自己怦怦的心跳声，她轻轻地吸了一口气，腰身一转，往他怀里跌过去。

这样的姿态，这样的夜晚，是个男人都会心动吧？

她闭眼祈祷着，除去景致大奖颁布时，她再也没有一刻像现在这样紧张了！

突然，腰身被一双有力的手扶住，庄瑞屏住呼吸，捏紧的拳头这才悄然松开。可是，不过一秒之后，冰冷的声调从头顶响起，周薄暮道：“不可以。”

在你满怀希望时，一盆凉水迎头泼下，这是什么样的感受？

庄瑞身子一僵被推坐在卡座上，再抬起头时，已经换了一幅轻松恬淡的笑容：“周薄暮，我刚说你变化不少，而现在我在想或许你一直未变。”

或许是她一直不了解他。

庄瑞举杯，抿了一口威士忌，口红印迹粘在杯沿，被她伸手缓缓擦去了。像是交谈，也像是自言自语，庄瑞重复道：“不可以，不是她就不可以？”

周薄暮一手扭紧袖扣，淡淡道：“是。”

简简单单一个字，让她如坠冰窟。

庄瑞抬头，怎么也挤不出一个笑来。

他没有在乎她的表情，就这样拿上外套穿过灯红酒绿的人群，消失在她的视野里。

怦、怦、怦……

庄瑞慌乱的心跳逐渐平复。她起身，循着他走过的路走出去，与许许多多的人擦肩而过，有的人避开了她，也有的人撞上了，手包掉在地上，口红蹦出老远、碎成了两段。她看了看，觉得有什么东西就这样失去了，彻底失去了。

“对不起，对不起！我不是故意的！”撞到她的人连声道歉，小心翼翼地捡起来，焦急到不知道该如何是好，最后问侍应生要了张便利贴，写上了自己的电话。

“小姐姐，口红看起来好贵呀！我现在……可能赔不起，以后慢慢还你，行吗？”女孩试探性地问道。

庄瑞接过便利贴，浅浅地笑：“可以啊，以后还。”

转身的一瞬间，笑容逐渐淡下去。将那张便利贴在手心里按紧，在走出七号会所的一瞬间，庄瑞扬手，薄薄的纸就这样飞了出去落进水洼里。

积水染上便利贴，墨水痕迹渐渐晕染开来，但是如果你仔细分辨，还是能看清楚落款处的三个字，娟秀可人，写的是——小鲸鱼。

此时此刻，七号会所里，的确有人低沉愠怒地叫出了这三个字。

“小、鲸、鱼！”

少女“哦”了一声，搓了搓刚刚因为太紧张而汗湿的手心，娇嗔道：“你知不知道呀！我刚刚撞到人啦！一整支口红碎成了两半！”那支口红小鲸鱼在网上见过，限量版一千大洋呢，那可是她一个月的生活费。那现在问题来了，留了号码该怎么赔呢？

小鲸鱼正在想，对方打电话来问时，是分期付款还是四处借款先还上？

好像怎样都不太好？

一边想，一边朝前走，冷不防额头上一凉，被一只手阻住去路。是一只男人的手，纤长而漂亮，骨节分明。她心里怦然一动，抬起头对上男人漆黑的双眸。

所谓颜狗，就是眼前人怒火滔滔，她还能觉得怒得可真有型哇，恨不得点一百个赞。

“秦小唐，你怎么了呀？”小鲸鱼眯眼笑，甜蜜蜜地问。

秦唐面色不善，戳在她脑门上的手收回，竖起一根指头：“第一，不要再跟着我了。”

她毫不在意地拽住他的手指，笑得见牙不见眼：“第二呢？”

秦唐一眼扫过来，生硬地掰开她的手指：“第二，不要再出现在我的生命里。”

冰冰冷冷的话从头顶传来，小鲸鱼置若罔闻，沉吟一会儿说：“但是……”

“没有但是。”他说完，抬脚朝清吧阁楼走去。

人群喧扰，刚唱完情歌的女郎提着裙角下台，灯光转换得更加迷离了，照在秦唐脸上，温暖、俊美，但是总像是隔着真空，让人难以接近。

一如他本人，如世家公子，万花丛中过，却难以动一丝一毫的真心。

到嘴边的一句话再度咽了回去，小鲸鱼撇嘴想，大冷天谁没事爱跟着你哎！

但凡有别的办法能见到他，自己都不会选这么傻的——从街头跟到街尾。可是，俗话不是说，女追男隔层纱么？

她在追他，这点看得出来吧？

如果她的存在感再强一点，或许，他会心动呢。

幻想很美好，小鲸鱼羞涩地捂住脸，指头一根根从眼前挪开，居然发现，秦唐已经走远了！她“哎哟”一声，迈着小短腿跟了上去，秦唐的步伐却越来越快，一转角，进了阁楼里的包房。

远远的，两个侍应生守在门口。

小鲸鱼脚步有些犹豫，一咬牙，还是跟着蹿了上去。

“小姐，不好意思，私人包间，非请勿进。”为首的侍应生客客气气地将她拦住。

小鲸鱼往包间里瞄了一眼，重重绿植后，帘幕放了下来，依稀可以看到里面两个人影，一个是秦唐，还有一个人是谁——

这么神神秘秘的，还真是让人好奇呀！

管他三七二十一呢——

小鲸鱼往前跨了一步，皱眉道：“我跟秦小唐是一起的呀，怎么，他没交代你们吗？”

保镖一阵疑惑，刚刚的确看到这姑娘跟秦公子在一块儿……不过，秦公子没说还有人来啊！这时候去请示，也不合适呀！

两个保镖目光交会，其中一人面露难色道：“小姐，要不……”

“小什么姐！”小鲸鱼两手叉腰，气势十足，两个一米八几的侍应生被吓了一大跳。

小鲸鱼眉毛一挑，乘胜追击：“我是秦太太！济林医药唯一继承人的夫人！请你回头看一眼包间里那位帅气到爆炸、惊为天人的小公子，再看看你面前明眸善睐、国色天香的我，摸着你的良心说，我们难道不像夫妻？”

成语太多，形容词一个接一个，侍应生已经濒临歇菜，讷讷地开口：“夫、夫妻？”

“对！”小鲸鱼捏拳，“新婚夫妻！”

“那你真是秦太太？”侍应生依旧满脸的不可置信：秦公子居然瞒着全城少女们，偷偷结婚啦？天啦！太劲爆了！

小鲸鱼很满意他们的反应，吹了吹小指甲上的灰尘，正准备淡淡道一声“是”。身前忽然被一道阴影笼罩，接着不怎么愉悦的声音从两位侍应生身后响起：“不是。”

“哈？”两人震惊地回头，对上秦唐阴沉到滴水的脸，“秦、秦先生，那个……秦太太……”

秦唐靠在门边，皱眉、一字一顿地重复：“不是秦太太。”

刹那间，空气里安静到出奇。

小鲸鱼亲眼看到，侍应生脸上的表情由讶异到尴尬，由尴尬到嘲弄。

秦唐不管，转身要走，被她一把叫住。小鲸鱼哆嗦着手指：“你！”

“你”了半天，也没“你”出个后文来。倒是秦唐，按了按太阳穴：“别闹了。”

语气疲惫，声色倦怠。

小鲸鱼跟着心头一软，发生了什么事情么，为什么他的样子这么让人……心疼？

三秒钟后，小鲸鱼想给心疼他的自己一巴掌。

因为，侍应生再问：“秦先生，您看，现在这怎么处理好？”

秦唐答：“架走，丢出去。”

……

当然，不会有人真的把小鲸鱼丢出去。

第一，侍应生不是傻子，虽然眼前这位不是秦太太，但是，瞎子也能看出来两人关系匪浅。第二，他们拦住的主儿，可不是个娇滴滴的善茬呀！所以，秦家小公子在谈事的全程，两位侍应生都在重复着一项工作：把这位冒牌秦太太架远，架远，再架远。

包间内，秦唐默不作声地喝酒。

一边，西装革履的张律师捧着资料夹，犹豫地问：“少爷，您真的考虑好了？”

秦唐扫他一眼，拿出了钢笔：“签字。”

张律师将一份份文件摆好，很是迟疑：“您名下的资产，在洛城的不动产，共计十三处，包括六处房产，七处商业用地。代步的用车……”

秦唐从他手里抽出一份文件，翻页，握笔，默不作声地在甲方一栏签上名。

虽然早有心理准备，但是，坐一旁的张律师还是有点心惊胆战：我的少爷啊，这可是资产转移协议书，您这几十份的，说签就签啊！关键是，这些房子、车子是转移给谁？乙方一栏里填的那个人名，既不是秦氏亲眷，也不属于公司的合作伙伴啊！

他咂咂舌，看着秦唐一边喝酒，一边签名，真金白银就这样丢了出去。

张律师是上周收到通知开始着手编写合同的，不过三五天就被叫出来签字跟进。要知道，今天签的可不是几百万的小案子！资产协议书占了整张茶几，一份份地签下来，少说也得半小时。张律师沉吟片刻，开口道：“少爷，那个……为什么会这么突然啊？”

为什么要如此突然地转移财产？

突然么？

秦唐觉得一点也不。

认识那个人之后，他蓄谋已久。

他计划了往后许多年的事情，梦想着要与那个人共享这一切。

不只是财富，不只是名誉，也不只是地位，还有他整个人生和璀璨的未来。

而现在，他能给的已经不多了，只是房子和车子而已，旁人觉得数量惊人，他却觉得，太少。

直到签完所有的协议书后，秦唐也没有回答张律师的问题。

他喝着红酒，目光落在远方。视线的一角，小鲸鱼被架着走远，又锲而不舍地凑近，屡战屡败，屡败屡战，最后以一个奇怪的姿势趴在围栏上，怎么着也不肯走，完全就是撒泼耍赖了。

两人的视线隔着帘幕对上，秦唐干咳一声，有些心虚地移开眼。

他不知道自己心虚什么，更要命的是，以他的智商，明明知道灯光这么暗，隔了十米八米，小鲸鱼不可能看清楚他的眼神！

秦唐郁闷地喝了一口红酒，更郁闷地开口：“拿来——”

“什么？”张律师一头雾水。

某人懊恼地陷入沙发里，长腿往茶几上一搭，下一秒，从张律师手中抽出最薄的那份文件，哗啦啦地翻页，掏出笔在文件上写了些什么。

写了什么呢？

“原甲方资产，滨江路平层公寓，147 平，现今转让到乙方名下。”而乙方一栏，被写上了三个字：小鲸鱼。不过两秒，秦唐又将她的名字涂掉，扶额道：“哎？那家伙叫什么名儿来着？”

张律师还没回过神来，“啊？谁？”

秦唐嘴角一抽，“没谁。”

几经犹豫，他还是想不起小鲸鱼的原名。又或者他不是记不起，是压根就不知道呢。

秦唐分不清，也许是因为红酒上头，让他有些微醺？

出门之际，秦唐就这么顺口一问：“还有什么问题吗？”

张律师：“有的！”

秦唐：“讲。”

然后，西街七号的清吧包间里，秦唐亲眼看到济林医药的首席法律顾问、享誉洛城的精英律师，盯着写有“小鲸鱼”三个字的合同书，犹豫地问：“少爷，您是在发圣诞礼物吗？”

秦唐眼角一抽：“发你……”

张律师连连摆手：“我就不要了。”

怕是没福气享受呐，张律师提步准备闪人，剩下秦唐黑着脸停在原地，幽幽地吐出后边几个字：“个头。”

小鲸鱼不喜欢冬天，洛城的冬天阴冷，总会让她觉得漫长到没有边际。但是她喜欢圣诞节，喜欢烟火、麋鹿和圣诞老人。

这时候已经离圣诞很近了，西街七号的清吧里处处彰显着节日的气氛。秦唐走出包间时小鲸鱼正趴在栏杆上与侍应生对峙，她的脸对着一棵漂亮的圣诞树，鼻尖碰着树上挂着的小礼物，有些发痒，但是就不肯挪动半步。

突然，身边守着的侍应生撤了下去，小鲸鱼讶异地抬头，对上秦唐漂亮的眼眸。

咚！她的心脏狠狠一跳，心花怒放：“你真好看。”

秦唐低头扶额：“你真白痴。”

一语惊醒梦中人，小鲸鱼干咳一声，站好理了理衣摆，要说什么，可是秦唐压根没打算听，抬脚就要走。

小鲸鱼屁颠屁颠地跟在后面，“哎！你的事情谈完啦？要过圣诞节了你知道吗？平安夜你跟谁一起过呀？”

秦唐止步，身后的某人跟着一头撞到了他的后背上。

她仰头，傻兮兮地问：“你看，跟我怎么样？”

他扯了扯嘴角：“你很吵。”

小鲸鱼正摸着鼻子哀号呢，忽而察觉到哪里不对，空气里分明飘散着一股辛辣的酒味，不至于熏人，甚至呼吸间还有些让人沉醉。只是，这是秦唐啊！小鲸鱼狐疑道：“你喝酒啦？”

没等到回答，她踮脚凑近他的脖颈，深深地嗅了几口。

毛茸茸的小脑袋在身前一拱一拱的，热气一阵一阵地袭上肌肤，因为喝了酒的原因，秦唐脸颊有些热，背靠墙壁与她拉开一些距离。哪知道小鲸鱼非但不避让，反而愈加得寸进尺，手臂更是“啪”的一声，拦在了他身边。

氛围诡异……

姿势更诡异……

小鲸鱼浑然不觉，昂头，问得天真烂漫：“你喝了多少？”

秦唐略一眯眼：“很多。”

这算什么回答？她还有一肚子疑问呢！小鲸鱼凑上前去，肌肤贴在他胸膛上，想数落他几句，二十出头的少年就该好好养生呀，没事喝什么酒？还喝了不少？！她还没说出口，秦唐已经长腿一迈，走远几步后，松了口气。

“你去哪里呀！”小鲸鱼气极。

“回家。”回答完后，秦唐脚步一停，将档案袋扔了过去，“这个给你。”

他的手指在空中顿了一秒，负在身后，局促地收紧。一切都是状似随意的样子，秦唐移开眼，淡淡道：“后续的事情张律师会跟你联系。”

“礼、礼物吗？”小鲸鱼没懂。

秦唐站在原地，嘴角微微勾起，“如果你以为是，就当是好了。”

转身，他踏下台阶。小鲸鱼懵里懵懂，拆开了档案袋才发现是一份文件，准确地说是一份资产转让文件。转让人秦唐，受益人一栏涂改了几次，最终留了白。

他要给她房子？！

给她资产？！

一时间，酒吧里的喧嚣远去了，五光十色与灯红酒绿统统远去了。耳际轰隆一声响，她脑袋里一片空白，只能叫出他的名字：“秦唐！”

他不解地回过头来。

小鲸鱼可能永远也忘不了这一刻的秦唐，什么万花丛中过，什么温润如玉，什么气度风华，那都是洛城传说里的秦唐，这一瞬间的他，一回眸，摄人心魄。

不知道为什么，她落下泪来。

很短的时间，小鲸鱼想起了以前听过的情歌，想起手机备忘录里随手记录的句子，想起了小时候念过的最悲伤的诗——“一生痴绝处，无梦到徽州。”她想找一个人说说，一个人挚爱人间仙境，却连做梦也去不到，那该是怎样的悲苦？如同她这么喜欢秦唐，却永远不会出现在他的梦里，是吧？

小鲸鱼垂下脑袋，嗫嚅道：“你能不能……不要……”

“什么？”他没有听清楚，而她，的确已经鼓足了十分的勇气。再抬头时，小鲸鱼泪光潋滟，声音里透着哀伤：“你把你的房子留给我了？”

“之一。”他淡然补充。

小鲸鱼捏紧拳头，声音隐隐颤抖：“你打算要干什么？”

秦唐嘴角微勾，道：“不干什么，人傻钱多而已。”

这不算实话，秦唐也不习惯说谎。他不愿意多做纠缠，想走时，后背忽然被拥住，刻骨的暖意透过衬衫传了过来，“咚！”他臂弯里的大衣落到了地上。

秦唐的手心颤抖着，他失神了。身后的小鲸鱼声音里满是哽咽：“难道，难道我一点也不可爱吗？”

他怔了怔，其实她是个可爱的女孩子，古灵精怪，自由自在。只是……

“只是，一点也不值得你回头？一点也不值得你爱？”小鲸鱼颤声道。

秦唐沉默了，小鲸鱼再也抑制不住地哭出声：“我不要钱！不要房子！我只要你！”

金山银山，财富珍宝，我统统都不要。

这世上还有什么东西会比你更好？

小鲸鱼哭得很伤心，眼泪跟断线的珠子般往下落，两只手却紧紧地箍着他的腰身不舍得放开。在此之前她从没想过自己会这样爱一个人，进而爱上他所在的城市。

她想起了小时候，老家大院里的孩子们聚在一起说人生理想，有人要当宇航员，有人想当老师，而她，十二岁，只想去仔细看看她生活的这个世界——去看山川和河流，湖泊和草原，去看从没看过的风景，去经历从没经历过的感情。

她渴望流浪，遇到一个人狠狠爱一场，再收拾东西离开。十八岁的时候，她开始在一个三流网站写故事，再顺便给杂志社供稿，也是为了有故事可写，她实现了理想：背着笔记本去一座又一座的城市，去做各种各样的兼职，去认识各种有不同想法的人。

在苍澜山遇见秦唐的那天，她在朋友圈看到了前男友的婚讯，买了啤酒喝得醉醺醺的，遇见秦唐并将兜里的糖炒板栗扔在他脑袋上的时候，她觉得，这大概是个漂亮但是无趣的人。后来，周薄暮与俞绵绵突然出现，秦唐将她拉入怀里，她看着他好看的眉眼，不知怎的，就是挪不开眼。

再后来，她醉倒在山路上，被他捡回家；她一天天给他做饭煲汤，甚至在被他赶出别墅后就算翻墙也要在他面前刷存在感；她古灵精怪，努力在他面前当一个有意思的女孩。

她有那么多故事，都可以跟他讲呀！她在流浪的路上做过各行各业，在碧蓝的海水里浮潜过，追过海豚，等过日出，爬过冰川，啃过结冰的冷馒头，也喝过高原上的雪水。一路上，她自学了摩斯密码。好几次被他关在门外，她都敲着大门表白，几次短、几次长，翻译成英文是：I Love You。

也有好几次，他静默地陷入沙发里，电视里重复放着《猫和老鼠》的动画片，汤姆以为自己弄死了杰瑞，沮丧又焦急地抢救它，明明是这么稚嫩的桥段，他却看得比任何一份合同都认真。小鲸鱼知道，那时候的秦唐虽然嘴角挂着微笑，但他是悲伤的。

她能做什么呢？

既没有立场知道他的心事，也没有机会与他谈天说地。她只能在旁边想着法子哄他开心，用计算器的按键音弹奏动画片的片尾曲，敲着水杯和节拍，或者用纸巾扎一朵小花，满怀期待地递给他。

她能做的有那么多，可是她依旧很难过。

秦唐稳住手心，出声打断了她的回忆：“别哭了。”

小鲸鱼的眼泪却掉得更凶了，她握紧那份涂涂改改好多次的协议书，泪眼婆娑地问他：“那你不要吓我，好不好？”

今天的秦唐太不对劲了，让她觉得有些害怕。哪有人会过得好好儿的，把自己名下的房产到处送人的？小鲸鱼有种不太妙的预感，甚至于，不敢说出来。

她抱紧秦唐，眼泪在他背上蹭了蹭。

而他，的确回答了。

秦唐握住她的手，在小鲸鱼心脏怦怦跳，手心跟着发潮时，说出了她毕生难忘的一句话。

他说的是：“那你不要喜欢我，好不好？”

是商量的语气，可是，真的是商量吗？

小鲸鱼浑身一僵，手指被他一点点地掰开。

她很想像往常一样死皮赖脸地黏上去，绕着他撒泼耍赖，但是脚下的力气好像被抽空一般，她只能站在原地，大喊道：“秦唐！你这个懦夫！你害怕受伤，你瞻前顾后，你怕她不爱你，怕你们的爱不得善终，所以你连走出第一步也不敢！除了逃避你还能做什么？”

埋藏在心底话，不经思考就跳了出来。

小鲸鱼大口地呼吸，浑身颤抖着，她不知道自己是因为畏惧，还是痛快。但是这一刻，小鲸鱼承认了，他依旧深爱俞绵绵，他所有的反常都是因为她。

小鲸鱼握紧拳头，大声道：“喜欢你就去追呀！为什么要放弃！我告诉你，她和周薄暮虽然住在同一幢房子里，但是什么事情也没发生过啊……”

第一次，她亲自送烤箱到俞绵绵那里，是真的喜欢她，遇见周薄暮是偶然，也是意外。

第二次，她用做梨膏糖的名义再出现在苍澜山别墅里，是想打探秦唐的心上人、让他失望的女人究竟是怎样的，是处心积虑，是别有用心。

后来，她终于发现了，俞绵绵和周薄暮虽然住在一个屋檐下，但是并没有表现的那样亲昵。他们甚至分房而睡！这……是不是代表秦唐还有机会呢？

那时候，发现了真相的小鲸鱼既紧张又忐忑。许多次秦唐宅在家里看着动画片，深夜喝酒、沉默不语的时候；他下厨房炒出一碗碗炒饭，最后倒掉的时候；小鲸鱼都想告诉他这个秘密……

但是，她没有。

她也有期待呀，期待他彻底死心，期待他忘记旁人，期待他，回头看自己一眼。

现在，秦唐真的回头了。

他停在她面前，凉凉地道："呵，是吗？"

小鲸鱼愣了愣，秦唐俯下身来凑近她，说："即便发生了什么，那又怎么样？"

秦唐有一双很迷人的桃花眼，深邃而轻扬，老人总说这样的眼睛最薄情，小鲸鱼觉得不对，明明他是深情的，只是不是为她。

她笑起来，低声说："秦唐，我真是没想到……"

——没想到，你居然连这点也不在乎。

下巴忽地被挑起，小鲸鱼清楚地看到了他眼底的冰冷。秦唐笑得冷厉，道："让我告诉你，爱一个人，即使她深爱着别人，即使她彻头彻尾属于另一个家伙，我也义无反顾。"

义无反顾，多沉重的四个字。

小鲸鱼张了张嘴，秦唐却在这瞬间撤回手，转身走了。

下颌上的凉意、他手心的凉意仿佛还在，透过肌肤一直蔓延到心底。她站在原地，看着他的背影，忽然在想，不久之前自己的理想还是环游世界，去看最广阔、最美好的天地，为什么忽然就变了呢？

她口口声声说，没有人会是终点，不愿为任何人停留，从什么时候开始少年时代的理想成了尘埃落定、留在秦唐身旁？

而这些小想法，他从头到尾都不知道！

秦唐从没好奇过她从哪里来，为什么会摩斯密码，为什么会用计算器演奏《猫和老鼠》，为什么能用餐巾纸折出一朵花来，还有为什么她有任何感慨就喜欢写在手机备忘录上。

小鲸鱼对自己说，他太忙，不会注意这些细节。但是直到这一刻，她没有办法再欺骗自己了：他不好奇这些，归根到底是因为他不好奇她。

不喜欢，所以一丝一毫也不好奇。

第八章
嘘，叫我阿越

俞绵绵回头，道：“你，向后转，齐步走，回家，OK？”

庄越双手插进裤袋里，淡淡道：“我的人生里，可没有抛下女人独自离开这种选项。”

洛城，苍澜山别墅里。

俞绵绵觉得，她度过了有史以来最浑浑噩噩的一个周末。

周薄暮摔门走了，剩下她一个人在偌大的房子里看着窗外的雨发呆。树影落在窗帘上，寒风呼啸，她其实有些害怕，这样的房子，这样的夜晚，会让她想起来住在澳园七号的日子。俞绵绵深吸一口气，将注意力转到电脑屏幕上，开始敲键盘写论文。

经过这一段日子的临时抱佛脚，她的论文抽检居然已经准备得差不多了——这也算是一个小小的安慰吧，是这段糟糕日子里唯一的安慰了。

从文档里抬起目光时，天已经亮了。

两天过去了，周日依旧在下雨。俞绵绵揉了揉发酸的眼眶，打开了房门，对面周薄暮的房间大门敞开，被褥整齐，小沙发上没有习惯性搭着的外套，书房里的笔记本盖着，铅笔、图纸全都在原本的位置上，目光所及之处，没有一丝一毫他回来过的痕迹。

原本揪着的心脏狠狠地疼了一下。她拿起手机，犹豫着要不要打给周薄暮，手指按在键盘上，快捷键一是周薄暮的手机号码，快捷键二是他办公室的座机号码，而快捷键三是 BN 设计前台的号码。

你看，她的世界一直围绕着他打转。

手机终于还是放下了，俞绵绵看着镜子里的自己，面色泛白，黑眼圈乌青，唇瓣也都失去了血色，为什么才过去两天，她就变成这样了呢？

因为失去周薄暮？

手机响起来，听筒那边李小疯问她什么时候回学校。顿了一刻，又眉飞色舞道：“大清早的，我是不是打扰你们‘休息’啦？不好意思！不好意思！”说完，还笑嘻嘻地加大声音：“‘冰山学长’，不好意思哦！”

俞绵绵把手机挪远，蔫蔫道：“没人在休息。”

“咦？是吗。”李小疯的耳朵动了动。

俞绵绵已经不想再提这茬子事情了，回头看了眼房间，清清冷冷，她还待在这里干什么。

“等我，见面再说。”俞绵绵顺口道，然后将电话挂了。

拿上换洗衣服、笔记本电脑和打印出来的论文初稿，俞绵绵背上包走出了别墅。

大门关上，她站在原地，摸出便利贴想写一点什么。

——你不要走，走的应该是我？

——我去学校了，早上记得喝温水，一日三餐要按时？

——我不回来了，周薄暮再见？

涂涂改改好几次，俞绵绵将便利贴撕得粉碎，一股脑儿塞回了口袋里。

他哪里在意她是走还是留？

这次，跟以前的小争执都不一样，不是吗？

俞绵绵垂头丧气地往学校走，重新回到C大410寝室里。

四个女孩子重聚，又是一阵欢呼雀跃。

璐子的小论文被国家级期刊录用了，大四的奖学金已经势在必得；梨花交到了男朋友，两人计划一毕业就订婚；李小疯呢，贷款买了一辆小汽车，就停在寝室楼下，连去后街买个盒饭都要载着同寝室的女生们一起招摇过市。

俞绵绵坐在副驾驶位上，在和煦的风里眯了眯眼，忽然觉得这样的日子挺好的。

距离周薄暮离开别墅已经三天了，他没有找过她，她也没有死皮赖脸地再缠上去。

俞绵绵叹气，看了眼黑掉的手机屏幕，手肘忽然被撞了一把。李小疯一边拉着安全带，一边挑眉道："小姐，你神游太虚呢？都叫你好几声了！"

"啊？是、是吗……"她一怔，飞快地将手机收好。

"我问你，明天抽检到底准备得怎么样了？我可听说明天场子很大，建筑学院请了老多业界专家来震场。"说完，她啧啧几声，问，"你们家那位来么？透露一下。"

业界专家？你们家那位？

俞绵绵知道，明天的答辩相当于中期考核，学校一向十分看重，谁要是挂了，估计会直接延迟毕业吧。

她知道建筑学院历年的传统，逢答辩必请外聘教授与业界专家，这样的场子，BN设计派代表前来，也不奇怪吧？

她唯一不知道的是，周薄暮会来么？

俞绵绵没回答，打了个哈哈话题就这样略过去了。

到了晚上，答辩名单出来了，她跟李小疯被分到一组，指导老师名单一大串，唯独没有周薄暮的名字。

到现在，论文打印好了，PPT也背熟了，俞绵绵埋头坐在寝室里，觉得心里空落落的。

后来俞绵绵觉得，空落落就空落落，总比出门找心塞好，是吧？

可是已经来不及了。

晚上九点，C大后街人群熙熙攘攘。麻辣烫大锅咕噜咕噜地冒着热气，男男女女围坐在一起，喝着小酒、撸着串儿。

俞绵绵也是其中之一。她要了一份豆花，伸手想去捞醋，醋被人拿走了；想去够葱花，葱花连勺带盆都被人挪了去。最后，她抬头，桌对面的人也看了过来。

麻辣锅热气氤氲，她看见了秦唐邪气又俊逸的脸。

“咚”的一声，筷子掉在地上，俞绵绵震惊道：“你、你……世界怎么这么小？”

对面的人有一双会笑的眼睛，明明轻皱着眉宇，眼底却流淌着丝丝的温存。

“真巧。”他轻笑。

不对！哪里不对！

俞绵绵揉了揉眼眶。雾气散去，眼前的人嘴角上扬，眼底闪烁着丝丝亮光，好看到夺目，只是，不是秦唐，而是……庄越？！

俞绵绵飞快地低下头去，不想让人见到自己眼底的失望。对面的人低低一笑，嗓音低沉好听：“唔，头顶有星光，眼底有故事。”

他淡笑，戏谑道：“只是，是怎样的让人念念不忘的故事呢？”

俞绵绵吃惊地看过去，他不可能知道她在想什么的，是吧？

俞绵绵满心狐疑，庄越又恢复成了大男孩的样子，端着汽水跟她碰杯。可乐瞬间冒出泡泡，溢出来落在桌沿。他眯眼一笑，仰头大口地喝了起来。

她眼中的庄越是Jone's广告的挂名总监，是景致大奖获得者庄瑞嫡亲的弟弟，是不缺钱又不缺名，商界神龙见首不见尾的人物，怎么突然变成了喝气泡饮料的大男孩。

一口可乐噎在嗓子眼里，俞绵绵咳得惊天动地。后背忽然被顺了一把，庄越“唔”了一声，笑眯眯道：“怎么了哎？”

俞绵绵还是觉得很震惊，她一开始对这公子哥儿印象可不太好。他们初见是在周薄暮的办公室里，她瑟瑟发抖地躲在浴室，庄越隔着门似笑非笑道：“哪来的小野猫？”

摆明就是知道她在躲着，摆明就是想看她出洋相！现在，俞绵绵强迫自己镇定下来，道：“没什么。”

她补充道：“我以为你这样的人，永远不会吃路边摊。”

庄越笑了，撑着下巴道：“我这样的人是哪种人？”

俞绵绵鼓着水灵灵的大眼睛，她答不上来。

记忆里有个人也和他一样，含着金汤匙长大、聪明骄矜，陪着她混迹在大大小小的夜市里，吃过数不清的垃圾食品。眼底有晦涩的光一闪而过，俞绵绵耸肩，“什么也不缺。”

他颔首，道：“那你知不知道，什么都不缺的人，要的比别人多多了？”

俞绵绵愣了一刻，“你说什么？”

庄越的眼如繁星璀璨，声音低沉悦耳：“我说，世界上男人这么多，为什么你会选择周薄暮？”大概是字里行间的气息有些妖冶，俞绵绵一个慌神，可乐杯落到地上。

“顺口一问而已，我对你这样的——”庄越的眼眸在她身上扫了一圈，抬眼道，“小搓衣板儿不怎么感兴趣！”

“你！”俞绵绵气结。

庄越却眯眼一笑，凑近道：“难不成你很期待我感兴趣？”

俞绵绵想：你还是滚蛋吧。

但是对方终究不是秦唐，她没法像揍自己人一样一巴掌盖他脑门上，只能翻个白眼，狠狠咬了一口豆花。

她不想回答关于周薄暮的任何问题，更不想对一个无关紧要的路人甲回答。

一顿麻辣烫开场热闹，后半场却安安静静了。

她和庄家二少爷，一场静默的麻辣烫局，真的是过分诡异了。

更诡异的是，俞绵绵觉得很不安。

她一边舀葱花，一边嘟囔：“总觉得有什么事情要发生了。”

庄越的指尖微顿，嘴角勾勒一抹笑意：“你挺聪明的。”

声音太轻，如清风拂过。俞绵绵“啊”了一声，问：“你刚才说什么？”

庄越笑，“没什么。”

俞绵绵没好气地看他一眼，总觉得这个人看起来阳光无害，实则……有种让她说不出的感觉。

当然，那时候的俞绵绵还不知道，这种感觉，叫惊险。他不是楼思危，一出场就让人心惊肉跳，让她逃无可逃；但是他带来的风雨，却丝毫不比那个人少。

庄越噙着笑、盯着她倒醋的手。果然，俞绵绵甩得太用力，瓶盖掉在了桌上，半瓶陈醋哗啦一下全撒在了碗里。俞绵绵看得目瞪口呆，倒是庄越低低地笑出声。

先是大少爷做派的得体微笑，再是哈哈大笑到眼泛泪光。

整桌人都看了过来。俞绵绵面红耳赤，狠狠地撞他的手肘：“喂！不许笑！”

庄越哪管那么多，手撑着下颌，目光含笑地投过来。

月光很美，他眼底的光也很美。

她一怔，只差咬牙切齿了：“你这是什么笑点啊！变态啊——”

一时间周围的男男女女嘀咕着：“小姑娘口味重啊，哪个系的啊？”

“建筑系的吧？我好像见过，哎，这不是那个谁的女朋友？”

“哪个谁？！”

俞绵绵心惊胆战，唯恐他们把周薄暮的名字报出来，拉了庄越就要跑。

而身边的庄大少，也被她突如其来的举动吓得够戗，“喂喂喂！我们跑什么啊！”

俞绵绵喘得上气不接下气，脚步终于在林荫路上停住，抬头看过去，庄越眼睛略眯，道：“又不是奸夫淫妇，做了什么见不得人的勾当……”

“谁跟你奸夫淫妇了。”她低低地吐槽，脑袋瓜忽然被一只手盖住。

庄越俯身凑近，一字一顿：“我、跟、你。”

他眉骨生得高、眼神深邃迷人，从基因上就决定了相貌，怎么长也偏离不了大帅哥的路子，就这样看着一个女人，十个有九个都得沉迷。

俞绵绵是十分之一的例外。

她脑回路大概有点慢，但是作为沉迷周薄暮七年、被秦唐皮相蛊惑十七年的少女，俞绵绵稳住了心神，一脚踹在了他膝盖上，然后，掉头就走。

“哎——”

身后传来含笑的呼声，俞绵绵停步回头，“你，向后转，齐步走，回家，OK？”

庄越双手投降状，笑道：“算了，不逗你了。”

他慢悠悠地跟她并肩，双手插进裤袋里，淡淡道：“我的人生里，可没有抛下女人独自离开这种选项。”

像是玩笑，也不像是。

庄越整个人都让她捉摸不透。明明初见时，他是被庄瑞揍着进办公室的，躲在浴室里时，他是满目戏谑的，现在，又像是漫不经心的。

好像，刚刚的轻佻全都是逗她？一副公子做派全是演的？

天生的防备机制开启，俞绵绵一路走得沉默，庄越率先打破沉默：“你怕我？”

她想说，我怕你就有鬼了，目光触及他时，到底还是将话头咽了下去

“你有没有什么想问我的？”庄越脾气良好，开口道。

他甚至想了，眼前的小姑娘如果真能猜到他来的意图，真像在麻辣烫小摊前那样能感知风雨欲来，他也不介意与她坦诚相待。可是，俞绵绵接下来的话，让他有些头疼。

她昂着头，问得特别认真：“你是不是精神分裂呀？”

不然怎么一会儿跳脱，一会儿忧郁！

俞绵绵被敲了一个栗暴，摸着脑门嗷嗷直叫。庄越这才哂笑道：“也许吧。”

一阵安静，到了女生寝室楼下。

“俞绵绵。”他叫住她，开口道，“我遇到一个难题。”

她停住，轻轻地皱了皱额角头，“我应该……没什么能帮你的吧？”

不名一钱的女学生，每天祈祷着答辩顺利，挂着BN设计建筑助理的名头，干的都是跑腿打杂的活儿。俞绵绵实在想不到，这样的一个她有什么地方能帮到他？

庄越神色自若，一步步走近，“如果，我是说如果……”

俞绵绵认真地等待后文，脑海里的思绪已经满天飞了。

庄越能问她什么？BN设计与Jone's的合作案？她跟周薄暮的关系？还是，别的什么？她毫无猜测的方向，直到听到他低声询问：“如果，你爱的人与爱你的人同时遇到危险，你会救谁？”

俞绵绵愣住，怎么着也没想到，他会抛来这么一个问题。

救谁？

她疑惑地看着他，冬季的月光清冷，照在他的脸上勾勒出一抹淡淡的银边。

这一刻的庄越既不是传闻中桀骜的商界精英，也不像是跟庄瑞插科打诨的二少爷，就像是刚刚跟她碰杯、大口喝下可乐的大男生而已，一个如月光般安宁的大男生。

“你遇到这样的问题了？”她有些惊讶。

“也许。”庄越眉宇淡淡，这样答。

俞绵绵皱眉，不禁在想他爱的人是谁呢？爱他的人又是谁？像是真的面临这样的抉择一般，她面色凝重起来，手心也悄然攥紧了些，说：“那我选择救那个爱我的人，然后和我爱的人同生共死。”

庄越以为这是一个单选题，她的回答明显在他的意料之外。

同生共死？

他不禁扬眉，认真地看了她一眼：这家伙还是西街雪地里傻等、自以为是的样子；还是从浴室里摔出来那副冲动无脑的样子；还是拉着他的手从麻辣烫小摊逃跑，心无城府的样子。

一定是冬夜太美好，月光如水，盈盈流淌，才让他觉得此时此刻，如梦似幻。

庄越笑了，不再是勾唇，也不是应付，而是真的发自肺腑。

他将掌心伸到她面前，开口道："手机拿来。"

俞绵绵顿了一刻才反应过来，掏出手机递了过去，"干吗？"

键盘嘀嘀作响，他递过来，淡淡道："我的号码。"

而屏幕上录下的名字是——阿越。

俞绵绵揣着手机小跑上楼时，觉得庄越一定是撞邪了。

第二天的答辩现场，俞绵绵狠拍了一下自己的脑袋瓜，她觉得撞邪的是她。

彼时，教室里人满为患，许多低年级学弟学妹们连位置也没有，一个个凑在后排，一眼看去黑压压的一片，就连李小疯也凑在她耳边问："你紧张吗？"

俞绵绵目光一偏，刚要回答，对上教室门口的某道目光时，呼吸猛地一窒。

三秒钟内，教室里响起窃窃私语："那是谁呀！"

"建筑学院还有这种货色？"

"哪一届的！快打听哪一届的呀！"

视线里，男子一身白色西服，嘴角勾着淡淡的笑容，疏远又冷峻。

俞绵绵视线往下移：精致的领扣、随意露出的锁骨、修长的手臂还有……臂弯里随意携着的一台纤薄的笔记本电脑。

她顿时有种不太妙的预感；然而事实的发展的确不太妙。

男子目光扫过黑压压的人影，越过第一排先到的几位学院领导，目光直勾勾地与俞绵绵对上：好巧。

他勾唇，并未发出声音。

俞绵绵却听到轰隆一声响，耳畔有什么东西坍塌了，事后，她觉得那可能是她的三观。

因为，讲台上年轻俊朗的男子接着道：“抱歉，让大家久等了，我是本次建筑学院论文抽检的客座教授——Jone’s 公司不怎么需要上班、每天游手好闲的挂名总监，庄越。”

女生们终于不再窃窃私语，一时间掌声与呼声一齐响起，毕竟自从某冰山学长毕业后，建筑系已经很难看到拿得出手的尤物了。

万众欢欣里，俞绵绵头疼地扶额，低声对旁边的李小疯道：“你掐我一下。”

“哦——”李小疯神游太虚之际，拽着她大腿嫩肉绕了一个圈。

俞绵绵的脸色立马变了，“哎哟我的妈呀”直愣愣地喊出声，强悍地盖住了满教室的欢呼声。场面变得很难看，万众瞩目里，俞绵绵哀怨地看着李小疯。

李小疯摊手：“你让我……掐的。”

俞绵绵动了动嘴巴，脸先是白了，转瞬直接黑掉。

不为别的，就因为讲台上的庄越笑得极其愉悦：“放心吧，后座那位叫得像小野猫的同学，我的出现不是你的幻觉。”

小、野、猫！

俞绵绵的拳头悄然攥紧，无奈讲台上那人却点到即止，正经八百地撤到了嘉宾席上。

就像一拳打上了软棉花，俞绵绵气闷到头疼。

院长讲话之后，主持人一一介绍各位来宾，抽检答辩就这样开始了。

俞绵绵坐得笔直，听得也认真，放在抽屉里的手机振动了一下：“吱——”

她吓了一跳，赶紧去翻手机，搁腿上的资料有几页飞在地上，再一次引起了周围人的注目，连院长也看了过来，皱着眉不轻不重地咳嗽了一声。

哪个天杀的这时候找她呀！

俞绵绵低下头去，一边捡资料，一边瞄着屏幕，是一条空白短信。发件人：阿越。

庄越？！

她朝嘉宾席看去，庄越坐得笔直，人模人样，压根没往她这边看一眼。

俞绵绵手指翻飞，回短信：“你无聊不无聊？！”

庄越低头，嘴角微扬，回她：“按错了，抱歉呀。”

俞绵绵觉得，庄越不像百度词条里写的二十六岁，事实上只有六岁吧？小孩子把戏也玩得乐此不疲，到底是被宠坏的大少爷啊。

她哼一声，关掉振动，再一次将手机扔进抽屉里。

那时候的俞绵绵从没想过，就是这样一个小小的举动，会让她错过了多少条重要的信息。

轮到她答辩了，俞绵绵挨个将论文发给老师，打开PPT不慌不忙地应对。

真正站在讲台中央接受着重重注视时，她才明白，原来在BN设计的日子没有白熬。

因为当着最资深的HR的面述职过，因为在全城最精湛的建筑精英跟前演讲过，因为被周薄暮冷静睿智的气场感染过，她举手投足间也有了一丝丝自信。

翻转幻灯片、陈述设计思想，跟学霸们故作高深的用词不同，俞绵绵从头到尾措辞都是简单直白的，让把玩手机的庄越也不禁抬起了目光——

“唔，极简风？”庄越勾出浅笑，一副善意温良的样子。

俞绵绵一眼扫过去，眼神里的意思是：呵呵，知道我的厉害了吧？

庄越嘴角扯了扯，眼神里的意思很是明白：俞绵绵，你当我傻瓜么？

他在欧洲上的学，与周薄暮同校三年，见过无数场周薄暮的设计答辩，翻过他每一篇学术论文，这样一份逻辑严谨的毕业论文，目录框架里有谁的影子，他不可能看不出来！

虽然遣词造句和图纸示例依旧是俞绵绵的层次，但是——

庄越眼眸眯了眯，笔尖在论文上划了几处。

俞绵绵眼尖，瞥到他勾住的案例，心头警铃大作：不会吧？这家伙眼睛毒成这样？

一个、两个、三个圈圈，全都是她写作时的难点。

庄越他大爷的，不会专挑这些地方来提问吧？！

俞绵绵心惊胆战，这几个地方是怎么完成的来着？

赶论文赶到深夜，趴在书桌上睡着了，口水粘到笔记本上。清理桌子时无意中发现桌面上散落的笔记，一页一页应该是学长以前的资料。不过，刚好激发了她的创作灵感啊！

俞绵绵顿了一刻，马上提醒自己回过神来，一翻PPT，赶紧跳入下一个要点。

在他审视的目光下，鲜少有人能保持着从容。论述结束时，庄越第一次感受到什么是刮目相看——不愧是周薄暮的女人呢。

他摸着下巴，笑得很好看：呵，周薄暮的女人。

中期答辩的流程是这样的，学生论述完，指导老师统一提问。一般会有三到五个不等的问题，遇到火力全开的时候，再多也有可能。这时候学生只能一一记下，等到下一位学生论述完，才上台回答。这考得是答辩学生的应对能力以及对专业知识的掌握。学院更是有一条规定，在答辩结束前，谁也不能离场。

俞绵绵论述完了，记好所有的提问准备撤退，忽然被叫住："同学！"

她一愣，对上庄越的眉眼，"老师，您有何指教？"

他笑得如沐春风，道："我有个问题想问，请你现场回答。"

这样的要求，这样的微笑实在无懈可击，尽管俞绵绵心头在突突直跳，也只能咬着牙齿挤出一个笑容来："您、请、说。"

"唔——"他眉梢扬起，状似无意道，"你的指导老师是哪一位呀？"

旁边的院长眉头动了动，瞬间领悟到另一层意思：这个学生背后，是不是藏着枪手？

那可不成！老院长沉了沉脸，能力不行可以提高，人品不行那就没得聊了。可是小姑娘老实巴交的样子也不像呀，老院长双手交叠，安安静静地等着下文。

台下台上庄越与俞绵绵还在对峙着，一个看似漫不经心，一个却是十足的一脸茫然。

“什么？”俞绵绵不明白。在座的每一位包括建筑学院里的每一位老师都算是吧？庄越想了半天，就打算在这个问题上卡她一把。

关键是，教过她的老师台下就坐了一大片，没到场的还有一片呢，全提一遍这得半小时了吧？俞绵绵甚至想，万一漏掉了谁，岂不是得罪人得罪大发了。

得亏是庄越不知道她内心的小九九，不然可能得当场气死。

俞绵绵小心塞都绕地球一圈了，张口，诚诚恳恳地答：“高迪吧。”

竖起耳朵等下文的老院长没反应过来，失声道：“谁？”

俞绵绵“呃”了一声，老实道：“盖、盖圣家堂那个大叔，安、安东尼·高迪。”

圣家堂？圣家堂！

位于西班牙巴塞罗那的圣家族大教堂！那座享誉全球的欧洲地标！被联合国教科文组织列为世界遗产的天才建筑！

一时间答辩教室安静到诡异……

庄越深吸一口气，听到自己强装冷静的声音，问：“什么？”

俞绵绵眨巴着眼睛，说：“高迪说过，他师从窗外的树与大自然伟岸的教科书。”

她还说了什么？

——“如果一定要选一个指导老师的话，我选高迪。”

——“我喜欢他。”

——“至于为什么——天才，我从小就喜欢天才。”

像周薄暮一样，天生才华横溢，举手投足间优雅从容，他们那类人拥有她难以企及的头脑与顶尖才智。她仰望着，跟随着，也用尽十二分精神学习着。

俞绵绵一脸认真的表情让庄越目瞪口呆。

他开始承认，刚才的刮目相看说得早了些，此时此刻，他才是真的佩服到五体投地！

在院长一脸欣慰的表情下，教室里漫天的掌声响起。

低头，庄越扶住抽痛的额头，他在想，为什么这家伙总跟他不在同一个频道上？！

为什么绵里藏针的提问到她这里都跟小儿科一般?

怎么办，他可能要吐血了……

一直到退场时，俞绵绵的脸蛋都是红扑扑的。经过庄越身边时，她疑惑地看了他一眼，到底还是忍住了滚到嘴边的提问。

回到位置上，庄越的手机亮了起来，低头一看，短信上写着："喂，你不舒服呀？"发件人：小野猫。

庄越觉得，他头更疼了。

这厢，俞绵绵的答辩只差最后一个环节了，等到下一个同学论述完，她再上去回答上一轮的提问即可。

几位教授的提问都算好解决，俞绵绵觉得自己能应付，心里也就松了一口气。

压力减半，她的手指划过手机，惊讶地发现自己错过了一串未接来电：一个、两个、三个、总共十六个！全部来自同一个号码：小鲸鱼。

再打开微信，小鲸鱼发的信息一条接着一条地跳了出来："快接电话啊！"

"俞绵绵，求求你接电话！"

"很重要！"

……

最后一条是："我恨你。"

俞绵绵手一抖，扎扎实实地吓了一大跳。

她赶紧敲着屏幕，发了一条微信过去："怎么了？你怎么了啊？"

想了想，俞绵绵补充道："我刚刚在答辩，学校的中期答辩，你不要吓我啊！！"

一串感叹号还来不及发出去，一条微信又跳了出来。

小鲸鱼："他要走了。"

没有前文，没有后语，甚至连"他"是谁也没解释。

俞绵绵怔了一刻，一通电话打了进来。她弯腰缩在了课桌下面，小心翼翼地按下接听键，甚至都来不及出声，歇斯底里的哭声传了过来：“他要走了……俞绵绵，他、他……真的要走了，怎么办……”

小鲸鱼抽泣着，俞绵绵着实有些震惊：“谁？！”

寂静的教室里，听筒里的哭声格外苍凉，她听见小鲸鱼哽咽道：“秦唐。”

第九章
关于秦唐的梦

“喂，你干什么……”她刹车不及，撞进他怀里。
庄越大手举起来，所有人都睁大了眼睛，大庭广众，
难不成要动手？
终于，“啪”的一声响，他攫住她的手。
庄越的眼里闪过一丝复杂的情绪，道：“俞绵绵，
我真不知道，你是太勇敢，还是太猖狂——”

轰——

俞绵绵的手心瞬间冰凉，手机跟着“啪”的一声摔在了桌面上，邻桌的几个人诧异地看过来，扫了扫仍在通话中的手机，又扫了扫一脸苍白的俞绵绵，不知道发生了什么事。

俞绵绵视若无睹，抖着手抱起手机，声音也有些哑然：“怎么了？”

小鲸鱼没有说清到底怎么了，她的声音断断续续的，有几个词语格外清晰，让俞绵绵怀揣侥幸的心一点点凉了下来：资产转让合同、律师、十点还有机场。

所以说，他这一次的离开，不是度假不是出差，而是，他真的要走了。

离开洛城，离开她。

满腔绝望溢出，俞绵绵用仅存的理智强迫自己冷静下来，她只说了两个字：“等我。”

一边，李小疯担忧地撞了撞她的肩膀，提醒道：“该你啦！快点呀！”

的确，轮到她上场回答问题了。

耽误的时间太久，庄越的目光也睨了过来，好整以暇地抱臂，做着口型：Welcome！

俞绵绵手指握拳，默然地挂断了电话，起身——

走上台，回答问题？被夸赞或者被训斥？

顺利毕业或者在众多批判下灰溜溜地再读一年？

这些回答几乎已经成了所有人心底的标准答案，C大就是不容许意外，建筑系从来都只讲究横平竖直，同样，从来不许意外。

然而俞绵绵是第一个，有史以来第一个意外。

没有像所有人意料之中那样走上台，俞绵绵的脚步停在过道中央，忽地转身，朝所有人深深鞠了一躬：“抱歉，我有要紧的事情，不得不离开。”

什么事情会比一个大四学生的毕业答辩还重要？！

满场哗然，庄越的眼眸里闪过一抹冷光，依旧在笑，像是漫不经心一般：“你是把中期考核当儿戏吗？”

俞绵绵心头跟着一颤，庄越敲着手里的钢笔，勾唇笑道：“现在的学生到底知不知道什么是‘机会难得’？”

像唏嘘，也像是感叹，像茶余饭后闲聊时说出来的句子，可俞绵绵却从字里行间听出了冷厉之色。如果说之前的庄越是仰头喝可乐的大男生，那么这一刻的他，也许才是真的他？

俞绵绵一声不吭。

拒绝问答环节、提前离席这事可大可小啊！院长在一旁眉头紧皱，看了出言不善的庄家大少爷一眼，又瞪了瞪一脸倔强的少女：如果因为你这茬子事，学院里的庄氏奖学金取消、新敲定的科研教室撤资……那你就等着吧！

老院长霎时间有些心痛，一下子看看身边的财神爷，一下子张嘴欲说些什么，踌躇良久，道："咳，都答辩了一半了，刚刚不是挺好的嘛，小姑娘表现得很不错哎！保持哎！继续保持不行么？"老院长深吸一口气，搓手，再搓手。

然而，握拳的少女除了咬唇，什么也做不了。

没有回答问题，没有走上讲台，甚至没有辩解。

俞绵绵朝前门跑去，身后的世界一片喧嚣，而她眼里只有窗外倾泻的光，还有光里沿着轨迹浮动的细小尘埃。

远去吧，让这些东西都远去。

俞绵绵心底有一道声音响起，是谁在说，不重要了，一切都不重要了。

之前无数次与周薄暮争执时，她不是没有想过与秦唐保持距离，不是没有想过，两人会渐行渐远、最终于人生的某一天失去联系。那样想的时候，俞绵绵只是觉得遗憾、觉得难过，细想分道扬镳的那一幕，她会觉得呼吸被攫住，心脏难受到像是要裂开一般……

而真的到了这一天，她却觉得无力。

俞绵绵不能接受自己活在这样沮丧的世界里，她要找到他，必须找到。

即便付出的代价是延迟毕业，即便是休学，即便是失去一切，也……不是不可以。

身后突然"轰"的一声响。

庄越站起来的同时撞到了桌沿，桌面上的东西砸在地上，昂贵的笔记本电脑也不例外，玻璃屏幕“咔”的一声裂成了四瓣，黑掉的瞬间全教室观众们的心脏都痛了一下。

而他，眼皮眨都没眨。

“站住——”庄越出声道。

俞绵绵的脚步停住，拳头攥得死死的，身后的人难得地皱了眉，笑意渐收。

目光交会，他诧异地在她眼中看到了一抹光彩，是笃定，是坚毅，也是绝不退缩。像是最笨重最坚硬的顽石，一心撞南墙，不头破血流决不认输。

不，像她这样的人，撞到头破血流大概也不会认输？

庄越的眼眸凝了凝，声音忍不住软下来，“不会后悔么？”

俞绵绵转身，喉咙干涩到发紧，右边是耀眼的讲台，是已经打开的PPT模板，是所有人的肯定与注视，这些东西她渴望多久了？从喜欢上周薄暮的那天起，她就想凭自己的能力让所有人看到，今天她做到一半了，眼看就要收获，却不得不放弃。

但是，她知道，她不会后悔的。

俞绵绵垂下眼睑，道：“我知道，我这样提前离场一定不会被所有人理解，你们觉得我任性冲动，不清楚后果。可是，这是我的答辩啊，我比你们任何一个人都期待它圆满。”

她音色沉了沉，“就在刚刚，有人告诉我，我这辈子最好的朋友要离开了，我不知道他在哪里，不知道他将去哪里，也不知道他什么时候回来……这样绝望的事，你们也许会笑一声说，小事。”

“可是对于我，这就是我的世界啊，现在我的世界好像要坍塌了。”

眼泪盈眶，她竭力地抬头，不让所有人看到她的疲惫与软弱，“在你们看来，一个准毕业生中断答辩是不是只有几个理由？爸爸出了车祸？妈妈在病床上病危？”

她笑起来，说：“可是，我没有爸爸，也没有妈妈，我只有他。”

满场寂静，一个个温和善良的观众，几乎被这句话震到心碎。

李小疯怔住了，她知道俞绵绵无父无母，否则也不会被哥哥欺负得那么惨，家人——这几乎是410寝室最忌讳的话题，现在却被俞绵绵轻描淡写地说了出来。

她很心疼，心疼到眼角有些湿润。

俞绵绵的目光扫过在座的人，她知道，中途退场荒诞极了，站在这里说这番话也荒诞极了。可是她的思绪被抽空了，除了这样，她没有办法逃过所有人的目光，没有办法中途退场。

“对不起。”俞绵绵深深地鞠了一躬，“给大家造成困扰了……”

视线里，一双深咖色皮鞋走近，她抬起头，庄越已经停在她面前了，没有笑也没有皱眉，就这样居高临下地看着她。

俞绵绵动了动嘴巴，“对不起，所有的后果，我愿意——”

“来得及吗？”他打断她。

“啊？”俞绵绵没听懂。

庄越单手系上西服纽扣，勾唇道，“现在打车去机场，还来得及吗？”

她下意识地点头，又猛地摇了摇头，事实上她不知道。现在是去机场吗？洛城机场？她看了眼时间，九点零二分，小鲸鱼在电话里说的是——十点？

俞绵绵还在回想，手腕忽然一紧，她被带着走了几步。

“喂，你干什么……”她刹车不及，撞进他怀里。

咚，庄越的胸腔疼了一下，大手举起来，所有人都睁大了眼睛，惊呆地等着故事的后续发展：大庭广众之下，难不成，这是要动手？

终于，“啪”的一声响，他攫住她的手。

众人呼出一口气的同时，庄越低头，眼里闪过一丝复杂的情绪。

他凑到她耳边，低声感叹：“俞绵绵，我真不知道，你是太勇敢，还是太猖狂——”

世界上居然有这么白痴的女人？

周薄暮居然看上了这么白痴的女人？

关键是，他，庄越哎！还在帮这么白痴的女人？

庄越觉得自己疯了，要不就是这世界疯了。车速飙到了一百二十码，他一手搁在窗外，一边皱眉扫了副驾驶位上的俞绵绵一眼：她正焦急地看着手机，时不时接一两个电话，时不时按掉一两个电话。

接的电话备注是：小鲸鱼。

拒掉的电话备注是：我的学长。

周薄暮？庄越的眉头挑了一下，决定为他默哀三秒钟。

忽而，庄越的心情变得好起来，玩味地笑："谁要走？"

俞绵绵不吭声，他的积极性丝毫没受影响，出声道："我帮了你，就算是物物交换，也有权知道真相吧？"

物物交换？俞绵绵看了他一眼，皱了一下眉头。

这个词太功利，让她第一反应就想起楼思危。虽然她知道这是八竿子打不到一起的关系，可是就是让她心头一颤。

俞绵绵想回答说，是一个朋友。就在这关卡，手机再度响了起来，还是周薄暮打来的。

她现在没有心思面对他。

俞绵绵想，她能怎样面对他呢？

说她放了 C 大建筑学院院长的鸽子，要了全系毕业生、答辩到一半溜了？而所谓的溜，是去找一个他最不愿意见到的男人，他巴不得她与之断绝往来的男人。

俞绵绵说不出口。

十分钟后，捷豹停在国际航站楼前。

没等车挺稳，俞绵绵一个箭步冲出车门。穿梭在汹涌的人潮里，她再一次播出秦唐的号码，依旧是忙音。

怎么办？要去哪里？

俞绵绵强迫自己冷静下来，颤着手按到小鲸鱼的电话："你在哪里？"

"我在机场啊！"小鲸鱼带着哭腔，"我也在找，你怎么才……"

俞绵绵声音冷厉，喝道："告诉我，你在哪里！"

小鲸鱼愣了片刻，老老实实地报了地点。俞绵绵收到后第一时间找到了她，手臂被拖住，小鲸鱼的眼泪啪嗒啪嗒地往下掉，声色哽咽："我……几天前，他给了一份文件，是财产转让协议，是……是草稿，字面意思是说要把一所公寓转给我……然后……”

“然后怎么样？！”俞绵绵不敢错过一丝一毫的线索。

“然后……我找不到他了！今天律师来找我了，是真的要跟我签合同，律师说，一切会在飞机起飞时生效，我、我害怕……”

俞绵绵手指掐紧，激动起来：“什么飞机起飞？目的地是哪里？航班号多少？”

问题跟子弹一般射中小鲸鱼，她怔了怔，愣愣道：“十点，只有二十分钟了！俞绵绵！只有二十分钟了！”

二十几年的人生里，小鲸鱼从未如此惊慌过。

她见到的大山大水、看惯的大风大浪在这里一点也派不上用场。这一刻，她终于知道了，她学过的摩斯密码，弹过的尤克里里，做过的八国料理，那些看起来丰富多彩的经历，一星半点也帮不到她。

她见过这么多，经历这么多。此时此刻，却茫然无措。

除了哭，当着秦唐最爱的女人的面哭，其余的，她无能为力。

俞绵绵脑袋也很乱，面前的小鲸鱼哭得声嘶力竭，让她找不到丝毫线索。俞绵绵双手按住她的肩膀：“你找过哪些区域？律师的电话多少？能不能问到他是去哪里了？！”

没有得到回答，俞绵绵咬牙，一巴掌扇到了她脸上。

“啪——”喧闹的世界重归平静。

“你冷静一点啊！”俞绵绵大声道。

小鲸鱼茫然地看着她，往后退了一步，因为失去了俞绵绵的支撑，跌倒在地上。

很疼，疼让她清醒了一些。

小鲸鱼翻到手机的通话记录页面，递了过去。俞绵绵立马接过，一秒之内将电话拨出。

嘟、嘟、嘟——

没有等到律师接电话，小鲸鱼低声道：“他不会说的，不会告诉我，也不会告诉你。”

即便，你是他此生挚爱。

即便这场没有硝烟的战役里，你赢了个彻底。

电话始终没人接听，俞绵绵低咒了一声，目光环顾机场四周：难道，真的没有办法了吗？

离十点越来越近，广播里一遍一遍地播报着登机的讯息。

俞绵绵心跳如擂鼓，电光火石间，混乱的思绪里闪过一丝清明，她拔腿朝广播站跑去。

与地勤小姐做了简单的交涉，对方答应了播报语音。

一遍又一遍，到第三遍结束时，地勤小姐朝她微笑道："您放心，我刚刚已经通知过了，秦先生如果是与您走散了，听到消息后会来找您的，我刚说过了，您在等他。"

在等，一直在等。

俞绵绵受不了这种等待，刚刚压抑着的焦虑炸裂开来，她抢过麦克风，声音发抖："秦唐，你真的要走吗？要去哪里？去多久？什么时候回来？"

关键是为什么。

为什么事情会变成这样？

她抱着麦克风蹲在地上，眼泪盈眶道："如果你一早要走，那么过去你为什么要救我呢？让我自生自灭不好吗？反正我一无所有了，秦唐，反正我一无所有了……"

地勤小姐的劝诫声，警卫的呼声，周遭人来人往的窃窃私语声，她全部都听不到了，世界原本是彩色，在这一刻变成了黑白。

俞绵绵紧握麦克风，她说："你、你一定会来找我的吧……广播站，我在广播站等你……"

不知道什么时候播报早已被掐断，她仍死死地拽着，说什么也不肯松手。身旁有许多人在拉她，许多人在安慰她，俞绵绵视若无睹。

十点了……

远处有钟声敲响，一声一声，让她的心脏疼到麻木。

俞绵绵还是不肯起身，或者说她没有力气起身。

那一天，那座城市，那家机场里的人们都看到了这样一幕：少女紧紧抱着膝盖，蹲在光可鉴人的大理石地面上，她身后是大面的落地舷窗，是嫩绿而生机勃勃的草坪，是飞速升空、冲上云霄的波音747客机……

而她在哭，却咬着嘴唇不让自己哭。

不知道过了多久，终于有人停在她跟前。那人双手交叠，很是客气地低下头道：“俞小姐，您好，我是济林医药的首席法律顾问、秦唐先生的特聘律师，我姓张。我很抱歉，刚刚受秦先生所托，我没有接任何人的电话。”说完，他的目光扫了一眼旁边站着的小鲸鱼。

张律师干咳一声，接着将手里的文件递了过来，道：“这是秦先生事先给您准备好的文件，其中也有部分私人物品，具体是什么，您可以自己看看。按他的交代，在飞机起飞后一切可以生效，现在，您是这些物品的主人了。”

“我不要。”俞绵绵冷静地扔开。

“我只是尽传达的义务，文件如果您不小心弄丢了，我随时可以跟您送上备份，如果俞小姐有任何问题，也可以通过电话找到我。”

一张名片被按在了文件袋上。张律师看了眼手表，说：“那就不打扰您了，毕竟——现在已经过了十点了。”

过了，十点……

俞绵绵将头埋在臂弯里。她知道很丢人啊，没有力气站起来，没有力气拒绝，同样没有力气面对这一切。

怎么办呢？

她会不会就这样死掉啊？

俞绵绵垂下眼睑，她想让自己缓和一会儿，可是，窗外的飞机，面前拖着行李箱走过的人，无一不在提醒她：她被抛弃了。

如同垃圾，再一次被秦唐抛弃。

她想，为什么这一次会如此绝望呢？

听到他要走，头脑发热、不管不顾地冲上讲台，当着一百多号专家老师的面说了一堆莫名其妙的话；她还动手打了小鲸鱼，打了那个可怜兮兮哭得嗓音都变了的小姑娘……

这还是她吗？

俞绵绵的视线顿在一个点上，她想，那个人怎么能说走就走呢？

他怎么能如此冷静地处理好文件、交代律师、见小鲸鱼，仿佛跟全世界都宣告过了，唯独在她面前，选择了不告而别？

她想着想着，又笑出声来：以前他也不是没这样做过。

他一消失就是大半个月，电话联系不到，别墅里找不到他，秦家也找不到他，就像是自由的风，随时都会消散的风。

过去那几年也不过是因为她的羁绊，因为他可怜她，所以才勉强地停住了脚步。

毕竟，那是秦唐，区区一个洛城怎么能留住他？

俞绵绵闭上了眼睛，她在祷告。

希望有神迹发生，如果可以的话，她可以以自己的快乐为筹码，她可以再被楼思危欺负，可以再回到楼家，可以被折磨，只要等她睁开眼时，秦唐出现在面前。

如果你也这样深刻地依赖过一个人，如果你也曾拽住救命稻草想要从此逃出生天，如果你也有过期待与绝望，大概能明白俞绵绵此时此刻的心情。

最无能为力的人才会祷告上苍。

她在心底一声一声地说：请一定，一定，给我一次机会，好吗？

耳畔响起沉稳的脚步声，俞绵绵颤着睫毛、一点点地睁开眼……

只有祷告奏效，俞绵绵才真的相信了上苍，原来这个世界真的有神明与上帝？

她的视线被泪眼模糊，这一刻，却分明看到了希望和光。

一秒之内，俞绵绵扑进了男子的怀抱里。

双手攀在他脖颈上，俞绵绵埋下头，只觉得这一切仿佛是梦一场。

让噩梦就这样过去吧？

好吗？

怀抱着的这具身体微凉而有力量，像是怕弄疼她，也像是太惊讶，他的两只手始终顿在空中，不敢上也不敢下……

少女猝不及防地撞进他的怀里，猝不及防地将他搂住，猝不及防地，他的心震了一下。

“咔——”

这一声响声是什么呢？他想了想，或许是素日沉寂的心脏上的薄冰裂开了？又或许，是阳光照了进来？

很久之后，俞绵绵率先出声，是哽着嗓子的：“他们都说你走了，我不肯信。”

声音里透着莫名的委屈，听得他微微怔住。

“小野猫。”他干涩地开口道。

俞绵绵震惊地抬起头，不可置信道：“庄越？！”

然后便是漫长的寂静，还有，无边的寂寥……

两人都一声不吭，俞绵绵从他怀里后退一步，可他的手不知道什么时候已经揽在了她的腰上，只顿了一刻，松开了一些。

庄越低头，失神地看着她：俞绵绵脸上的表情……不是沮丧，也不是痛苦，像是什么事情也没发生。就连她的眼神，她的举动，也正常到可怕。

“对不起。”她垂下眼，“真是对不起。”

庄越挑起眉头，俞绵绵一下一下地擦着他的西服，胸膛的位置染上了一丝丝泪痕，触目惊醒地提醒着两个人：刚才的一切不是梦。

明明应该尴尬的，俞绵绵却没有。她抱歉地笑，冷静地捡起刚刚丢在地上的东西，有文件夹，也有手机，甚至她还回头看了一边的小鲸鱼，“你们都不走吗？”

哭成了泪人的小鲸鱼诧异地看着她，庄越也眉头微拧，默不作声地看着她。

俞绵绵见两人没有丝毫回应，也就点头道：“那我先走了。”

走出国际航站楼，等门口的红灯，等一辆一辆出租车下客，俞绵绵走过斑马线，她要去马路对面的地铁站，口袋里还有硬币，从这里到城区两块钱够了，接着再转什么车呢？

再转哪一路车？俞绵绵对自己说，继续，就这样别让自己放空，接着去想些什么。

手腕突然被拉住，庄越追上来，“你在干什么？！”

俞绵绵茫然四顾，“我要回去。”

被他一拉，她才发现自己始终站在地铁站的出口上，空落落的电梯是上行的，而她，一直站在这里犯傻。

庄越桀骜地笑：“阻碍公众交通呢？罚款两百。”

她没工夫跟他闹，倒是庄越丝毫不懈怠，拉住她的手就往回走。

“放开我！”俞绵绵试图挣脱，却依旧被紧紧拽住。

直到坐到副驾驶位上，她才觉得自己的反应有些过激了，他载她来的，再送她回去，很正常。俞绵绵垂下头，庄越靠过来……

“你干什么？”她警惕地往后靠。

他嗤笑，手指勾过安全带帮她扣上：“你的脑袋瓜可真不够灵光的，以为全世界的男人都会对你心动吗？”

俞绵绵低头，安静地道：“没有。”

一句反驳、一句抬杠也没有。庄越有些失望，他倒是宁愿她号啕大哭，宁愿她失魂落魄，也好过这样戴着一副“我很好”的面具，走路说话如同提线木偶。

“你——”庄越察觉到了她的疲惫，话音一收，到嘴边的讥讽到底还是咽了回去。

算了，他揉了揉眉心想，这次就算了。

捷豹驶上机场高速，一车寂静。

余光里，俞绵绵眉眼轻垂，柔弱得如同纸片人一般，仿佛风一吹就会倒。

这跟当着众人拒绝中期答辩、勇敢执着的那个少女，还是同一个人吗？这跟刚刚在机场大厅里，抱着麦克风大哭的少女是同一个人吗？

庄越皱眉，往她那边瞄了一眼，她的手机正好响了起来，又是周薄暮的电话。

这一次她接了，听筒里男人沉稳的声音隐隐传了过来：“告诉我，为什么中断答辩？”

果然，周薄暮在第一时间就收到了消息——庄越勾起嘴角，不动声色地将车窗升上，安静的空间里，对话声才会愈发清晰。

周薄暮的声音里饱含隐忍：“你知不知道中期答辩代表着什么？”

俞绵绵沉默着，一会儿才低声道：“对不起。”

听筒那边的人似乎气极，怒道：“俞绵绵！”

“对不起，我想一个人待会儿。”她这样说着，再次将电话掐断了。

庄越都有些诧异了，除了这个小丫头片子，还有谁敢这么对周薄暮？印象里那个男人阴沉冷漠，哪里像是会关心这种小事的人？

因为爱？

庄越饶有兴味地抿唇，那么，因为爱而气到暴跳如雷的周薄暮是什么样子呢？他好想去看一看呐。可是，偏偏有人打断他的幻想——

“庄越。”车内很静，她的声音响起。

“嗯？”庄越慵懒地看过来，“去C大，还是BN设计？”

选后者吧！他的眉毛动了动，嘴角忍不住弯起，期待她与周薄暮面对面对垒！

可是俞绵绵完全打破了他的幻想，她说的是：“请停车。”

她怕再过一会儿她会再次哭出来，所以，在汽车停稳时，俞绵绵飞快地冲了下去。

她要逃开所有人，逃开所有目光，安静地、一个人待一会儿。

车门被关上，庄越发了一会儿呆。

他在想，怎么会有这种让人琢磨不透的女人呢？

当着答辩师生的面那般勇敢，在机场大厅里哭得声嘶力竭，埋进他怀里柔柔弱弱，然后咬唇不语，说走，转身就走了。

就是这样一个女人，把周薄暮气到跳脚，把秦唐……迷得神魂颠倒？

庄越眉宇沉了沉，他是知道秦唐要走的消息的，二十四小时前就知道，可是他没有猜到俞绵绵会有现在的反应，因为没有猜到，所以今天的一切让他觉得格外有趣。

这样想着，他还是拨通了一个电话，问对方：“秦唐给他留下的东西，都有些什么？”

线路那边调查的人沉默了一会儿，将能查到的部分线索一一说了，庄越的眉头扬起，忽然觉得这场游戏，更有意思了。

俞绵绵却觉得，没意思。

没意思透了。

彼时，车辆川流的马路上，她被人撞了一把，背包落地，里边的东西散落出来，纸巾，签字笔，更重要的是，有一只黑色小盒子。

俞绵绵张嘴，发现自己什么话也说不出来。

她能清楚地记得，这几天背的包，是前几天和秦唐在夜市上买回来的，里面装的东西，大多都属于她，除了这只盒子！

什么时候被放进包里的？

为什么会被放进她的包里？

更重要的是，是谁做的？

俞绵绵的手有些发抖，打开，丝绒盒子里安然地躺着一枚银色钥匙……

秦唐！是他放的！

日光下，钥匙淡淡的光芒落进眼底，俞绵绵的心脏咚的一紧，发疯似的拆开掉在一旁的文件夹，霎时间，数十份协议书掉了出来：中心街B幢商铺转让协议、滨江路别墅转让协议、沉和路马场转让协议……几十份，乙方一栏签的都是她的名字，无一例外！她焦急地翻到尾页，甲方一栏，龙飞凤舞的字签的是——秦唐。

俞绵绵握紧钥匙，翻到最后一份协议书，地址处写的是“凤凰山花苑”。

那是他的家啊！是他成年之后，一直住着的家！

不能再等了！一秒也不能再等了！

俞绵绵拿上所有的东西坐进出租车里，她要去那幢房子，一定要去！

每个人的人生里，都会有高潮，也有低谷。

有的人一生平静和美，想要的都拥有，得不到的都释怀；有的人一生却过得跌跌撞撞，他们被推倒过，也被扶起过，迷茫过，也曾走出迷茫过，尝遍世间经历，得遍人生心酸。

俞绵绵曾经觉得自己是后者；楼思危离开洛城的那一天，她站在周薄暮身边，想，自己也许是前者；到现在，她依旧无从分辨。因为不管经历怎样的困难，她从没想过以往支撑她的力量会消失，或者说，她从没想过，秦唐会真正消失——

从她的人生里，毫不留情地退场。

那把银色钥匙能开启凤凰山花苑的大门，她见过太多次了，不可能认错。

当别墅门真的大开时，俞绵绵的心疼到揪了一把。这座房子跟以前一模一样，白墙绿地、大面的落地窗，修在屋顶的玻璃泳池，就连花园地板上铺设的防腐木，依照的都是她的喜好。

修别墅的那一年，秦唐十八岁。从选定图纸到真正盖楼施工，俞绵绵被强拉着旁听。

那时候，知名的欧洲建筑师坐在他们对面，一共给出了七套建筑方案，风格各异，却都是美到无懈可击，秦唐的手指拨弄着图片，问她："你喜欢什么样的？"

俞绵绵气闷道："又不是我家，干吗我选。"

秦唐认真点头，说："那你就当作你家呢？"

"那我要来蹭吃！"俞绵绵提起了一点兴致。

"可以。"

"那我要来蹭住！"俞绵绵得寸进尺。

"可以。"

"那我要来……"她在想着还有什么便宜可占。

秦唐忽然凑近，笑眼如画："那你要不要蹭一半的床？"

俞绵绵当即追着他打了一顿，一拳过去被他包在手心，一掌过去也能被她扯进怀里。等到俩人嘻嘻哈哈地打完，俞绵绵还是被逼着选图。最后，她一不做二不休，选了图一的花园设计、图二的主楼设计、图三的泳池设计……各种风格杂糅在一起，把漂洋过海刚到中国的德国建筑师吓得目瞪口呆。

最后秦唐竟然真的一拍板，按她的想法执行了。

俞绵绵觉得不可置信，更令人不可置信的是，秦唐一住就是多年，纵使后来他名下的产业一个个增加，纵使这座房子已经不是交通最便捷的一个，不是设计最奢华的一个，也不是最漂亮讨喜的一个。

他一直住在这里，面对着她一时兴起选定的设计方案。

这一个夜晚，俞绵绵一直待在凤凰山。

落地窗敞开着，冷风吹起纯白的窗帘，从她的角度看过去，园子里白墙黑瓦，樱花树被挪走了几棵，原本的靠近围墙的一段栈道换成了柔软的草坪。

她愣愣地看着，突然，小鲸鱼翻墙进来，安然无恙地跌在了草坪上。

俞绵绵眼角发酸，小鲸鱼却面色冰冷，俯身看着她，问："难受吗？"

俞绵绵没有抬头也没有吭声，听到面前的女孩轻轻地笑了："俞绵绵，我真嫉妒你。"

"我……没有什么令人嫉妒的。"她哑然道。

小鲸鱼直起身，说："因为你，这座房子建了起来；因为你，凤凰山花苑连续十年保持原样，任何商务宴请，都被挪到了其他别苑——"

"俞绵绵啊，"她淡淡道，"也是因为你，第十一年，秦唐搬走了樱花树，将围墙下所有坚硬的地方，全部换成了草坪。"

"你说，这样的人是不是很傻？"

俞绵绵咬住嘴唇，手腕被她拽了一把。小鲸鱼逼她看着窗外，道："因为你心血来潮的一次爬墙，因为你无意间的受伤，这个男人就能做到如此程度！就能如此铺张地改变这一切！你给我仔细看看！"

到底还是到了这一刻。

俞绵绵不愿意回想、却不得不想起那段往事：她翻墙被卡在围墙上，不上不下之际，秦唐阴沉着脸出现，怒火滔滔地将她训斥一通，最后，却接住了她。

他们一起滚在地上，那天啊，他们都受了伤，一个伤在脚踝，一个伤在后背。俞绵绵还能清晰地想起那种痛感，明明难受到刺骨，可是她就是觉得，如果能回到那一刻，也好。

她有些走神，耳边轰的一声响，是小鲸鱼将卧室的陈列柜推了开——

几平方的空间乍然出现在眼前，"啪"的一声，灯被打开，细碎的星星灯下，被悬起来的照片一张一张随风摇曳，七岁时逃出澳园七号的她，八岁在草地里捉蜗牛的她，九岁握着蜡笔的她……十五岁、十六岁，每一张照片都是她。

小鲸鱼站在她身边，哽咽地流眼泪：“你知道最可恶的是什么吗？”

她看着俞绵绵，冷冷道：“是从此之后，洛城的每一家肯德基餐厅里，每一个靠窗的位置都装上了窗帘！你是不是想问为什么？”

小鲸鱼大声道：“为了你！”

——为了她。

俞绵绵怔住，浑身血脉凉了下来。

每一家肯德基都装上了窗帘，那代表什么？

代表西街雪地里，她的一举一动都被他看在眼里！代表她在肯德基犯困时，是他挡住了她眼前刺目的光！代表她以为的梦境，她困倦时见到的幻影，其实都是真实的存在。

他出现在西街了，他真的出现在她眼前了！

原来，自那一天开始，命运风起云涌，而她，却以为这一切不过是一枕黄粱。

第十章
抱歉，手滑

周薄暮冷笑，一个吻停在她柔软的唇瓣上，道：“他们能让你这样沉醉么？能让你这样痴迷？俞绵绵，你的心和你的人，都是我的——”

“啪——”

楼梯间里静下来，她的巴掌，扇到了周薄暮脸上。

你有没有被一个人这样沉默地爱过？

你有没有感知过这样的爱？

那你，有没有给予这样珍贵的爱一星半点的回应？

俞绵绵无法回答，面前，小鲸鱼捂住嘴巴痛哭，哭得声嘶力竭，最后紧紧地抱住了她。

俞绵绵怔住，怀抱里的身躯温暖柔软，让她茫然无措。

直到最后，小鲸鱼走了，陈列柜被关上了，屋子里的落地窗帘还在飘荡。而屋子外，绿草长新芽，一切都是生机勃勃的样子。

她将头埋进臂弯里，终于哭出声来，因为她知道，这样的生机是错觉，这个冬天，寒冷而漫长的冬天，分明没有过去。

这一夜，俞绵绵的手机响起五十二次，最后自动关机了。

有周薄暮打来的，有庄越打来的，也有李小疯打来的，俞绵绵一个也没有接。整整十七个小时，她不知道是怎样过去的，她只知道天一亮，她照常帮手机充好电，洗好脸，梳好头发，从凤凰山花苑里走了出来。

门口停着一辆捷豹，墨绿色的，光可鉴人，映照着她苍白的脸色。

捷豹边，男子一身细腻柔软的羊绒大衣，搭配着卡其色高领毛衫与烟灰色长裤，在清晨淡淡的雾气里眉眼清淡。

“去哪里？”庄越笑着问。

俞绵绵没问他为什么知道这里，也没有问他为什么会在这里。她明白了，他们这个圈子里的人，想做什么、想查什么都简单到了极致，就像周薄暮，能在最短的时间内知道她中断答辩，大概也能在最短的时间内知道，秦唐走了。

俞绵绵不愿意再想了。面前庄越弯腰替她开车门，右手扶住车顶，绅士到了极致。

后来，他边开车，嘴角弯出一抹弧度，问：“为什么会上我的车？”

“附近没有地铁。”

庄越扬了扬眉头，“你就不奇怪我为什么出现？”

“我不想知道。”

看着窗外后退的风景，俞绵绵觉得自己对这些东西兴致缺缺。

汽车猛地刹住，俞绵绵的额头险些撞上挡风玻璃，气极地看过去，庄越还在笑：“那俞小姐，您这是当我出租车司机呢？”

她纳闷道：“不是你自己自愿的么？”

庄越被噎到，吸了口气，“我说你这小丫头片子，怎么这么不识好歹。”

大概他真的是一片好心？真的大清早查到她的位置来当司机？或者说糟糕些，他是一片坏心来看热闹？俞绵绵觉得不重要，因为前者她不期待，后者她不畏惧。

所以，俞绵绵从鼻腔里发出一个字音：“哦。”

人生第一次，庄越的大少爷自尊受到了蔑视，“啧”了一声，他磨牙道：“你怎么这么欠揍，我说……”

俞绵绵适时打断他：“八点了。”

庄越恨恨地敲了一下方向盘，发动引擎。老半天之后，他想起一件很重要的事，于是，从牙缝里挤出几个字：“你还没说要去哪里！”

去哪里？

应该是要去C大的，昨天闹出那么大的事情，今天理所当然要去院长办公室听候发落。只是……俞绵绵皱眉，安静道：“去BN设计。”

庄越笑了一声，“不打算毕业了？”

俞绵绵懒得回答，“随便”——两个字再次结束话题。

一路上都静得要命，车停在了BN设计楼下。

俞绵绵解开安全带，身后传来庄越淡然的声音：“你有没有想过，换个工作？”

她回头，深深地看了她一眼。

“很辛苦吧？”庄越笑起来，“在周薄暮的庇护下，很辛苦，不是么？”

因为是周薄暮身边的人，出色是理所应当的，出错才会让人诧异。

也因为是周薄暮身边的人，一举一动都被人看在眼里，每天必须谨小慎微、小心翼翼。

俗世里的平凡人，谁能一直跟天才做比较呢？谁又能一直过着仰望的生活？

俞绵绵有些出神，手机忽然“叮”了一声，屏幕上跳出晨间新闻，她低头，屏幕忽然被按住。庄越的掌心覆在手机上，低声道：“回答我。”

“钱多不多？有没有升职机会？”俞绵绵敷衍道，“毕竟是Jone's‘不用干活、整天游手好闲’的大少爷亲自抛来的橄榄枝，可真让人心动呢。”

用的定语都是他用过的，应付意味十足十了。庄越笑起来：“钱多、事少、离家近。”

“那还真是可惜了，听说Jone's广告业做得风生水起，而插足建筑设计，可能还要等上几年，只能下次再合作了。”字里行间都是兴致缺缺，庄越却听得很愉快：“一言为定。”

俞绵绵实在不懂愉悦的点在哪。她皱眉，下意识要去看手机。

庄越的掌心还未挪开，手指轻巧地划过屏幕，霎时间，刚跳出的新闻被删掉了。

“抱歉——”他笑得坦荡，“手滑。”

俞绵绵嘴巴动了动，看了眼时间——

再耽搁就来不及了！她瞥了他一眼，无可奈何地离开了。

BN设计十六楼，戴安·陈办公室内。

年过不惑的女士从图纸中抬起视线，随手将桌面上的长假申请单揉皱：“不批。”

满室寂静，俞绵绵眉头微拧：“人事部的同事说，应届毕业生出于毕业需要，是可以请休一到两个月的，这边只需要向直属上司……”

只需要向直属上司提出书面申请，俞绵绵记得很清楚。

然而戴安·陈已经皱眉，抬头看了她一眼，“现在你提出申请了？”

俞绵绵微怔，点头道：“是。”

“那好，我现在通知你，”她的手指一扬，纸团在空中划过一道抛物线，精准地落尽垃圾桶里，“申请被驳回了。”

“可是……”俞绵绵惊愕。

戴安·陈却没有给她惊愕的时机，道："你以为公司是你家开的吗？"

"你以为人人都像你这样，想来就来、想走就走？

"俞绵绵，我见过的应届生很多，有背景的有，有能力的也有。但是，有几个人像你这样，拥有全部的机会，毫不上心、毫不在意呢？！"

戴安·陈前进一步，笑起来："是不是至今为止，你都不知道你的问题在哪里？"

她脸上的笑是残忍的，但是这个优胜劣汰的世界，对谁而言不残忍？对她吗？对顾心吗？还是对任何一位被人事部辞退的、名不见经传的小人物？

像俞绵绵这样大的时候，戴安·陈在英国皇家大学里教任数学。因为巧合，她才能走进建筑业，成为当年唯一一位拿下国家大奖的、非科班出身的建筑师。戴安·陈的前半生是走过弯路的，她在数学里花费了太多时间，因为才华横溢，她才能赢过其他人。所以，她比任何人都知道，建筑需要命中注定，也需要天赋。

她从来都是自视甚高的人，能够进入BN设计、自愿为周薄暮工作，原因很简单，她认同天才。戴安·陈深知有些行业需要努力，而有些行业，即便努力至死也不可以。

俞绵绵跟她之前辞退的助理都不同，她坚韧，她努力，她画图到深夜、以至于当着自己的面犯困，就是这样的拼搏奋斗，让她觉得更加不可以。

如果努力就能杰出，那历史上那些天才建筑师的存在有何意义？

她讨厌没有方向的努力，讨厌一味地付出，更讨厌无数像俞绵绵这样科班出身的年轻人，用没有天赋的脑子，在亵渎建筑学。

她走到俞绵绵面前，冷淡道："你错就错在，跟我们不一样。"

跟她不一样，跟顾心不一样，甚至跟那位嚣张到不可一世的平面设计师庄瑞，也不一样。戴安·陈将所有的问题归结到一处：因为，俞绵绵不是被建筑选中的人。

俞绵绵听懂了，她看着戴安·陈毫无表情的脸色，深深地震惊了。

这些年，她积极努力、乐观向上，跟在周薄暮身后走了无数步，以至于每每回头，都觉得自己变成了更棒更杰出的人，她以为总有一天她能与周薄暮并肩前行。可是到今天她才猛然惊觉，原来在别人看来，什么都不曾改变。

别人的目光，原来真的如刀子，能一寸寸地割伤自己的皮肤。不然她怎么会觉得疼痛呢？

“我……”

“你说。”戴安·陈冷哼一声，等着下文。

拳头被握紧，又一寸寸松开，俞绵绵吐出一口气，“我知道了。”

就这样，俞绵绵走出办公室。

“砰”的一声，门被关上，心也如同被关上。

俞绵绵凭着记忆往洗手间走，沿途有遇到什么人，她低头避过，却又发现事实上不需要躲避，在这里她没有朋友，没有人在乎她脸上的神情。他们都只想看她的热闹，都只热衷于她的笑话。

洗手间里，俞绵绵将冷水淋在脸上，身后的隔间里传来尖细的一声惊叹：“天啦！这都是什么新闻呀！他们两个人怎么会……”

身边，另一个女声道：“你不会才看头条推送吧？有没有搞错啦！网上都已经吵翻天了！”

俩人隔着洗手间悠闲地讨论：“要我说，其实也没什么，男欢女爱不是很正常的事么？又是正经八百的门当户对，谁管得着的啦！”

“那也是吧，只是很让人惊讶哎！Evan Zhou 那种身份，也不是随便什么女人都攀得上的呀！你看助理部那位……”两人说完都是一阵低笑。

俞绵绵摸到手机，颤着手翻开被庄越退出的新闻……

这是印象中第一次，出现在娱乐版头条的两个人统统跟娱乐圈无关：照片里灯红酒绿，女子身姿妖娆，上半身越过酒桌，无限凑近对面的男子。他的手揽在她的腰上，两人只是这样看着，俞绵绵就懂了什么是棋逢对手，什么是郎才女貌。

俞绵绵在想，多巧啊，照片上的女主角自信曼丽，多像拉着她的手将她从困窘中拉出来的庄瑞，而那个男人呢？多像她爱了七年，至死都不会认错的——周薄暮。

谁能想到呢？五天前她与周薄暮大吵一架，五天后，她会以这样的契机再见到他。

相信他们什么事情也没有吗？相信庄瑞与他只是合作伙伴的关系吗？俞绵绵刻意忽略他们的匹配程度，忽视他们站在一起时眉目里散发出来的光，以及周身上下无法用文字形容的合拍。她或许也能相信，这是八卦而已，是绯闻而已。

可是，她依旧被刺痛了。

她为了周薄暮失去了自己，变得不像自己了，这样真的是对的吗？

耳边响起庄越笃定的声音："很辛苦吧？在周薄暮的庇护下，过得很辛苦，不是么？"

还有，不久之前戴安·陈的结论："你跟我们都不一样，你不是被建筑选中的人！"

她只是俗世中最普通的女生，向往最简单的感情，从没想过成为依附于人的菟丝花，为什么会要过得如此疲惫呢？

俞绵绵心底有道声音在说：不，这不对。

水龙头被关上，流水声戛然而止。俞绵绵将手机放进包里，离开了洗手间。

再次回到办公室内，俞绵绵的目光与戴安·陈的对上。

"有什么事？"

俞绵绵很冷静，从洗手间到办公室，两百三十二步，她从未走过这样艰难的路，每一步都像是踩在刀尖，就在这样的理智与痛苦里，她说出了心里唯一一个念头："陈女士，我来辞职——"

你走过许多山，觉得最高最难的就是眼前这座了，然而并不是，你解决这个困难，才会发现眼前还有更难的一处，还有更高的山。

戴安·陈怔了一瞬，就这样简单？就这样放弃所有的机会？

然而俞绵绵只当她没听清楚，重复道："我说，我辞职。"

戴安·陈有些茫然，点头，拨通桌上的内线电话，是打到人事部去的。一分钟后，人事经理带着专员风风火火地赶到办公室内。

这大概是BN设计历史上最微妙的辞职流程了：没有设计总监请人谈话，没有书面辞职信函，也没有人前往人事部，反倒是经理亲自登门，双手交叠，一副欲言又止的样子。

一行人相对站着，经理终于打破沉寂：“那个，你真的考虑清楚了？”

与人事专员的视线对上，两人的脸色都有些难看——陈特助不是交代要好好盯着眼前这位小祖宗？闹成这样该怎么收场？！

“我说，小祖宗……”专员很想抽自己一嘴巴，改口道，“俞小姐，辞职的事可大可小，其实有什么不同的想法，我们可以坐下来沟通的嘛……”

一切好说啊！我的小祖宗！

俞绵绵目光扫过办公室里的众人：咬着唇一脸紧张的人事专员，焦虑到皱眉的人事经理，还有满脸漠然的戴安·陈，这些人为什么会浪费时间听她沟通？

因为她是俞绵绵吗？不，因为她是周薄暮身边的俞绵绵。想到这里，她心内一疼：“我没有别的想法，没有什么需要沟通的。”

“这……”

“需要走什么流程？作为实习生，我之前请了答辩假，该交接的案子已经交接完毕了。”

“俞小姐……”

“这个可能要……”人事经理想着措辞，低声道，“汇报周先生……”

俞绵绵顿住脚步，人事经理大概也知道，这不符合流程。

俞绵绵低头，说：“每一个小助理遇到问题都会劳烦二位亲自出动？每一个小角色的离开都要汇报周先生？每一个要走的人，你们都会如此挽留吗？”

没有人回答她。

俞绵绵垂下眼睫，道：“对不起，我再说一遍，我要辞职。”

她说：“从未如此冷静，从未考虑得如此清楚。”

字字生硬，让满屋子的人都静了下来。俞绵绵觉得哪里不对，顺着其中一道视线转身，办公室的大门不知道什么时候敞开了，门口站着的男人黑衣黑裤，单手插兜，一脸肃杀。

俞绵绵张了张嘴，对方薄唇微动，吐出的字眼冰冷残酷："让她走。"

刹那间，室内气压降到冰点。人事经理率先回过神来，"周先生，这些……还在商谈阶……"最后一个字在周薄暮锐利的目光中被吞了下去。人事经理选择立正站好，闭嘴待命。

周薄暮的目光落在俞绵绵身上，一秒、两秒，还是昨天穿的衣服，没换，真是……很好！

男人冷峻地勾起嘴角："我说，让她走！"

暴怒的声音让每个人都惊醒，谁也没有见过这样的周薄暮，不再是水静流深、喜怒不形于色的建筑界领袖，而是一个活生生的仿佛下一秒就会掀桌子、摔东西的年轻男人。

一个目光冷到可怖的年轻男人……

俞绵绵眼角一酸，下意识地掐紧手机，"你……"

话没说出口，周薄暮转身："我没兴趣。"

对她要说的任何话或者解释，他都没兴趣。

"等等……"俞绵绵出声，男人身影一怔，还是停下了脚步。

俞绵绵抬眼，勉强的笑："该走的人是我。"

这是他的公司，他的大楼，真正要辞职的人是她，要走的人，也是她。

俞绵绵向身后的众人道了一声"失陪"，快步朝门外走去，她想赶快离开这里，离开这个让她喘不过气的地方！

俞绵绵的手指还在颤动，按在电梯键上，一下一下，时光被拉长，让她度秒如年。

终于，"叮"的一声电梯门打开。

她快步走进去，冷空气袭来，她张口呼吸，像是濒临溺水的人终于逃出生天——

这就是周薄暮带给她的感觉吧？这就是七年里爱情留给她的馈赠，让她觉得疲惫，艰难到呼吸困难。可是，明明酸涩的是眼角，她却觉得胸腔里某个器官疼到了极致？

电梯门关上，一切就要结束了。

俞绵绵垂下眼睫，却在这一秒，刺耳的警报声再度响起，一只手横进来，刹那间，玫瑰金电梯门打开，一股强势的力道将她从电梯内拽出来！

她脚步不稳险些跌倒，却刚好有一只手揽上了她的腰身，两人如此接近，清凉的薄荷香气直袭鼻尖，她心内颤抖，抬头诧异地看着周薄暮俊美的脸。

怎么会！

怎么会是他！

上一次他们争执冷战，她在公司加班，周薄暮将雨伞放在办公室门口，掉头离去之际俞绵绵是在电梯里堵到他，电梯门大开时，他是震惊的也是愤怒的。

因为太危险，也因为周薄暮不容许任何事情发生在理智之外——

而现在，俞绵绵太惊讶，往日的称呼脱口而出："学长……"

周薄暮的脸色有一瞬间动容，目光向下扫过她未换的衣衫，脸色在一瞬间冷到冰点。

"啊——好痛！"她的手被周薄暮拉着，开门、关门，直接进了楼梯间。

男人将她逼在了墙角。

这样的亲密，他的身体紧贴她的，明明是蛮横的，却平白地教人觉得旖旎……

周薄暮低头，嗓音沉沉地逼问："昨天去哪里了？嗯？"

俞绵绵抬起视线，眼角的酸涩更甚了，"凭什么……"

凭什么他一消失就是五天，而她不过是有样学样，就得像犯了不可饶恕的大错一般？

在她一个人在苍澜山失神的时候，他在干什么？她号啕大哭的时候，以为自己失去所有时，他在干什么？在她面对铺天盖地的压力，夜以继日地赶毕业论文时，他又在干什么？

他跟庄瑞在一起啊！深夜，灯红酒绿，他跟庄瑞在一起……

俞绵绵心如刀割。

在她那样茫然无措的时刻，他在喝酒，在约会，在与另一个同样杰出的女人四目交会。

那张照片里的光，仅仅只是灯红酒绿的光彩而已，就能让她压抑到喘不过气来。

俞绵绵想，为什么？

因为他们太夺目，太相配，时刻在提醒着俞绵绵——她，是另一个世界的人。

下颌被抬起，周薄暮的唇贴近，细细密密地摩挲着她的肌肤，探寻着，轻柔到不像是吻，像是情人间最温情的呢喃："你不肯说？"

他叹息，低笑："让我来帮你说。"

说什么？俞绵绵在他的柔情里泥足深陷，周薄暮的声音如同呓语一般传来："你在凤凰山，彻夜都在凤凰山花苑里。"

男人沿着她的耳垂吹气，哑声道："和谁在一起呢？让我想想。"

"学长……"

他的手指点在她的唇上，周薄暮眉眼微眯，"不，不是我。"

她到底还是清醒过来，不可置信地看着眼前的男人。周薄暮的目光变得凌厉，冷笑道："是秦唐。"

世界重归寂静，俞绵绵浑身血脉冰冷，"不是！没有！"

"所以，你要跟我解释什么？"他似笑非笑。

"我……"

"所以，他没有离开？"他眼眸微凉。

"我……"

"所以你要辞职，是打定主意从我的世界里消失？"周薄暮眼底如冰。

俞绵绵还在消化着这一串质疑。多好笑，明明是他闹出了绯闻，到头来被莫须有指控的人居然是她？！俞绵绵手指颤抖："为什么要牵扯到他？明明不是这样的！"

"好，"周薄暮用手阻住她的去处，"我给你机会解释。"

又是这样，高高在上地让她解释！她为什么要解释？做错的又不是她！俞绵绵彻底火了，狠狠推了他一把："周薄暮，你不可理喻！"

手被他顺势拽住，男人俯身凑近她耳郭，哑然道："你想不想尝尝，什么是真正的‘不可理喻’？”他将她掰正，双手扣在身后。少女娇躯柔软，因为特别的动作，所以更显凹凸有致。男人低头，声音里透着威胁，“回答我。”

哪里是她想？只怕“别人”才更想！

“虎视眈眈地盯着你的人这么多，”俞绵绵咬唇，凉凉地笑，“我就不必了！”

想起头条新闻，她心里酸涩得厉害，他还不知道是吗？如果他知道了会这样堂堂正正地质问她么？又凭什么这么理直气壮地凶她？

因为她的冷笑，周薄暮火气腾地一下升起：“因为我不是秦唐？不是中期答辩上带走你的庄越？还是，别的什么男人？”不等她回复，周薄暮狠狠吻上她的下唇，一点不剩地攫取她的甜蜜，控制她的灵魂。

俞绵绵又开始缺氧了，手臂下意识地攀在他身上。

周薄暮嘴角掠过一丝冷笑，一个吻停在她柔软的唇瓣上，道：“他们能让你这样沉醉么？能让你这样痴迷？俞绵绵，你的心和你的人，是我的——”

“啪——”楼梯间里静下来。

她的巴掌，扇到了周薄暮脸上。

俞绵绵执拗地看着她，咬着唇不让眼泪落下。

她变得不像她了，他也是。

这段爱情让两人都太辛苦，让两人都……浑身是伤。

俞绵绵走了，在一片静谧里推门而出，离开 BN 设计大楼时，眼泪才敢落下来，先是一滴两滴，而后泪如雨下。

她不会忘记，巴掌扇出之后，周薄暮依旧站在原地，眉目清冷地看着她。

他说：“你是不是期待这一天很久了？”

而她，哑口无言。

俞绵绵从未想过会有这么一天，从未想过，曾经亲密的爱人居然会走到这一步。

浑身的力气仿佛被抽空了，大楼门前，她蹲在地上哭得毫无顾忌。

有人问她怎么了，问她是不是哪里不舒服、需不需要帮忙。

需要啊，她泪眼婆娑地看过去，很想问他们，你们能帮我告诉周薄暮吗？告诉他一切都不是他想的那样，今时今日，此时此刻，她依旧爱他。

但是他们没法继续了。

俞绵绵的手心还在痛，回想周薄暮脸上的指痕，她的心脏更加揪得慌。

回头看了眼巍峨的设计大楼，俞绵绵觉得，这大概是最后一次了吧，最后一次从里面走出来，与里面的人划清界限，再无瓜葛？

这瞬间，她脑海里忽然涌现出一道提问："你爱的人与爱你的人，同时遇到危险，你会救谁？"

是答辩前一天庄越问的。跟现在的状况莫名相似。

她爱的人？爱她的人？俞绵绵浑身一激灵，觉得世事似乎早有预兆，而她仿佛站在天枰的中央，一边是远走的秦唐，另一边是淡漠的周薄暮。

她能偏向谁？

她要选择谁？

俞绵绵唇色唰的一下白了，失魂落魄地往前走。

"喂！"忽然有人叫住她。庄越靠在车门边，邪魅地朝她敬礼，"感动吗？"

感动什么？

庄越好似听到了她心底的话，勾唇道："大冬天，等你几个小时呢。"

所以他一直就没走？！一直待在这里？！他早就知道她会这样狼狈地离开？！

俞绵绵不敢想，可是他的表情分明说明了一切。

"你要干什么？"她擦干眼泪，问。

"很简单。"他挑唇，道，"实现你的诺言。"

"什么诺言？"

"去我的公司，工作。"

说的是不久之前，他向她抛来橄榄枝时俞绵绵顺口的一句，"下次。"

可谁知道"下次"来得这样快？看着庄越认真的神色，俞绵绵想，这个世界到底怎么了？她是不是精神错乱了，不然怎么感觉生活比连续剧还刺激？

五分钟前，她炒了前老板；五分钟后，有人一本正经地将橄榄枝砸在她身上。

“不合适。”她说。

“合适。”他微笑。

这是什么意思？俞绵绵在一分钟内明白了——之前她推拒的所有理由，诸如他在Jone's没有实权、Jone's没有建筑部门、她没有跳槽的打算，全部被推翻。因为，庄越名下还有一家建筑设计工作室，名字离奇古怪——

“月光。”他狡黠地笑。

“为、为什么？”俞绵绵问。

“第一个字是跟我的名字同音，第二个字嘛，那就‘建筑之光’好了。”庄越想了想，随口道，“要不随便什么别的光好了。”

随便、什么、别的光？

俞绵绵惊愕了。她不知道他开公司是临时起意，她更不知道，什么月光还是日光根本没差，公司名字是庄越在三秒钟内取的，收到底下人的报信说俞绵绵离职了，他便愉悦地等在楼下，在最恰当的时间，将橄榄枝“砰”的一声砸她脑门上。

看着她摸不清头脑的样子，他就很愉悦；看着她晕菜的样子，他就更愉悦了。

事后，俞绵绵只能送他两个字——有病。

有钱人她见过，像他这样游手好闲、有钱到没脑子的人，庄越是第一名。

时间：第二天。地点：C大女生宿舍楼下。人物：眉头紧皱的俞绵绵和笑意浅浅的庄越。

“你来干什么？”她烦闷地问。

“带你去面试。”他一本正经地答。

“谁说我要面试了？我要去院长办公室。”俞绵绵倒退一步，看神经病似的看着他。中期答辩已经结束了，成绩却没有张榜公布，俞绵绵决定在此之前去找院长和辅导员负荆请罪，顺便看看答辩成绩有没有生还的可能，即使很渺小，也得一试啊！

然而，对面的人却一句话将她丢入谷底：“不用去了，挂了——”

俞绵绵：“……”

心口被捅了一刀，然后又被他补刀：“虽然你缺席了答题环节，但是前半部分还是不错的，据说，总分加起来，离合格差一分。”

俞绵绵：“……”

“所以，”庄越笑眯眯道，“跟我去公司哎！办公室都搬好了——”

“我说你……办公室？”俞绵绵在一秒之内察觉到问题所在：刚搬好办公室！这是什么鸟公司啊！“我不去，死也不去！”

反抗无效，庄越拽住她的手，绅士风度全无。

“你这样的人渣究竟是怎么当上客座教授的？”她用力抵住车门，宁死不从。

“好说，你这样的学渣都能被周薄暮看上。”他一脸桀骜。

俞绵绵不吭声了，被他一推，咚——脑袋撞在车门上，痛到龇牙咧嘴之际，庄越在一旁举起手机，“咔”地一声，拍了张照。

头晕眼花，气得心脏疼。

俞绵绵俯在车身上，狠狠敲了几拳引擎，忽而，身后的人凑近，“其实毕业的事情你不用太伤心……”

俞绵绵：“？”

然后，就有了接下来的一幕：庄越往前走一步，嘴角轻勾：“俞绵绵，我们做个交换吧。”

第十一章
扑通扑通，少女心

机会给谁都可以，为什么是她？

“因为心动。”他勾唇，提醒道：“你在机场里哭得声嘶力竭，然后像鬼一样撞进我怀里，那一刻，我心动了。”像鬼一样撞进他怀里？像鬼？

俞绵绵被带到院长办公室时，双腿都在打着颤，她心虚啊，特别虚。直到庄越的手指扶在门把手上，“咚”的一声将门带上。

前边是架着眼镜一脸探究的老院长，后边是随时要抬脚将她往前踹的庄越，前有狼后有虎，俞绵绵决定拼一把，当即弯腰九十度鞠躬：“院长！对不起！”

对不起学院、对不起老师、对不起同学、对不起自己，俞绵绵觉得自己把这辈子的歉都道完了，庄越在身后幽幽道：“这就是昨天在中期答辩上‘临时有急事’要走的那位小同学。”

“临时”“有急事”——所以说中国人断句很有水平，不同地方落个重音，意思截然不同了。老院长眉毛一扬，显然有印象。张了张嘴，目光跟庄越交会，“那现在这是……”

庄越不急不缓道：“小同学答辩被挂掉了，本着勇敢坚持不放弃的原则，想争取一个二辩的机会，所以我就带她过来了。”

老院长“啊”了一声，立即接过话茬道：“小同学的认错态度很端正，勇敢坚持不放弃，凡事尽力争取努力一把是对的，不错！值得表扬。”眉头一皱，老院长话锋一转，“只是，昨天的答辩……”并没有人挂掉啊！

后半句话被堵住，庄越笑眯眯道，“既然院长您开口了，那一切就好解决了。”

两人的视线交会，老院长突然拍了拍后脑勺，“嗯嗯，解决，怎么解决？啊，那……”

“那”了半天的后果是：由你解决。

这个“你”，即庄越。

阶梯教室里，俞绵绵站在三尺讲台上，觉得很崩溃。

老院长一拍板，她就得当着庄越的面进行二辩。偌大一个教室里，她看着庄越，庄越看着手机，全程都在嘀嘀嗒嗒按屏幕，悠闲到像是在咖啡馆喝下午茶——

这家伙，真的在听她论述吗？

俞绵绵眉头紧皱，他眼眸一抬，不经意道：“继续。”

“喂……”俞绵绵喊道。

“我不叫‘喂’。”庄越眯眼，淡笑，“现在，你可以叫我庄教授。”

是装教授吧？俞绵绵气噎，郁闷道：“可是你都没在听。”

一个全程走神的人，在决定她论文的生杀大权？凭什么？俞绵绵撇嘴，将论文稿件按在桌面上，不轻不重的一响。

庄越已然抬起视线，“讲完了？”

“你都不知道我有没有讲完！”俞绵绵气极。

庄越起身，“哦”了一声，淡淡道：“是啊。”

是不是有毛病！这个人真的是学院聘来的客座教授吗？俞绵绵拽紧论文，却被他一手夺了过去。庄越停在讲台上，目光扫过来：“我宣布，你过关了。”

俞绵绵震惊了：“可是……你都没提问。”

庄越漫不经心道：“论文写了多久？”

“一、一个多月吧。”俞绵绵答。

庄越颔首：“哦。”

俞绵绵深吸一口气，问：“‘哦’是什么意思？”

庄越微笑：“就是‘提问环节结束了’的意思。”

俞绵绵觉得，这是她见过最不走心的一场答辩了，没有之一。全程不到十分钟，提问环节简单粗暴。那时候，她以为庄越是不将她这种小喽啰放在心上、打心底里不相信她能写出什么有深度的论文来，所以，处事走过场，答辩放个水。

她不知道，正式答辩时他就翻完了论文大纲，当天晚上更是拿着教授备份的手稿，从头到尾看了一遍，白天圈出的几处，跟周薄暮的观点相似。

没有什么可质疑的。除了写作口吻青涩，没什么好挑毛病的。

周薄暮闲到无聊帮她写论文？不像。按照这小丫头的个性，也不像是作弊的人。那么，周薄暮是怎么插手的呢？庄越摸了摸下巴，觉得有意思。

手机就在这时候响了过来，他抬脚往外走，提醒道：“小野猫……”

俞绵绵浑身汗毛都竖了起来，庄越回眸，勾唇笑得颠倒众生，“不要忘记，我们的交易。”

交易——

他帮她解决毕业难题，而她，要去月光工作室工作。

俞绵绵非常不想承认，在女生宿舍楼下，被庄越撞到脑袋顺便塞进副驾驶之际，她一咬牙、一跺脚说了句：“我答应！答应！”

晚上，女生宿舍里。俞绵绵头疼地扶额，想起白天和庄越的对话，更头疼了。

从阶梯教室出来后，庄越挂了电话，时不时皱眉。

“怎么了？”一边的俞绵绵也跟着紧张起来。

“我姐从医院打来的。”他低声道。

“你姐？！医院？”她半晌才反应过来，“庄瑞怎么了？”

“也许……”

尾音被拉长，俞绵绵心脏跟着一紧，“也许怎么了？”

话刚出口，新闻头条的照片在脑海中一闪而过，俞绵绵攥紧手心，眼眸低垂下去。如果没有那些事，她们会不会是朋友？而现在，庄越如此严肃，庄瑞生的病……

她心里很不安。一秒之内突然有张脸凑近，庄越笑起来：“也许，今天不回来吃饭了吧。”

俞绵绵：“？”

庄越揉了揉她的脑门，笑开了：“毕竟公立医院的合作案挺难谈的。”

所以，什么事情也没有？！

俞绵绵的头发一团糟，思绪也一团糟，罪魁祸首却笑得风轻云淡。剩下她站在原地，郁闷地想：她为什么这么容易被这家伙拿捏呢？这家伙一定是精神分裂，有病！

可不就是有病？除庄越以外，还有谁会忽而跳脱、忽而忧郁？

前一秒他笑开花，后一秒他就能沉寂下来。

因为俞绵绵踢了他一脚，皱眉问，“为什么是我？”

建筑系这么多学生，洛城这么多求职者，她身无所长，又不是名家干将，甚至连办公室摆设的花瓶也没法当，那为什么是她呢？为什么偏偏是她被橄榄枝砸中，被巴巴地拉着去月光工作室？

庄越想了想，说：“因为心动。”

什么意思？俞绵绵没懂。他勾唇，提醒道：“在机场。”

边说着，他抬脚朝女生宿舍走去，一副耐心良好要送她回寝室的样子。俞绵绵迈着小短腿跟在身后，一不留神，前边的人停下脚步，转身两人凑得极近。

庄越似笑非笑，道：“阳光很好，时间也很凑巧，你在机场里哭得声嘶力竭，然后像鬼一样撞进我怀里，那一刻，我心动了。”

像鬼一样撞进他怀里？像鬼？

俞绵绵脑仁很疼。庄越毫不在意，接着道：“就这么简单，心动，然后执行。”说完，他一直盯着她，期待在俞绵绵脸上看到震惊、惶恐或者欣喜的表情，可是，他失望了。

俞绵绵连眼皮都没抬一下，淡淡道：“你撒谎。”

庄越眉头扬起，问：“为什么不相信？”

为什么呢？

因为她见过心动的样子，纵使世间千种人，万种心动，她也不会将庄越的戏谑与之混淆。

“因为你是好人。”她说。

换来庄越不轻不重的一声嗤笑，他道：“那么，我又为什么会被你发‘好人卡’？”

俞绵绵的神色无比认真，她说：“因为你关掉了我的手机，关掉了头条新闻。”

去BN设计之前，见到周薄暮之前，她的手机分明是响了的。是庄越将手按在她的屏幕上，“一不小心”划掉了头条推送。被关掉的正好是周薄暮与庄瑞的绯闻。

俞绵绵不相信这种巧合。

“如此简单？”庄越眉头挑起来。

“如此简单。”俞绵绵低声答。

她垂眼，错过了他一点点认真起来的神色，“谢谢。”

庄越是什么反应呢？

他摆手，懒洋洋道：“没劲——”

——“俞绵绵，逗你可能是世界上最没劲的事了。”

她听着，却笑了出来。

这可能是这段日子里她唯一一次发自内心地笑，唯一一次这么轻松了。

夜晚的寝室很安静，璐子戴上了耳机在打游戏，梨花和李小疯在检查毕业论文，俞绵绵回头看了他们一眼，取下了书架前周薄暮的照片。

心慌意乱，手指被钉照片的大头针刮到，眼看着戳出了血，俞绵绵想，真疼啊。可是跟这段日子的经历比，这种疼又算得了什么？

微不足道而已。

俞绵绵呼出一口气，李小疯不知道什么时候已经离开了位置，翻墙倒柜地在找些什么。她没太注意，再一抬头，一枚创口贴出现在眼前。

那瞬间，俞绵绵的眼角有些湿润。

中断答辩到现在，发生的事情太多了，秦小唐不告而别、与学长的关系陷入僵局、辞职、二辩……每一件都足以将她压垮，但她好好的，若无其事地住在寝室里，跑图书馆完成论文的收尾工作，仿佛什么事情也没发生。

有时候，她会被人认出来，有人指着她低声说：“呀，这就是中断中期答辩的那个女生！”

或许有人会接着问：“那她要去找的那个人找到了吗？”

没有找到，她想，也许找不到了。

这段时间她打过好多电话，徐家、济林医药、秦唐的工作室，每个人都说他出远门了，没有方向，没有归期，跟上一次他消失一模一样，仿佛从没有在洛城出现过。

接过创口贴，俞绵绵笨拙地往手指上贴，被李小疯一把抢了过去。

她瞪了俞绵绵一眼，凉凉地吐出两个字：“笨蛋。”

而后，小心翼翼地撕开包装，轻柔地贴上她的肌肤。

俞绵绵看着她嗔怒的目光，心头跟着一软，细密的温暖沿着血管蔓延开来。

世界上有一种朋友就是这样，说出口的话永远都不够动听，可他们总是站在你身旁，成为你撑下去的力量。

俞绵绵眼底氤氲，李小疯见到了，只是拍了拍她的肩膀，又回到了位置上。

她太懂俞绵绵了，懂她未说出口的谢谢，还有她最后的倔强。

她不愿意说的事情永远不会有人知道。

第二天，俞绵绵的文献看到一半，忽然想起了什么，飞快地打开笔记本电脑。

她要用最傻的办法找人！在搜索栏里输入秦唐的名字，一个一个地排查，眼看一个小时过去了，俞绵绵揉了揉发酸的眼眶，依旧一无所获。

可是，她却看到了周薄暮与庄瑞的绯闻，铺天盖地，压满了整个微博。

经过几天的发酵，两人的话题愈演愈烈，从原本的“天才建筑师夜会佳人”改成了“绯闻事件男女主默认交往”“庄氏千金身份大曝光”，一直到现在“景致奖得主再度被拍！两人好事将近！”……

被挖到的线索越来越多，有人更是将他们留学时的设计作品搬了出来，一时间评论里铺天盖地都是“学霸 CP”粉。明明不是娱乐圈的人，两人却像明星一样吸引了所有人的目光，连带着两家公司的合作案也被送上了热门搜索。

俞绵绵看到了，有人在评论里说：“我知道真相啊！周薄暮为了庄瑞还甩了前女友！他前女友就在我们学校！我亲眼见过！”

甩掉、前女友——

俞绵绵一眼扫过，这样的回复一丝波澜也没掀起，就这样沉入谷底。如同她本人一样，飞快地在周薄暮的世界沉寂。

谁会在乎真相？一个个热衷吃瓜的人不过是凑热闹，他们要看的是郎才女貌，是才子佳人终于走到了一起。谁在乎俞绵绵是谁？谁又关心前女友是谁？

俞绵绵心脏被揪了一把，接着往下翻。在某一个扒皮帖里，周薄暮和庄瑞的身价都被放了出来，资产一栏的零多到数不清，有人在评论里说："我赌十块钱，这两人绑在一起是炒作！周薄暮的设计压根就不行了，明年景致大奖得奖无望，这才想出的损招呗！要我看，他还不如去年没拿奖的黄杰呢。"

我损你大爷！

她知道黄杰，同一个圈里的资深设计师，除了模仿学长的作品并将各个经典设计融合抄袭，还会什么？！俞绵绵一口气堵在胸口，噼里啪啦地敲键盘开撕。

一句话过去，对方立马回复道："哟，周薄暮这么快就请水军啦？"

俞绵绵打满热血，从头到脚将人骂了一顿，对方也不甘示弱地回敬回来。就这样，两人在某条热门微博下吵了一整天。所以李小疯回到寝室后看到的是这样的一幕：俞绵绵蹲在座椅上一个劲地掉着眼泪，手上却半点没闲着，将键盘敲得跟打仗似的啪啪作响。

李小疯一瞥屏幕，果不其然看到了周薄暮的绯闻，这几天八卦流言满天飞了，俞绵绵没有提过她也没敢问，再走近，俞绵绵居然在写长微博？名字是《解析天才周薄暮》？！

周薄暮做过的设计、画过的图纸，公开在全世界各个网站上的资料，全被俞绵绵搜集到在一起，她用最简单直白的句子，一一点评他设计里的精湛之处……

这是给网上那群说他炒作的人看？

李小疯倒吸了一口凉气，这些东西得准备多久啊？！

李小疯看了看时间，又看了看她掉眼泪的侧脸，觉得不可置信。

然而，觉得更不可置信的还有跟她吵架的那个人——也就是黄杰。这些年，他在建筑圈里不温不火，早就习惯了用小号"喷人"蹭热点。他是开罪了不少人，可是像俞绵绵这种咬住他十几个小时不松口的，妥妥的头一个！

哪有这么认死理的人？！

等到俞绵绵的长微博发出时，黄杰彻底惊呆了！

不只认死理，还是个白痴。

李小疯觉得俞绵绵的确是个白痴。花十几个小时的时间，做一份这样细致的资料，就为了帮那个人洗刷一句污名，连自己微博瘫痪了也不管。

是的，她的微博瘫痪了。

跟她对骂的那个人砸钱买了水军，成百上千的小号涌到她的主页里，抹黑、嘲讽、谩骂蜂拥而至，越来越多的网友也被影响，几乎每一秒钟都有人跳出来指责她“想红”。

在他们看来，在风口浪尖帮周薄暮说话，是想红。

跟一个陌生男人死磕十几个小时，就为了摆事实、讲道理，是想红。

他们中间大多是成年人，是上班族，离学生时代已经很远了吧？俞绵绵看着被攻击的微博主页，她在想，他们二十出头的时候有过喜欢的人吗？

一定没有，所以永远不会懂她这种奋不顾身。

身后，李小疯很焦急，安慰道：“你别掉眼泪了，你看事情也没那么糟糕啊！”

是的，没那么糟糕。评论里也有人在说：“别为难这么个姑娘啦，都是炒作的牺牲品。话说，如果真和庄瑞没什么，周薄暮会澄清吧？”

有人回复道：“经过这几天的事，BN 设计和 Jone's 的股价水涨船高，白痴才澄清！”

利益跟前，谁会放手？

俞绵绵手指按在键盘上，她想写些什么。

写什么呢？

她会永远陪伴周薄暮？

会永远支持他？

即使他永远不会发觉，永远不会在意？

俞绵绵犹疑着，最终只是发了一张图片：一只卡通狐狸，旁边靠着一只软萌兔子。

那是很久之前的事情了，那时候俞绵绵还没进入 BN 设计。她去 BN 设计找周薄暮，却撞倒了一堆图纸，其中一张右下角勾勒着一只狐狸，还有周薄暮苍劲的签名。

没人知道她偷偷拍了下来，也没有人知道，她在旁边添了一只兔子。

那时候她以为没有人知道她怀揣的爱意。

然而网络另一头，男子盯着笔记本上的图片，紧皱的眉头终于松开了。

同一时间，410 寝室里。

俞绵绵盯着发送成功的图片，俞绵绵吸了吸鼻子，说：“我困了。”

对着屏幕十四个小时，她是真的累了。

李小疯回过神来，迟疑道：“发了图片，这就完了？”

“不然还能怎么样？”她问。

两人间一阵沉默，谁都知道，不能怎么样。

周薄暮与庄瑞的事情如果是真的，俞绵绵会受伤。

如果是假的，那他沉默的态度，难道不会教人受伤了么？

一边是情爱，一边是利益。BN 设计股价噌噌上涨是真的，周薄暮传奇地位再添一笔重彩也是真的，如此紧要的关头，谁会澄清？

俞绵绵准备爬上床铺，脚却被拉了一把，她再动一动，还是被拉一把。回头，李小疯神色震惊，讷讷地指着亮起来的笔记本屏幕：“我觉得，有点问题。”

是真的有问题！

短短无分钟里，水军尽数消失，非但如此，俞绵绵的 ID 粉丝数量噌噌上涨，连带着微博转发量也跟着升了上去，一时间，艾特栏里数字爆满！

发生了什么？

“我的天啦！”李小疯被吓到了，看着俞绵绵道，“你买水军了？”

俞绵绵随便指了指粉丝栏里的某人，认真道：“你觉得，我像是请得起她的样子吗……”

纯色头像加上金色 VIP 标志，不是别人，正是常出现在建筑赏析课本上，刚修了中东某国地标性建筑的那位……

李小疯觉得自己手很抖，成千上万的粉丝看下来，她更抖了。

“我觉得，一定发生了什么……”李小疯道。

“同意。”俞绵绵点头。

然后，他们就看到微博热搜的前三名变成了：周薄暮与庄小姐只是合作关系、周薄暮称小娇妻正在赌气、天才周薄暮秀恩爱……

小、娇、妻？！

一夜过后，俞绵绵觉得自己还没回过神来。

看着旁边床位的李小疯，她想李小疯应该也没回神才对。

于是两人四目相对，再度爬下床，凑到了电脑跟前。

干什么？

重温昨晚看过的视频。

BN设计置顶的视频里，周薄暮一身黑色衬衫，衬托得整个人丰神俊朗。

低眉、敛目，视线对准镜头的片刻，周薄暮启唇，淡淡道："说几点，第一，BN设计正在与Jone's谈新一季的宣传合作案，我与庄小姐——并无深交。"

明明是重复第五十次观看，俞绵绵依旧屏住了呼吸。屏幕里，周薄暮视线也移过来，这样眉目深邃的人，怎能让人不相信？

俞绵绵回过神，周薄暮接着道："第二，我、BN设计以及我的作品，无须靠炒作营销，那位与我同年入围景致大奖，铩羽而归的刘杰先生，请自重。"

弹幕就在这时候炸了：

网友A：刘杰？印象中没有姓刘的建筑师入围景致呀……

网友B：我男神威武霸气，压根没把黄姓建筑师放眼里！

网友C：好惨呀，黄杰一点存在感都没有！

俞绵绵嘴角也跟着抽了抽，直到周薄暮启唇："还有。"

三秒钟内，屏幕里涌现千万个问号，周薄暮半个人影都淹没在网友浓重的好奇心里，然而他只是凝视着屏幕，勾唇道："第三，我脱单了，只是，小娇妻正在闹脾气。"

轰——

俞绵绵知道了什么叫作"血脉逆流"。

霎时间，她手掌心的肌肤都烫了起来。捏拳，又松开，俞绵绵将双手搁到了脸颊上，在满屏寂静里，蹭了蹭脸颊：闹脾气的小娇妻，是说她吧？！

她紧张得要命，视频里，周薄暮慵懒道：“也不知道你们都用什么办法哄小娇妻，嗯？”

多到快炸裂的弹幕统统变成了粉红色，录视频时，周薄暮是有察觉的，所以，他嘴角微勾、情致很好地补刀：“不过，我想你们这些单身狗也不知道。”

满屏的单身人士心碎成渣。

建筑界地位高入云端、一贯冰山腹黑的天才周薄暮，微笑了。

俞绵绵觉得自己看傻了眼，心脏跳得越来越快，终于，周薄暮沉吟片刻，道：“我曾在日本待过三个月，看书、喝茶、下棋，躲一个喜欢我的女孩子，那时候，我不知道我喜欢她。但是，我在书里看到一句特别美的话时，只想起了她。”

——“那句话是这样的：海至深是梦，夜至深是黎明，而我，灵魂至深是你。”

没有点名那个“你”是谁，屏幕就此暗下去。网友们大呼失落之际，屏幕角落里，一行白字若隐若现：@小兔子绵绵。

这样欲盖弥彰！几乎所有的网友都看到了，几乎所有的网友也都震惊了！他们顺着这个ID找过去，毫不意外地将ID主人与周大男神口中的“小娇妻”对上。这才有了后来，俞绵绵微博涨粉百万的一幕……

要不怎么说，网民力量很可怕？

俞绵绵昨天一整夜都没回过神来，她在想，是不是学长弄错了？

一定是哪里弄错了，对吧？

可是，她不敢问，她怕这一切只是一场梦，是写长微博写困了、被网友们骂疯了、她沮丧时臆想出来的一个梦……

所以，胆小如俞绵绵选择睁眼到天明。可现在，都过去八个小时了，俞绵绵想，没这么长的梦吧？她呆呆地看着一旁的李小疯，问：“我能掐你一下吗？”

李小疯翻了个白眼，手指还在点着鼠标，震惊地发现，半个建筑圈都来围观俞绵绵的微博小号了……

这个人是她偶像！

这个人也是！

妈呀！还有这个！

李小疯哆嗦着嗓子，道：“你说，咱现在改行做微商，还来得及吗？”

做微商来不来得及俞绵绵不知道，但是她知道，面试应该来不及了。

按照她和庄越的“交易”，这个点她怎么着也应该在工作室里排队、等着人事经理面见才对，然而……俞绵绵看了眼时间，距离九点只有二十二分钟了。

迟到会有什么后果？

庄越会不会一生气，将她的二辩成绩作废？

俞绵绵不敢想，毕竟成绩还没有张榜公布，万一那个家伙真这么小心眼呢？

这样想着，她飞快地刷牙洗脸，临走之前没忘记从李小疯桌上捞一块吐司：“我走了啊！面试要迟到了啦！庄越会不会杀了我！”

“砰——”宿舍门被关上，李小疯看得一愣一愣的：什么面试啊？她不是在 BN 设计工作吗？

关键是：庄越？！

答辩时笑意盈然、眼眸冷淡的建筑系客座教授？Jone's 公司的二少爷、那位大名鼎鼎的平面设计师庄瑞唯一的弟弟庄越？！李小疯拍了拍脑袋，她觉得自己可能听错了。

毕竟，那个庄瑞不是才跟周薄暮闹绯闻吗？而且，周薄暮不是才大张旗鼓地秀恩爱吗？正常人的第一反应，哪里会是去面试？

月光工作室内，庄越坐在沙发座前，一支钢笔抵在唇边。

电脑里正在播放周薄暮的澄清视频，与其说是澄清，不如说是花式表白？第三遍了，在周薄暮说到与庄瑞“并无深交”时，庄越脸色难看，他很不悦。

没理由一切就这么白费了！

将钢笔压在桌上，“啪”的一声脆响后，他将视线挪到窗外，的确没理由。

他是最早知道秦唐要离开的人，也是第一批知道俞绵绵辞职的人，他不断地出现在她的生活里，难道就为了给她一个工作机会？

不，庄越告诉自己，他有更重要的事情做。

桌上的内线电话响起来，秘书说：“庄少，俞小姐来了。”

他看了眼手表，薄唇紧抿：“她迟到了。”

“那……”到底要不要让人进来呀？

庄越脸上半点表情也无，想起视频里周薄暮的样子，忽然，他紧皱的眉头松开，似笑非笑道：“我去请。”

是真的去请，从前台逮到人就直接给拽到了办公区，“你坐这里。”

办公室是敞开式的，一副才弄好的样子，周围的位置空了大半，仅有的几个员工各忙各的。俞绵绵收回目光，面前压了一张入职合同，庄越说：“签字。”

“我不是来面试的吗？”俞绵绵一头雾水。

“不用了。”庄越抱肩道。

俞绵绵愣愣地签完字，问：“为什么？”

庄越迅速地从她手里抽走合同，交给了身后跟着的秘书，这才懒洋洋地看了她一眼。

目光太微妙，像是最沉稳的猎人盯着猎物。俞绵绵心头升起一抹异样的预感，果然，下一秒庄越的手“咚”的一声按在她身侧，俯身凑近道：“你懂的。”

声音不大不小，传遍了半个办公室，俞绵绵清楚地看到对面一个女生眉头挑了起来。

我懂你妹啊！俞绵绵心内一个小人在咆哮：为什么要说得这么暧昧！

忍着一拳将他俊脸打凹的冲动，俞绵绵机械地微笑：“庄少，我不太懂。”

语调是客客气气的，眼睛却直勾勾地盯着他：你给老娘好好说话！

庄越瞥了周围的佯装工作的员工一眼，勾唇，“那你待会来我办公室，就懂了。”

说完这句，他心头一扫阴霾，豁然开朗：周薄暮搞糟他的计划，然后，他让俞绵绵日子不好过，这不是很公平？

他笑起来，然而……

“啪——”俞绵绵没忍住，一掌拍到了他肩上。

庄越猝不及防地摔了一跤，霎时间，整个办公室的人霍地一下站了起来，一声声“庄少”喊得情真意切、此起彼伏。

“你！”他磨牙，瞪着害他丢脸的罪魁祸首。

“我？”俞绵绵笑眯眯的，“哎呀，对不起啦，我不是故意的。”

有仇报仇，有怨报怨，俞绵绵很满意现状，然而，庄越沉下的脸色忽而转晴，抬起了惨兮兮的目光，“好疼啊……我不过是想说，不用面试了，我没招到人事经理嘛……”

世界上有比高颜值男生撒娇更软萌的事情吗？

没有。

整个办公室女生的心都化了，俞绵绵也跟着怔住了，没招到人事经理？这也能开公司！然而，现在有比研究公司构架更重要事——她皱眉看着倒地不起的庄越：不……不至于吧？

“肩膀好疼，脚也摔得好疼。”他艰难地试图站起来，眼看就要倒下去。

一群人试着来扶，庄越冷着脸，一一扫视回去。

第十二章
在你手中画一颗心

俞绵绵抬头，对上周薄暮倦懒的目光。
起初，她觉得是深邃，是迷人，很久之后才反应过来，那是慢条斯理，是从容不迫，是最好的猎人盯着入瓮的猎物。即将送入唇边，慢慢享用。

瞬间，大家都收回手，埋头假装很忙。接着，庄越被俞绵绵扶住。他勾着某人纤细的脖颈，打心底里笑起来，却依旧软着嗓子道："我想回办公室……"

俞绵绵："……"

然后，她就真的被骗到了办公室。

于是，一个小时内，他们的对话是这样的：

庄越："我想喝水……"

俞绵绵："……"

庄越："我想吃三明治……"

俞绵绵："……"

庄越："我想赏雪……"

太过分了吧？！俞绵绵觉得自己一定是疯了，才会真的听从庄越的调派、扶着这位大爷上了屋顶花园。冷风迎面吹来，俞绵绵打了个哆嗦，看着美好如少年的男子弯腰，拾起了一团白雪。

要不怎么说长得好看的人占便宜呢？

就这么一张侧脸，在薄暮雪光下，美好得如同天使。

然而，俞绵绵后来才发现，哪有什么天使，放眼望去全是妖孽啊。因为，她听到庄越含笑的声音清楚地传来，他说："好了，我现在想打雪仗了。"

咚！一团雪球笔直地投过来，砸在了俞绵绵衣服上，杀得她措手不及。几秒钟的时间里，同一个方向，同样的雪团接二连三地扔了过来。

什么脚伤、肩伤，一瞬间了无踪迹！俞绵绵亲眼看到庄越的动作比苍澜山上的那只金毛都敏捷……

"你骗我？！"俞绵绵怒道。

"你终于发现啦？"庄越笑眼如画。

"轰"的一声，俞绵绵怒火被点燃，什么形象理智全顾不得了，捞起一团雪花就往前冲……

很冷，很累，还因为昨天一整晚没睡，很困！就这样，她度过了入职月光工作室的第一个上午。

午休之后，俞绵绵正在座位上熟悉投标资料，一张卡就这样被丢在了桌上。

庄越耸肩微笑：“我请大家喝下午茶。”

言下之意就是要她下楼跑腿了。俞绵绵恨恨地捡起，正想着怎么把这厮吃穷，冷不丁一道声音传了过来：“我要A记的蛋挞、现烤出来外酥里嫩的那种，超过五分钟的不要；然后要M记的珍珠奶茶，加冰，唔，冰块五块就够了，不能太多，糖少一点，比较健康；最后来个K记菠萝包好了，帮我切四块，餐具只要一份，纸巾也需要，谢谢。”

俞绵绵站在原地，深深地震惊了。

不是因为一大串严苛到变态的要求，也不是因为对方提到三家店相隔老远，每家店选一样摆明是折磨人，更不是因为庄越眉头一扬、默许了，她震惊是因为这道声音……

俞绵绵腾地一下站起来，看着格子间里的少女：“你怎么在这里？！”

小鲸鱼目光从文档上移开，撇嘴道：“孽缘呗。”

的确是孽缘，她新找的工作，俞绵绵入职了；她爱的男人，爱着俞绵绵。

整个世界仿佛是围绕着俞绵绵打转的，先是周薄暮与秦唐，再是庄越……她是见到俞绵绵签合同时的那一幕的，也见到了他们在屋顶花园打雪仗，她不懂，为什么？

为什么所有的人都喜欢他？

在想清楚这些事情前，小鲸鱼很狂躁。

她是昨天入职的，在秦唐走后，她发现自己任何故事都写不出来了，于是随便搜了一家公司的文案策划工作，面试时庄越只是看了一眼简历，勾着嘴角道：“紧急联系人这一栏，你填的是？”

“我男人。”小鲸鱼答得十分坦然。

然后，庄越笑了，笑得温柔如斯，他说：“哦，原来这位秦唐先生，是你男朋友？”

小鲸鱼没觉得哪里有问题，而今天一上午，她被俞绵绵干扰到文案都写不了，她想，这才是最大的问题。

而俞绵绵，她没法理解小鲸鱼的冷淡到底是因为姨妈来了，还是因为秦唐，她只是摇了摇头，记下大家要的下午茶，然后出门了。

走到工作室门口，她回头看了一眼，觉得这是个特玄幻的世界。曾经她以为最严肃认真的人才能做设计，像是周薄暮、戴安·陈，或者庄瑞那样的鬼才设计师，而现在，满屋子人，跳脱的庄家二少爷、涂着指甲的女同事、凑在一起八卦的工科男们，再加上一个应届毕业的她，这到底算什么组合？

俞绵绵扫了眼庄越挂墙上的标语：打倒 BN 设计！

她扶额，脑仁很疼。

刚出门肩膀被撞了一把，男同事方行一脸兴奋道：“你猜我刚在楼下见到谁了？”

俞绵绵愣了一下子，方行一把扶住她的肩膀，兴奋道：“大人物哎！太巧了！”

俞绵绵连退几步躲开他的魔爪，讪讪道：“我去买下午茶，呵呵……下午茶。”

说完头也不回地溜了，剩下方行在身后一叠声地喊：“哎，你看看嘛！我还特意买了一本有他专访的杂志呢……”

后来，俞绵绵想，如果早知道是那个人的话……

如果早知道，一切会不会不一样？

提着大包小包的下午茶，俞绵绵在等电梯。

忽而，她的心脏重重地跳了一下，俞绵绵甩了甩头，觉得感受很奇妙。她说不上来哪里有问题，她想，一定是最近一惊一乍太多，心脏都扛不住了。

电梯门大开，推着干洗架的白领占了大半的空间，俞绵绵挤进去，艰难地按下了楼层键。一室安静，两个白领的交谈听得清清楚楚。说来说去都是吐槽老板的坏话：“财大气粗、超爱使唤人，从接儿子放学到取干洗装，吆五喝六，只差个台阶了。”

俞绵绵歪头想，什么台阶？

然后另一个人接话道：“用来登基的呗！”

“扑哧——”她不经意地笑出声来，换来两人狠狠一瞪眼。

俞绵绵立马噤声，一想，自己的状况也没好到哪里去。帮老板端茶倒水、买三明治、准备下午茶不说，万儿八千年没听说过陪老板打雪仗的，还是被打！

更重要的是，她早上还被忽悠着签了入职合同呀。

薪水多少？不知道。福利怎样？不清楚。合约是几年的？她忘了看。

想到这里，俞绵绵觉得自己头很疼。身后忽然传来一道女声："嘿，你倒是让让呀！"

俞绵绵被吓一跳，这才反应自己挡住了电梯门。

她赶紧挪开脚步，两个女白领你看看我、我看看你，推着衣架准备出门了。

那是一瞬间发生的事，衣架在电梯门里卡了一下，两人奋力一抬，转弯之际衣架上裸露的钢管笔直地朝她扎来，位置不高不矮，眼看就要扎到她眼睛上。

俞绵绵呼吸停了一刻，却不是因为近在咫尺的危险；而是因为，电光火石间有一股强势的力道拽住了她的肩膀。就这样，她被往后拉了一步，眼睛被一只手温暖的手覆住。

男人抬眼，目光凌厉地扫过险些撞到她的人："抱歉了，小丫头走神了。"

所以，被遮住眼睛俞绵绵听到的是语气温和的道歉，没看到的，是两位白领被瞪得落荒而逃。可是！这道声音……

俞绵绵感觉有一道雷劈到了她的天灵盖上，拉开眼前的手，学长？！

周薄暮上前一步，低眉道："刚刚在想什么？"

俞绵绵还在震惊之中，她居然没发现周薄暮一直在电梯里！而刚刚的心悸，明显就是被这股强硬气场影响啊！她惊疑地看着他，这个人，怎么神出鬼没的？

没有得到回音，周薄暮蹙眉，手指抚了抚她的眉梢，"吓到了，嗯？"

声线勾人，让俞绵绵肌肤一阵酥麻。她暗暗拧了自己手臂一把，提醒自己：喂！清醒点啊！毕竟，他们之前的吵架是真的，辞职是真的，就连秦唐的不告而别也是真的。

俞绵绵垂下眼睫，"你来干什么？"

周薄暮被噎了一口。满天飞雪里，她大张旗鼓地跟青梅竹马约会，情意绵绵地逛夜市！光是看着两个人的合影他就已经怄到胃痛了，最后这个小女人还信誓旦旦地说，那是秦唐，不能放弃秦唐！很好，他冷了她三天，一回到家，等待他的不是服软，而是冷冷清清的空屋子。周薄暮看着空空如也的房间，人生第一次体会到，什么叫作气得想杀人。

之后，她为了秦唐中断中期答辩，巴巴地跑去机场，不接他的电话，也不让他找到人，底下人说她在凤凰山别墅里——秦唐家，他的心都在滴血了。难道他就不能失控？他就不能嫉妒？不能强势地将她捆在身边？而这个傻女人，居然真的辞了职！

此时此刻，周薄暮看着一脸倔强的人，恨到压根发痒。什么叫作你、来、干、什、么？！他昨天才当着全世界告白，怎么联系都找不到她人，差点叫人把洛城掀了，好不容易查到线索，凭什么不能来？

周薄暮撇开眼，冷哼一声：“这幢楼你家开的？”

俞绵绵没好气道：“不是我家开的，但是，周先生，也不是你家开的吧。”

“嗯哼。”周薄暮故作冷淡。

俞绵绵拽紧下午茶提绳，声音比他更冷：“所以，请不要挡住电梯门了，好吗！”

看着周薄暮气到磨牙的样子，俞绵绵心头大快，跨出电梯门，忽而又停下脚步，刚刚如果没有看错的话，他的手背……流血了。

俞绵绵心头跟着一扎，一定是刚刚被钢管刺到了！她转念一想，那又怎么样！他有庄瑞，一定会甜蜜蜜地帮他包扎！头条照片里的眼神可做不得假……

俞绵绵恨恨地抬起脚步，身后响起幽幽的低音：“没有庄瑞。”

她吓得浑身一抖，自言自语这种毛病什么时候能改啊！苍天！

俞绵绵很想扶额。片刻，周薄暮走到身边，深邃的目光睇过来，似笑非笑道：“唔，我跟庄小姐，不熟。”

“谁……谁关心你们熟不熟啦！”俞绵绵脸蛋红透，埋头往工作室里走。三楼光是公司就有好几家，她初来乍到，走到头才发现完全找错了方向，一跺脚折返，迎头撞上周薄暮。

柔软的腰身被扶住，周薄暮低眉，眼底盛满笑意：“投怀送抱？”

“放、放开我！”她微微恼火。

“口是心非——”一低头，他就要吻下来。

可是，这里是什么地方啊！办公楼电梯间、月光工作室门口！被人撞到怎么办？她还要不要活了？关键是，她也不能这样被他拿捏呀！开心时就甜言蜜语，生气时就摔门走人……

俞绵绵低下头，躲开了他的吻，“周先生，请你礼貌一点！”

周先生？礼貌？这么记仇？周薄暮低笑，指尖在她的腰上不轻不重地拧了一把，俞绵绵微微错愕，接着，被他更进一步地搂进怀中，“哪里不礼貌了，嗯？”

“这里？”周薄暮的手指上滑，按在她脊背最敏感的一点上，“还是这里？”

俞绵绵骨头都酥软了，红着脸低声喊：“你放开我呀！奶茶都要洒出来了。”

是真的，她东西都快拿不稳了。

周薄暮扫了眼，这才松了点力道，俞绵绵堪堪稳住心神，挣开他往工作室里逃。

这个让她喘不过气的地方，她是一分钟也不敢待了。

前腿刚跑，周薄暮摩挲着手指，似乎还残存着她肌肤的滑腻——

他勾唇一笑，视线落在工作室的Logo上：月光工作室。遒劲有力的字，是颜体，周薄暮几乎一眼就断定了，这是庄越亲笔写的。之前也没听过他想办建筑工作室，但行事随性，确实是他的作风。

他知道这家伙在打什么算盘。呵，周薄暮冷冷一笑，不会的，他不会让庄越做到。

俞绵绵脸红心跳地分好奶茶，最后将菠萝包放到小鲸鱼手上。

小鲸鱼奇怪地看她一眼：“你发烧了？”

俞绵绵不解地“啊”了一声，脸被庄越戳了一把，“还是在外边被哪个野男人强吻了？脸这么红？”

“你才……才是野男人！”俞绵绵小声辩解。

庄越却听得脸色微微一沉：不是说没有，而是说，不是野男人？他目光落在她绯红的小脸上，一瞬间笑意恢复如常：“钥匙给我。”

“什么钥匙？”俞绵绵一脸懵懂。

“当然是你家的钥匙，”庄越眼底盛着星星点点的亮光，嗓音低沉悦耳，“今晚好去你家当野男人……”

啪——俞绵绵一掌扇过去，手被庄越截住，而这一幕，刚好落在周薄暮眼底：这个家伙敢把脑筋打在他的人身上，很好。

办公室门口，周薄暮停下脚步，冷冷看着面前“打情骂俏”的两个人，气极，反而勾唇笑了起来。所以，当庄越发现他的存在，并且为之挑眉时，周薄暮低头，视线落在手机屏幕上，指尖轻敲，一举一动间透着慢条斯理的温柔。

只有俞绵绵知道，所谓的温柔也可以翻译成——磨刀霍霍。

一瞬间，她觉得有些冷，条件反射般地抽回了被拉着的手：她怎么知道周薄暮会跟进来啊？！她怎么知道会被他看到这一幕？俞绵绵恨不得将头埋进地里，庄越却笑意如常迎了上去：“哥，你怎么有空来我这里？”

明明开工作室的事情谁也没提，语调熟得跟邀请了人家上百次一样！俞绵绵跟着撇了嘴，看着两人若无其事的寒暄，“顺路经过。”

“听我姐说的这个地址么？”庄越笑眯眯道。

“嗯。”周薄暮注意力仍旧在手机屏幕上。

庄越顿了一刻，依旧在笑：“可是，我都没告诉我姐。”

周薄暮看了他一会儿，嘴角挑起一抹弧度。他始终没有说，他查到了俞绵绵在这一块工作，但是，这个不久前才知道，在庄越的地盘工作。

俞绵绵听着两人对话听得心惊胆战，这不就是传说中的尬聊吗？可不知道是他们有病，还是体质不同，一点没察觉到尴尬气氛？

周薄暮低头，在手机屏幕上敲下一行字，淡淡道：“你不好奇我在干什么吗？”

庄越抿了抿唇，“干什么？”

周薄暮停下脚步，抬头，目光在俞绵绵身上扫了一圈，说：“跟你姐留言。”

接下来他吐出的字眼，庄越的笑一瞬间凝住，俞绵绵踮脚不着痕迹地挪过去，听清楚了那几句话，他说的是：“你姐说，她会跟你找些正事做的。”

意思很明确了，再闲也离他的女人远点。

两个男人的目光交会，不动声色地互相寒暄着，远远看去倒真像是风平浪静。

俞绵绵竖起耳朵听，却只听到周遭越来越杂的议论声：

“天啦！那个人真是周薄暮吗？不是吧？”

“周薄暮怎么会在这里？来找庄少的？他们什么关系呀！”

“我可以让他给我签个名吗？好喜欢他呀！”

俞绵绵吸了口凉气，试图一步步挪远，忽地后背撞到了什么，一回头是呆若木鸡的同事方行。她吓一跳，手在他跟前挥了挥手，“喂，你怎么了啊？”

方行看看周薄暮，又看看自己手里的杂志，视线终于聚焦了：“你说，那是活的周薄暮吗？”

肩膀再一次被掐住，方形清秀的脸上写满了兴奋。

活的、周薄暮？俞绵绵一口气差点被呛死，视线落在他手里的杂志上，最新一期的艺术周刊封面上那个冷峻的男人，不是周薄暮又是谁？

电光火石间，她明白了，原来一切真的冥冥之中早有天意？

原来，在她下楼买奶茶时，方行口中遇到的那个人，就是周薄暮。

世界上就是有这样巧的事情，他不一定知道她在哪幢楼吧，但是就是遇到了她。

俞绵绵愣神了，她在想，也许这真的是命中注定？

周薄暮从天而降，庄越还在尽力地找话题，以免这家伙真的疯了、怂恿他姐来找碴儿。

“不然去我的办公室坐坐？”庄越提议道，话音一落觉得哪里不对劲，一抬头周薄暮的目光已经移开了，不咸不淡地停在格子间的某处，顺着他目光看过去，一个叫不来名字的男同事左手“柔柔地”搭在俞绵绵身上，一脸小绯红，一脸小兴奋。

这个家伙想好怎么死了吗？

庄越啧了两声，惋惜地摇头。哪知道，一秒钟没顾上，周薄暮已经抬脚走了过去……

“哎！哥！哥！”庄越忍住笑意煽风点火，“咱悠着点，男未婚女未嫁嘛，很正常嘛……”

周薄暮凉凉地看过去，“庄少。”

“嗯？”

周薄暮扯了扯嘴角，“我没有弟弟。”

咔，庄越脸上堆着的笑意裂开一条缝，整个洛城，还有谁敢这样拆庄家二少爷的台啊，还凉飕飕的，哪疼打哪。

庄越气得一跺脚，挥手，“嘴巴这么毒，心里一定很苦！”

周薄暮停下脚步，“我苦不苦不一定，但是……”

但是什么？

他挑唇一笑，补充道：“但是，刚开一天半的工作室再关上，一定很苦。”

卑鄙！小人！低劣！

这厢，俞绵绵走神走得厉害，她在想，这场乱局到底该怎么收场。忽而，身后升起一抹压迫感，她动了动胳膊，而面前，方形还在亢奋状态中，“哎，你说，我现在去找周薄暮要签名，他会帮我签吗？”

她想摇头，迫于压力，又点了点头，“呃……会。”

“不会。”

两道声音同时响起。

俞绵绵诧异地回头，周薄暮不知道什么时候已经走到身后，面色凉凉，声音更凉。

俞绵绵错愕了，比俞绵绵更错愕的，是方行，近距离看着偶像，他声音都在哆嗦：“周、周……薄暮，我好喜欢你啊……”

周薄暮长身玉立，目光锋利，“抱歉，我不喜欢你。”

“不是，我的意思是……”方形抖着嗓子解释。

“我的意思是，不管怎样，我都不喜欢你。”周薄暮声色冷淡，面沉如水。

俞绵绵额角突突直跳，有股不祥的预感，果然，周薄暮的视线扫了过来，笔直地落在她身上。

咚——她的心脏狠狠一跳。

周薄暮勾唇，笑得风流卓绝，“毕竟，我已经有喜欢的人了。”

满屋子男男女女都沸腾了，谁都参加了昨天那场网络狂欢，谁都见证了一贯淡漠的周薄暮在视频里秀恩爱。至于，谁是他的表白对象“小兔子绵绵”是谁，大家更好奇了。

办公室里众人的八卦之魂被点燃，周薄暮却冷冷静静，看着俞绵绵烧红的脸蛋。甚至，他伸出了手，在桌沿下勾住了她的小指头。看她急切地挣脱，也看她气呼呼地挣脱不得。周薄暮的思绪有些飘，想起之前将她推在墙角里落下的一连串吻，想，这会儿，这帮人可真够碍眼。

俞绵绵不知道他的心思，指尖用力地戳了他一把，被他反拽住。

柔柔地，他的指尖摩挲着她的掌心。

温柔又强势，当着所有人的面却又浑然不觉！

俞绵绵气得呼吸都不稳了，碍于旁观者在场，她只能做口型：你吃我豆腐啊？！

周薄暮看到了，微笑，同样以口型回复：我不吃，谁配吃？

他握不到的手，他吻不了的唇，他得不到的人，普天之下，还有谁配？

嚣张！挑衅！

俞绵绵整个人都要气炸了，狠狠抽回手，力道太大整个人都往桌前一栽，不偏不倚歪进周薄暮怀里。于是托她的福，所有人都看到了真正的投怀送抱，所有人也都看到了，男神如君子，高举双手，却实实在在错过他眼底幽深的光。

俞绵绵觉得，周围叽叽喳喳的讨论声快将她淹没了，等到好不容易站起来，周薄暮目光淡淡，“你没事吧？”

俨然一副禁欲的样子。

所以刚刚掐她手心的人，是鬼吗？

俞绵绵神游了一会儿，她怎么觉得，哪里不太对呢？到底是哪里呢？

低头看了眼指甲和手心，电光火石间，俞绵绵怔住：刚刚那个人是在她的手里……

画了一颗心？

俞绵绵悄悄往办公室挪去。

两个人已经走到门口，周薄暮声色淡淡：“问你要个人。”

庄越脑海里浮现某道俏丽的身影。不行！他扬眉，一脸为难道：“唔——”

周薄暮开口道：“方行。”

庄越：“？”

周薄暮懒懒道：“不小心看见了工牌，巧了，BN 设计建筑部里刚好缺一个画图的人。”

大惊失色？大失所望？好像都不够精准，庄越的现状是：大口吐槽。

什么不小心？怕是连人家年龄、职位、工号都记住了吧？而且，你那种业内排名吓死人的公司会缺人画图？现在发个招聘，一分钟后应聘队伍就能从这儿排到世贸吧？庄越翻了个白眼，不要命地提醒道：“我怎么听说，BN 设计前段时间刚裁掉一位女建筑师啊？”

周薄暮：“你听错了。”

庄越在危险边缘试探：“还叫顾心？”

“现在缺了，”周薄暮停下脚步，忽而嘴角绽放一个微笑，“你是不是忘了，BN 设计谁说了算？”他站在台阶上居高临下地看过去，目光扫了眼楼下的办公间、厅里悬着的 Logo，甚至有“打垮 BN 设计”的一连串标语，倨傲地扬起嘴角，“还有，你是不是也忘了，洛城的建筑圈里，谁说了算？”

庄越怔了怔，开建筑工作室的计划特别突然，完完全全是临时起意，可是，临时的理想也是理想啊，总好过于今天开，明天关吧？想到这里，他笑眯眯地改口：“成交！”

“方行就方行！”

“别说是方行了，你要圆形我也能弄来，六边形要不要？全世界都给你！小心心也给你喔！”一边说着，一边将右手伸出去，对面，周薄暮没有半点友好相握的意思。庄越也不恼，顺手拧开了办公室大门，“不过，这得多累哎。”

毕竟来一个杀一个，来两个得斩一双。

人家方行小兄弟也没做什么嘛，不过是将胳膊往某人的身上搭了一把，这家伙可真是小心眼哎。庄越咂咂嘴，顺口道：“那你怎么不怕我……”

话一出口，周遭静得出奇。

周薄暮单手插兜，踏进办公室里，“你？”

简单一个字让庄家二少爷自尊受到了蔑视，周薄暮凉凉地笑，“砰”的一声，带上了办公室大门。”

俞绵绵身边的男人，诸如方行之流，周薄暮不屑于动手指头，诸如庄越之行，他不必动手指头。

庄越问为什么。

呵，为什么？

因为他是周薄暮，世间唯一的周薄暮，今生今世能输的，也就只有那个人而已。

他们的对话，俞绵绵只听到了一半，而后办公室大门就被关上了。

俞绵绵鬼鬼祟祟地窝在楼梯口，不敢上也不敢下。

前方如果被发现了，会死得很惨吧？后方呢？得，后方已失火——同事们还在热烈讨论她那精准的一摔呢。

就这样，在楼梯间没待多久，俞绵绵就被叫去办公室送茶点。

这种活儿，怎么着也不应该轮到她才对呀！俞绵绵半是狐疑地接下了秘书手中的托盘，小心翼翼地敲开门，然后她就后悔了。

满室寂静，两人坐在茶几边安静烹茶，都煮上十五年的普洱茶了，还要她送薄荷香片干什么？俞绵绵站在原地撇了撇嘴。

“过来。”周薄暮一手举着茶盏，低低道。

不紧不慢。

俞绵绵抬脚走了过去，“干吗？”

也是往前走的这一步，她看清楚了周薄暮手腕上的伤口，被钢管擦到的伤口血迹已经干涸，鲜红却依旧刺目，俞绵绵眼角一酸，默默地咬了咬嘴角。

一定很痛吧？

而她，刚刚在桌沿底下还抓了伤口几道。

俞绵绵懊恼到想哭，转头问庄越，“有药吗？”

满屋子两个男人都怔了片刻，庄越回过神，指了指抽屉。

俞绵绵真的就找到了医药箱，不管不顾地蹲在周薄暮身边，真的要帮他上药。

这幅画面很奇怪，男人单手煮茶，滚烫的陈年普洱装入青瓷杯中，袅袅香气里，俊朗如神祇，而蹲在身边的女孩子，眉头紧皱，小心翼翼地，像……

庄越开口：“像朵蘑菇。”

气氛陡然变得奇怪起来。

周薄暮抬眉，凉凉地睇过去，“你不觉得很挤吗？”

庄越看了看宽广的办公室，“工业风设计、超大空间哎，哪挤了？”

周薄暮惜字如金：“你。”

庄越嘴角抽了抽，“这是我的办公室哎！”

“征用。”周薄暮淡淡道。说完，不顾庄越的脸色，另一只手指尖划了划手机，亮起的屏幕里，刚好是一条发给庄瑞的微信，他停住，淡淡道：“可以吗？”

“……可以。”庄越咬牙切齿。

俞绵绵觉得，这大概是年底奇闻了。月光工作室 CEO 庄少，在自己办公室里，被周薄暮连人带茶杯一起赶了出去。门一关，她反应过来，现在应该更担心自己才对。

俞绵绵想溜，到门口时胳膊被周薄暮拽住。

砰的一声，她后背抵在门上。

周薄暮凑近，“想去哪里？”

当然是逃！俞绵绵笑脸顿住，下颌被他抬起，“你，你要干什么……”

这里可是办公室，被虽然关了，但是随时有人会进来吧？如果被下面那群人知道她就是“小兔子绵绵”……俞绵绵不敢想。

周薄暮笑起来，嘴角摩挲着她的唇，“当然是等我的‘小娇妻’下班。”

有……有你这样等的吗？！

不，关键是，谁是你的小娇妻呀！

俞绵绵呼吸急促，与他的沉稳形成鲜明对比。此时此刻，她多像是砧板上的鱼肉，还是热到快煮熟的那种。“可、可是这是公司呀！”

“嗯，公司，”周薄暮靠在她耳际，低低地笑起来，“公司没有哪条规定，不能等女朋友下班吧？”

声色低哑，俞绵绵身上都泛起了鸡皮疙瘩，“我、我要去工作了。”

她急匆匆地拉开门，刚掩开一条缝隙，手再次被拉住：“小兔子。”

“嗯……啊？”

“全世界网民都知道，你是我的小娇妻了。”他慵懒地笑开，“我也不介意让全公司知道，懂么？”

俞绵绵耳尖红透，哎呀一声，一跺脚，跑了。

哒哒哒地跑回位置上，她手握成小扇子，一个劲儿地为自己扇风降温。

好紧张呀，心跳好快！俞绵绵的心脏怦怦跳，无意一抬头，对上楼上办公室落地窗，还有窗后某个眉目倦懒的男人。

那是怎样的目光呢？

起初，她觉得是深邃，是迷人，很久之后才反应过来，是慢条斯理，是从容不迫，是最好的猎人盯着入瓮的猎物，即将送入唇边，慢慢享用。

第十三章
你爱我爱得要命

"俞绵绵去找秦唐了！明知你在等她，她就这样走了，她的意思还不清楚吗？"小鲸鱼深吸一口气，笑起来，"或许，她本来就是喜欢秦唐的？"

从投标图纸里抬起目光时，已经五点四十了，距离下班还有二十分钟。俞绵绵看了眼电脑屏幕，右下角QQ窗口跳动着，是小鲸鱼发来的消息："刚看见的，他在楼下等你。"

俞绵绵心跳一顿，她当然知道，"他"是谁。

除了周薄暮，还能是谁呢。

这样浑身发光的男人，哪里能被人忽视。

俞绵绵敲了敲键盘："哦，好的……"

想了想，她心里跟着一紧，他怎么能在楼下等她呢。

俞绵绵顿了片刻，问："你待会能帮帮我吗？"

帮什么？帮她甩掉周薄暮，帮她脱身，帮她远远逃开。

小鲸鱼皱眉，第一反应是，为什么？手敲在键盘上，发出去的三个字是："凭什么？"

原本，小鲸鱼只是打算告诫俞绵绵，有人等在楼下。然后，第二句话是，你能不能公私分一分呀？像你这样真的是来工作的吗？

因为认识庄越，所以了不得吗？所以就将所有人都不放眼里吗？

她练习了几遍冷冰冰的语气，这才组织好了措辞，打了几遍腹稿的话到底还是没用上。俞绵绵总是让她错愕，比如说现在，她不懂，为什么俞绵绵要躲着周薄暮？

这不就是俞绵绵期待的吗？秦唐不告而别，剩下她与周薄暮双宿双栖。

俞绵绵没办法了，只好解释道："我约了人。"

小鲸鱼："谁？"

俞绵绵沉吟片刻，发了三个字过去："徐墨白。"

某些时刻，小鲸鱼觉得自己挺伟大的。

或者说，世界上的爱而不得，都挺伟大的。

她喜欢的男人，爱着另一个女孩，而她现在在干什么？在帮那个女孩逃走。

小鲸鱼拦在周薄暮车门前，将引擎盖拍得砰砰响："偶像姐夫，你这车在哪里买的呀？是进口的吗？德国的？天啦，听说德国人做东西最严谨了，那不是得上百万？”

周薄暮看着面前喋喋不休的女人想：果然，他是喜欢俞绵绵的。

俞绵绵自言自语的时候，他觉得可爱。

这只鲸鱼自导自演时，他只想一掌将她推开。

世界上的喜欢是真的有些微妙的，让你变得不像你了。周薄暮靠在后座上，长长地呼出一口气，“她人呢？”

小鲸鱼偷瞄了一眼从大楼侧门里逃出来的人影，一脸坦然道：“不知道呀！”

俞绵绵跑上公路了，俞绵绵在拦出租车了，俞绵绵打开车门了。

“砰”，车门关上。小鲸鱼跟着松一口气，朝周薄暮挥挥手，道：“那偶像姐夫，我不打扰你啦！回家啦，拜拜。”

她轻松地朝他摆手，准备功成身退。

脑袋里有道声音在问：为什么呀？为什么要这么拼命地帮那个女孩？小鲸鱼垂下脑袋，回答自己：没办法呀，她是去找徐墨白；去找全世界最有可能知道秦唐踪迹的人。

小鲸鱼有些沮丧，以自己的程度，徐墨白怎么着都不会见吧。

她和俞绵绵，到底还是不同的。

可是，小鲸鱼很快发现自己沮丧得太早了，功成身退得也太早了。

因为她的衣领被一只手拽住，周薄暮冷冽的声音从身后传来：“她要去哪里？”

“我不、不知道……”下一秒周薄暮停在她面前，居高临下，气场迫人。

小鲸鱼打了个寒战，第一次见到这样冷森森的目光，这一刻她明白了，月光工作室里那些人没有说谎，别人口中的周薄暮就是这样，冰冰冷冷，高高在上。

所以，方行才会一再踌躇，连签名也不敢要。

可是这是别人眼中的周薄暮啊，跟在俞绵绵跟前挑唇浅笑的男人，是同一个人？

小鲸鱼回过神来，“她走了！”

一言既出，周薄暮眼眸危险地眯了眯。

她掐了掐手心，鼓起勇气道："俞绵绵去找徐墨白了，你不会不知道徐墨白和秦唐的关系吧？你不会猜不到她是去干什么吧？"

"明知道你在等她，明知道你在楼下，她就这样走了，周薄暮，俞绵绵的意思还不清楚吗？"小鲸鱼深吸一口气，抬头认真道，"或许，她本身就是喜欢他的？"

周薄暮敛眉，声音沉稳："不可能。"

她讨厌周薄暮的笃定，讨厌他的从容，其实，只是讨厌她爱的人得不到幸福。那别人凭什么可以？小鲸鱼问自己，那他们凭什么可以幸福！想到这里，她笑了，"冬天打雷，夏天落冰，世界上的事情都有可能，你告诉我，凭什么俞绵绵没可能爱上……"

手腕被拽住，周薄暮目光如锋，冷厉地剜过她的肌肤。

小鲸鱼颤了颤，后半句话怎么也吐出不出来，太可怕了，这样的周薄暮哪里是神，分明就是魔鬼！她的嘴唇动了动："我……"

周薄暮看着她，一字一顿道："我说，不、可、能。"

手腕撤开，小鲸鱼腿一软，栽在地上。

"冬可打雷，夏可雨冰，"他一眼看去，如神亦如魔，"可她，只能是我的。"

天大地大，世间千千万万人，她是他的。

只能是他的。

周薄暮转身坐入驾驶位，踩下油门，路虎如云般飘逸，眨眼消失在街口。

看了眼时间，周薄暮薄唇紧抿，六点才过去八分钟而已，他要找到她，一定要找到她。

可是，滨江路上哪里还有她的影子？

她会去哪里？

心头如蚂蚁啃噬，不是疼，而是慌张，是这辈子从来没有过的慌张。

他一直是淡定从容的，一直是慢条斯理的，因为没有事情需要担心，没有事情需要顾虑；也因为，在遇到俞绵绵之前，他的人生里没有意外。

那是怎样的人生呢？

光彩非凡，冰冷妥当。

这种失控的感觉，只有俞绵绵给过他！只有她！

周薄暮敛眉，心头跟着一堵，然后一脚踩下了刹车。刺耳的声音响起，路虎一个飘逸停在转角处，他的手握成拳，终于松开，拨出了徐墨白的号码。

“你在哪里？”他问。

电话那端徐墨白明显卡了一下：“啊？”

周薄暮烦躁地扯松领带，重复道：“徐墨白，我问你在哪里！”

此时，城东龙凤街，徐墨白茫然地看了眼手机屏幕，确定这通电话真是周薄暮打来的。可是，神龙见首不见尾的主儿，突然这么杀气腾腾是怎么回事？

徐墨白撇嘴，他招谁惹谁了哎，酒喝得好好的，人嘛，也盯得好好的。想到这里，他瞥了眼酒吧一角正在打工卖啤酒的顾椰，道：“龙凤街小酒吧啊，怎么了？”

龙凤街是洛城的一条古街，不知道从哪天起开满了小酒吧，跟西街的私人会所不同，门槛特低，来这里的什么人都有，从纨绔子弟到地痞混混，灯红酒绿，鱼龙混杂。

顾椰估计是脑子被撞了选这个地方来打工，徐墨白气闷，偏偏这姑奶奶打不得、骂不得，他只好整晚整晚地盯着，只是，关周薄暮什么事？

听筒那端，周薄暮爆出了人生第一句粗话，咬牙切齿道：“你把人给我看紧了！”

然后，就把电话撂下了。

徐墨白愣了半晌，心想，看谁啊？顾椰？不至于啊。

百无聊赖地把玩着法拉利车钥匙，徐墨白第一百二十次无视小舞台上主唱抛来的媚眼，可怜巴巴地看向顾椰：“所以，我们到底为什么要来这里哎？”

顾椰将一打啤酒放桌上，纠正道：“是我，没有我们。”

想了想，她没好气地瞪他一眼：“所以，你叫这么多啤酒，是想喝到胃穿孔吗？”

浓重的夜色里，徐墨白眼眸闪过异常妖冶的光：“你关心我。”

顾椰脸蛋一红，转身就走，手腕蓦然被拽住。

徐墨白将人拉到怀里，低头看着她，闷闷地笑："还不承认，你关心我，你喜欢我，你爱我爱得要死。"

"你放开我！"顾椰红着脸挣脱。

"不放！"徐墨白扔开法拉利钥匙，"咚"的一声，金属钥匙扣蹭掉了一小片油漆，听得顾椰心尖一颤——这是钱啊。一个限量版钥匙扣够她打好几个月的工了吧？

"徐墨白！"她嗔怒。

徐墨白的眼眸亮晶晶，笑起来露出两颗小虎牙："叫老公，我就考虑看看……"

然后，他俊美到妖冶的脸蛋挨了一拳。

顾椰直起身，摸了摸吃痛的拳头，"无赖。"

后来，徐墨白想，他这样一表人才，这样年少多金，怎么能算无赖呢？充其量不过是个雅痞少爷，真正的无赖还是楼下那帮人呀——小姑娘不喝酒，就强拽住人家愣是要灌。

围观的都是群什么人渣？叽叽喳喳地居然是在喝彩？

幸好不是某椰，不然的话，他得一把火把这破地方烧了。想到这里，徐墨白再次哀怨地看了眼顾椰，"所以，你打定主意不辞职吗……"

顾椰哪有空管他呀，踮脚往楼下看，"岂有此理！太过分了！这都没人管管吗？"

怒骂声淹没在沸腾的乐声里。

顾椰气得拍桌子："死胖子老板呢！就当瞎了没看到吗？"倒是徐墨白，眼眸略略一眯：带头闹事的那哥们有些眼熟啊。

他说眼熟那是真眼熟了，即便不是圈子里响当当的人物，也该是城中新贵了。

徐墨白快想出头绪时，肩膀被撞了一把，顾椰一勒袖子、气呼呼地往楼下冲。

他看得眉眼一跳，横空将人拦腰捞住："你要干吗？"

"我劫富济贫啊！我伸张正义啊！"她一时找不准形容词，鼓着圆溜溜的眼睛望着他，“你是不是男人呀！就这么干巴巴看着？”

徐墨白手臂一僵，冷笑了声，“我是不是男人，你还不知道？”

凑近了些，气氛莫名的旖旎。他睨着她可人的脸蛋，生生按捺住了亲一口的冲动，开口道：“好了，你乖一点，我去瞧一眼。”

拍了拍顾椰的脑袋，徐墨白转身往楼下走，眼底的光霎时间变冷，他倒是想回忆回忆，在他眼皮底下闹事的人到底是谁，本来多好的约会时机啊，被这帮混蛋搞砸！

徐墨白勾了勾嘴角，眼底闪过冷厉的光。

很拉风，很迷人，如果没有瞥一眼手机的话。屏幕上，短信栏跳出几行大字：徐墨白！你再躲着我！信不信我上门找你？

指尖划了划屏幕，一连好几条短信一起发了过来：

——谁不知道你每晚蹲点龙凤街呀！我等着你！哼！

——不回我消息？有本事你躲我一辈子呀！

发件人无一例外都是俞绵绵。

徐墨白知道她来干什么，为了秦唐他被围追堵截太多次了，逃过、躲过，偏偏又不能一口气将俞绵绵拉黑——他答应过秦唐的，在洛城看着她。

徐墨白理解的“看着她”，就是等她闹出个大事，他去捞人；等她需要花钱了，他自动出现当提款机；等她跟周薄暮分手了，他欢欢喜喜去找秦唐报信。所以，在这些事情发生前，他还是得躲着她，毕竟，秦唐的行踪他不能说。

不过，这家伙来龙凤街了？什么时候的事？！

徐墨白扫了眼发送时间，然后，抬头看清了眼前的场景，最后一级楼梯险些踩踏。

他妈的！

短信延迟要不要这么严重！还有，被那群混蛋围着的人为什么会是俞绵绵？

徐墨白觉得，天上掉下三个字：完蛋了！

他有预感，秦唐要飞回来杀人了。

徐墨白吞了口唾沫，犹豫着是先解决哪一个，就在这瞬间，耳边轰然一声巨响，满面的玻璃窗碎裂了，门口的装饰花盆直接砸了进来。

见过打架，没见过这么轰轰烈烈的开场。

喧闹的小酒吧霎时间鸦雀无声，男人从推门走进来，脚踩在玻璃碴儿上，眼角眉梢都是寒意。在众人目瞪口呆中拽过俞绵绵，然后……

徐墨白亲眼看到，他爸口中“世交家懂事的大儿子”、他妈口中“隔壁班的优等生”、他全家眼中“完美斯文的周薄暮”，还有，从小一直是他噩梦的“别人家的孩子”，抄起身边的钢管椅朝为首的混蛋劈了过去。

呃……

徐墨白愣在原地，这会儿没空想被劈到的是哪家小开了，他低头，默默地在眼前比了个十字。居然能把周薄暮逼到动手，这帮人，很了不得了！

而且，看这架势，周薄暮这家伙虽然不爱动手，但不是不能动手……

砰！咚！轰！几个纨绔子弟东倒西歪，一看就是从没受过专业训练，对比周薄暮那一身凌厉气势，啧啧啧，徐墨白觉得，够呛。

他跟秦唐是发小，可徐家和周家却实实在在是世交，这会儿出于人道主义，徐墨白决定搭把手：把顾椰口中的“死胖子”老板给解决了。

那老板早就目瞪口呆了，看着眼前的场景嗫嚅道：“这……要不要报警啊？”

徐墨白伸手，将信用卡递了过去：“爱报不报。”

原本事情就这样告一段落，可徐墨白对上周薄暮凉凉的目光后，突然觉得，这事没完。

果然，下一秒衣领被他拽住。

周薄暮眼底闪过冷光，吼道：“徐墨白！你疯了是吗！约她来这种地方？！”

“喂，我也是没办法啊……”关键是，他还没约啊。

周薄暮冷笑：“你没办法？你他妈换个人在这里试试？换顾椰试试？！”

这就是徐墨白的死穴了。

徐墨白眼眸一凛，飞快地推开周薄暮的手：“你大爷的是不是有病！一个两个的，遇到个女人就疯了！你给我醒醒！”

周薄暮反手就要推开他，两个人眼看就要缠斗在一起，俞绵绵在旁边惊魂未定：冲出来的这个人，把其他人撂倒的人，真的是学长？

他怎么会在这里？还有，他为什么认识徐墨白？

看了眼倒地的那群人，俞绵绵心惊肉跳，往前走了一步，手心紧紧地拽住了周薄暮的衣摆，没有吭声。顾椰也在这瞬间拦在了两人跟前，“你们都疯了吧？放着一群流氓地痞不管，跟自己人动什么手！”

周薄暮目光冰冷，狠狠地撤开了手；倒是徐墨白，擦了擦嘴角道：“谁跟他是自己人？！”

哪有挥着拳头向自己兄弟的？徐墨白觉得自己要被气死了。

周薄暮不管不顾，将外套披在俞绵绵身上，手指扣在领口位置，将人拉近。

俞绵绵猝不及防地撞到他的眼神，心头狠狠一颤：“我……”

说什么呢？对不起？谢谢你？ 俞绵绵嘴巴动了动，什么也说不出口。

周薄暮的额头却在这瞬间靠了过来，抵在她额上，“没有下次了。”

声音低哑，眼眸疲惫，却是一语双关：在他身边，他不会允许今晚的事情再发生；同样，他不会允许她再闹失踪。如周薄暮，不能再承受她转眼消失那样的心慌了，他不愿承受。

此时此刻，怀里的人是真实的，温度也是真实的，他才安心。

这场乱局自然是要徐墨白收拾的，周薄暮不管报没报警，也不管记笔录和问话，揽着俞绵绵就要走。再在这片乱七八糟的土地上站一秒，他怕自己会掐死刚刚碰她的人。

偏偏俞绵绵不乐意，她倔强地停住脚步，“我不能走。”

虽然讨厌极了这个地方，讨厌极了这里的人，但是，她还有事情没做完，不是吗？

周薄暮看着一片狼藉的酒吧，面色很难看：“他不会说的。”

“什么？”她愣住。

周薄暮捉住她的手，重复道：“秦唐去了哪里，他不会告诉你。”

耳边“轰隆”一声响，现状是什么？

他知道她的来意，知道她的意思，可是，还是跟着过来了。

俞绵绵眼眸垂低，腰身忽地一紧，周薄暮冷声道：“不信？”

抬头，目光锐利地扫过徐墨白，“说，还是不说？”

三人冷冷对峙着，徐墨白终究没有开口。

俞绵绵流下眼泪来，奔波、心酸、委屈，都让她觉得好疲惫。一无所获很疲惫，遇到危险也疲惫，现在，被学长言中，也让她无措起来。

唯一的希望没有了，她要找的人，也许永远也找不到了。

俞绵绵掉着眼泪往外走，脚踩在石板路上，穿过灯火和人群，先是哽咽着，然后变成了号啕大哭。她从没哭得这样任性过，从没这样歇斯底里过，就算是秦唐走的当天，他将那些资产协议给她的时候，她也是隐忍的。

因为怀揣希望，也因为抱有侥幸，而现在，希望没有了，侥幸也没有了。

不知道走了多久，眼前的景物渐渐熟悉起来，像是西街。

讨厌西街！讨厌有那个人回忆的地方！

俞绵绵狠狠擦着泪，一抬头撞上了电线杆，在原地跺脚、哀号，只差没有踢过去几脚了。

她头昏眼花又气闷，忽地听到身后传来低低的一声叹息。

这声音太熟悉，俞绵绵不可能会忘记！

不、不会吧？

她不敢回头去看，怕看到周薄暮冷厉的眉眼与薄削的唇，怕他失望，更怕，他跟了她一路，将她种种伤心难过都看在眼里。

怎么办呢？俞绵绵垂下脑袋，深吸一口气，“学长，我……”

肩膀被搂住，周薄暮低低道：“跟我回家。”

不！她不想回去！

可是，低头，看着他手背上的伤口，有被钢管擦伤的，有她白天挠伤的，也有刚刚打架擦破的……这是一双画建筑图的手啊！

俞绵绵心头一哽，周薄暮敛眉，道：“我给过你机会了。”

一秒之内，俞绵绵的世界天旋地转。

周薄暮将人扛在肩上，大步往回走，视来往行人如无物。

“喂！放……放我下来！”她眼泪未干，低低地呼叫。

周薄暮不管不顾，脚步停在车前，一松手将人丢了进去。

“砰——”不至于痛，但她也头晕眼花呀！俞绵绵勉强坐起，身前一道霸道的阴影覆下来。

霎时间，座椅放平。

咚，她的心脏猛然一跳，周薄暮俯身，身子贴近她，“俞绵绵。”

声音里透着低沉与危险，“我警告你，最好……”

俞绵绵看着他的脸，然后，史上最戏剧性的一幕发生了，周薄暮来不及撂狠话，甚至来不及吓唬她，眼前的小女人“哇”的一声，又哭了。

他脊背僵硬，手足无措。

俞绵绵哇哇大哭，“你欺负我……”

周薄暮眼角一抽，“我没……”

“不光他们欺负我，你也欺负我……”她上气不接下气地控诉着，语句没什么逻辑，听得周薄暮眉头紧皱。

他的手伸出，顿在空中，终于，将人揽在怀里。

“我怎么会欺负你呢？”他声音里透着无奈，“全世界都欺负你，我也不会。”

“可是……”俞绵绵泪眼朦胧。

“没有可是。”周薄暮吻了吻她的头发，“没有转折，没有例外，也没有万一。”

SUV穿梭在茫茫车流中，视洛城堪忧的路况如无物。

车厢里落针可闻，俞绵绵心惊肉跳地坐在副驾驶位上，瞄一眼他，又瞄一眼时间。

已经二十分钟了，周薄暮不出声，甚至不看她一眼。

俞绵绵抓了抓手心，她说错话了？

回想刚刚……

她不过是在他看起来温柔的时候，说出了哽在心头的真心话而已。

不至于吧？

周薄暮从后视镜里瞄到她战战兢兢的样子，嘴角挑出一抹冷笑：不至于吗？

很至于了！

二十分钟前，将俞绵绵困在怀里，他的心乱得一塌糊涂，也软得一塌糊涂。

可是，这家伙一仰头，怯生生道："要不，我们……"

很小声地两个字传来，她说的是："算了？"

周薄暮当即心头闷出一口血，如同生生地挨了一拳。

什么叫算了？

他低头，眼里寒意涌动："解释。"

俞绵绵眼泪涟涟，哽咽道："我……我、也不想，可是，我害怕、我担心，如果找不到他，我会一辈子心怀愧疚……"

如果找不到他，她会一辈子心怀愧疚，一辈子于心难安。

在秦唐不告而别后，她怎么能收获幸福呢？凭什么她爱的人也爱着她？周薄暮对她好一分，她就伤心难过一分。这种伤心难过像是胸口的巨石，压得她喘不过气来。

原本，俞绵绵想，一切都会好起来的。

可是现在，他们都知道，秦唐跟以前不同了，他不是离开几天，他有可能就此消失于洛城，消失于她的人生里，不是吗？

她的心思，周薄暮都知道。正是因为知道，所以揽着她的手臂僵住，耐住十二分自制力才忍住，没将这个没心没肺的女人掐死！

秦唐有心，秦唐会痛，他就不会吗？

周薄暮气极，此时此刻将车开到一百多码，冷风吹在脸上，眼底阴云密布。

俞绵绵哽了哽嗓子，小声道："对不起……"

前一秒，周薄暮觉得她还算有点良心，后一秒，整个人都给气笑了。

俞绵绵怯生生地补充道："也、也许……我现在不应该说这些……"

他单手死死地掐住方向盘，骨节泛白，听着身边的小女人低低道："我……怕耽误你，如果你有更好的选择……"

她不知道自己要等多久才能等到秦唐的消息。她爱周薄暮，可是，能一直让他这样等着吗？不，对他太不公平了。

俞绵绵是绝望的，她心里乱糟糟的，“对不起”和“算了吧”是她不够聪明的脑袋里冒出的唯一解决方法。所以，再艰难，再心如刀割，她也硬着头皮说了出来。

话音刚落，SUV 突然一声急刹，车停在了 C 大的某条林荫路上，路灯透过挡风玻璃照进来，落在他冷冰冰的眼底，周薄暮沉声道:“你再说一遍？”

俞绵绵解安全带的手顿住，讷讷道：“如果，你有更好的选择……”

周薄暮死死地掐住方向盘，骨节泛白，终于目光扫了过去，看着她完整地说完整个句子，拽住了她的手腕。顺着力道，俞绵绵摔进他的怀里。

低头，周薄暮抬起她的下颌，“你到底有没有心肝？”

“我……”

他冷冷一笑，狠狠吻了上去，似是狂风骤雨，要吞下所有的静谧，吞下所有的绝望。

明明是想惩罚她，是想让她不悦，可是，一触到她温暖的舌，他又沉溺了。

周薄暮的动作不经意地慢下来，如同凉风拂过，一遍又一遍地沿着她的甜蜜流连辗转……

俞绵绵被吻得气喘吁吁，“唔……”

她的理智在消散，终于攀住了最后一根稻草，推开了他的胸膛：“你、你干什么呀！”

周薄暮背靠着车门，稳了稳心神，凉凉一笑：“呵，你说呢？”

俞绵绵一看他单手擦唇瓣的样子就瘆得慌，那眼神，那姿态，跟餍足的兽有什么区别?

小心肝颤了颤，腰再次被她揽住。

周薄暮迫近，一字一顿，道：“不干什么，让你清醒清醒。”

清醒就清醒！动手和……舌尖干什么！

俞绵绵脸蛋热得不能再热了，一个劲地后退，却忘了刚刚已经打开了车门，往后一靠，咚的一声从 SUV 上栽了下去。

周薄暮已然来不及出手，眼睁睁地看着林荫路上，某个小女人叫得鬼哭狼嚎："屁股痛！"

他额角突突地跳，怎么接话呢？

难道说：我给你揉揉。

周薄暮觉得，不太好。

等他下车时，俞绵绵还没缓过神来，昂头看着他，瘪着嘴、苦兮兮的样子。

周薄暮看得心里一软，忽而勾起了嘴角。

整个晚上的低气压消散，他居然觉得她这副可怜巴巴的样子……有点可爱。

"所以，以后还乱说话么？"周薄暮俯身，有些幸灾乐祸。

俞绵绵气呼呼的，一掌打了过去，被他拽住。

再次靠进坚实的怀抱里，周薄暮低低地叹，"我知道。"

她的不安，她的愧疚，她的失落与绝望，他全都知道。正是因为知道，他才气闷，才狠狠地吻向她，什么时候这家伙才能不把事情都闷在心里？什么时候才把他当作唯一的依靠？

而俞绵绵，此时此刻脑海里却在想另一回事了：她摔倒了？接吻接到一半摔在了林荫路上？这可是C大的林荫路啊？有没有熟人经过？他们会不会到处乱讲？！

脸蛋绯红，俞绵绵警惕地扫了四周一眼，生硬地倒退一步："我、我先回去了，不、不打扰了……"

不打扰了？

周薄暮眼眸眯了眯，出声叫住慌张逃跑的某人："小兔子？"

"哎——啊？"俞绵绵顿住脚步。

"如果刚刚那些都是你的真心话，那么，我只能……"男人身量笔直，月光下眉眼清亮。

只能怎样？你倒是说完呀！俞绵绵的心脏跟着悬了起来，转身看去，周薄暮微微勾唇，俊朗如谪仙，周身纤尘不染。

四目相对，他笑起来："那么，我只能重新追你了。"

俞绵绵，醒醒！俞绵绵，快回过神呀！俞绵绵，你应该看文献了！

潜意识里第几百次叫醒自己，俞绵绵还是看着论文发起呆来……

学长说，要重新追她？

追？怎么追？

接下来几天，俞绵绵完全领悟到“怎么追”了。

周薄暮很忙，忙到不是飞日本就是飞新加坡，这里会议，那里考察，可是鲜花却一天也没落下，天天往月光工作室送。送到周围女同事都艳羡不已，而小鲸鱼，白眼都快翻到了天上。

如果说小鲸鱼还是隐晦地鄙视的话，那庄越的鄙视则来得更直接了。

CEO办公室内，庄越双腿跷在办公桌上：“说说，你最近都干了些什么。”

俞绵绵立正站好，老老实实答：“点外卖呀。”

是真的，她的工作不是跑腿买咖啡就是奉这个大少爷的命点午餐，庄越遥遥地瞥了眼她桌上摆着的花：“你要气死我吗？我把你弄来是让你点外卖的吗？你就不能长进一些吗？”

这大概就是传说中的找碴儿了。

跑腿是他让跑的，骂人也是他开骂的。俞绵绵无可奈何地往沙发上一坐，庄越气得腾地一下站了起来，恨铁不成钢道：“去把招标图纸拿来！”

于是，俞绵绵屁颠屁颠地去搬图纸了。

接下来就是设计部的头脑风暴会议。经过这些天，俞绵绵大概摸清楚了，工作室里的同事们虽然有她这种水货，但大部分还真是庄越从各大建筑事务所挖来的人才。一场会议开得像模像样，最后，庄越手指一点，道：“就你了。”

俞绵绵抬头一看，修长的手指隔空点在她脑门上：“我？”

庄越起立，微笑道：“鼓掌。”

“啪啪啪”的掌声里，她弄清楚了整件事，庄越的意思是，要她负责这次的竞标合作案。

就她？负责跟洛城两大建筑公司谈下合作，吞他们吞不下的项目。

凭什么？

会议后，俞绵绵将桌子拍得“砰砰”响，“你是不是成心的？你要坑我？

想要我难堪吗？”质问到最后，俞绵绵声音转了三百六十度的弯，彻底软下来：“哥，你别开玩笑了……”

因为，庄越正玩味地盯着她的入职合同，并且，幽幽地在“若因甲方原因造成的离职解约，需赔偿人民币贰佰万圆整”一句下画了一条波浪线。

收笔，入套。庄越站起来，“开玩笑？”

俞绵绵脑袋如小鸡啄米般点了点：“庄少，你知道的，我不行的，我既没单独项目经验，又没有管理经验，怎么带一个团队呀？”况且，工作室里一个个都是“人中龙凤”，哪轮得着她上阵。

“啪”的一声，庄越掌心撑在桌面上，俯身凑了过去：“这不像你。”

俞绵绵怔了怔，什么？

庄越挑唇一笑，道：“所以，你还是不懂我为什么将你挖过来？”

为什么？

不是因为无聊，想每天八小时地看她出糗？不是因为想折磨她？每天变着法地找她打雪仗、堆雪人？也不是可怜她刚被 BN 设计踢出门外？

俞绵绵不懂，像庄越这样的人，为什么要把她弄在眼皮底下。

她疑惑地看向他，试探道：“因为你有病？”

第十四章
小公子之吻

车窗降下来，俞绵绵身影顿住，她见到了什么？秦唐和小鲸鱼刚才在……接吻！

她以为永生都难以再见的人，在咫尺之间吻着另一个人！

俞绵绵眼角发酸，道：“挺、挺好的。”

秦唐的心刹那间沉到谷底，脸色也随之难看到极致。

“啪”，脑门被拍了一下。

“你才有病，”庄越拍了拍桌子，“你给我醒醒吧！难道你想一辈子都要经验没经验，要能力没能力？”

他还说了什么？

俞绵绵怔怔的，良久后才反应过来，这堆“人话”，真的是出自庄二少之口。

他说，“你忘了你为什么被BN设计赶出门外？为什么被那群人看不起？斗志呢？勇气呢？你但凡拿出追周薄暮百分之一的力气，现在也不至于跌到泥地里！”

简直，正经到不像是他嘴里能吐出的话。

俞绵绵觉得自己的脑子可能真的被门挤了，以至于热血过度，一拍桌子就答应了。

每个人都有死穴。

俞绵绵的死穴就是周薄暮，和与他有关的一切。

可是庄越说：你根本配不上建筑。

他说，你对建筑付出的精力，不及对周薄暮付出的百分之一。

是这样吗？

她是真的喜欢建筑学，喜欢林立的高楼与安东尼·高迪，她曾经也辛苦画图啊，曾经也想成为金光闪闪的建筑师啊。

后来呢？

后来顾心对她说，你不够格。戴安·陈也对她说，你放弃吧。

如果没有庄越连哄带骗地将她留在月光工作室的话，她会不会已经放弃了？

一连几天，俞绵绵都在想这些琐事。

月光工作室规模小，不够资质独自参与招标，庄越是知道的，所以打算从本市建筑事务所下手，接手他们剩下的部分，最后在招标案中挂个名，既能打响名头，也能蹭一个合作机会。为了这个目标，整个工作室开启了加班模式。

俞绵绵都快将自己埋进了图纸里，一连三次拒绝了周薄暮的邀约。这次，开小组会议时，周薄暮再次打了电话进来。

俞绵绵看着屏蔽上跳动的号码，按下了挂断键。想了想，还是拍了张照片发过去。

殊不知，几十米之外，月光工作室楼下，周薄暮看得眼眸一眯。

照片里男人眉目精致，衬衫微敞，明明是在讲解 PPT，可是一睨眼看向镜头时，眼角眉梢明明透露着丝丝不羁与玩味——庄越。

周薄暮一敛眉：庄越，故意的？

而他的小兔子，胆子这么大？当着他的面偷拍别的男人？！

周薄暮手指敲在屏幕上，眉头拧紧，周薄暮看了看三楼亮着灯的窗口，一言不发。

副驾驶位上，老陈愣了一下："俞小姐这个点还在工作么？"

周薄暮按了按眉心，吩咐司机："回公司。"

副驾驶位上，助理老陈愣了一下："不等啦？"

"不等，"周薄暮嘴角微凉，"回去加班。"

老陈看着自家 Boss 阴晴不定的脸：哪有您这样追女孩子的？男人心，海底针，摸不准哟。

"怎么？"周薄暮视线顿在屏幕上，凉凉道。

老陈欲言又止："呃……"

该怎么跟老板解释呢。女人有时候说忙，是忙；但有时候吧，也不是真忙呢。他瞥了眼 Boss 的手机屏幕，低低地道："有时候吧，她们要的不是玫瑰花和烛光晚餐，而是……"

"而是什么？"周薄暮扬眉。

老陈搓手，笑呵呵道："一点催化剂。"

周薄暮眯眼，凑近，"陈泽宇。"

老陈"嗯"了一声，同样神神秘秘地凑近，继续搓手，"您说，您说。"

两人像蘑菇一样挨在一起，周薄暮吸了口气，冷笑："你最近是不是特别闲？"

微笑脸一瞬间垮掉了，老陈直起身，摇头如拨浪鼓。

"毛里求斯的案子要不要去盯一盯？"

“不了，不了……”

“南非的大楼要不要去验收一下？”

“不了……”

月光工作室内。

会议结束，俞绵绵窝在座位上写竞标主讲稿，写完初版，想拿给小鲸鱼看看。刚走到她身后，咔，电脑窗口被慌里慌张地关上了，动静之大，俞绵绵都被吓一跳，“怎么了？”

小鲸鱼摇摇头，吸了口气：“你走路怎么都不出声？！”

“我……出了呀……”俞绵绵小声道，“不过你在和谁聊天？神神秘秘的。”

小鲸鱼眼眸扫了一圈，“没谁，一个朋友，什么事？”

俞绵绵这才敢走近，将主讲稿的初稿摆了出来，不出两分钟，果然被画了一把叉。

“打动不了我。”小鲸鱼撇嘴道。

俞绵绵抱着初稿回座位上时，往小鲸鱼的座位瞄了一眼，正巧，她也抬头瞪了过来。

是不是哪里不对？俞绵绵想，到底是哪里呢？

收工回家时，俞绵绵是真的确定了——确实不对！

一辆黑色劳斯莱斯停在路边，如墨的夜色里，车身闪着淡淡的光芒。俞绵绵依稀能看到后座上坐着一个男人，清瘦，看不清五官。

俞绵绵呆呆地站着，心头涌起一股奇异的感觉：那个男人也在看她！

俞绵绵心脏一紧，不由自主地往前走了一步，肩膀却忽然被撞了一把，小鲸鱼直接越过她、钻进了汽车后座里。

俞绵绵这才松了一口气，明明不是看她，明明是误会。

而小鲸鱼……这是谈恋爱了吗？

她能感受到那股目光里的炽热，纵使隔着黑晶玻璃，隔着十几米远的距离……

关她什么事呀！俞绵绵回过神，拍了一下自己的脑门，转身朝地铁站走去。

一步，两步，三步，她觉得那样的目光似曾相识！

在哪见过？

到底是哪里？

心跳跟着快起来，俞绵绵脚步停住，几乎是同一瞬间，身后响起起尖锐的刹车声。

俞绵绵呆住，脚步声越来越近……

一把伞遮住了头顶的蒙蒙细雨，她恍如雷击，转身，面前的人眉头紧蹙：“你都没知觉的吗？下雨了也不知道跑一跑？”

咚、咚、咚，急促的心跳声这才慢慢放缓。

俞绵绵不知道自己紧张什么，但是她的确松下一口气：“是你啊……”

小鲸鱼愣了一下，“你以为是谁？”

俞绵绵看了眼黑色劳斯莱斯，“没谁。”

哪里会有那么巧的事情。

俞绵绵想，哪里会啊，刚好下雨，刚好一把伞遮在头顶；刚好，一转身就见到秦唐？

她失笑，“时候不早了，我先回家了。”

小鲸鱼半天才回过神，“唔……嗯！”

雨势缠绵，很像夏天。

滨江路上，小鲸鱼将伞塞到俞绵绵手里，双手遮在头顶上，跑向劳斯莱斯，她有些慌张，也有些雀跃，脚步不自觉地轻快了些。

打开车门，坐进后座，脸上挂着雨珠，小鲸鱼冲男人甜甜地笑：“你等很久啦？”

说得倒好像他真是在等她似的。

“嗯。”他眸光淡淡，移向窗外，后视镜里，少女撑着伞一步步走远，背影孤独却透着倔强。他想，刚刚为什么她会停下脚步。

为什么？

因为迟疑，还是，因为眷恋？

“秦小唐！”一声娇喝打断他的思绪。

男人依旧为这个称呼感到不悦：“闭嘴。”

“我淋雨啦！我快感冒啦！你也不关心关心我，”小鲸鱼喋喋不休，凑近道，“你的心是石头做的吗？”

像玩笑，但这句不是玩笑。

小鲸鱼紧了紧拳头，男人低眉，接着道：“我也希望你清楚，今天下午，我之所以跟你发邮件，之所以约你见面，是因为……”

小鲸鱼吸了一口，补全了他后半句话：“她。”

因为她。

从徐墨白口中得知，俞绵绵在龙凤街出了事。秦唐飞了十三个小时回国，落地后的第一件事就是去龙凤街，料理那些欺负她的人。

他必须让那群家伙知道，他捧在手心长大的小丫头，他看上的人，他要护的人，谁都不能动！可是，真的找到了，他依旧是诧异的——有人出手了。

秦唐看着他们凄凄惨惨的样子，冷冷一笑，周薄暮居然也屑于用他这种手段。

在徐墨白惊愕的神情中，秦唐一挥手，转身走了。

而小鲸鱼，收到秦唐的Email后，出神了半个小时，幻想了半个小时，然后，用了一下午的时间拽着他聊东聊西，怕他消失，怕他再也不出现。直到秦唐说，他就在楼下。

小鲸鱼激动地冲下楼，几分钟里，她脑海里闪过一千种想法：她想一把就抱住秦唐，想号啕大哭，想仰头傻笑，想揪着他衣摆大骂混蛋。但是都没有。

她只是钻进劳斯莱斯后座里，看着秦唐愣愣地出神。赖在他家不走，给他煮面条、再盖一个鸡蛋，就像是昨天发生的事情；秦唐将她的号码拉入黑名单，她翻墙到别墅里，摸到手机再挪出黑名单，也像是昨天发生的事情。

那么，这些日子到底是怎么过来的？

在脑海里，小鲸鱼从头到尾地回顾了一遍他们的相遇，到后来的相杀，虽然一直不曾走到相爱这一步。但是她觉得，有相聚的这一刻就已经很好了。

身边，秦唐淡淡地提醒她："下雨了。"

是想跟她讨论天气吗？小鲸鱼知道，不是的。她顺着秦唐的视线看过去，俞绵绵愣在路边，像是在想什么。

看吧，这就是他的目的。

小鲸鱼吸口气，咬唇道："我知道了。"

伞就放在身边了，黑色长柄、意大利手工制造，她握在手里，心一横就打开了车门。

原来，他们重逢的第一句话不是好久不见，也不是别来无恙，而是——下雨了。

小鲸鱼觉得可笑，既然这样，为什么秦唐要来见她一面呢。

她埋头朝俞绵绵走去，心底有个声音在说：小鲸鱼，醒醒！小鲸鱼，不要骗自己了！

事实就是如此，秦唐不是为她而来，他的本意只是见俞绵绵而已，遥遥地，见那个撑伞消失在路口的少女一眼，仅此而已。

小鲸鱼压住心头的怒气，再度坐进汽车后座里。

秦唐看过来，道："谢谢。"

谢？她吸了口气，道："你不要为了她谢我！我不要你为了她谢我！"

"冷静一点，好吗？"他问。

"不好！"小鲸鱼手打在他身上，"我不要冷静！我只要你！"

捶在心口的手被握住，秦唐将她喝住："小鲸鱼！"

她怔了怔，哀伤地看着她，三秒之后，小鲸鱼扑过去，吻住了那片薄唇。

雪松木清香淡淡，在唇齿间弥漫开来，她闭上眼描摹着他的唇形，一点一滴，像是扑向火焰的飞蛾，不顾全身而退，徒有一腔孤勇。

秦唐愣住，鼻息间全是少女馨香，她在做什么？这是在做什么？！

双手顿在空中，他思绪一片空白，直到，车窗玻璃被敲响。

咚、咚、咚，周遭静谧得可怕。

墨色玻璃不知道什么时候被降了下来，窗外，一张苍白的小脸写满了震惊与愕然，几秒钟内，太多的表情在她脸上流转。

秦唐眼底涌起巨大的惊喜，一秒钟后，变成震惊：“小绵绵！”

窗外，俞绵绵弯腰的动作顿住，明明是冬天，却有细密的汗从背上渗出来，是冷的，阴寒得透到骨子里——她见到了什么？

秦唐和小鲸鱼，在接吻！

她以为永生都难以再见的人，在咫尺之间吻着另一个人！

这太惊悚了！也太突然了！俞绵绵指尖颤抖着，她想，这个世界太荒诞了！

不是因为秦唐恋爱了，也不是因为小鲸鱼闭口不提。而是，她和秦唐认识了十七年，他走的时候，连一句告别也没有，而现在……

呵，全世界都知道他回来了。

她不知道！

俞绵绵怔在车门前，理智告诉她，她应该说点什么，最好是尽快离开这里。可是，浑身的力气像是被抽空了一般，她说不出话，也挪不动脚步。

如果，刚刚不是她折回来，如果不是她不死心地想看一眼，故事会有什么结局？

他们，会真的就此错过？！

俞绵绵的喉咙哽了哽，车里小鲸鱼先回过神来，浅笑道：“既然你看到了，我也不瞒你啦。本来想挑一个好时机告诉你的，现在……唔，就当作是惊喜好啦！”

俞绵绵盯着她挽住秦唐胳膊的手，低头，哦，时机；哦，惊喜。

还有比现在更好的时机吗？

她手指掐在手臂上，狠狠拧了一把，疼到眼角发酸，这才勉强出声：“挺、挺好的。”

秦唐的心刹那间沉到谷底，脸色随之难看到极致。

近在咫尺的俞绵绵感受到了这股寒意，后背瘆得慌，心里也在发毛。他……凭什么用这样的目光瞪她？不告而别的人是他！悄无声息回来的人也是他！

他，把她当什么。

俞绵绵心口一阵委屈，再也不想在这里待一分一秒了。

“我……我该回家了，你们……”俞绵绵看着他，又看了想小鲸鱼，尴尬地想着能说的词语，最后只能笑着说，“尽兴。”

笑得比哭还难看。

说完，她飞快地转身走进雨幕里。

秦唐呼吸一窒，左手骨节掐到了泛青。一、二、三，他思绪空了三秒，下意识去开门，手臂被拽住，转头对上了小鲸鱼祈求的眼神：“不要去！”

她眼底升起水雾，却倔强地咬了咬唇：“你不要去啊……”

不要丢下她，不要，再丢下她了！

小鲸鱼闭上眼就要吻过来，柔软的唇贴合他的，却在碰触的那一瞬间，她的腰被秦唐掐住。男人额角生硬，唇边的弧度一派冰冷。

他说：“对不起。”

对不起，我们不可以这样。

小鲸鱼怔怔地，捂住嘴角流下了泪水，她痛到撕心裂肺，却依旧在想，为什么。

为什么俞绵绵轻而易举就得到的，她穷尽毕生力气也碰不到，得不到。

俞绵绵脚步非常快，她不断地告诉自己，快走，快离开这里。可是，脚下却忽然撞到了消防栓，脚趾痛到麻木了，最后，她只能抱着膝盖蹲下来。

有那么一瞬间，她觉得自己要痛死了。

绵绵细雨落在脸上，她死死地咬住唇，祈求车里两个人不要发现，可是还是晚了，秦唐目光扫过来，在一瞬之内推开了小鲸鱼。

“怎么了？”他眉头拧紧，脸上的神情是从未有过的慌张。

从未有过吗？俞绵绵在钻心的疼痛里想，其实，是有过的。

十岁，她被同班同学欺负；十三岁，她在学校门口遇到混混；十七岁，她过马路被自行车撞倒；二十一岁，她差点被楼思危弄死……无一例外，秦唐带着这样的神情出现，以迅雷不及掩耳之势解决了问题，是他后来的表情太轻松了，嘲讽她的口气太恶劣了，以至于俞绵绵险些忘了，桀骜如秦家小公子，也会慌张。

俞绵绵想安慰他说没关系，一张口就是低低的呻吟声。

秦唐的眉头都拧成“川”字了，“我送你去医院！”

“不……”俞绵绵抓紧手心，她知道不合适，而且，因为走路出神撞到了消防栓从而要去看急诊，跟在百货楼里购物和狗打了一架，又有什么区别？

她宁愿痛死。

缓和了一些，俞绵绵试着站起来，“我、我没什么事了……”

秦唐适时扶住她，忽而，反拽住她的手，不确定道：“你、怎么了？”

这话问得奇怪，撞到了、疼死了，能怎么。

俞绵绵一头雾水，对上他的目光后，分明感受到，他不是问这个。

果然，秦唐阴沉着脸，问：“你为什么躲我？”

俞绵绵哑然，结巴道：“我、我？躲你？为……为什么？”

秦唐忽而笑起来，额角邪气地扬起，“对啊，为什么？”

他上前一步，她跟着心头狠狠一跳，一步一步倒退着，哐，撞到一个坚硬的物体，原本缓过神的脚疼到揪心，俞绵绵吸着冷气，眼泪花都淌了出来。

险些站不稳，却忽然被一只手扶住。

身后，男人上前一步，戏谑道：“哟，二位闲着没事淋雨玩呢？”

俞绵绵浑身鸡皮疙瘩都起来了，不会这么巧吧？！

就是这么巧。

庄越俯身，似笑非笑道：“怎么，好玩吗？”

我玩你大爷啊！俞绵绵浑身冷汗都渗了出来，悄悄地跟他传递眼神，求少爷您别捣乱了。哪知道庄越嘴角一弯起，“这位是？”

秦唐眼角一凉，庄越笑起来，接着道：“秦家公子？不对吧？圈内传闻秦公子都出国已久了，没理由在这里撞见。”

他是打趣，可目光却凉凉地落在了秦唐身上。

四目相对，秦唐眼眸沉下来，“你是谁？”

庄越视线懒懒散散，整个人也透着慵懒气质，“我啊，是她的新……老板。”

空气中透着莫名诡谲的气氛。庄越却丝毫不以为然，目光瞥向俞绵绵，问：“你还能走吗？”不等回答，他已经将伞柄塞到了她手中。就在俞绵绵疑惑这是演哪出之际，身量猛地一轻，已经被庄越拦腰抱了起来。

“喂！喂！”俞绵绵吓得花容失色，惨兮兮地叫唤。

秦唐看不到的角度里，庄越投去警告一眼：安静。

俞绵绵瞬间了然：这是在帮自己解围？她疑惑不定，分明看到秦唐的脸色沉沉如水。所以，是真的在解围，不是添乱吗？

庄越转身就走，秦唐在瞬间跨出一步，冷冷抬起视线，“我问，你是谁？”

扼在自己手臂上的那只手青筋分明，庄越眉头抬了抬，这就发火了？

他觉得有趣，想说什么，俞绵绵已经急急地打断：“就、就这样吧，庄少送我回家就可以了，就不去医院了。”后半句话声音明显低了下来。

那只手僵住，秦唐看向她，却被俞绵绵躲开了目光。

庄越将两人的表情收入眼底，满意地挑唇，“庄越。”

笑意风骚，他低低道，“我就是庄越。”

庄越觉得，中国人讲话很有意思，“是”和“就是”一字之差，意思却千差万别。秦唐却懂了——就是。

他就是秦唐漂洋过海查到的那些资料里，俞绵绵的答辩教授庄越。

他就是俞绵绵哭到歇斯底里时，将她带出机场的庄越。

他就是一周之内开了月光工作室，一时兴起并且爱好搅浑水的庄家二少爷，庄越。

秦唐目光笔直地落在庄越身上，毫不避忌。

庄越也在这一刻笑起来。他不介意给秦唐一个查他底细的机会。反正他无所畏惧。能够给这场关系添乱，他就很高兴了。庄越忽然在想，周薄暮啊，我又给你添乱了呢。

此时此刻，庄越心情很好，看着秦唐臭掉的脸色，他就心情更好了。

雨下得大了些，庄越嗤笑道：“秦公子，你身后那位美女，唔，小鲸鱼，等你很久了哦。”

一言既出，空气里静谧非常。

秦唐抬起目光，冰冷，阴鸷，最后一勾嘴角，笑了起来，他记住了，庄越。

那天的最后，俞绵绵也没去医院。

“哐当——”她被扔到了便利店的收银台上，接着庄越笑眯眯地四处找创口贴，“哎，你是喜欢小绵羊图案的，还是小兔子图案的？”

在收银员诡异的神色中，俞绵绵捂住脸：随便拿一个得了！就不要丢人了，好吗？

庄越慢悠悠地挑选着，最后将一整沓丢在她身上，“就小野猫的好了。”

低头一看，创口贴上张牙舞爪的小猫是Hello Kitty。

俞绵绵扶额，“庄少……”您就别闹了好吗？

一句话没说完，帆布鞋已经被脱掉了，庄越俯身观赏着脚上的瘀青：“啧啧。”

“喂——”俞绵绵被吓一跳，下意识就要躲，脚踝忽然被他捉住，庄越笑起来，道：“这个秦唐，杀伤力真是强哎。”

俞绵绵脑子里浑浑噩噩的全是在车外看到的那一幕。他回来了，是真的回来了。可是这跟她想得不一样，原本想好的台词，打好的腹稿一句也用不上。她甚至没有跟他单独说上一句话，就这样走了。

他还会离开吗？俞绵绵不知道。

他现在住哪里呢？俞绵绵也不知道。

还有，他真的和小鲸鱼在一起了吗？她更不知道了。

在失神的间隙，庄越已经帮她处理好了伤口，俞绵绵一愣，“谢谢。”

身前，庄越凑近，道：“我很好奇。”

她回过神，“什么？”

那是很久之后俞绵绵都会想起的一个问题，那也是很久之后，俞绵绵都会梦到的一个晚上。因为那夜，庄越的眼神太犀利，他嘴角的笑意却太凉薄，问的问题能够直击心底，让她逃无可逃。

他说的是：“你喜欢谁？”

俞绵绵怔住：“什么喜欢谁？”

庄越笑起来，道：“周薄暮和秦唐，你到底喜欢谁？”

天气回暖了，一连三天艳阳高照，像是到了春天。

俞绵绵从图纸和主讲稿里抬起头来，看了眼时间，夜里十一点。

揉了揉眼睛，视线有些模糊了，头顶悬着的灯亮闪闪的，照在脸上，有些苍白。

她下意识地朝小鲸鱼的座位看了一眼，空空如也，不光是小鲸鱼，其他人都已经走光了。而她，不能走呀！

俞绵绵抓了抓头发，觉得压力山大。因为，就在今天白天，竞标通知下来了。

月光工作室要与之合作、达成竞标案的两家建筑公司，一家是全国建筑事务所TOP3的鼎至集团；另一家，老熟人了，洛城赫赫有名的BN设计。

不管怎样，协谈任务都落到了她这个挂牌负责人身上。

说这些的时候，笑眯眯地拍了拍她的肩膀，说："其实你不用担心啦，鼎至集团我都帮你搞定了哦！"

俞绵绵："哈？"

庄越继续笑："所以，只剩下另一家了！"

俞绵绵："……"

庄越："加油哦。"

哦你大爷啊哦！看着他玉树临风的背影，俞绵绵觉得自己上了贼船。她就说为什么月光工作室里这么多人，竞标负责人的差事偏偏就落到了她头上。

因为协谈对象是BN设计，庄越搞不定的BN设计。

而她手里的每一张草图、写过的主讲稿，无疑都是要过周薄暮的眼的。

好惨啊……

俞绵绵觉得，太惨了，世界上这么多人，为什么偏偏是她要受虐。

第十三遍扔掉主讲稿，俞绵绵抓了抓头发"啊"地叫出声来。没人会听见的，她瘪了瘪嘴，几拳捶到了桌面上："为什么我不是顾心！为什么我不是庄瑞？为什么我不是他们中任何一个人，啊啊啊！"

为什么她要面临这么大的压力啊？因为她不是天才，徒有一腔勤奋，还傻兮兮地想勤能补拙。桌子捶得砰砰作响，俞绵绵头疼极了，直到头顶一道幽幽的声音传来："大晚上，您这是拆房子呢？"

俞绵绵惊悚地坐起来。

咚！她的额头撞到对方的下颌，俞绵绵清楚地听到了一声闷哼。

咦？鬼还会痛？

抬起头，俞绵绵惊恐地看着面前的男人：睡眼惺忪，一身小恐龙睡衣，更重要的是，这家伙长了一张跟庄越很像的脸啊！

不是见鬼是什么？

俞绵绵看着他睡衣上的尾巴，浑身上下都瘆得慌：“你、你、你……”

庄越打了个哈欠，道：“我跟我姐吵架了。”

俞绵绵翻了个白眼，说：“然后呢？”

“被打出来了。”他答得诚诚恳恳，听得俞绵绵嘴角一抽，霎时间想到初见时他被庄瑞追着打的样子，当时还抽出戒尺说是负荆请罪。那还是在学长的办公室里呢，俞绵绵情绪忽然低迷起来，怎么好像是恍如隔世呢。

“挺好的。”她说。

脑袋又被拍了一下，“你有病吧？这也叫好，你被你姐揍揍看？”

俞绵绵顿了一下，说：“我没有姐姐。”

但是她有哥哥。她的哥哥是Charles Lou，中文名字叫楼思危。曾经所有的人都认为他是好人，是翩翩公子，豪门大少爷，他温文儒雅、一表人才，连头脑也是家族里一等一的棒。她的外公曾说，楼思危虽然不是直系亲生的孩子，却比任何一个人都像楼家人。

俞绵绵半垂着眼睫——她的哥哥十几岁时就是享誉欧洲的少年股神，是金融圈里不可小觑的风云人物，头脑卓越、智商也卓绝……

为什么身边每一个人，好人或者坏人都这样优秀呢？

为什么他们都有着辉煌履历，而她，这么平凡，这么草根？为着一份图纸、一份主讲稿而压力大到喘不过气来？

俞绵绵很沮丧，再一次删掉笔记本里的稿件。

“啊啊啊——”她拍桌子大叫，叫到一半，嘴巴忽地被捂住。

“吵死了！”庄越忍无可忍，居高临下地狠狠瞪她。

“我压力大！我写不出东西！我不知道怎么接着画图了！要死了啊！”俞绵绵满脸惊恐，离交稿时限越来越近了，离竞标日也越来越近了，没有成果她会拖垮一整个团队的！

而眼前这家伙，真是她的老板吗。

她完成不了竞标，对他有什么好处？为什么他可以这么淡定？

俞绵绵鼓着眼睛瞪回去，很想一口啃在他的手腕上，然后对上庄越的目光，她身上忽然开始发毛了：这家伙，不会是变态吧？

彼时，庄越一弯腰、一挑唇，不羁地笑开："写不出来，那就不写呗——"

"可是……"

他俯身，目光懒洋洋的："呐，做人嘛，要自信一点、豁达一点，外加，洒脱一点！"

目光太漂亮，俞绵绵一时没挪开眼，讷讷地跟着重复："自信？豁达？洒、洒脱？"

庄越凑近，笑起来："比如说——"

"嗯？"她昂着头，非常认真地在期待下文。

那时候，她在想：庄越——应该能有庄瑞一点点的天才基因吧？说不定，真能找到解决方案。俞绵绵忽闪着水灵灵的大眼睛，态度诚恳，目光真挚。

可是，三十秒后，她后悔了，悔不当初——

第十五章
做我女朋友吧

庄越勾唇一笑："不然，你做我女朋友吧？"

"噗——"俞绵绵的口水喷了出来。

他轻笑，低声道："这样你就不用考虑上次的难题了。"

什么难题？无非是几天前，他问的：周薄暮和秦唐，你到底喜欢谁？

因为，庄越自信地笑起来，右手沿着她手臂往下滑，指尖停在桌面上，在她期待的目光里，修长漂亮的手指触到笔记本电脑，轻而易举地抬起来，然后……

哐当——

庄越将笔记本电脑摔了。

俞绵绵清楚地感受到了，眼前有一阵冷风刮过，扇得她猝不及防。

一、二、三……俞绵绵怔了整整十秒，看着满地狼藉，牙齿开始打颤："你……你把我的笔记本砸、砸了？"

庄越冷冷静静，眉宇淡淡的，"怎么？"

"怎、怎么？！"俞绵绵折到他身前，咆哮道：你摔的是笔记本啊！哥！大少爷！庄公子！我的笔记本啊！写满了主讲稿并且没有备份的笔记本！"

每一个定语都像是拳头，实实在在打到了她心上。俞绵绵觉得自己快要心碎了，看着满脸淡定的庄越，她更觉得自己要被气死了！原本是主讲稿不够好，不够打动人心，草图线条不够轻松肆意，表达方式欠佳。而现在，没了。

连凑数的东西都没了！

"反正也没法用，砸了就砸了嘛。"庄越微笑道。

没有理智了！不要理智了！俞绵绵揪住他睡衣上的小恐龙尾巴，一脚朝他屁股踹过去。

这瞬间，俞绵绵懂了一个人生道理——能动手就尽量别吵吵。所以她动手了，虽然动手的结果是被摔回沙发上，庄越捉住她的手，"停下！"

被呵住，庄越皱眉道："那我问你几个问题，你回答。"

问就问！谁怕谁！

庄越想了想，问："现在是不是不用被主讲稿困扰了？"

她点头，"但是……"

庄越继续道："现在是不是也不用面对图纸了？"

她犹豫片刻，点头，"不过……"

庄越笑起来，接着道："那你怎么谢我？"

一拳揍过去，庄越轻松躲开，直起身悠闲地理了理睡衣，"一腔孤勇地前进是没有用的，只知道埋头苦干的人生，和一无所有的人生又有什么区别？”

他说：“人生如画图，每一笔都要张弛有度，像你这样绷紧神经去做一件事，只会适得其反。”

——“俞绵绵，难道你过去二十来年里夜以继日傻干得还少吗？”

——“难道你从来不曾总结经验，从来不会学聪明一点？”

俞绵绵被唬住了，她讷讷道：“聪、聪明一点？”

庄越站在他面前，道：“对。”

她愣愣地道：“哈？”

不顾她的反应，庄越转身朝办公室走去。

他说：“等我。”

后来，俞绵绵想，她不应该老实巴交听话的，因为，在办公室换掉睡衣、穿上卫衣加夹克后的庄越，简直是神经病！大晚上，班不让她加了，图不让她画了，主讲稿也不让她写了，笔直地将人拉到楼下，面对着一架重型机车，俞绵绵目瞪口呆了。

“所以，你是要跟我飙车吗？”她依旧觉得不可置信。

“不是。”庄越粲然一笑。

俞绵绵刚松一口气，一个头盔罩在她脑袋上。看不清前路了，身体一轻，被活生生地搬到了机车后座。低呼之际，庄越笑起来，纠正道：“是我带你飙车。”

引擎发动，机车飞速地跃了出去。俞绵绵一路惊叫，“慢、慢一点啊！”

“慢一点就不叫飙车了！笨蛋！”庄越轻扬的声音隔着头盔传来。

车速太快，眼前一阵模糊。俞绵绵只能死死地搂着他的腰身，生怕一个不留心摔下去。

那天晚上，庄越驾车一路向北，穿过世贸与CBD、穿过了这座城市繁华夜色，他们迎着风喊话，最开始俞绵绵是战战兢兢的，到后来，她也大叫着宣泄一腔失意。

俞绵绵没承认，但确实，她很享受着迎面吹来的凉风——

衣服被吹得猎猎作响，耳际，一切的烦恼与尘嚣都远去，她只能看到迷离的夜色，只能听到凉风沿着耳畔与衣角擦过，它们都来去匆匆，它们什么也不曾留下。

在豪华汽车里，永远也感受不到这些。

庄越说：“傻帽儿，迎面吹来的，这不叫‘风’。”

她怔了怔，庄越接着道：“自由——叫自由。”

是吧，自由。

后来，庄越将机车停在苍澜江大桥中央，他们站在栏杆边看着阑珊夜色。俞绵绵说：“庄越，你知道吗？你真是我见过最自由的人了。”

想开工作室，转眼立马就开了；想砸电脑，一举手、一放下就给砸了。竞标会议越来越近了，而现在身为老板的他居然拉着她一起兜风！想起这些，俞绵绵情绪低迷起来，埋头想，没多久 BN 设计就要见主讲初稿了，她到底该怎么办呀！

越想越焦急，问君能有几多愁，恰似眼前——苍澜江水向东流。

此时此刻，俞绵绵巴不得回去修电脑赶稿！

庄越觉得，俞绵绵是他见过心理戏最多的女人了。一分钟之前她吹着风、看着夜景还是一副激动万分的样子，现在唉声叹气又是为哪般。所谓辜负良宵，也就是说的她了吧。

“焦急吗？”他问。

毛茸茸的脑袋点了点。

“肝疼吗？”他问。

毛茸茸的脑袋又点了点。

“想哭吗？”他问。

俞绵绵简直欲哭无泪，抬头，可怜巴巴地看着他：“你说，我是不是也有病……”

病到浪费大好加班时光陪你个大少爷一起玩！

手腕被扼住，庄越凑近道：“我帮你想个完美的解决办法，怎么样？”

身前，俞绵绵点头如捣蒜。庄越见了，眼底绽放出一抹恶作剧得逞的光芒，道：“从这里跳下去。”

空气安静了三秒，俞绵绵：“啊？”

庄越拽紧她的手，作势往栏杆外一拉：“跳下去，一了百了！什么烦恼都没了！”

脚下是奔腾的江水，流向看不见尽头的远方。

可以这样简单粗暴的吗。俞绵绵知道——不可以啊！！

后背的冷汗都吓了出来，她“噔噔”倒退两步，庄越却看得哈哈大笑：“笨蛋！”

在庄越看来，她的确是笨的。大好人生，想做什么都可以，为什么要将时间花在毫无趣味的地方。虽然这份工作是他授意的，虽然她有今天的压力，也是拜他所赐。

但此时此刻，庄越只是懒洋洋道：“俞绵绵，你知道吗？你是我见过的最不珍惜人生的人了。”

最、不珍惜、人生，没有之一。

那时候俞绵绵不懂。在她看来，人生漫长，像脚下奔涌的江水般，哪里看得到尽头呢。为什么她就成了“最”不珍惜的那位。为什么偏偏是她呢？

后来，她才知道，不是每个人都像她这样幸运；不是每个人都能得到珍贵的爱情；不是每个人，都拥有平凡不起眼却快乐的人生。

每个人都有不得已。

可那时，她只是插科打诨，一拳揍了过去，揍到庄越摸着脸颊哇哇大叫，“你这个女人！怎么这么凶巴巴的！”

“我就是凶巴巴的！”她上前一步，昂首挺胸，“怎么了？吃你家大米了？”

太嚣张，太欠揍，庄越看得眼眸晶亮：“不然，你做我女朋友吧？”

“噗——”口水喷了出来，俞绵绵望着他的脸，足足十秒钟之久，然后笑到不可自抑。

一旁，庄越安安静静地看着她的笑脸，自言自语一般，低声道：“这样你就不用考虑上次的难题了。”

上次的什么难题？

无非是几天前，他问的：周薄暮和秦唐，你到底喜欢谁？

那天俞绵绵没有回答。或者说庄越没有给她回答的机会，那会儿，他只是伸了个懒腰，道：“我不着急知道答案，好戏还长着呢。”

而现在，俞绵绵还在笑，她没有听到他说的话。

庄越怎么会喜欢她呢。

俞绵绵很有自知之明，她知道就算天塌了这位庄家二少都不会看上她。

他玩世不恭，桀骜不驯，像风一样自由。

也许会短暂地停住脚步，看她一眼，但是他们不是一国的。

这一天的最后，俞绵绵拦了出租车回C大的女生宿舍。走之前，她拍了拍庄少的肩膀，语重心长道：“好好工作、努力加班，争取跟姐姐和好回去睡小洋楼，就别东想西想找揍了。”

车子开走，庄越拂了拂被她拍过的肩，低低地笑了起来。

这个女人，怎么一点也不按套路出牌呢。

他掏出手机，照了照黑亮的屏幕：很帅啊，很有诱惑力。那么问题来了，凭什么那个家伙一点也不上当？庄越皱了皱眉，原本有意思的故事，因为被她拒绝，他觉得没意思极了。

就在这片刻，手机忽然亮起来，是一通电话。

他吓一跳，不悦地接通：“说！”

冷冰冰的声音让听筒那边的人吓一跳：“庄、庄少……”

庄越靠上大桥栏杆，目光幽幽地看着穿梭的车辆，“嗯？”

“那个……跟在庄大小姐身后偷拍的事，被发现了……唔，将七号会所的偷拍照片发给媒体的事，也……”对面的声音极低，却不料庄越根本不以为意，道，“也被知道了。”

废话！不知道的话，他今天早上能被庄瑞揍吗。他能被连行李带笔记本地赶出家门吗。

不能吧！

想起自家老姐捞戒尺的凶狠模样，庄越额角突突直跳。可是，就那副凶巴巴的样子，跟刚刚某位笨蛋，真是出奇的像！

想到这里，他眼角上扬，“算了。”

对方压根没料到他这样回答，愣了半晌道：“啊？”

看着洛城的灯海车流，庄越淡淡地笑开了：“偷拍的事情算了，跟踪庄瑞的事情也算了，撮合她跟周薄暮、黑掉俞绵绵的事情……唔，虽然后半部分还没开始，但是——”

他说：“算了吧。”

“为、为什么？”

“因为……”

那天庄越怎么回答的来着。

后来，深夜在办公室里，他接到了周薄暮打来的电话，也给出了同样的回答。

那时候，BN 设计里一派宁静，周薄暮看着桌上的投标资料，主讲人那栏里分明写着某只傻兔子的名字，他的手指划过娟秀的小楷，不动声色地，眼眸倏地一沉：被人利用的傻子。

于是，他拨出了庄越的电话，开门见山道：“要怎样你才松口解聘俞绵绵？”

“哎？”庄越淡笑，“为什么要解聘？她不是干得好好的嘛！”

周薄暮呼吸顿了顿，笑了：“这么固执？理由是？”

庄越说：“因为她是我的朋友。”

就是这句话：因为她呀，是我一起看过江水、吹过风，失意时一起聊过天的朋友。

被派去跟踪庄瑞、偷拍庄瑞的底下人听不出什么问题，但是，周薄暮不同。听到这句，他凉凉地勾唇：“朋友？”

庄越：“嗯哼。”

周薄暮手指敲在桌沿，淡淡道：“自己搞不定的项目派她来，庄越啊，有你这么欺负朋友的么？”

庄越抿唇，笑开：“哎？这怎么能叫欺负呢？”

电话被撂下，就这样，一场谈判不欢而散。

深夜，周薄暮站在窗前，背影森然肃穆。

身后跟着加班的老陈低低地“啧”了一声：曾经一下班就闪人，只为了在俞小姐跟前刷存在感的Boss，现在加班都加疯了！怪不得人“说天若有情天亦老”，天天加班到这个点，怎么年轻得了？老陈掰了掰眼角的细纹，面前，周薄暮已经气得磨牙了：“你说，世界上怎么会有这么笨的人？！”笨到白白给人当枪使？！

如果是庄越拿着合作案来，他能眼都不眨地毙掉；而现在，是俞绵绵。

想想周薄暮就有些头疼，手指在眉心按了按：笨蛋！

可是，他能拿他家笨蛋怎么办？！

惨兮兮骂一顿？

窝火揍一顿？

还是，直接推倒？

周薄暮觉得心肝脾肺肾都很疼，可偏偏，这女人连他的面都不见。

送去的玫瑰花只收了一次，其余次次都被人退了回来，她还小心翼翼地发短信道：学长，谢谢你的玫瑰花，可是公司的同事都觉得太招摇了些，我们不要送了，好不好？

好不好？

周薄暮觉得不好！

想到这里，周薄暮单手扯松了领带，目光恨恨地凝视着手上的投标资料。而一米之外，老陈同样看到了资料里负责人那一栏填的名字——俞绵绵。

哎，普天之下，能把他家冰山大Boss气到跳脚的人，除了月光工作室的俞小姐，还有谁。

可是，时间真的不早了呀！犹豫再三，老陈试着提醒道:“那个，Boss啊，要不今天先……”先回去生气，他可还要敷面膜呢！

周薄暮的目光倏地一下扫来，“你说什么？”

老陈手里的文件吓掉，“呃，我说……很晚了？”

“上次。”周薄暮提醒。

上次是哪次？老陈想了半天，紧张地盯着自家Boss阴沉沉的脸色，忽然，开窍了。

“等在月光工作室楼下的那次？”他想了想，道，“女人要的不是玫瑰花，也不是烛光晚餐？”在周薄暮微沉的眼色中，他终于放下心来，朗声道:

"而是，一点催化剂？"

"啪——"周薄暮将手里的资料扔桌上，往羊皮沙发里一座，眉宇微微扬起，"嗯。"

催化剂……

他打算，给他的小兔子，加一点催化剂。

可是，催化剂怎么加呢？

老陈表示瘆得慌，一看大 Boss 笑，他怎么就觉得发怵呢？

"阿嚏！阿嚏——"

一大早，俞绵绵喷嚏打个不停，以至于庄越玉树临风、潇洒肆意地经过办公间时，脚步停了停，笑起来："哟，这不是拒绝我表白的俞小姐么？"

得亏一大清早办公间里没什么人，否则，俞绵绵觉得自己得一盒牛奶扔过去，砸死他！她不吭声，朝他翻了个白眼，庄越却好像得到鼓励般，凑近道："感冒啦？"

"嗯嗯。"俞绵绵敷衍道

"吃药啦？"

"嗯嗯。"俞绵绵继续敷衍。

"秦唐这几天没找你啦？"

"嗯嗯……嗯？"俞绵绵顿住，没好气道，"关你屁事。"

庄越不怒反笑，呵了一声："没找就没找呗，恼羞成怒干吗，人家现在不也是有女朋友的人了嘛……"说完目光朝小鲸鱼坐的位置一扫，不轻不重，却看得俞绵绵浑身汗毛都竖了起来。

俞绵绵磨牙，凑近，"庄越！"

男人扬眉，轻笑："嗯？"

俞绵绵叉腰、拍桌子："你真的是我见过最八婆的男人了！超没有魅力！就这样还庄家二少爷呢！超不招人喜欢！"

终于把心底所有的话都吐露出来了，俞绵绵很爽，爽得长长地舒了一口气。

面前，男人脸色成冰，只差"咔"的一声就能裂开了。终于，庄越咬牙切齿挤出几个字：“你给我等着！”

等着——

可是俞绵绵没想到，会等来无数“穿小鞋”的机会。

被使唤就算了，被折磨就算了，玩盘游戏，都能给她无数小鞋穿！

——是真的。游戏里，庄越戏谑地操刀“杀”她，游戏外也是闲着无事使唤她。而小鲸鱼，俞绵绵能感知到，是真的冷冰冰的，一对视，就恨不得吞下她的那种。

到底发生了什么。俞绵绵纳闷，手指伸到抽屉里，想摸出签字笔，却意外地触到一个文件袋。她愣了片刻，这是……秦唐留下的一袋资产转让协议。

她不敢乱动，凤凰山别墅也只去了那么一次，那现在秦唐回来了，她要还给他，是吗？

可是怎么还？俞绵绵甚至连秦唐的面都没见到！

想到这里，她有些气闷，眼眸却瞥到小鲸鱼往茶水间走去，鬼使神差地，俞绵绵拿起了文件袋，鬼使神差地，她跟到了小鲸鱼身后——就这样交给小鲸鱼。

俞绵绵想着怎么说开场白，哪知道小鲸鱼忽然顿住脚步，回头，一双眼睛直勾勾地盯着她：“你跟着我干什么？”

俞绵绵愣了一会儿，将文件袋递过去：“我……见不到他，这个给你。”

言简意赅，俞绵绵自以为表达清楚了，小鲸鱼也真的接过了，看了两眼，就在俞绵绵觉得问题解决后，啪，文件袋摔到了她身上。

小鲸鱼说：“你知道我有多讨厌你吗？”

曾经有多喜欢，现在就有多讨厌。

俞绵绵惊愕，道：“为什么？”

小鲸鱼笑了一声，笔直地站在她面前，说：“讨厌一个人需要理由吗？你现在在我眼前，浑身上下每一个地方我都讨厌，你说的话，你身上的香气，你的呼吸，都让我讨厌！”

说完，小鲸鱼一跺脚，转身走了。

茶水间的门被摔上，俞绵绵捡起文件袋，久久不能回过神来。

很久之后，俞绵绵想起这天，还是会感慨：有一个聪明的脑袋，一颗剔透到顾全所有人的心，该有多好啊。那时候的俞绵绵不懂小鲸鱼的自尊心，不懂小鲸鱼是怎样深刻地爱着秦唐，也不懂，这一份份资产协议，无异于一个个耳光狠狠扇在她脸上，时时刻刻在提醒她：他不爱你。

——他最重要的东西，都留给了那个女孩。

就在若干年后，俞绵绵依旧介意着自己的笨拙，介意着自己脑袋的不灵光；可是，身边的人沉声道："如果你情商超高，天衣无缝地周全每个人的情绪；如果你细致入微、让每个人都喜欢；如果你处事周全，随便挑一件事都做得滴水不漏，那么，你的青春里得受过多少委屈，嗯？"

最懂事的人，拥有最剔透心思的人，都是曾经受过伤的人啊。

身边的人吻住她，低声说："可是，我不允许你受这么多委屈。"

再回到这个下午。

俞绵绵抱紧资料袋，悉心地拂去边角的灰尘，手指落在茶水间大门上，一拧，拧不开，再拧，雕花门纹丝不动，俞绵绵昂头，忽然有种不妙的预感。

然而这股预感在三秒后成了现实：她被锁住了。

被小鲸鱼，锁在了茶水间里。

月光工作室的老板庄越爱好吃喝玩乐，办公间里光是茶水间就有两个，一个每天提供几十种进口点心，一个从咖啡机到果汁机，提供各种高端 DIY 下午茶仪器。俞绵绵现在待的这个属于后者，在工作室角落里，雕花木门隔音效果奇好无比，有人来还好，如果没人经过，喊破了喉咙外边也听不见。

俞绵绵愣在原地，小鲸鱼这样做的意义是——泄愤？

她隐隐知道，小鲸鱼是生气的，可是，顺手将人锁在茶水间里，这也……太说不过去了。

俞绵绵头疼地抓了抓脑袋，手机没带，外边没人经过，索性她开始研究进口榨汁机，给自己榨了一杯果汁，俞绵绵将下巴搁桌面上，百无聊赖。

她当然不知道，看似平静的这一刻，正发生着两件事，两件几乎影响她整个人生的大事。

第一件，小鲸鱼将辞呈递交人事部，收拾好仅有的几件私人物品，抱着纸箱离开了公司。临走前，她回头看了眼俞绵绵空空的座位，无声地说了句，再见。

小鲸鱼永远不会承认，她撒谎了。

她很想讨厌俞绵绵，可是，她讨厌不起来。所以，她决定将俞绵绵锁进茶水间里，这样，她就不用当面跟俞绵绵告别了。

多好。

走出写字楼，小鲸鱼抬头，看着天际的薄云与阳光，她想，这可能是再好不过的选择了。

至于第二件事，地点：月光工作室 CEO 办公室。人物：庄越。关键词：电话。

庄越靠在羊皮座椅上，笔直修长的腿跷上桌沿，懒洋洋地接起桌上的电话。

“Hello。”他情致很好。

电话那端，男人沉默片刻，忽而嘴角逸出一声冷笑：“挺闲啊。”

庄越满腔的闲适，被这声凉薄笑意秒成了渣，“呃，周、周薄暮？”

得，这会儿，哥也不喊了，满腔热情的铺垫也吓没了。庄越坐直，心里有些发虚：这家伙这时候打电话过来，不会是知道中午打游戏的事了吧？不会吧？俞绵绵这都打小报告？庄越怔了怔，撇嘴：堂堂 BN 设计的 CEO 可真够无聊的，还让不让人好好玩狼人杀了。

就在他思绪歪到外太空之际，周薄暮冷笑着结束了他的联想，道：“把她给我弄到 BN 设计来。”

她？弄？ BN 设计？庄越一时没反应过来：“啥？”

可电话里，只有清脆的声响，一声一声，是周薄暮指尖敲在桌沿上。

庄越怔住，他不会忘记，在欧洲念书时，周薄暮与庄瑞杠上，第一次他这样敲桌子，庄瑞的年度奖学金被抢了；第二次，庄瑞的追求者之一，某建筑公司继承人企图帮她报仇，否决了周薄暮的设计提案，这家伙也是这样，不慌不忙，从容不迫地轻敲桌沿，第二个月，建筑公司被收购重组，幕后投资人——周薄暮；而，第三次……

啧啧，一次比一次惨不忍睹，庄越不乐意再想了。周薄暮却蓦然出声：“听说你姐最近不太高兴？”

庄越嘴角一抽，他被庄瑞打出家门的事情，这家伙也知道了。

他扶额，决定四两拨千斤：“大姨妈来了吧。”

周薄暮“哦”了一声，淡淡道：“那你说，如果把手头上的合作案给撕了，她会不会更不高兴？”

何止不高兴，简直是要了她的老命！

庄越气结地想，如果真撕了，他这辈子都不用回家了吧。

心肝脾肺肾都很疼，庄越竭力微笑，甜甜地喊：“哥！哎，你冷静！冷静一点啦！”

要不怎么说小鲜肉撒起娇来大杀四方呢，纵使是大冰山周薄暮也不禁抖了一抖：“别介，我可没这么坑人的弟。”

庄越笑容顿了一刻，硬着头皮保持笑容：“怎么会呢，我崇拜哥还来不及呢！”

笑声太虚伪，脸颊都生硬了，周薄暮这才挑起唇，上扬尾音：“哦？”

有戏！庄越笑眯眯，开启强攻模式：“像你十七岁画的图纸啊，那叫一个飘逸灵动哎！十八岁那幢摩天楼啊，我的天，霸气惊人！十九岁拿的大奖，甩开其他入围者十万八千里，你知不知道？！”

太激动，桌子被拍得“砰砰”直响，把进来送咖啡的女秘书吓退三米远。

庄越揉了揉笑得发僵的俊脸，那厢，周薄暮幽幽道：“既然如此，那你这样坑你偶像我，开心吗？”

咔——

伪装的笑容碎裂，庄越一时没缓过神：“呃？”

周薄暮继续笑：“还是，你以为，你偷拍我和庄瑞，再把偷拍照片弄到八卦媒体的事，已经过去了吗？”

气氛冻住，冷硬成冰。

庄越被噎了一口，“呃，这个……”

他不是做得很干净吗？底下人不是说，只有庄瑞一个人发现吗？那这家伙是怎么知道的？庄越捂住胸口，觉得自己快吐血了。偏偏，周薄暮还在笑：“所以，今晚七点，把俞小姐请到BN设计来，嗯，请帮我转告，不见不散。”

电话被挂断了。

“咚”的一声，庄越将听筒摔了，在女秘书惊恐的神色中，他按住突突直跳的额角。

那夜，周薄暮是知道有人在偷拍的，为什么依旧会凑近庄瑞？让私家侦探拿着照片走人？甚至，为什么纵容微博把他与庄瑞的事情炒热？

他没有想出结果时，徐墨白就已经给出了答案。

他说：“周薄暮，真没想到，你这个‘别人家的优秀孩子’居然也有这么幼稚的时候？”

斯诺克球桌上，周薄暮愣了愣没吭声，倒是徐墨白，一声声笑开：“你嫉妒了！你在试探俞绵绵，天才也有成白痴的时候，哈哈哈哈！”

最后几声“哈哈哈哈”像盆冷水，兜头将他泼醒。

现在，周薄暮回过神，手指敲在桌沿上，终于，他低笑着想：唔，今晚七点，他很期待。

第十六章
醋意盎然

俞绵绵道："学长，你真像个孩子。幼稚，哼。"刀叉被扔下，周薄暮笑容邪气，看得人脸红心跳："你有没有听说过，不能说男人像个孩子？"他俯身凑近，道："不然，会让人……情不自禁地想去证明。"

俞绵绵很不期待。

抱着资料跨进BN设计大楼时，冷汗从脑门上淌了下来。

熟悉的大厅、熟悉的电梯、熟悉的走廊——

不久之前，她还以为永远不会再回来了；而现在，她脑仁疼得厉害。

三个小时前，月光工作室内，俞绵绵终于从茶水间被放了出来，刚走一步就看到斜倚在门边远眺的庄家二少——在哪都能看风景，当真兴致绝佳，俞绵绵由衷地感慨道。

感慨就感慨了，擦肩而过的瞬间，衣领被揪住。

庄越笑眯眯道："去哪儿呢？"

这就好笑了，工作室内、上班时间，她能去哪里。

她瞪过去，庄家二少爷手指一扬，从一旁的矮柜上捞出一个盒子："噔噔！礼物，惊不惊喜，意不意外？"

某水果牌纸盒包装，大小尺寸是32×25cm，在全部用该品牌电脑工作的办公间里，可以说是很不稀奇了。俞绵绵接过，那瞬间的心理活动是：这不就是我向后勤部申请了三天、一直没发下来的那台笔记本电脑？

她想，终于可以不用每天都背着自己的电脑上班了，而作为砸电脑的罪魁祸首，庄越亲自将新电脑送过来，非常合情合理了……这样想着，俞绵绵大手一挥，收下了。

抬脚准备走人，庄越坏心眼地伸出一只脚。俞绵绵一个踉跄，差点跌倒。

一点也不感动，一点也不惊喜！

俞绵绵抬手就想揍过去，手上一轻，纸盒被他抢了过去；另一只手却被他攥住。"噔噔噔"几步，她再度被拉回茶水间里。关门、坐下，庄越从一堆粉红丝带中抽出轻薄的电脑，手指划过触控板……

然后，俞绵绵眼前呈现一幅诡异的画面：庄越挑唇一笑，将笔记本转过来，屏幕滚动，一张一张都是已完成的图纸，一页一页，不就是她的主讲稿？

这个家伙，什么时候做完的？

俞绵绵震惊了，肩膀却被拍了拍，庄越道："所以说，砸电脑就要有砸电脑的资本。"

——“看吧，一砸灵感就来了。”

——“学着点哎，小野猫。”

一连三句，俞绵绵还没缓过神来，“你上次不是还让我张弛有度？你上次不是还让我好好干活、好好总结经验？”俞绵绵觉得不可置信，几天前，庄越才理直气壮地跟她说，聪明一点，果敢一点。而今天……他连同她那份活儿都干完了。

庄越发烧了吗？俞绵绵伸手想去探他的额头，手被打回来。

庄越不怒反笑道：“上次说的话都算数，所以说，俞绵绵，你变聪明了吗？”

但凡是有脑瓜的人，现在都应该感激涕零地谢恩吧。

可是，俞绵绵没有。

庄越嘴角一抽，他说：“什么关头干什么事，现在 BN 设计的大佬们要审图，错过这个机会，竞标没戏。”

所以他才“勉为其难”地亲自操刀，“迫不得已”地在这个关头将电脑弄给她。

这句话的重点是：BN 设计有人要亲自审图。

俞绵绵恍然大悟，接过电脑，点头如啄米。

与 BN 设计有关的所有事情，她都会严阵以待。换句话说，与周薄暮有关的所有事情，她都会打起十二万分的精神，准备妥帖。

看着她老实巴交的小媳妇样，庄越“怦怦”乱跳的心脏这才平稳下来：好累啊！

——撒谎骗人，真的好累。

俞绵绵退下了，庄越长呼一口气，拿起桌上得咖啡抿了一口，恰巧，女秘书赶到，在一旁担忧地问：“庄少，您下午赶的图，会不会被 Evan Zhou 认出来呀？”

“唔——也许吧。”他懒洋洋答。

也许？女秘书眉毛扬了扬，心道：也许是什么意思。

她没问出声，庄越却好似懂了，他勾唇，在心里答——

认出来就认出来嘛，他还嫌事情不够乱呢。

况且，他选定俞绵绵的那刻就有把握，月光工作室就算交白卷，那个护妻狂魔，八成也能把白卷给填满了……

可真不像周薄暮。

庄越嗤笑，真不像他认识的、冰冷的周薄暮。

晚上六点四十五分，俞绵绵到达BN设计电梯间。

低头，手里的便签上写着：十六楼，中心会议室，特助陈泽宇。

中心会议室她知道，就在十六楼；特助老陈她也知道，被她偷过方便面。俞绵绵觉得哪里有些奇怪，可是，到底是哪里呢？

抵达约定地点，俞绵绵左顾右盼，这个点大部分人都下班了，那会不会遇到学长？她有多久没见到他了？她有多久没收到他的短信了？

俞绵绵怔了怔，这段日子太忙了，加上秦唐突然出现在洛城，她方寸大乱。

可是，周薄暮也没有联系她了，不是吗？

那个在她手心里画一颗心的人，那个说要追回她的人，究竟是真的出现过，还是只是她的幻觉？俞绵绵愣在原地，犹豫着要不要敲开会议中心大门。

如果他真的也在这间会议室里，那该怎么办？

她能飞速地理清楚自己的问题吗？能飞速地回答庄越问的问题吗？

“周薄暮与秦唐，你到底喜欢谁？”在秦唐离开又回来之后，她还能那么笃定地说，自己深爱周薄暮？一星一点也不在意秦唐？

俞绵绵迟疑了。

事实证明她的确想多了。

雕花大门被打开，门后的男人身量笔直，西装精致，却不是周薄暮——

是啊，学长一下班就走人，这个点怎么可能还在公司。庄越让她过来是真的来交图纸的。俞绵绵眼底的失落一闪而过，老陈看到了，后背一僵，战战兢兢地回头看了一眼：玻璃窗后的VIP休息间里，分明传来了低低的娇笑声……

偏偏俞绵绵还在走神状态中，傻乎乎地问了一句：“哎，有客人啊？”

有是有，但不是他的客人……

老陈头皮一阵发麻，这一道送命题，Boss 没教他怎么回答啊！

三秒后，老陈决定套用万能模板：“呵、呵呵……先、先进来吧。”

进门，俞绵绵更震惊地发现，会议室内空空如也，那刚刚那道笑声……她好奇地朝离间看去，却被磨砂玻璃隔断了视线——那是 VIP 休息间。

而刚刚的声音，是个女人！

BN 设计里女建筑师少之又少，而刚刚那道声音，显然不是来自戴安·陈。

那还有谁能待在会议室里，审核月光工作室的设计图。俞绵绵一阵狐疑，心不在焉地展开图纸，埋头解读着，直到里间调笑声再度响起。

她抬头，笔直地看向老陈，脱口而出：“谁在笑？”

老陈顿住，“呃……”

他该怎么回答。“呃？没谁？没谁吧！”

俞绵绵怎么听都觉得像此地无银三百两，直到被老陈转移话题：“那这样，俞小姐您先在这里等一会儿。”

老陈拿着图稿进里间了，以直接行动告诉她，审稿人是里面的人。

办公室大门一开一合间，俞绵绵犹豫地抬起头，一点点绯红的衣角进入视线，果然，是个女人，是只有一个女人，还是……

俞绵绵说不清自己在紧张什么。五分钟后，老陈停在她跟前：“俞小姐，图稿不行。”

俞绵绵惊愕地抬头：“为什么？”

老陈搓手道：“图例不够细致。”

俞绵绵愣了愣，庄越临时赶的草图，图例只画了大概，哪有人在草图上一一示例的。即便是 BN 设计，也不是每个建筑师会注意的。

“我改。”俞绵绵花了二十分钟补充完成，借用打印机印刷出来，双手呈上去。

又过了五分钟，老陈继续搓手：“图稿不行。”

俞绵绵心脏咚的一跳：“为、为什么？”

“细节图不够精致。”

可是，这真的只是草图而已呀！庄越不是说，只审查草图。

俞绵绵花了十秒钟冷静，咬牙道：“我改。”

借了铅笔和绘图尺，三十分钟后，她将崭新的两张细节图呈上去，等到老陈再次出现在眼前时，俞绵绵立正站好，整个人都有些紧张：“行、行了吗？”

她怯生生提问，被冷冰冰地驳回：“不行。”

第三次退稿理由是：图纸风格不统一。

庄越的草图线条流畅轻松，如他本人嚣张到不可一世，反观俞绵绵的细节图，规规整整，浓重的学院风：是风格不一致没错，可是，这有什么关系。

同一个问题，老陈也战战兢兢地问过VIP室里的某人。彼时，男人坐在落地窗边，一身黑衬衫风流倜傥，应付着对桌品咖啡的女人，抽空睨了他一眼，幽幽道：“没什么关系。”

老陈顿住，男人看着明显是代笔的草图，轻勾嘴角：“我不喜欢。”

男人眼眸渐冷，别的男人代笔，他不喜欢。

在女人咻咻的笑声中，图纸被扔开。

老陈头皮发麻，落地窗前两人就这样聊开了，淡定地当他是空气。他哀怨地瞪了一眼喝咖啡的男人：哼，我就不信你能淡定一晚上！

老陈捂着受伤的小心脏跑开了，退稿这种事，为什么要他出马呀！而现在，看着垂头丧气的俞绵绵，他的声音也跟着抖了一抖：“呃……这样的话……”

“我改！”俞绵绵脆生生地答道。

不就是风格不一致。她照着庄越的草图临摹一遍不就好了。不等老陈回答，俞绵绵先展开图纸，铺好铅笔开工。

庄越的图，看似简单，实则也不是一时半会儿能临摹好的。

在老陈颤巍巍的视线中，俞绵绵埋头苦干。

“俞小姐，其实……”

她顿了顿，“其实？”

老陈心虚地瞟了一眼VIP室，依旧选择闭嘴：如果眼前这位主儿知道真相，会大爆发的吧。自家Boss到底在想什么哎，不是前几天才微博大表白，现在，唉……

最后，陈泽宇得出结论：男人可真作！哼，三心二意。哼，见异思迁。

原本，花心着、花心着，一晚上也就过去了，可是，偏偏，VIP 室里传来阵阵香气……

这股香味，明明就是雪花牛排搁铁板上“吱吱”作响时传来的啊！陈泽宇深吸一口气：嗯，五分熟……看向香味的源头，他恍如雷劈：搞什么？！

陈泽宇是被临时拉来加班的。本来，五点半他就可以走人了，可是，到点的时候，他的天才大 Boss 周薄暮说：你，得、加、班！加班内容是接洽 BN 设计投标案负责人。

六点整，米其林餐厅里的人鱼贯进入中心会议室，陈泽宇不知道这是怎么了。

六点半，周薄暮踏进会议室 VIP 厅，陈泽宇也不知道怎么了。

陈泽宇不过去上了趟洗手间的工夫，看到 VIP 室里多了道俏丽的身影，与自家大 Boss 相谈甚欢，他更不知道怎么了！

紧接着，七点不到，俞绵绵出现了。

陈泽宇觉得自己快想通了，看着她的图稿一遍遍被毙掉，他又觉得，自己这辈子可能没法想通了——一爱情是个伟大的东西，难道，强大到让他英明神武的 Boss，开启了一脚踏两条船的生涯。

可是，这两只船踏得……怎么好像是在等俞绵绵发怒哎？

现在，牛肉香气传来，陈泽宇一拍脑袋：难道之前米其林的那些人是来送食材的。难道……他的大 Boss 周薄暮，是在和内间那个“野女人”吃牛排。

陈泽宇担忧地看了一眼俞绵绵，吞了口唾沫，由衷地佩服起自家 Boss：好胆识！

这厢，俞绵绵愣了三秒，忽而拿起一摞图纸，往内间走去——

陈泽宇犹豫了一下：这是拦，还是不拦？

电光火石间，他想起了不久之间那套“催化剂”理论……

忽然怔在原地，老陈嘴角狠狠一抽：不是吧？他说的“催化剂”只是来点小情调，壁咚、强吻什么的，不是玩这么大哎！

当然，那会儿陈泽宇不知道，他英明神武的大Boss壁咚玩过了，强吻——唔，也玩得不要不要的了。

哪有人一边审查图纸，还一边煎牛排的。

气呼呼地推开VIP室大门时，俞绵绵只是觉得这审查人玩忽职守。她脑袋一热就想去找人理论。推门、站定、叉腰，一套动作行云流水，看清楚眼前的场景后，俞绵绵只觉得——哗，一盆冷水迎面泼来。

宽广的VIP休息室里，女人倚在窗边，手握红酒杯，浅笑娇艳欲滴，关键是，这个女人是庄瑞啊！俞绵绵的心跟着一紧，顺着庄瑞的视线看过去，临时搭建的料理台边，男人在煎牛排；黑色衬衫袖口随意挽起，露出修长紧实的手臂，低眉扫视之间，神情温柔，眸光迷人。

不怪庄瑞看痴了，连她也一时难以回神：周薄暮！

她以为，他只会给自己下厨；她以为他忙忙碌碌、公私分明；她还以为为难自己的是某个新上任的主管，是某个漂亮有才华，笑起来娇滴滴的女孩子。

谁知道会是周薄暮。

谁又知道，他和庄瑞在一起！那是和他闹绯闻的庄瑞，是网络上公认的天才建筑师的最佳CP，头脑绝佳、光环加身的庄瑞啊！

手里握着的铅笔，“啪”的一声掉地上，俞绵绵看着面前的两个人，嘴巴动了动。就在这时候，陈泽宇也跟了上来，明显被眼前的景象吓一跳，搓手，再搓手：“呃，这个……”

一片尴尬里，陈泽宇艰难地组织着措辞，然而，组织失败。

倒是握着酒杯的庄瑞愣了一下：“俞绵绵？哎呀，你怎么来啦？”

周薄暮煎着牛排，淡漠地跟着问：“嗯？怎么有空过来？”

轻描淡写，仿佛咖啡厅里营业员问他要咖啡还是茶。

陈泽宇愣了愣，他分明瞥见了，自家Boss的嘴角轻轻勾起了！狡诈！玩得大！他的小心肝“怦怦”乱跳了，还要陪玩全场，很累的好不好。僵持着，陈泽宇决定当鸵鸟，先退下。

退下之前，甚至贴心地帮三个人把门给带上了。

然后，VIP 休息室内呈现一片诡异的安静。

俞绵绵掐紧手心，在心里一遍遍告诉自己：她是来交图纸的，不能生气，不能砸了月光工作室的招牌，更不能甩脸子给周薄暮……

可是，忍不住。

俞绵绵抬头出声："周先生，请问你还要毙我的图纸多少遍？"

周薄暮慢悠悠地煎着牛排，淡淡道："这不是要问你自己么，俞小姐。"

俞小姐？

俞绵绵心底的火"腾"地一下冒了起来，在休息室里和庄瑞不清不楚就算了，在审图时玩情调还顺带死虐她也算了，现在又算什么？前几天还敲锣打鼓满世界表白，一个说着要追他的人，不过是遇到几次拒绝，就跟别的女人约会。

更何况，那个"别的女人"，还是他最佳绯闻 CP 庄瑞。

喜欢时就是小兔子，不要了就是俞小姐。

俞绵绵上前一步，"在草图里鸡蛋挑骨头，就是 BN 设计的风范吗？"

"被指出问题不思悔改，就是月光工作室的风范吗？"他冷冷静静道。

"你！"俞绵绵一时气结，举起她跟前的餐盘，到一半，忽然停了下来：不能摔！不能摔！摔了就真完了！可是，士可杀不可辱！她觉得自己要被气死了，无奈周薄暮依旧眉眼如画，不咸不淡地看过来："嗯？"

我嗯你个头！

俞绵绵手指有些发抖，"噌"的一声，再度将餐盘搁在桌案上。

声音太大，庄瑞被吓了一跳，握着酒杯的手顿了顿，"哎？不至于吵得这么凶嘛！"

"你闭嘴！"俞绵绵喝道。

声音出口，她又有些后悔，在气头上，她也不应该将火发在庄瑞身上。

都是周薄暮不好！

她看透他了！三心二意！见异思迁！俞绵绵想着，朝他瞪了一眼。

周薄暮恰好抬眉，接收到目光后，微微地扬起了眉头——某只小兔子嫉妒的样子，可真让人愉悦呀！放下手里的东西，周薄暮也往前走了一步，居高临下地看着她："所以，俞小姐这么生气的理由是？"

“关你……”“屁事”两个字还未出口，触及他目光时怒意全然消散，俞绵绵讷讷地看着他深邃的眉眼，一时间有些晃神，就是这样一个她爱了七年的男人，就这样放弃她了。

多糟糕，多令人失望。

他们原本是有机会的，因为她无数次的迟疑，因为她无数次的怯懦。

终于，他也放弃了。

俞绵绵心里酸涩，“不就是要改图吗，我改！”

她气冲冲地跑到外间会议室，将大叠的图纸全部搬了进来，哐当一声摔到了料理桌上。

在庄瑞盎然的神色里，俞绵绵咬牙道：“你提吧，还有什么问题，我全改给你看。”

“呵。”周薄暮手指划过图纸，庄越的线条，庄越的风格，庄越的气息！

他不过松懈几天，他们已经这么亲密了。

男人的敛下眉头，眼眸危险地眯起：“不方便吧。”

闻声，俞绵绵抬起目光：“怎么？”

“毕竟，良辰美景，”他挑唇，温柔地笑开，“我在相亲。”

如果说，刚刚冲进办公室，看清里边的场景后，有盆凉水从头泼到脚，那么此时此刻，倒真的是冷到心肝揪着疼了。

居然不是约会，而是相亲！

她失神地朝窗外看去，中心会议室视野太好，窗外就是浩瀚的苍澜江，在良宵月色中，江水泛着淡淡荧光，如同晨星落尽，美好到让人挪不开目光。

所以，才选在这里吧？

一切只不过是一场巧合而已，这么好得景致，这么好的夜晚，却被她的图纸，她的造访搞砸了。俞绵绵垂下了目光，死死地咬住下唇。也许他从没想过在图纸上为难她，一切都是公事公办？也许，他在网络上的那场表白，只是掩人耳目而已，她想多了？更也许，他早就想和庄瑞在一起了？一个是天才，一个是学霸，男才女貌、天造地设的一对，就像不久之前在洗手间内听到的八卦一样，周薄暮和庄瑞因为合作案朝夕相处，早就相处出感情来了……

俞绵绵心里如同被扯了一个大洞般，疼到要命。

“你为什么要相亲？”她低声问。

“为什么不能？”周薄暮眉头扬起，道。

见俞绵绵不吭声，他更近一步，“我还是单身，不是么？”

仰头，撞进他清亮的眼眸里，俞绵绵讷讷道：“是吗……单身……”

所以，他们从来都没和好，所以，他从来就没有在等她从鸵鸟坑里爬出来、理智地面对这一切？是她自作多情了。

看着她失神的表情，周薄暮心肝一软，补充道：“毕竟，你没接受我的追求，不是么？”

是啊，是她一次次拒绝他的。

俞绵绵垂着眼睫，道：“你有追求过吗？什么时候……”

声音很低，却听得周薄暮嘴角一勾。

她始终没有抬头，所以，自然而然地错过了男人眼底幽深的光，如同见着猎物的狼。

还是——自投罗网的猎物。

一时间，空气里弥漫着微妙的氛围，周薄暮慵懒地抱臂，凝视着她。

俞绵绵整个人顿住：她要怎么办？为什么她的脚根本就移动不了？

她愣愣地看着目光越来越亮的周薄暮，“你、你……”

男人俯身，嘴角微扬：“那如果现在呢？”

“什、什么现在？”

周薄暮看着她，哑声道：“现在追你，来得及吗？”

别开玩笑了好吗！俞绵绵扫了一侧的庄瑞一眼，他不是在相亲吗？怎么可以这样。

明显，庄瑞感知到了她的视线，当即站了起来。

两个女人目光相对，周薄暮懒洋洋地笑起来：“庄小姐，你的戏份杀青了，可以走了。”

庄瑞摊手：“可我还没吃晚餐，饿着肚子可走不动道。”说完，抽开餐椅坐了下来。

周薄暮不慌不忙，抱臂淡淡道：“哦？我以为你现在要赶方案，没空吃晚餐了。”

“谁说的！方案什么时候都可以赶呀！”失节事小，饿死事大，她嗔怪地看周薄暮一眼，却被他冷冰冰的眼神给逼回了目光，庄瑞身子骨抖了抖，不带这么瘆人的哎！

“庄小姐，”周薄暮眉宇一低，问，“现在走吗？”

周薄暮的目光遥遥地扫过桌案，那里放着她下午刚过的合作初稿，改了百八十遍，她死都不想再尝一次毙稿修改了！一秒之内，庄瑞站起来，笑眯眯地扬手：“走！再见！不打扰你们了！”

门被贴心地带上，庄瑞身子一软，靠在墙边，笑容一点点地消失干净。

如果有人看到，大概能从那双眸光里看到一点哀伤与苍凉。

一墙之隔，中心会议室内，俞绵绵的脑袋卡壳了：戏份杀青？走？追求？

所以说，他不是在相亲？

一、二、三……整整十秒过后，在周薄暮的视线里，俞绵绵反应过来，自己上了贼船，被周薄暮与庄瑞联合耍了！眼前，男人晦暗的阴影倒映在她身上，声音低沉：“俞小姐，我在追求你，你感觉到了吗？”

何止感受到了，感受都过头了。

俞绵绵深吸一口气：“你骗我？！”

周薄暮勾唇一笑，“不然你以为，我还会想跟谁相亲？”

俞绵绵跟着心口一堵，生气、羞赧、诧异一下子涌上心头。她心底五味杂陈，埋头道：“抱歉，周先生，你的私事我管不到。”

周薄暮一怔，迫近，低低道：“周先生，嗯？”

明明是他先这样称呼的，现在，又来责怪她。俞绵绵掉头就走，忽地被抱住。

周薄暮将唇靠在她耳边，呼吸里的热气直直地袭击着她敏感的耳郭：“去哪里？”

“不要你管！”俞绵绵冷声道。

身体被抱紧，周薄暮倦懒地出声：“我不管，谁管？”

“我要去改图！去改你毙掉一次两次三次的图！”俞绵绵推开他，大声道，“你就吃你的牛排吧！好好品尝你的烛光晚餐！”

想想还是不够，俞绵绵吸一口气，说：“干吗把庄瑞赶走？有她在正好呀！两个人做个伴多好！”

越想越生气，俞绵绵抱起图纸就要走。

周薄暮上前一步，将人拦住，就在她瞪眼的工夫，周薄暮将矮了一个头的某人抱起来，一个旋身，放在了料理台上。

“哎——”俞绵绵的世界天旋地转，再醒神儿过来，被周薄暮禁锢在双臂间。

一边是滋滋冒着热气的煎牛排，一边是怒气正盛的她。周薄暮的视线实在太灼热，俞绵绵抿唇，“你……”

周薄暮低眉，道：“我不这样做，你会有时间见我么？”

俞绵绵一愣，男人勾起嘴角，埋头，道：“不这样骗你来，你会吃醋么？”

吃醋……

刚刚大呼小叫的人是她，掉头要走的是她，怒火灼灼的人也是她！

俞绵绵不由自主地往后退了一些……

哐当！桌上的玻璃瓶落地，散发着浓郁香气的酱汁撒了一地。俞绵绵心肝直颤，作势要跳下台面，刚好被周薄暮稳稳接住。周遭安静一片，他将清瘦的下巴搁在她颈窝，低低道：“别管了……”

“可是……”

周薄暮闷闷地笑：“说了好多次了，没有可是。”

是啊，说了好多次了。

没有“可是”，没有“但是”，没有“不过”，一切的转折，在他喜欢她这件小事上，都没有。

俞绵绵的心软到一塌糊涂，周薄暮却在这瞬间，抬起了目光。

视线交会，他认真地看着她，墨色的眸光里只有她。

“唔——”他哑声道，“我们和好吧。”

你听过最温暖的话是什么？

我爱你？我养你？俞绵绵却觉得，世界上最难得的，是暂别之后的相聚，是争吵之后的重归于好，是曾经高高在上的周薄暮，说的一句：我们和好吧。

半小时前，俞绵绵怎么也想不到，在VIP休息室内煎的牛排，最后会轮到她享用。

七成熟的牛小排摆在餐盘里，加上花椰菜与意面摆盘，精致而可人，一口咬下去，牛肉的香味与蔬菜的甘甜在舌尖绽放开来，她想了想，得说些什么打破沉默。

于是，俞绵绵吞下食物，抬头开口："学长，你真像个孩子。幼稚，哼。"

周薄暮切牛排的手一顿，眉头挑起，"你在暗示我？"

俞绵绵脑袋卡了一下，"啊？"

刀叉被扔下，"叮当"一响，他上半身越过餐桌，俯身看过去，"你有没有听说过……"

听说？

俞绵绵摇了摇头，周薄暮笑了起来，眼角眉梢透露着丝丝邪气，看得她脸红心跳。

"不能说男人像个孩子，"他凑近，低低道："不然，会让人……情不自禁地想去证明。"

像玩笑话，但是他眼底的光太真实。

俞绵绵心跳乱了节拍，低声道："说好的冰山人设呢，什么时候……变成了火山呀！"烫得她透不过气来！

周薄暮"唔"了一声，笑："可能是遇见你的时候？"

"啪——"

手里拿的胡椒瓶掉桌上，俞绵绵"哎呀"一声，扶住了热乎乎的脸颊，抬头，对上周薄暮炽热的眼神，"真是要命了！"

周薄暮也觉得，她眼底纯洁无瑕的光，要了他的命。

原本坐在桌沿，他俯身，在她滚烫的脸颊上亲了一口，很甜，为什么是甜的呢？

他想了想，笑起来，又亲了一口。

原本细细密密的吻，发展成最后，他也无法自拔。

“小兔子，我讨厌你……”他敛眉，低低道。

俞绵绵忽地，顿住，“唔？”

尾声被他吞吃入腹，他喘息道：“讨厌你，让我变成这样……”

明明是办公大楼，玻璃窗外却有着这样夺人心魄的景致；明明是会议室的休息区，灯光却这样旖旎醉人……

他身量笔直，人又高，恍若天神地探下脖颈，这样的亲吻，必须她坐得很直，仰着绯红的小脸，像等待垂怜的小茉莉花。

周薄暮内心酥软，顿感今夕何夕，岁月静好。

却，实实在在的，有人不要命地打断了这一刻的美好……

“哐——”

陈泽宇摔到地上的前一秒，的确是一片忐忑，外加一片好心。

今晚，VIP 休息室内可谓是一派混乱，一个是他的顶头上司周薄暮，一个是 Jone's 响当当的设计总监庄瑞，还有一个，代表月光工作室来添乱的俞绵绵，这三个人凑一起，难道是斗地主吗。

陈泽宇想，别逗了。

所以，在探测到危机的第一秒，他闪人了。

他自诩 BN 设计纯洁的小白花，可不能插手人家的爱恨情仇，可走到办公楼下，仰头、扶额、悲愤地跺脚：谁让对方是他的大 Boss 周薄暮呀！

万一，在办公区闹出人命怎么办？！

万一，大 Boss 一时悲愤想不开怎么办？！

万一，……

不能有万一！

于是，陈泽宇麻溜儿地回到十六楼，在中心会议室门口，他亲眼见到庄瑞走出来，靠在墙壁上低头喘息着。他愣了片刻，刚想问她要不要帮助，就看到庄瑞从包里拿出了什么药丸，仰头便吃了。

难道是速效救心丸。

陈泽宇恍如雷劈，都吃上救心丸了，那里边到底怎么样了！

他吓一跳，在庄瑞走了后，飞速地将耳朵贴上了大门，“砰”“咚”……这一声两声的，又是什么。陈泽宇战战兢兢，心道，我的大Boss呀，咱们可别把事情玩大了，成么。

可明显，事情玩很大了。

等他溜到休息室门外时，里边已经静谧一片，看过的恐怖片霎时涌上脑海，他将耳朵紧紧地贴上大门，依旧一无所知……

原本，BN设计首席小白花的幻想篇就这么结束了，谁知道，他身量太重，一个不小心，休息室大门打开，砰——他就这样，摔倒在了地上。

昂头，错愕地看着接吻的人，陈泽宇汗如雨下。

现在说他什么也没看见，还来得及吗。

陈泽宇在胸前比了个十字，心惊胆战地想：他没有看到冰山大Boss慵懒地坐在桌上，探身去吻脸颊嫣然的某人；他没有看到冰山大Boss嘴角邪气地扬起，一只手温柔地抚摸着某人玲珑的腰身；他也没看到，他一只手已经捞起了桌边的车钥匙……

唔……这是想转战某地。

陈泽宇愣住了，傻笑地想：嘿嘿，大晚上，捞车钥匙是去哪儿。

然后，他就听到周薄暮寒冷到骇人的声音：“陈泽宇，我想，你是不要命了。”

第十七章 傲娇与冰山

月色皎洁，周薄暮声色朗朗：“如果没有俞绵绵，我们也许是朋友。”

“可惜了，本少爷不是很想跟你做朋友。”秦唐勾唇，笑容邪魅，“毕竟，你可是眼高于顶的周薄暮。”

周薄暮不以为忤，冷笑：“彼此彼此，不可一世的秦唐。”

命要不要不知道，陈泽宇连滚带爬跑出办公室，心想，腿可能没法要了。

前脚逃出去，后脚摔在电梯旁，“哎哟”几声疼得直叫唤之际，眼看着他的大 Boss 走近……那瞬间，陈泽宇感激涕零：他都这么偷听大 Boss 的墙角了，危难之际，Boss 还是抛下温香软玉来营救他了！就冲这点，陈泽宇觉得自己得效忠 BN 设计一辈子。

就在眼泪哗哗之际，昂头，他眼见着大 Boss 牵着“温香软玉”与他擦肩而过。

“啊……喂……”陈泽宇不死心地叫唤。

被周薄暮拉着的俞绵绵停下脚步，“哎，你怎么啦？”

脸蛋还是红彤彤的，陈泽宇咂咂嘴：笨蛋吗？摔了这么明显的事情也看不出来。

不过是翻了个白眼，周薄暮在第一瞬间拦在了她跟前，低眉敛目：“瘸了？”

陈泽宇吸气，弱弱道：“还……还没吧？”

周薄暮冷笑了声，“那就等瘸了再叫我，工伤，给报销。”

哗啦，一盆冷水从头泼到脚。

陈泽宇捂嘴，另一只手试图拽住俞绵绵的裤腿，刚有碰到一点点的趋势，抬头，可怜巴巴的眼神还没露出来，就被周薄暮冷冰冰的目光逼了回去。

五指顿在空中，呃，尴尬。

周薄暮嘴角微扬，笑得诡异。

陈泽宇埋头，默默收回手，不敢动不敢动。

那天，陈泽宇是坐救护车离开的；而俞绵绵，是被周薄暮拉着走掉的。

他们要去哪里，她也不知道。

车厢内，俞绵绵垂下脑袋，被吻到有些红肿的唇瓣抿了又抿，她很想上个微信，请教网上的小哥哥小姐姐们：正常男女接吻之后的正常流程是什么？一吻结束后，又该怎么收场？

想到这里，她的额头在车窗上撞了撞。

在陈泽宇闯进来之前，周薄暮在吻她，最是缠绵之际，她脑袋卡壳，然后，周薄暮淡定地坐直身子，甚至理了理衬衫领口。在这一整套流畅非凡、从容不迫的小动作后，他将手伸了过来。

那时候，俞绵绵脑海里晃过一句话：接吻后不推倒，难道要握个手吗。

握就握吧。于是，她将手伸了过去。

掌心相贴的一瞬间，周薄暮明显错愕了，一秒之后，他愉悦地笑了起来。

俞绵绵不明所以，看着手指被握紧，然后顺着手腕上的力道，整个人被拉近。

他靠在她耳际，哑声道："少看一些'污力滔滔'的微博，少上一个乱七八糟的论坛，知道了吗？"

俞绵绵整个人恍如雷劈，愣了良久："……"

他怎么又知道她在想什么？！

要死啦！

车子驶过跨江大桥，驶过滨江路，沿途的风景越来越熟悉，亮着五彩霓虹灯的游乐园，银杏纷飞的长街，还有，种满樱花树的、通往凤凰山的小径。

俞绵绵愣愣地看着窗外，终于回过神，看了安静开车的周薄暮一眼：她好像知道他要去哪里了。直走、上山、左转，是秦唐的凤凰山别墅。

俞绵绵靠在副驾驶位的后座上，她觉得内心空落落的，似乎谁朝里边大喊一声，还会有回响。

为什么来这里呢。车停稳，熄火，她问周薄暮："为什么？"

手被握住，周薄暮目光落在远方："你不是一直想找他吗？"

为了得到秦唐的消息，她去了龙凤街找徐墨白，中间差点出意外。她也去了澳园，去了西街的工作室，去了任何他有可能出现的地方，全都一无所获。就在她濒临放弃时，居然在月光工作室楼下遇到了他。

他之前去哪里了？他还会离开吗？

俞绵绵对此一无所知，她不敢联系，不敢问，甚至不敢在小鲸鱼跟前表现得有一点点的在意。因为比起得到秦唐的消息，她更害怕永远失去他。

永远失去——多可怕的四个字。

俞绵绵手心抖了抖，周薄暮感受到了，五指收紧，道："曾经他陪你来找我，现在，我带你来找他。”

没有曾经将俞绵绵带到他面前的秦唐，他们不会和好，不会有现在岁月静好的一刻，也不会有之后的种种故事。周薄暮想，他欠了秦唐。在这样一个晚上，他应该给秦唐一些时间，让秦唐与俞绵绵，见一面。

他愿意吗？

他不愿意。

普天之下，没有任何一个男人愿意给自己的女人一丝一毫动摇的机会，如周薄暮般倨傲孤高，更是如此。可是，他没有选择，比起情爱之中的危机，比起心中浓浓的嫉妒，比起让他们见上一面，他更不愿意俞绵绵心有芥蒂。他害怕，怕她真的一生难安。

周薄暮失笑，他想，这可能是他此生唯一一次害怕了。

如周薄暮，曾经将世间的一切当成一场棋局、一场游戏，也会害怕。

眼中有落寞闪过，他垂眸，看着挡风玻璃后的院子，低低道：“去吧，去看看他在不在。”

怎……怎么会？

秦唐难道真的会来凤凰山吗？

他走的那天，她在这里待了一夜，期间小鲸鱼翻墙而入，指责她的狠心，也抱着她失声痛哭；而现在，小鲸鱼和秦唐不是在一起了吗？他们……难道不介意？

俞绵绵将手伸到口袋里，秦唐给的钥匙，她一直随身携带着。

“你怎么知道……”怎么知道他会来这里。

周薄暮眼眸微沉，说：“猜的。”

如果他是秦唐，他会来这里，哪怕只是经过，哪怕只是进来看一眼，他一定会来。

为什么？

因为他们是同类人，遇到此生仅有的温暖，就会挪不开目光。

周薄暮叹息一声，“去吧。”

他们应该说清楚，说清之后，才能开启新的生活。

俞绵绵点了点头，手指碰到车门又撤了回来，一头扎进他怀里：“学长……”

瓮声瓮气的声音传进耳朵里，周薄暮嘴角扬了扬：“怎么？”

怀里的人也不说话，柔软的头发摩挲着他瘦削的下颌骨，一下一下，痒痒的，酥酥的。周薄暮闷闷地低笑：“小东西，这就感动了？”

将她的脑袋掰正，抵上她的额头，周薄暮认真道：“这一生里，你会遇见很多人，也会告别很多人，有些人一挥手，也许永不再见。”

——“曾经我帮你做过许多决定，我认为，你应该如此选，必须如此选。”

——“可是，这一次，我想让你自己选。”

俞绵绵愣了愣，手指被他握紧，借着力道被搭在了车门上。指间按下，咔嗒一声，车锁打开，周薄暮敛眉，道:“因为，我想让你的余生，没有遗憾。”

“小兔子，我这样说，你能听懂吗？”

好像可以，好像又不可以。俞绵绵糊里糊涂地下车，懵懵懂懂地停在别墅大门前。院落里，橡木小径、玻璃泳池、樱花树与柔软嫩绿的草坪，一切如旧。

说不清是因为周薄暮的一番告白，还是即将见到秦唐，俞绵绵激动到了极点，内心起伏不断，推开卧室大门后，整个人都愣住了：周遭一片静谧，月光透过盈盈的水池折射进来，清晰地照亮了空气中浮动的灰尘碎屑……

俞绵绵站在原地，眼眸一点点睁大……

周薄暮站在她身后，长身玉立，看清楚眼前的场景后，眼角眉梢也随之一凛。伸手，在第一时间将俞绵绵拉进怀里。 手心一下一下地拍在她背上，周薄暮的视线却透过月光与夜色，笔直地看过去：陈列柜后几平方的地方空了下来，只剩下茶色书桌和几样小摆件。如果说还有什么，那就是一条悬在空着的银线了，线上一无所有，只有几只光秃秃的便利夹……

看得出来，这里原本是个暗房——用来洗照片的。

眼前的银线上，一个个夹子仍在，照片却一张也没有，周薄暮眼眸微沉:被拿走了吗？

俞绵绵浑身上下都充满了无力感，偏偏，心尖还拧得生疼——那些照片，被拿走了。

秦唐走的那天，她在凤凰山别墅里待了一夜，是小鲸鱼翻墙而入，告诉她，围墙边的几颗樱花树被移走、换成柔软的草坪，是因为她；全洛城的肯德基挂上窗帘，是因为她；还有，卧室隔间修了一间暗房，里面挂着的一张张照片，也是因为她。

而现在，照片被取走了，那个人，果然回来过了。

在她得出结论的同一瞬间，周薄暮也猜到了，秦唐，来过了。

周薄暮视线扫过屋子里的每一个角落，住在这里的人，深深地爱着他爱的人，爱到一无所有，爱到肝脑涂地。

可怜吗？不。

可悲吗？也不。

爱一个人，怎么会卑微呢？

周薄暮低低地叹息，他想，多少人这一生的理想只是好好工作、努力赚钱，遇一个人终老，择一城白头——那么多人都在努力地说服自己，他们爱他们选择的人。

可是，那是爱吗？

那些随时能被取代的爱情，真的，也是爱吗？

这一刻，看着空空如也的暗房，他内心涌上说不清、道不明的情感，是震撼，也是动容。

那个人付出的，给予的，丝毫不亚于他。

身前，俞绵绵哽咽着嗓子说："他又走了，对吗？"

甚至，没有给她告别的机会。

如果上一次在月光工作室楼下，就是他们最后一次见面，那该怎么办？

余生，她到哪里去找秦唐的踪迹。

俞绵绵没有方向，找不到方向！垂眸，眼泪一滴一滴地坠在脸颊。

周薄暮伸手擦下一滴泪珠，如同珍珠般收入手心，他心尖泛疼，想说什么，滚到嗓子眼的话终究还是咽了回去。

能说什么。

你不要伤心了？不要难过了？还是，不要在我怀里，为另一个男人流眼泪？

周薄暮从身后抱住她，薄唇靠近她的耳际，声音低沉而嘶哑："小兔子。"

俞绵绵回过神，“嗯……我、我在。”

周薄暮叹息，右手越过她的脖颈，收紧，将人紧紧揽在胸前，“我去车上等你。”

他应该拉走俞绵绵的，他也可以拉走她，可是，他没有。

因为他知道，这座房子里藏着她的青春，住在这里的人是她人生里重要的人。

如今，她可以缅怀，也应可以失意泪流。

周薄暮的手指收紧，强忍着心头的酸楚，转身朝屋子外走去。可就在转身的一瞬间，视线掠过暗房里的照片夹，墙角遗落了一张黑白照片。他怎么觉得……

周薄暮捡起照片，眼眸微微眯起……

良久，他指尖碰到手机，悄然按了几个键，等到走出院落，才拨通了电话，一声、两声、三声，电话通了！

周薄暮开门见山道：“你在哪里？”

电话那头，男人似是毫不意外，坦然答：“遥远的某地。”

“我不喜欢玩文字游戏，你知道的。”周薄暮沉声补充道，“秦唐。”

两人都安静了几秒，隔空双双挑起了嘴角。周薄暮单手插兜，问：“为什么？”

为什么要走？又去了哪里？

秦唐没有瞒他的意思，低低道：“跟你们想得都不一样。”

迷离月色中，他继续道：“我离开，既不是因为情伤，也不是躲在某个角落里蓄势待发，想去争什么抢什么，而是，我在解决一些麻烦。”

麻烦？

周薄暮的视线越过园子里的花花草草，落在了屋内发呆的俞绵绵身上，忽而，他想到了什么，沉声道：“需要我帮忙吗？”

秦唐眉头挑起：“你知道？”

周薄暮低眉，道：“知道。”

世界上有多少麻烦，需要秦家公子亲自动手。无非是关于她，关于楼家。

该来的，终于还是来了吗。

周薄暮呼吸微沉，“他插手了多少？”

秦唐没有回答，倒是淡淡地笑起来：与聪明人说话不累，此时此刻，他深以为然。

周薄暮也笑了，月色皎洁，声色朗朗，他说：“如果没有俞绵绵，我们也许是朋友。”

秦唐勾唇，笑容邪肆：“可惜了，本少爷并不是很想跟你做朋友。”

周薄暮的目光依旧停在俞绵绵身上，不怒反笑：“嗯哼？”

秦唐耸肩，说：“毕竟，你可是眼高于顶的周薄暮。”

周薄暮不以为忤，冷笑：“彼此彼此，不可一世的秦唐。”

所针锋相对、棋逢对手，大概就是指的这样，两人分明不是朋友，私下分明一点交集也无，但是，谈笑间却好像熟知了几百年。

月光下，周薄暮忽然开口问：“你要跟她说几句话么？”

视线里，俞绵绵靠在雪白的墙壁，垂眸不知道在想什么。电话那边，秦唐也怔了片刻，他笑了一晚上，真心有多少，假意有多少，可能自己都分不清楚了。这一刻，听到那个“她”，在一瞬间被打回原形。

“不要。”秦唐低声道。

“为什么？”周薄暮问。

风轻云淡，是春夜极好的时光，仰头，视线里繁星点点，秦唐低低地呼出一口气，笑起来：“因为我有预感，我们很快就会见面。”

“嗯哼？”周薄暮从鼻腔里发出一声冷嘲。

秦唐的嘴角弯起漂亮的弧度，补充道：“嗯，等解决完这些麻烦……”

“哦？”某学长手指敲在引擎盖上，冷冰冰开口，“解决完这些，打算干什么？”

秦唐“唔”了一声，眼底闪过戏谑的光，“谁知道呢？搞不好拿着黑卡带她去买波音 747 呢？毕竟，某人手中的黑卡，好像是用来买大白菜了吧？多浪费。”

这样的事情秦唐都知道了，所以，到底还是在他们身边插了眼线。很好。周薄暮挑起冷笑，慵懒道：“嗯，知道了。”

三秒后，周薄暮靠上车门，淡淡道：“对了，这夜黑风高的，天台很冷吧？”

一言既出，电话那端静谧一片。

周薄暮抬头，目光锁定主楼天台上的某处，轻轻扬了扬手，“别冻感冒了。”

说完，周薄暮“咔”的一声，毫不留情地挂断了电话。

秦唐离开洛城的当天，周薄暮就收到了消息。

如同大多数人一样，周薄暮不知道他去了哪里，同样，也不在意他要去哪里，甚至不屑于动手指查一查他的音讯。

龙凤街的事情之后，周薄暮看到了俞绵绵最傻的一面：她居然巴巴地跑去那样乱的地方去求徐墨白。

宁愿求徐墨白，也不愿意向他低头，是吗？

周薄暮气噎，但是当她真的陷入危险里时，那些闷气，那些面子，那些原则，统统都被抛到了九霄云外，他满心满脑只有两个念头：第一，他的小兔子不能有事。还有，敢动他的人，死定了！

所以，周薄暮做了人生中最不理智的一件事：在送俞绵绵回寝室后，他飙车重新回到龙凤街，一个个料理碰过她的小混混。

出手太狠，看得徐墨白胆战心惊，问：“这个……就碰过小手指尖，我作证！”

周薄暮冷冷瞥了徐墨白一眼：“你闭嘴。”

在徐墨白在嘴巴上做了个拉拉链的动作后，周薄暮挽起了衣袖，一口将矿泉水喝光，自言自语道：“我也不知道，我怎么了……”

他不知道，为什么俞绵绵有这么大的魔力，使他变得不像自己。

秦唐回来的消息，他也是知道的，徐墨白说的时候还拍了拍他的肩膀。

那时候，周薄暮的神色是淡漠的，很久之后，一直到他吻上俞绵绵柔软的唇，看着她绯红嫣然的脸蛋，他忽然想，应该给这一切一个结局。

所以，他在桌上捞到了车钥匙，在三秒之内做了一个决定：带她来凤凰山。

徐墨白没有说，但是周薄暮知道，秦唐就在凤凰山：他说的去欧洲是真的，解决楼家的麻烦是真的，甚至楼思危在中间使了绊子，也是真的。周薄暮一概不怀疑，只是，他还是在走出主楼的那一刻，察觉到了丝丝端倪：地上散落着没来得及带走的照片。

那张照片拍的是十六七岁的女生，一身高中校服，是他熟悉的款式，那双眉眼，也是他一眼就能认出的眉眼——十七岁的俞绵绵。

秦唐如果真的走了，怎么会遗漏这样一张照片。

很久之后，秦唐问：你怎么知道我还没来得及走？

周薄暮只是答：如果是我，会舍不得。

舍不得去欧洲吗？舍不得离开洛城吗？

不，不是的。

是舍不得留下那样一张俞绵绵十七岁的照片。

回到月光工作室，俞绵绵觉得，庄越看她的眼神很欠揍。

好几次，看得她想摔了手里的图纸，可是不行，每每看到手中的图纸上，周薄暮亲自修改过的痕迹，她的怒气一下子都消散了。

嘴上将她的图批得一无是处，小样儿，不也熬夜修改么。

别扭，哼！

俞绵绵将一整沓图和主讲稿放在桌上，并说出“过关”两个字时，昂首挺胸，脸色淡淡，看得庄越暗自磨了磨牙：“哟，农奴翻身了？”

俞绵绵才懒得搭理他，抬脚就走。

“站住。”庄越淡淡道。

“嘁——”她转身，“怎么？你又要像开除小鲸鱼一样，把我也给开了吗？”

这几天，俞绵绵忙得头昏脑胀，像陀螺一样都没停下来过。最开始瞥见小鲸鱼的位置空空如也，俞绵绵以为她请假了，但是，哪有人请假请这么久。

在工作室里打听了一圈，没人在意过策划部有一个小鲸鱼，更没人在意，从某天开始，小鲸鱼消失了。俞绵绵也试着打电话联系她，电话没人接，试着发微信，微信也没人回。

她会去哪里。

怀着一腔不安的情绪，俞绵绵在茶水间撞到策划部的Cherry。

她心一横，拦住了对方的去路，急匆匆地问小鲸鱼的下落。

Cherry漂亮的眼眸在她身上扫视一圈，嘲弄道："小鲸鱼为什么走，我怎么知道。"

忽而，对方眼睛一眨，凑近道："不过我猜，是庄少授意的。"

"庄越？"俞绵绵一愣。

Cherry低低地笑："你没看到来顶替她的人，多有气质么？你没看到策划部美女如云，哦不，是整个工作室上下，再也挑不出像她那种乡下野丫头了么？要学历没学历，要姿色没姿色，如果是我，也会开了那些乱七八糟的人呀！"

Cheery是Jone's调过来的老员工了，应该比很多人都了解庄越才是。在俞绵绵看来，他也的确像随性的纨绔大少爷……

所以，真的是这样吗。

在她错愕之际，Cherry凑近，道："庄少这种含着金汤匙长大的阔少，难道还真想靠这家小公司赚钱不成？开着玩的啦！"

"是……是吗？"

Cherry笑了笑，手指拂过她的肩膀，声音温柔如水，透着丝丝娇嗔："所以，像你这样的人，也要小心了哟，指不定你什么时候就被请走了呢。庄少对什么都是三分钟热度，知道了吗？"

俞绵绵在气头上，也就是因为这番话才执着地认定，是庄越吃饱了撑的没事干，辞退了小鲸鱼。当然，她那会儿的智商还不够想，Cherry为什么会跟她说这么多。也是很久之后，她才回过神来，温声细语的离间计，也是离间。

一个个貌美如花的女孩子，头都挤破想进月光工作室，难道是为了薪水和职位不成。

不，不是的，是为了庄越。

人人都想当庄家少奶奶，人人都看不惯俞绵绵与庄越的亲近。

当时，在质问庄越时，俞绵绵昂首挺胸，特别有底气，问得庄越哑口无言。

良久，他动了动嘴唇：他开除小鲸鱼。

只有这笨蛋才会以为小鲸鱼是她开除的吧。

不过，小鲸鱼走了吗？

庄越没心思管这些，同样，一星半点也不在乎这些。对他来说，小鲸鱼辞职了，只是策划部空出来一个座位而已。月光工作室里任何一个人都能辞职不干，只是不要是他的小野猫就好。

为什么呢？

因为张牙舞爪的小野猫逃走了，一切就不好玩了。

庄越摸了摸下巴，脑海中小鲸鱼的脸一闪而过。

他对她印象不深，仅有的两次，第一次是她来面试，信誓旦旦地在紧急联系人那栏填了秦唐的名字，说秦唐是她男朋友，庄越一乐就将人留了下来；第二次就在不久之前，月光工作室楼下，秦唐回国，傻子都能猜到是来见俞绵绵的，偏偏，那头鲸鱼还傻乎乎地跟在身后。

为什么有人这么心甘情愿地当配角呢？

因为爱。这简直匪夷所思嘛——

就在庄越出神的口当儿，俞绵绵已经叉腰走近，昂头、瞪眼：“果然是你！坏蛋——”

勾拳、踢腿，庄越毫无防备地挨揍了，疼到闷哼之际，俞绵绵昂首阔步地……

走了？

走了！

庄越目瞪口呆，妈的，他是不是太惯着这小祖宗了？！

不！

庄越咬牙想，这么举止粗鲁、丧心病狂的俞绵绵一定是周薄暮那厮惯出来的。

第一次，庄家二少爷被冤枉，还连解释的时间都没有，郁闷到捶胸顿足，偏偏，还没法追上去揍她一顿！

好生气啊！庄越捶着桌子想。

三十秒后，庄越桌子也不捶了。

彼时，周薄暮一通电话打了过来，庄越看着来电显示，深切体会到什么叫作：说曹操曹操就到。接起电话，他没好气地开口："我知道了，图纸过了，过了。"

周薄暮声色慵懒："嗯？"

提起这茬，庄越就气不打一处来，闷闷道："小野猫的图纸过关了，我早知道了，所以你不用专程打电话来告诉我了！"

建筑系他是没怎么认真读，但是即便如此，他也能认出来，图纸上的修改痕迹出自谁的手笔。有这样的吗？一边作弊，一边汇报作弊成果。

庄越叹气，忽然觉得，哪里不对。

嗯，周薄暮的反应不对。

听筒里静默一片，庄越纳闷地皱眉："喂？"

周薄暮眼角眉梢都是凉意，冷冷地重复："小野猫？"

庄越捂住嘴巴，霎时间，求生意志达到巅峰："哥！那个……我可以解释的！"

"解释？"周薄暮勾唇，磨刀霍霍，"嗯，那你解释吧。"

论堵人后路，周薄暮算第二，没人能算第一。

"就……公司上下氛围轻松，昵称脱口就来，小野……哦不，俞绵绵同学和我，是纯洁的上司与下属关系！"庄越握拳，到一半忽然顿住：他干吗这么实诚。

这叫什么？欺软怕硬。

庄越扶额，闷闷道："所以，哥，你打电话来……"

周薄暮打电话来，原本的确想问图纸的事，这一秒，他忽然改变主意了。脑海中，在凤凰山与秦唐的对话一闪而过：那个男人说，他有预感，他们很快就会见面。

见面？

可笑。

周薄暮扯了扯嘴角，视线落在纯白色邀请函上；忽而，他勾起了嘴角道：

“有事找你。”

他这一笑，笑声温柔极了，透过听筒幽幽地传来。庄越只觉得他冷极了。

“啊？”庄越呆呆地出声。

周薄暮用指尖解开邀请函上精致的蝴蝶结，慵懒道：“可能需要你空出一段时间的档期了。”

电话被挂断后，庄越还没回过神来，看了看旁边守着的秘书，问：“今天几号？”

秘书毕恭毕敬地报上日期，庄越愣愣道：“景致大奖的颁奖典礼，是几号？”

秘书一愣，庄越歪头想了想，又问：“距离颁奖礼，还有多久？”

掰着手指算了一会儿，庄越噌的一下站起来：“不会吧？！”

动静之大，吓了兢兢业业算日子的某秘书一大跳：“庄、庄少？”

庄越还沉浸在刚刚那通电话里，猛地深吸一口气：“我去，世界上居然还有人能两次入围景致大奖？不是说好是设计界的诺贝尔吗？这么容易的吗？”

不怪他吃惊，德国景致大奖历史上从未有过同一个人入围两次的先例，而周薄暮，居然做到了！前段时间，周薄暮明明还爽了大奖评审团的约呀？这也可以？

只是……

庄越想起周薄暮刚在电话里说的：“作为合作伙伴，我认为月光工作室应该去见证一下业内最高奖项的颁奖典礼，嗯？”

去德国？

还是带着工作室员工一起去德国？

庄越摸了摸鼻子，他怎么觉得，事情朝着奇奇怪怪的方向发展了呢？

挂了电话后，周薄暮单手抵住下颌，他在思考，秦唐说的即将碰面是怎么个意思。

一旁，老陈挑了挑眉毛，嘀咕：“Boss 的意思是带着俞小姐一起去柏林咩？那——拉上庄少，啧啧啧，是想借机手刃潜在情敌哎？Boss 啊，我不得不说，这招很高明啊！”

周薄暮动作顿住，眼神不动声色地挪到老陈身上，不发一言。

倒是老陈，好像是受了鼓励般继续道：“到时候Boss往颁奖台上一站，咳，感谢CCTV，感谢MTV，感谢全世界的我的迷妹们。当然，也要感谢坐在台下的——我的女人。不过，此时此刻，我最要感谢的，是那个始终在我女人面前晃荡、但是都不被睬一眼的、我的潜在情敌庄家二少爷。你输了，哦呵呵呵！”

老陈叉腰笑完，疑惑道：“不过，万一月光工作室不同意去怎么办哎？”

周薄暮靠在椅背上，手指往键盘上敲了敲，他不担心这个。

庄瑞会去，庄越去也不稀奇，而那位庄家二少爷不笨，手里掌握的信息又多，等缓过神来，也许真知道他的用意也未可知——秦唐一次次出现在洛城，他不可能留俞绵绵一个人待在这里。

不过——

面前的老陈明显入戏太深了，一拍桌子道：“对了！我觉着吧，您在颁奖台上，还可以惊天地泣鬼神一些！要不……”老陈凑近，神神秘秘道，“咱们求婚吧？”

说完，老陈被自己的才华折服了。当着全世界人民的面，在全球直播的镜头下走下观众席，牵起坐在第一排的某位娇羞少女，俯身跪下，倾心一吻，世界上有几个女人能承受住这样高调的浪漫。

周薄暮抬眉，冷冷静静地扫了眼满面桃花的老陈，出声道：“陈泽宇？”

“嗯嗯？”老陈还在傻呵呵地笑。

周薄暮起身，微笑道：“你上次瘸的是左腿吧？”

“是左腿没错啦，但是……”话还没来得及说完，周薄暮作势一勾腿，“要不，这次换右腿试试？”

话没说完，老陈拖着没好利索的腿一瘸一拐地跑了。

办公室重归一片寂静。

周薄暮临窗而站，目光落在极远的地方：洛城春和景明，候鸟归来，新枝蔓生。

他低头，看了眼左手纤长的无名指，毫无防备地，心底划过一个温柔清冽的词语：求婚。

男子勾唇，有阳光照进来，落在俊朗非常的脸庞上，原本犀利冷峻的五官在这一刻柔和下来，透露着丝丝温柔与倦懒。

原来，是春天到了呵。

原来，是一年中最温柔的时节到了。

第十八章
柏林苍穹下

“你知道吗？我第一次遇见你不是在 BN 设计。”

庄越勾唇，慵懒地与她碰杯，“是在……”

“噌”的一声，水晶杯碰撞，细密的泡沫溢出来。

一只手将俞绵绵手中的杯子夺了过去。

她诧异地抬头，面前，周薄暮手握水晶杯，风轻云淡地一口喝光。

瞬间，庄越额角突突直跳，扶额之际，周薄暮淡淡道：“她的酒，我喝了。”

人生可真微妙。

俞绵绵被庄越拉着出差的时候，真心以为所谓的出差，充其量只是去A市、B市、C市，行李收拾好，坐进汽车里，到达机场，机票拿到手时，她震惊了：柏林?

“我们为什么是要去柏林？”俞绵绵鼓大眼睛问。

“我们为什么不去柏林？”庄越轻描淡写答。

俞绵绵愣在原地，呆呆地道：“可是……大家不都是去的邻城吗？”

月光工作室从建筑师到实习生，各个部门加在一起也没多少人，三天前都被安排了出差任务，从市场调研到沟通合作公司，各种内容都有，以至于俞绵绵收到通知后，看着叽叽喳喳讨论的工作群，摇头感慨：为什么全世界这么多人，偏偏她摊上一个“中二”智障老板。三天开起工作室，一分钟决定全员出差，人生理想是打倒BN设计……

俞绵绵有些头疼：为什么就不能有正常一点的想法呢。

庄越凑近，笑眯眯道：“觉不觉得你老板我很特别、很刺激？”

俞绵绵扯了扯嘴角，十足十地敷衍：“真的是好特别，好刺激。”

在接到机票前，她都以为自己跟设计部其他职员一样，是要去上海的，行李只拿了两天的，身份证和护照都在，但是，签证这家伙怎么办到的?德国她没去过，但是常识告诉她，去柏林是要面签的呀！

看穿了她的疑问，庄越笑得十分愉悦：“申根签证哦，我查到你有。”

申根签证是根据《申根协议》而签发的签证，因为协议是在卢森堡的申根签署，所以被冠上了这个有些奇怪的名字。按照协议规定，任何一个成员国颁发的签证，在所有申根成员国都被视为有效，而这些成员国，截至到今年，有二十五个，其中包括德国。

“你这样看着我干吗？”庄越后退一步，警惕道。

“我觉得，你的人生理想不应该是做建筑，太委屈你了。”俞绵绵一本正经道。

“哦？”他眉头动了动，兴致正浓，“你也觉得吗？”

“嗯，对。”俞绵绵站直，撇嘴，一掌盖他英俊的脸蛋上，“你这么666，应该去当江湖百晓生才对啊！没事查这查那的，活该被人天天追杀，理由是‘你知道得太多了’。”

居然连她有什么签证都去查了，这家伙到底还知道多少别的事。

俞绵绵觉得，自己可能没隐私了。庄越却在想，江湖百晓生，好像还不错哎。于是，他摸了摸下巴，问：“德国首都是哪里？”

俞绵绵没好气答：“柏林啊，哥。”

庄越很满意，接着道：“柏林最著名的地标是什么？”

俞绵绵翻白眼，答：“当然是勃兰登堡门！”

庄越摸了摸下巴，想了想道：“那，勃兰登堡门是什么风格的建筑？”

这不是考她饭碗里来了吗？俞绵绵创意尚可，手绘功底一般，但是期末考试时建筑史这门功课她可是高分过关。俞绵绵笑起来：“新古典主义风格呀！兴起于十八世纪的罗马，并迅速在欧美等地风行，还有……”

俞绵绵自然而然地接着说，可是越继续，越感觉到庄越笑得不对劲。

她狐疑地顿住，“啪”的一声，手腕被庄越攥住。庄越凑近道：“哎，你知道的挺多的嘛！”

男子笑容浅浅，在阳光下略略眯眼，低低吐息：“不然，在被追杀前，我们一起私奔吧？”

凑得太近，连呼吸里淡淡兰花香她都闻得清晰，俞绵绵错愕地抬眉，刚好撞进他深邃的目光里，这样狡黠的眼眸，是不是世间最灵动的兽才有。

她愣住，莫名地有些出神：“私、私奔？”

庄越扬唇笑开：“嗯，私奔。”

一只手臂隔空伸进来，在眨眼间，将两人分开，在收回的一瞬间，“啪”的一声，挡在庄越精致非凡的脸畔，再收回来，一套动作节奏紧密，行云流水，自在得像排练过无数次。

俞绵绵震惊地看着这只手腕的主人——低头悠闲地扣上衬衫纽扣，慵懒地抱臂。她抬头，目光扫过男人坚实的胸膛，松开的贝壳纽扣，性感的锁骨，再往上是周薄暮淡漠的脸色。

一时间，俞绵绵舌头打了结。

庄越懒洋洋的，一手越过俞绵绵的脖颈，笑眯眯地 Say Hi。

空气里水汽凝结成冰，周薄暮目光淡淡，开口道：“私奔不行，追杀可以，庄少觉得呢？”

杀气扑面而来，以至于庄越撤回手之际险些栽倒。

“开、开个玩笑嘛。”庄越撇嘴。

“玩笑？”周薄暮手指敲在臂膀上，道，“我认为，上海、广州、杭州那些案子都可以收回来。仔细一想，BN 设计可以内部自行消化，没必要给月光工作室分一杯羹。”

身边，老陈跟着掏出 PAD 记下，周薄暮接着道：“要不，你把出差的那些人都叫回来吧？”

庄越脸色当即黑掉：“啊，哥……”

俞绵绵听得似懂非懂。所以说，月光工作室全体同仁一齐出差，是因为 BN 设计分了许多案子，轮着他们去洽谈。

是周薄暮分的？俞绵绵低低道：“为什么呢？”

老陈从 PAD 上抬起目光，摇头、撇嘴，心想，还能为什么。某 Boss 支开全体同仁，堂而皇之地与某少女异国约会呗。看着俞绵绵懵懂的目光，老陈情不自禁地动了动嘴唇：祸水。

俞绵绵以唇形答：我？

老陈：不是你，是谁？

最后，两人目光挪到嗷嗷叫唤的庄越身上，周薄暮拍了拍庄少的肩膀，慵懒道：“慌什么？”他额角微扬，勾唇一笑：“我也是开玩笑的。”

可怜的庄少，可怜的单身狗——老陈在胸口比了个十字，不胜唏嘘。

十分钟后，俞绵绵知道了，周薄暮、陈泽宇，还有一声不吭却又百无聊赖的庄瑞，这几个人是要去德国参加景致大奖的颁奖典礼。就在她“哇”了一声，眼底闪着羡慕的星星光彩时，庄越拍了拍她的肩膀：“巧了。”

他说，“我们也是去德国。”

“我们也是要去参加同一场颁奖典礼。”

“啪”的一下，俞绵绵被从天而降的馅饼砸得猝不及防，“我、我、我……我们……”

星星眼继续闪动，小脸蛋绯红，曾经遥不可及的景致大奖，居然，就在眼前了。

她偷偷地瞄了机票一眼，又偷偷地看向周薄暮，心跳得更快了些：是他吗？他们要去柏林，又在机场与他撞见，是因为他吧？

脚尖在地上点了点，俞绵绵有些害羞，挪不开偷看的目光。

周薄暮一眼睨过来，精准地捕捉到她的视线，四目相对，他慵懒地扬唇，眼底若星河般璀璨。

嘈杂消散了，这个世界仿佛只剩下她和他。

直到——

“咳！”庄越重重地咳嗽一声，“一二三我们都是木头人啊？两位？”

俞绵绵在一秒之内反应过来，怯生生地嘟囔：“我、我……”

我了半天也没我出个所以然来，倒是周薄暮看得嘴角微勾，心情愉悦。陈泽宇说，这趟出行投资过甚，光是让给庄越的案子就估值不低，回报率嘛，几近为零。可是他却觉得，唔——陈泽宇那只单身狗懂什么。

在众人审视的目光下，俞绵绵头皮直发麻，一跺脚道：“我要去洗手间了！”

说完抬腿就想溜，忽然，马尾辫被扯住，俞绵绵疼得嗷嗷叫唤之际，庄越笑眯眯道：“啧，你脸红什么呀？跟个大番茄似的。”

俞绵绵气呼呼地揉了揉脸颊，一边，老陈启唇，幽幽道：“是啊，你脸红什么。我一个见证了你们办公室深吻的人，都没脸红……”

办公室……

深吻……

周薄暮俯身亲吻她的那一幕在脑海中迅速闪过，他有力的手臂，撩人的抚摸……

明明只是个吻，可是，庄越的眼神，庄瑞的眼神，还有那些随行工作人员的眼神……怎么一个个那么暧昧！俞绵绵想一个个把他们摇醒，是办公室之吻，不是办公室禁忌啊亲！

是不是小电影看多了！

啊啊啊！俞绵绵觉得，她要爆炸了！

四周，空气里落针可闻，在众人闪亮亮的目光中，俞绵绵落荒而逃，当事人之一的周薄暮，抱臂，目光扫过老陈，就在陈泽宇心慌慌地感受到自己失言之际，周薄暮一勾唇，笑得颠倒众生。

单身狗也有派上用场的时候——

目光掠过笑意不减的庄越，周薄暮回之以微笑，深以为然。

太丢人啦！

俞绵绵窝在马桶上，脑袋愤愤地往墙上撞：好想弄死陈泽宇啊！

可是，想着想着，她快哭了，弄死老陈之前，她是不是应该想着怎么面对候机室里那一堆人。更重要的是，快登机了，她总不能一直待在这里吧。

俞绵绵纠结良久，终于咬唇跺脚，走出了洗手间。

双手在冷水底下冲了冲，脸蛋也淋了一把，两团番茄红这才慢慢褪了下去。俞绵绵长呼一口气，抬头，看清镜子里倒映的人影，身子骨明显一抖。

周薄暮倚在盥洗室门边，看着石化了的某人："怎么？"

"没、没怎么……"俞绵绵转身，讷讷道。

周薄暮上前一步，眉头扬起。

俞绵绵有种不太妙的预感，后退一步之后，发觉果然不太妙，因为周薄暮明显一挑眉，更近了一步，"躲什么？"

后背撞上了洗手台，俞绵绵的脑袋跟着一卡，"呵、呵呵，没有啦……"

男人松开衣领，轻笑："说谎。"

后退是下意识，脸红也是下意识，结结巴巴、忐忐忑忑，也是因为他越凑越近。

未知才最让人小鹿乱撞。她昂头，懵懂地看着他微低的下颌，心想，她的小鹿，在周薄暮凑近的这一秒，可能快撞死了吧。

偏偏他更近一步，一只手笔直地挡住她的去路。就在俞绵绵错愕之际，周薄暮弯腰，在她唇上印上一吻。浅浅地贴近，却重重地堵住她的唇，霸道地摩挲、带着惩罚意味。"知道错了吗？"他哑声道。

目光交会，他湿漉漉的眼和目光直逼她柔软的心底。

俞绵绵手指一哆嗦：不能被美色迷惑呀！

三秒之后，俞绵绵清醒过来，将周薄暮往盥洗室外推，后者却忽然停下脚步，转身在她脸颊偷了个香。弯腰、倾身，周薄暮靠近她的耳朵，嗓子低哑：“我吻自己的兔子，不行么？”

“唔——”在俞绵绵一掌拍过来前，周薄暮勾唇，“先留着，晚上再吻。”

说完，他笑着走远了。俞绵绵老半天才回过神来，她站在原地，再次变身番茄。她想，孩子气的周薄暮也是周薄暮，只是，跟说好的冰山人设……真的不一样哎？

“咚——”

耳际一声闷响，俞绵绵再次抬头，怎么了。

是幻觉吗？她抬脚往洗手间内走，很明显，不是啊！

眼前一个女人倒在墙边，俞绵绵心脏霎时间提到了嗓子眼：“哎！哎！你怎么了！”

眼看四周都没有可以帮忙的人，俞绵绵急得快哭了，女人伸着手去够背包。电光火石间，俞绵绵反应过来，飞速地拉开了背包拉链，一层层翻找，终于找到白色药瓶，却在递药片过去的一瞬间，手腕顿住……

女人脸色苍白，嘴角却是乌青的，可是，依旧不妨她认出来。

俞绵绵心头狠狠一怔，声音颤抖：“庄瑞！！”

庄瑞看过来，“我……”

俞绵绵嘴巴张了张：“我去叫人！”

“不要！”

不要是什么意思？

手腕被拉住，庄瑞靠在墙角，低低地喘息，大概是药效起作用了，原本苍白的脸色也在一点点地恢复。俞绵绵急得快哭了：“你、你别拽着我呀！”

借着她手腕的力道，庄瑞艰难地站起来，低低地道：“肩膀借我靠一下。”

在俞绵绵诧异之际，庄瑞已然靠了过来。

一室静谧，肩膀上的温度让俞绵绵怔住。记忆里，庄瑞比任何人都生机勃勃，初见时，将庄越打进办公室的人是她；在落地窗前自信挥笔画下方案图的人是她；抬脚拦住庄越去路，洒脱如御姐的人是她；而几分钟之前，虚弱到喘不过气来的人，九死一生的人，也是她。

俞绵绵垂眸，眉眼落寞：“你这是……”

庄瑞轻笑，“先天性心脏病而已，没大碍。”

“没大碍？！”俞绵绵失声道，“就你刚刚那个样子！动不动就倒地上，幸亏是我经过，如果没有人怎么办？你怎么吃到药片！”

俞绵绵忽然心慌意乱起来，因为，她在这一瞬间想起了庄越。第二次答辩那天，庄越接到电话后，神情明显变得严肃起来，是他说的，庄瑞在医院。

所以，那时候她就已经生病了。

“受不了太多刺激而已，至于活多久……”庄瑞直起身，淡淡道，“我不在乎。”

人类活着的意义究竟是什么？一千个人也许能给出一千个不同的答案。但对庄瑞而言，这个答案从五年前，她查出心脏衰竭的那天就已经确定了，并且，从未改变过：去见风雨，也见斜阳，遇见悲悯和痛苦，也遇见善意和真爱，仅此而已。

“你不会让别人知道的，是吗？”庄瑞握紧药瓶，轻声问。

那双眼眸太有吸引力了，以至于，俞绵绵挪不开眼。

她怔怔地，看着庄瑞伸出纤长的手指，与她的小指勾了勾，“那，这就是我们的秘密了？”

俞绵绵是一个很能保守秘密的人，但是她不会掩藏情绪。

陈泽宇还在一边笑眯眯地打趣她，俞绵绵听过了，也跟着傻乎乎地笑，拼命地说话来缓解自己的慌张。庄越见状，伸出一只手探在她脑门上，嘀咕：“没发烧哎，傻了？”

俞绵绵看着他清澈的眼眸，收起笑，忽然有些想哭。

从前，她从未觉得人生如此残酷，就连她被楼思危欺负的那些年，被外公逐出瑞士家族时，也从未如此无措过。一个活生生的人，刚刚在自己眼前倒下了；而现在，那个人就站在他们中央，看着手机、看着人群，一副无关紧要的样子。

俞绵绵掐紧手指，耳际回荡着与庄瑞的对话：

“那……你……”还有多少时间？她到底没有问出口。可是庄瑞却回答了，一边笑，一边说：“谁知道呢？幸运的话，三四年？”

五年前，原本无碍的先天性心脏病爆发，三到四年的时间，心脏衰竭，她现在还活着本来就是奇迹了。幸运的话，也许能再撑几年。

人世间的会面如此匆忙，意外也许来得比明天更快。现在，俞绵绵能懂了，为什么庄越会说“你是我见过最不珍惜人生的人”了。

因为她懵懂，她蹉跎青春，不知所谓，跌跌撞撞。

登机时间到了，俞绵绵依旧很不安。庄瑞现在的状况，可以坐飞机吗？如果飞机上再出什么意外怎么办？她能跟谁商量？周薄暮吗？

不。

俞绵绵走在人群后面，想借机问庄越。可是，手臂却被拉了一把，是庄瑞。

“怎么了。”她挑起一个笑，一手勾了勾俞绵绵的脖颈。

俞绵绵没吭声，她却在一秒之内凑近，压低声音道：“我可以的。”

最英气的女人什么样？自信笃定，在职场上指点江山？不，俞绵绵觉得，是像庄瑞这样的，嘴角挂着不羁的笑意，跟她说，“相信我。”

鬼使神差地，俞绵绵信了她。

庄越看过来，狐疑地盯着突然要好的两个人：“你们在搞什么鬼？”

就连周薄暮也停下了脚步，略略挑眉，不动声色地看着勾肩搭背的两个人。

俞绵绵一时间慌了神，摇头如拨浪鼓：“没、没搞鬼……”

话音刚刚落下，以迅雷不及掩耳之势，庄瑞一脚踹了过去，笔直的长腿钉在了登机桥玻璃壁上，离庄越英俊的脸颊，呃，只差零点零一厘米。

庄瑞眉眼轻扬，狠狠道：“要你管？！”

一瞬间，周遭鸦雀无声。

三秒钟后，工作人员们回过神，一个个作鸟兽散。周薄暮习以为常，拉着俞绵绵的手就要走。唯独庄越，带着一脸讪讪的表情，往旁边挪了挪，再挪了挪。

周薄暮扫了他一眼，庄越摸摸鼻子，接着感慨：“这小眼神啧啧啧，其实跟女魔王挺配的。”

俞绵绵一愣，脑海里飞速地闪过什么片段，偏偏又被庄越插科打诨扰乱了。

“不然你跟女魔王组一个组合吧？横扫天下，一个靠踹死人不偿命的腿力，一个靠冻死人不罢休的小目光？其实我觉得……”庄越还在天马行空地幻想。

周薄暮幽幽道：“刚没踹够？”

闻言，庄越一秒恢复正常，抬头溜进了机舱。

俞绵绵脑袋里闪过什么，脱口而出：“我……我找庄少有点事！”

不等周薄暮回复，俞绵绵跟着跑进了机舱。

庄越刚坐下，眼前蓦然闪过一道人影，紧接着，俞绵绵坐到了旁边。

他低头，看了看手上的机票位置，再看了看俞绵绵的：没选错啊？

她跟周薄暮坐，秘书跟他坐。

可是，一抬眼，扫到自家秘书怯生生地坐到了窗户边，再一抬眼，周薄暮幽幽的、要杀人的目光，庄越一摸鼻子，嘀咕：“姑奶奶，你要害死我啊？”

俞绵绵没在乎其他人的目光，甚至没吭声。

庄越“嘿”了一声，眉头蹙起，忽而展颜戏谑：“讲真的，你该不会是看上我了吧？”

双手抱胸，庄越故作恐惧状道：“其实我还挺保守，挺纯情的……”

俞绵绵没缓过神，跟着“啊”了一声，表示疑问。

庄越笑眯眯道：“我习惯……”

他眼眸里闪过一丝光，压低声音道：“男人主动。”

俞绵绵皱眉，抬头直视着他似笑非笑的眼神，眼底有疑惑，也有哀伤，就在庄越笑意消散之际，她开口，道：“你骗我。”

庄越愣了愣，“什么？”

俞绵绵看了眼窗外，低低道，“骗子。”

十几分钟的时间里，两人都没有再说话。空姐提醒旅客扣好安全带、收好遮阳板，液晶屏幕里一遍遍回放逃生知识，周遭是嘈杂的、喧闹的，可是，于他们而言，像是被真空隔开了。良久，飞机直冲云霄。庄越靠上靠椅，故作轻松道：“我骗你什么了？”

她不知道。

庄越说：“俞绵绵，你知道吗？不是每个人都能像你一样幸运；不是每一个理想，都能美梦成真。”

那一个午后，在三万英尺的高空上，俞绵绵知道了庄瑞的理想——周薄暮。

庄越说，庄瑞从念书起就是第一，全校第一，全区第一，全市第一。直到遇见周薄暮，是周薄暮打破了她第一的神话。最开始，庄瑞想超越他；后来，她变得想让周薄暮注意她，他们针锋相对，争夺学校奖学金，争夺辩论赛输赢，庄瑞再没有赢过，却从心底里开始崇拜这个男人；再后来，周薄暮回国，她被检查出先天性心脏病，心脏一天天衰竭之下，她的理想，变成了与周薄暮合作。

庄越道：“庄瑞认为，只有天才与天才携手，才能缔造出设计界的神话。”

俞绵绵听后，手指一点点收紧，“还有呢？”

“还有？”庄越看过来，皱眉。

“嗯。”俞绵绵点头。她回想起不久之前，她去BN设计交图，遇见庄瑞和周薄暮独处，他在煎牛排，在布置晚餐，而庄瑞，百无聊赖，举着红酒看着他。

那一刻，庄瑞眼底也有光。

一个人的声音会说谎，文字会说谎，但是，她的眼神永远不会。

还有，庄瑞的病受不了刺激，那她在洗手间，受到了什么刺激呢。

只有一个解释，庄瑞看到了周薄暮吻她。

俞绵绵垂下眼睑，细碎的片段一一拼凑起来，她颤着声音说，“她喜欢他。”

闻言，庄越笑了起来，笑得坦荡，“所以你该知道，能得到周薄暮的爱，有多幸运了吧？”

毕竟，那么多人求而不得，那么多人，只可遥遥相望。

是高空气压在作祟吧？否则，她怎么会觉得喘不过气来。俞绵绵陷入座椅里，深深地呼吸，听着庄越低声道：“俞绵绵，我是真想讨厌你啊。”

从接近她，到将她拎到眼皮底下工作，从查她的个人资料，到吩咐底下人跟拍庄瑞和周薄暮，无一例外都是想毁了俞绵绵，还有，毁了她的爱情。

他是最早知道秦唐要离开的人啊，他出现得多么刻意，戏谑地问她：你爱的人和爱你的人，两人同时遇到危险，你救谁？早在那个时候，他就知道秦唐将不告而别；他也知道，周薄暮与庄瑞的绯闻即将炒上微博头条。

那个问题，是他在嘲讽她：一个是你爱的周薄暮，一个是爱你的秦唐，你能保全谁？

可是，却得到了最真心的回答。

俞绵绵说：救那个爱我的人，然后，与我爱的人一起，同生共死。

如果有得选，谁不想当一个好人。

但是，庄瑞没时间了啊……

在她的幸福面前，他的善良又算得了什么。

庄越叹气，无奈地笑，重复道：“我想讨厌你，可是，我做不到。”

一边，庄瑞告诫他不要轻举妄动；另一边，他无法对俞绵绵下手。这个女孩眼底的光太纯粹，纯粹到他想夺过来，让她每时每刻只看着自己，让她眼角的余光里，只有自己。

想到这里，庄越嘴角挑起微笑，“很失败吧？”

俞绵绵觉得震撼。上一个说讨厌她的人是小鲸鱼。她不知道啊，不知道自己遇到的人，一个两个，刀子嘴，豆腐心。

“为什么？”俞绵绵问。

庄越问空姐要了一杯威士忌，将另一杯递给她。

“俞绵绵，你是不是所有的事情都喜欢问到底？”他抿了一口酒，淡淡道。

俞绵绵握紧水晶杯，点头：“是。”

原本的嘲讽换来一句傻乎乎的肯定，庄越嘴角一扬：这种带着傻气的回答，他很久没听过了。

他嗤笑，道：“可能，是因为你白痴吧。”

俞绵绵的脸色黑了，原本忧伤的情绪一扫而空，怒目瞪他，庄越却看得笑弯了嘴角，“你知道吗？我第一次遇见你，不是在BN设计。”

俞绵绵惊讶了，被庄瑞打着进办公室，跟周薄暮负荆请罪的那次，她躲在盥洗室的那次，不是他们的初见。

庄越勾唇，慵懒地与她碰杯，“是在……”

“噌”的一声，水晶杯碰撞，金色的酒水倾斜，细密的泡沫溢出来。俞绵绵眼前投下一道黑影，紧接着，手上一空，酒杯被一只骨节分明的手夺了过去。

她诧异地抬头，面前，周薄暮手握水晶杯，风轻云淡地一口喝光。

瞬间，庄越额角突突直跳，扶额之际，周薄暮淡淡道：“她的酒，我喝了。”

“喂……”庄越不死心地出声。

“我家兔子不喝酒。”周薄暮顺手将酒杯放入托盘里，启唇，一字一顿，“你有意见吗？”

庄越没意见，嘴角一抽：要命，周薄暮腻歪起来，怎么这么幼稚。

身边两个人还在纠结，庄越自讨没趣，将目光移到了窗外，云层淡薄，依稀可见澄碧无垠的大海。忽而，他勾起嘴角，在心底道：笨蛋。

他们第一次见面，是在雪地里啊。

西街的雪地里。

只是，那时候她在犯困，秦唐在帮她撑伞，而他在一百三十二号洋楼里，恶趣味地狠狠关上了窗，任窗边的积雪落地，将她从梦中吓醒过来。

那时候庄越不知道，秦唐到底喜欢她什么。

可现在，庄越好像知道了。

柏林，德国的首都，同时是德国的政治、文化及经济中心。有巍峨的勃兰登堡门、雄伟的国会大厦等一系列世界杰出建筑，是俞绵绵心中当之无愧的艺术之都。她从十几岁开始，理想就是扑倒周薄暮，然后与他一道畅游柏林，畅游这座景致大奖的发源地。可是，真的到了柏林后，真的有机会与周薄暮手牵手漫步时，她退缩了。

离新一届景致大奖颁奖典礼还有几天，陈泽宇拉着新认识的洋妞轧马路去了，而她，居然窝在酒店客房里——躲着周薄暮。

浴室里雾气袅袅，俞绵绵坐在浴缸里，左手举着从行李里摸出来的兔子玩偶，右手举着狐狸玩偶，自己跟自己对话：

“狐狸先生，我不能见你呀，见了你我会心动的！”

“可是，兔子小姐，我们不是和好了吗？”

“问题是……问题是新麻烦又来了呀！”

“什么麻烦，我们不能一起解决吗？”

“我、我不知道她喜欢你呀……”

俞绵绵垂眸，低低道：“是啊，我不知道，她喜欢你。”

一边是庄越云淡风轻的声音：“能得到周薄暮的爱，你知道有多幸运吗？”另一边，是庄瑞深情的眼眸，是她藏也藏不了的爱意。

俞绵绵该怎么忽视呢。

怎么忽视在飞柏林的飞机上，学长戴着耳机闭目养神，是庄瑞，细心地调开干燥的暖气出风口；也是庄瑞，关上照明灯，替他盖上了毛毯。

世界上只有两件事无法掩藏，一件是咳嗽，还有一件，是眼底的爱。

洗完澡，俞绵绵坐在梳妆台前发着呆，镜子里的少女脸色苍白，嘴角都失去了些血色。

她一动不动地看着，最终，脑袋在桌沿上撞了撞：躲躲藏藏好些天，连阳光都没怎么晒到，怎么不憔悴啊？！

一连三天，俞绵绵都窝在酒店里。

最开始是装调整时差，后来是装困装忙，集体聚餐她不去，参观设计展她也不去，有周薄暮在的所有活动，她都选择避而远之，就差装个绝症卧病在床了。

可是现在，她饿了呀！

换的欧元都快用完了，一看酒店菜单，一个个看不懂名字的菜都贵到让她手指颤抖。

俞绵绵扫了眼周遭，一脸哀怨：为什么要住这么贵的酒店！穷奢极欲，纸醉金迷！

总不能饿到去求助庄越吧。

俞绵绵在房间里转了两个圈，五分钟后，视线停在楼下的派对上，她想到了一个办法。

当然，事后证明，这并不是一个好办法。

楼下花园里正在开一场派对，华美的裙裾与翩然的乐声很吸引人，一个个白皮肤黄头发的异国俊男美女很吸引人，觥筹交错与高谈阔论里隐隐的艺术调调也很吸引人。当然，对俞绵绵来说，最吸引人的，还是长桌上的烤肉和蛋糕！

上帝为你关上了一张门，一定会留下一扇窗！

俞绵绵迈着小碎步往桌边移，手指划过蕾丝花边勾勒的桌布，捞起一块蛋糕，心满意足地塞进嘴巴里——未免太好吃了吧！

眼底小星星绽放，俞绵绵一口接着一口地吞咽，然而，眼前却忽然伸过来一只手。

全世界静音了。

世界上最尴尬的事情是什么。

蹭场被发现，偷吃被抓包，今天晚上，这两样她都占全了。

看着面前英俊到哭泣的欧洲男人，俞绵绵心塞到一塌糊涂，余光却瞥到男人手指扬起。

“妈呀！你要干什么？！”俞绵绵火急火燎地倒退一步，身量不稳，眼看就要撞到桌子，手腕却在这瞬间被牵住，眼前闪过一道黑影，紧接着，俞绵绵被拉入一个熟悉的怀抱里。

熟悉？！

她抬起头，震惊地看着夜色中西装革履的周薄暮，“啊？！”

周薄暮目光淡漠，扫了眼一边年轻的欧洲男人，说了句地道柏林腔的德文。

男人颔首，深深地扫了俞绵绵一眼，走了。

俞绵绵小心脏扑腾直跳，脸蛋腾地一下红了，“他……他他……”

周薄暮眼眸一沉，心想，这家伙要是敢跟他讨论刚刚那个来搭讪的男人，那她死定了。

于是，他眼眸眯起，“嗯？”

俞绵绵心惊胆战，道：“他是不是要打我？”

周薄暮感觉到自己的脊背明显一僵，沉默三秒，道：“脑子是个好东西。”

“什么意思？”俞绵绵问。

“希望你有。”周薄暮答。

第十九章
嫁给他，嫁给他

他垂下了眼睫，低低道：“我以整个青春的名义，向你求婚。”

俞绵绵指尖颤抖，看着他打开手心：清晰的掌纹中央，安然躺着一颗贝壳纽扣！

她的心狠狠一颤，抬头看向他湛蓝色的衬衫以及……衬衫上缺失的第二颗纽扣！

耳际喧嚣一片，俞绵绵却觉得，无比静谧。

俞绵绵撇嘴之际，耳畔乐声响起，她腰身被搂紧。抬头，对上周薄暮沉沉的目光，俞绵绵嘴角抽了抽："学长……不会吧？"

大晚上，偷吃之后，跳舞？关键是，在别人的派对上跳舞？！

"为什么不会？"周薄暮目光淡漠，牵引着她的手，在悠扬曲调里转身。

就在这回转之际，俞绵绵看清了场边一个两个的人，那不是工作人员A？那不是工作人员B？那不是陈泽宇和他新撩的妹？所以说，这是他们的场子？！

庄越不是说，他们晚上有活动吗。

俞绵绵义正词严地拒绝了活动，如今，又亲自送上门来？！

苍天啊。

俞绵绵很想扶额，可是手腕被周薄暮亲密握住。

等等，她想起刚刚伸过来的那只手，俞绵绵下意识地转头，看向舞池边的欧洲男人。月光下，男人长身玉立，遥遥地举起水晶杯，嘴角勾勒出迷人的笑意——怎么着都不像要打她的样子呀！

该不会……

还来不及想明白，脑袋被强硬扳正。

周薄暮一手固定住她的身躯，低头，勾唇问："不怕他打过来，嗯？"

俞绵绵上当了，凑近，神神秘秘地问："他刚刚是真想打我哎？"

"是。"某人坦然撒谎。

"哎？这么凶的吗？"俞绵绵再瞥那人一眼，点头道，"哼，长得也不像好人。"

凶神恶煞？周薄暮眼眸跟着一瞥，那个男人不是什么路人甲，他是今年景致大奖的颁奖人之一，也是个声名鹊起的建筑师。上个星期，也不知道是谁，还感叹人家的图纸鬼斧神工呢；唔，不知道是谁，还夸作者栏里的小照片像英国王子呢。

他嘴角跟着一弯，凶就凶吧，关他屁事。

俞绵绵歪头，忽然道："可是，为什么呢？"

她不过是吃了几块蛋糕而已呀！

周薄暮低头，凑近道："可能，因为你白痴吧。"

“你——”俞绵绵抬脚就要踩过去，周薄暮眼疾手快地避开，顺着高昂的乐声，揽手带她转了一个圈，一套动作流畅非凡，最后，将人紧紧收入怀中，低低道：“小兔子。”

俞绵绵还在晕乎乎的状态中，“啊？”

周薄暮眉眼冷峻，启唇道：“为什么躲我？”

呃——

脸上的笑意瞬间消散，俞绵绵脑袋中一片空白，“呵、呵呵，有吗？”

有这么明显吗。

周薄暮单手控住她的腰，力道蓦然收紧，“你说呢？”

俞绵绵一听这冷冰冰的口吻就腿软，抬头对上他清冷的目光，更是不知道从哪里解释起。舞池里钢琴曲袅袅，一声一声将派对推至高潮，周遭人声鼎沸，绚烂灯光下，是一张张熟悉的脸。那么多人，她压根叫不来名字，那么多人，生机勃勃，青春洋溢。

看似玩世不恭，骨子里却比任何人都沉稳笃定的庄越；外表洒脱不羁，看生死如淡薄云霭的庄瑞；面临生活给的巨大苦难，他们依旧在笑，依旧举杯……

夜晚太迷醉，让人看不清他们的真心与实意。

俞绵绵觉得悲伤，她垂眸，低声道：“她喜欢你，我不信你不知道。”

笨拙如她都能察觉到的爱意，周薄暮不可能不知道。

可是，他做了什么呢。

他无动于衷。

俞绵绵觉得心惊胆战，如果换做她是庄瑞，能接受这样的冷遇吗。

她不知道啊！

就这样看了眼人群外举杯喝酒的庄瑞，俞绵绵心尖跟着一疼，她本来不就站在那样的位置上么？是她幸运，才能得到周薄暮的爱。

如果，得绝症的是自己呢？始终不被正眼一顾的人，是自己呢？

俞绵绵越想心越疼，腰身却跟着一紧。

周薄暮停下舞步，一动不动地凝视着她，说：“我喜欢你。”

声音不高不低，舞池里好几位男男女女都看了过来，就连庄越也疑惑地往他们这边扫了一眼。俞绵绵唯恐他刺激到庄瑞，下意识地踮脚捂住他的唇，“你小声一点啊！”

手心被撤开，周薄暮皱眉，声色如常：“我喜欢你，为什么要小声一点？”

俞绵绵心跳越来越快，急得眼泪都要掉了下来，“周薄暮！”

男人目光坦然，“在。”

俞绵绵一咬牙，一跺脚，低声道：“庄瑞生病了！她甚至没几年能活了！你知道吗……我眼睁睁地看着她发病，我什么都不能做……”

俞绵绵抬起目光，眼中波光潋滟，“我跟庄越一样，什么都不能做。”

这就是她这几天躲避周薄暮的原因，她痛苦，可她无能为力。

她那样喜欢庄瑞，尽管和庄瑞的生活没有太多的交集，没有太多对白，也没有丝毫相似之处。但是，她曾经那样羡慕庄瑞的洒脱，羡慕她的自信笃定，与她身上汇聚的欣羡的目光。

就在俞绵绵眼泪快落下来之际，周薄暮说：“我知道。”

她不可置信地抬头，男人眼眸微沉，说：“她的病，我知道。”

“那你还……”

“为什么不可以？”

太理所当然了！

俞绵绵的心口跟着一堵，指尖跟着颤抖起来。她能说什么？她要说什么呢？

惊讶地看着周薄暮，目光再扫过舞池边已经察觉异样的庄瑞，俞绵绵紧张起来，“我们现在不要聊这个了！”挣开周薄暮的禁锢，俞绵绵往舞池外走，却在转身的片刻，后背被拥住，温度太熟悉，力道也太熟悉，她心头狠狠一怔，嗓子跟着一哽。

耳畔，周薄暮低沉的声音传过来：“你躲我，是因为这个？”

俞绵绵咬唇，手指收紧，“她喜欢你喜欢到不行……”

而俞绵绵，却要眼睁睁看着这一切，她低头，她做不到。

“那又怎么样！”周薄暮收紧手臂，微凉的肌肤碰到她的，“我喜欢的是你！”

俞绵绵垂下目光，一点点分开他的手指，周薄暮敛眉，在片刻将人箍得更紧：“难道，我要因为别人，而停下喜欢你的脚步？”

他声音里的绝望与哑然，让俞绵绵原本裂开的心，瞬间破碎了。

不能这样！

俞绵绵拽紧手指，在心底告诉自己，不能再这样下去了！

抬头，用尽全力挣开周薄暮的手，俞绵绵跑出了舞池，穿过喧闹的人群，穿过鼎沸的人声，穿过迷离月色与觥筹交错。她始终低着头，眼泪终于抑制不住地夺眶而出。

俞绵绵没有一颗圣母心，她不会站在高处垂怜所有不幸的人。但是，如庄瑞，近在眼皮之下，她不能当作毫无察觉，也不能忽视庄瑞星星点点的爱意。

从前，她也唾弃韩剧里可怜巴巴的女主角，因为身患绝症的女配，眼睁睁地放弃了深爱的人。她也大声说：笨蛋呀，这是傻，不是成全！

直到今天，俞绵绵一步步离开热闹非凡的派对，她不确定这一刻，自己到底想做什么。俞绵绵思绪很乱，她又想逃避了，想把头埋进沙子里，不去听外面的世界，也不去看。

喉咙哽咽，俞绵绵深深地吸了一口气，手腕却蓦然被拽住——

力道蛮横，透露着丝丝强硬，不得不让她停下脚步。

回头，俞绵绵跟着愣了愣。

庄瑞面无表情，眼神冷淡，道：“那个白痴跟你说了什么？”

“什么？”

庄瑞握紧她的手，不耐烦地重复：“庄越，那个白痴跟你说了什么？”

俞绵绵心头一动，咬唇不语。庄瑞嘴角扯了扯，开口道：“俞绵绵，你是傻子吗？你到底还有没有脑筋？别人跟你说什么你就信什么吗？”

庄瑞顿了顿，皱眉道：“像你这样的智商，到底是怎么从C 大毕业的？”

俞绵绵吸了吸鼻子，沉吟道：“我……我还没有毕业。”

“你——”人生第一次，庄瑞体会到什么叫作对牛弹琴了，深吸一口气，她道，“俞绵绵，你给我听好了，你以为世界上的人都跟你一样吗？谁喜欢周薄暮了？五年前他就抢了我的奖学金，把我的追求者都给赶跑了，我喜欢他？我斯德哥尔摩综合征啊我？”

像是气到不行，庄瑞拽紧她的手，皱眉说：“也不知道你这样的学渣能不能明白，我的理想是缔造设计界的神话，跟——”

人群中，周薄暮无疑是耀眼的，万众瞩目，一步步走到俞绵绵身边。

纵使是到了今天，他身上的光芒依旧会让庄瑞惊叹。

就这样安静地看着，一秒，两秒，如同一生般漫长。庄瑞强迫自己移开视线，嘴角跷起些许弧度，不屑道：“跟你身边这个男人，无关。”

言之凿凿，再笃定也不过如此了。

俞绵绵被震住了，“可是……”

庄瑞挑唇冷笑：“我不要你同情我。”

“难道你以为爱情可以让来让去的么？俞绵绵，你未免太看不起爱了。”

俞绵绵睁大双眼，道：“我……没有。”

庄瑞笑起来，说：“那好。”松开手，目光挪到周薄暮身上，眼神交会之际，庄瑞淡漠地开口：“看好你们家白痴。”

周薄暮额角挑起，睨过还在状态外的某人，一把将人搂进怀里，“不劳费心。”

庄瑞不置可否地一笑，转身，目带杀气地看着泳池边目瞪口呆的庄越，“过来——”

庄越一步步后退，“有话好好说，好好说……”

“好啊。”庄瑞微笑，“从哪里说起？”

一看她笑了，庄越也跟着眯眼笑，插科打诨道：“从盘古开天地说起？从冯陈楚卫、周吴郑王说——”

“起”字没说完，庄瑞抬起大长腿，将人踹进了泳池里。

扑通一声，满场震惊。

庄瑞拍拍手，头也不回地——走了？

是真的走了，挥一挥衣袖，不带走一片云彩。

夜色依旧，灯红酒绿、纸醉金迷的派对继续进行着。俞绵绵被周薄暮拉走，远离了人群。

她小心脏怦怦直跳：这人压根没有一丝松开的意思呀！

那能怎么办？两人就这样在花园里傻走吗？

俞绵绵垂下脑袋，现在她应该觉得轻松是吧。最大的问题解决了。

可是，这件事算是解决了吗？

庄瑞的那番话，俞绵绵始终是将信将疑的。但是，现在她懂了，庄瑞不需要同情。那样高高在上的人，那样什么都不缺的人，自尊心不允许被人怜悯。

俞绵绵叹了口气，什么时候自己才会变得聪明一点。才能以对的方式，对人好。

可是，她忽略了，眼前最大的问题不是庄瑞，而是……周薄暮。

夜色中，男人薄唇紧抿，显然，怀揣着险些被踹掉的愠怒。俞绵绵却毫不知情，被拉着手，还在神游状态中，直到——

被狠狠推到墙边！

她吓了一大跳，来不及想清楚这是什么状况，周薄暮已经上前，俯身拦住了她的去路。

发生了什么？

俞绵绵一头雾水，周薄暮低头，声音发沉，“现在知道吓一跳了？”

俞绵绵这才发现，不知道什么时候，他们已经来到了房间门口，最要命的是这块地方，处于走廊尽头的转角处，一天十几个小时没人经过，更没有摄像头……

心跳得很快，俞绵绵愣住，忽然在想：她为什么要介意有没有摄像头。

一定是从前温泉会馆的电梯戏码……太热烈了！

回想起往事，俞绵绵耳尖一红，羞羞怯怯地又埋下头去，就是这一埋头，光洁的额头碰到了周薄暮硬挺的胸膛，他跟着倒吸一口凉气，故作冷硬道：“说话。”

字里行间的凉意让俞绵绵身子骨一抖，紧要关头，她决定装傻。

“啊？”

周薄暮完全不吃她这套，抬起她的下颌，吐出两个字：“解释。”

他可是周薄暮，一次次被踹掉，颜面何存。

并且，吃干抹净不认账就算了，这家伙——

吃也没吃！

想到这里，他气得磨牙，“俞绵绵，我再给你一次机会！解、释！”

一字一顿，让俞绵绵脸上单纯美好的表情破裂，她咂咂嘴，开口道：“我也不想的嘛！再说，我、我不是要放弃你呀！”

她不是要放弃周薄暮，更不是要将他拱手相让，她只是……反射弧太长，脑筋也太笨，在想到更好的办法之前，不知道该怎么办……

谁规定，女主角一定要聪明伶俐呢。

因为怀揣善意，才会踌躇；因为粗笨，才没有找到最好的解决方式。

俞绵绵又想叹气了，低低道：“我害怕，怕她出什么意外。因为我……学长，当你的女朋友，有很多很多人介意的呀……”

有很多很多人，把他们的不相配看在眼里。

俞绵绵埋下了头，所以，她不会看到，周薄暮喉结上下滑动，一句话滚到了嘴边，咽了回去……

几秒钟后，他再度启唇：“不是女朋友。”

“啊？”

周薄暮重复道：“不要再当女朋友了。”

俞绵绵惊讶地抬起头，对上周薄暮闪烁的目光，他干咳一声，说：“嫁给我。”

砰——

窗外有人放烟花吗。

俞绵绵想抬头看一看，但是，她丝毫也移不动目光，满脑子，满心都回荡着周薄暮的声音。他说，“俞绵绵，嫁给我。”

没有观众，没有鲜花，甚至，没有准备戒指。

周薄暮抱住她，双臂有些发抖，该怎么去形容几分钟之前的恐惧呢。

他怕失去她。穷尽毕生的词汇，周薄暮觉得他还是无法描绘。

那是他人生中唯一恐惧的时刻，没有之一。

这一秒，后怕涌上心头，他垂下了眼睫，低低道：“以整个青春的名义，以漫漫七年时光的名义，向你求婚。”

俞绵绵指尖颤抖，看着他打开手心——

清晰的掌纹中央，安然躺着一颗贝壳纽扣！

她的心狠狠一颤，抬头看向他湛蓝色的衬衫以及……衬衫上缺失的第二颗纽扣！

耳际喧嚣一片，俞绵绵却觉得，无比静谧。

他们站的这个角落，寂静到只能听到她和他的心跳。

大地无声，世界无声，最想说的话往往无声，最深的爱意往往是犹豫，是迟疑，是几经辗转难以言说，是话到嘴边不知从何说起。

周薄暮哑着嗓子道："你不说话，我当你答应了。"

"我——"

没有说话的机会，周薄暮敛眉，吻密密匝匝地落了下来。从未有过的温柔，几经辗转，磨成了从未有过的狂野，一点一滴，深入她的骨髓。热烫的肌肤相贴，俞绵绵闭上眼，她觉得自己又开始缺氧了，柔软的娇躯无枝可依，只能攀住他的脖颈。就是这个姿势，曲线玲珑，尽收某人眼底。

周薄暮眼眸一黯，俯身，一口咬住她细腻温润的耳垂；另一只手沿着她脊背下滑，摩挲在柔软的腰身上，若有似无地划过衣摆，沿着滑腻肌肤探入——

"小兔子……"

俞绵绵脑袋一片空白，在他一重一重的攻略下，只能低低地嘤咛："嗯——"

周薄暮指尖一僵，低声笑起来，"中期答辩结束了……"

"啊——"俞绵绵懵懂地回应。

"嗯。"他低眉，哑声道，"四舍五入，可以假装你毕业了么？"

"轰——"

反应过来后，俞绵绵的脸颊腾地一下烧起来，"我、我……"

他邪魅一笑，如同贪婪的兽，舌尖邪肆地掠过她柔滑的耳郭，不给她半分思考的机会。

俞绵绵整个身子跟着狠狠一颤，喉咙跟着逸出一丝呻吟，偏偏，周薄暮坏心眼地加重了力道，靠近她耳边，低低地喘息……

这声音很要人命的呀！

俞绵绵脊背都泛起了细密的疙瘩，偏偏周薄暮还不肯放过她，哑着嗓子道："钥匙。"

钥匙？

房间钥匙！

她下意识地在身上翻找，左边口袋没有，右边口袋也没有，急得快哭了之际，手腕被周薄暮覆住，他低头，道，"去我那里……"

热气袭上耳际，俞绵绵狠狠一颤，电光火石间，脑海里想起一件事……

妈呀！

就是这一想，整个人陡然清醒了，在钱夹下摸出了钥匙，但是，却笑得比哭还难看："我……大姨妈来了……"

说完，不敢看某人的脸色，一咬牙、一跺脚溜进了房间。

靠在门后，俞绵绵大口喘气，真是要人命呀！

她将脑袋在墙壁上撞了撞，周薄暮，磨人的小妖精！

一溜烟冲到洗手池前，俞绵绵对着镜子拍了拍红彤彤的脸颊，等到好不容易呼吸平稳了，再回到房间里，手机震动了。

低头，手指划过屏幕，"咚——"

镜面手机应声落地，俞绵绵嘴角的笑意僵住，脚下一个趔趄，沿着墙壁滑在地上。

亮起的屏幕上，是一封邮件，内容精简：老爷子刚去了，消息已封锁。

发件人：楼思危。

再也不必于深夜惧怕，再也不必颤巍巍地等待，该来的终于来了。

那一夜，俞绵绵在房间里坐了四十分钟。夜晚太黑，只有淡薄的月光照进来，落在她身上，更显清凉。为数不多的关于楼善文的记忆从脑海里闪过——

那是她的外公呀！

在楼思危一桩桩、一件件的陷害下，怀疑她纵火烧主宅的、指责她不孝不顺的、将她遣送回国、害她不见天日的，是她的亲外公！

可是，多年前将她推上秋千架的，将她抱在膝上讲故事的，也是他。

也许，世人就没有好坏之分？好人也作恶，恶人也行善？

俞绵绵心口剧烈地震动着，她幻想过这天无数次，却一直不知道，自己能做出怎样的抉择。心口像被火烧般难受，出门，她走在寒风里，重新回到已经散了派对的花园里，捞起桌上来不及撤走的红酒，一口接着一口地喝下去。

只有酒意能让她麻痹，只有酒精能驱赶脑海里不停闪现的画面——

俞绵绵沿着梧桐树坐下，看着已读的邮件，歇斯底里地尖叫起来。

“哗”，眼前一阵水响，她猛地收声，震惊地看着泳池里冒出一个黑影。就在俞绵绵濒临逃跑之际，黑影游到岸边，双手攀住泳池边缘，一跃上了岸。

俞绵绵回过神，尖叫不已，对方不耐烦地出声了：“STOP！”

“庄、庄、庄……越？”俞绵绵声线颤抖。

庄越停在她跟前，弯腰、歪头，声音里讽意不减：“是、是、是……你老板我。”

“啪——”

俞绵绵一掌拍了过去，在愤怒的惨叫声里，她摸了摸狂跳的心脏，“吓死我了！”

俞绵绵觉得，庄越有病。

正常人被踢下泳池，划拉两下就爬起来了，可他，顺带在水里游了七八个来回，中间还喝了几口小酒，打了几局手机游戏。用他自己的话来说，是“在哪里跌倒就在哪里躺下”。

俞绵绵想说，正常人不带你这样的，后来转念一想，又觉得不对，正常人压根就不会被踹下泳池。

扶住额头，俞绵绵抿了一口红酒，庄越眉头扬了扬，小狗一样裹着大毛巾在她身边坐下来，“哟，怎么了？”顺手还将她手里的红酒抢了。

“没怎么。”她说。

“没怎么是怎么？”他不要脸地凑过来问。

俞绵绵瞪他一眼，转过脸来，听到他怔怔道：“你、你怎么哭了？”

一摸脸颊，触到一片湿润，俞绵绵才发现自己是真的哭了。

哭什么呢？

她垂眸道：“我外公死了，就在刚刚。”

声音落下的同时，庄越心头猛地一跳，楼善文？！

俞绵绵的资料他倒背如流，自然知道楼善文与她的关系。那位瑞士大财阀当家人，楼善文去世了。他深吸一口气，华人商圈将掀起一场腥风血雨，指不定欧洲的股市都快动荡了。

内心掀起巨大的震惊，表面上，他却是不动声色，“要不然，肩膀借你靠一下？”

原本只想让她轻松一些，他说出口，嘴角微微扬起，身前却蓦然一暖。

庄越愣住，看着靠在肩膀上的人，一时间手也不知道该放在哪里，“小野猫……”

庄越回过神，手臂依旧停在空中，好久才讷讷道：“不、不管怎样，我都、都支持你。”

“好。”她沉声道。

“所以？”庄越不明所以。

俞绵绵吸气，再吐气，说：“就这样吧。”

就这样，她吹了凉风，喝了红酒，在酒店里坐了一夜，终于，做了人生中最重要的决定。

次日，苏黎世机场。

男子斜倚在加长林肯边，整齐地穿着三件套西装，眉眼犀利，在一众高鼻梁、五官出挑的欧洲人面前丝毫不显逊色，引得过往男女频频偷看。

所有人都在猜他在等谁。他们的目光随着他一同落在航站楼门口，直到一道娇小身影走出来，人们诧异地发现，原本眉眼淡薄的男子忽而勾起了嘴角，亦正亦邪，撩人非凡。

而他，目光里却只有她。

俞绵绵背着双肩膀走出航站楼时，朝阳初升，迎面照来，她踩在细碎的阳光上，因为刺眼挡住了视线，五指之后，却依稀看到有人走近——

她停下脚步，呼吸猛地一窒。

男子却已然走近，握起她的手，俯身一吻：“哈喽，我亲爱的妹妹。”

俞绵绵怎么也没想到，楼思危会等在苏黎世机场。她当然也不知道，柏林飞苏黎世，一个多小时的航程尽在他掌控之中。在他眼皮底下，她不可能偷偷入境，更不可能像她期待的那样，偷偷出席丧礼。

俞绵绵抽回手，面无表情地说：“你在这里干什么？”

闻言，楼思危笑了：“接你。”

可是，要接她干什么。

共叙兄妹之情？她不信。最开始楼思危出现在洛城，就是为了把她带回苏黎世，那时候他与楼善文达成协议，带她回来才能继承所有财产，可现在人都已经不在了，他来做什么。

“那你呢？”楼思危眯眼，“你来做什么？”

俞绵绵仰头，无所畏惧地看过去，冷冷道：“闲逛。”

说完，抬脚就要走。

手臂蓦然被扼住，楼思危“啧”了一声，“我可不是他们，有那么好的耐心。”

他们？周薄暮和秦唐？俞绵绵陡然想起这两个人。

她心跳迅速，来不及回神便被塞进了林肯车里。

俞绵绵一阵低呼，楼思危嫌恶地擦手，长腿一迈坐进了后座，“闭嘴！”

他举起一杯威士忌，随口道：“否则，把你扔到欧柏湖里冻死。”

字里行间冷酷依旧，俞绵绵不禁打了个寒战。欧柏湖她在地理课上学过，苏黎世著名湖泊，最深处水深一百多米，不是开玩笑的，而这个男人……

她掐紧手指，想：谁知道这个变态是不是真会这么干呀！

楼思危很满意她的安静，吩咐司机开车。

林肯滑过机场巨大的电子荧幕，恰巧，俞绵绵移开了眼，所以，自然没见到景致大奖颁奖现场一片混乱，建筑大奖揭晓后，迟迟无人上台领奖。

获奖者去哪里了？没人知道。

车厢里压抑极了，俞绵绵几次想摸出手机，动作都停了下来：报警？别开玩笑了！打给周薄暮？这个点他在景致大奖的颁奖典礼上呀！庄越？不行！不行！她是装病缺席的颁奖典礼，庄越还得帮她圆谎啊！除此之外，还能打给谁？

俞绵绵呼出一口气，试图降下车窗，却在楼思危的一个眼神之下，老老实实地停手。

“怕我？”他笑着问。

俞绵绵抿唇，良久，嘀咕道：“怕你妹啊。”

楼思危听见了，幽幽地抬起视线，俞绵绵跟着一瑟缩，下意识就抱头退后。不是她动作夸张，而是，再夸张的行径，他也不是没干过呀！

当年，是谁将她反折在办公桌上，又是谁将浑身冰凉的她扔在温泉会馆门口……

俞绵绵一撇嘴，楼思危愣了一秒，旋即畅快地笑了起来。

俞绵绵捂脸，是真的丢脸呀，也是真的惊悚。

那时候她不知道，还有更惊悚的在后头——

半个小时后，林肯车停在一座……机场？！

俞绵绵震惊地看着眼前的飞机跑道，好久不见楼思危是智商退化了吗。坐了这么久的车，他们居然从一个机场到了另一个机场！而且，这地方很奇怪啊！俞绵绵狐疑地看着跑道边金发碧眼的辣妹们，还有她们身后的红酒、香槟和点心——

大冬天的野炊呢。

终于，她问出了口：“我们不是要去参加丧礼吗？”

楼思危睨她一眼，问：“谁告诉你我们要去参加丧礼？”

俞绵绵：“？”

顺着他的目光往天上一看，一架轻型飞机盘旋于天际，不过几秒之后，机头陡然调转，俞绵绵看得心惊胆战，屏息之际，飞机爬升在空中一连翻了两个筋斗！要不要这么酷？！

身边爆发出雀跃的呼声。俞绵绵看着兴奋到爆的异国美人们，又看了看身边无动于衷的楼思危——

他收回目光，点评道：“大坡度盘旋，专业。”

噎了半天，俞绵绵问：“所以，我们是来看飞行表演的？”

“不，”楼思危转了转戒指，笑起来，“我们是来送礼的。”

俞绵绵将信将疑，思考间，轻型飞机做完一系列表演温柔落地。

楼思危淡淡道：“毕竟，拿了这么多钱，不还点礼说不过去。”

俞绵绵一头雾水，这家伙在说什么呀。

她下意识地朝飞机看去……

微风扬起，湛蓝色飞机仍在滑行，驾驶舱内的男子却已经跃到了机翼上，遥遥地冲着一行金发碧眼的辣妹们飞来一吻。霎时间，三五个女人一起拥了上去，香槟大开，泡沫四溢。

男子将护目镜丢给了工作人员，慵懒地揽住身边的女人，低低地说了句什么。

俞绵绵怔住，往前走了一步，这才看清楚被身量高挑的辣妹们挡住的东方少女。少女倔强地昂头，看着玩世不恭的男人，大声道：“你根本就不喜欢她们！你不是这种人！”

男子邪气一笑，手指划到辣妹腰上，柔柔地拧了一把，吐气道：“你告诉她，我是不是？”

一时间，起哄不断。

少女咬住唇，眼底泪花泛滥，男子却看得笑了起来：“我跟你说过，不要喜欢我。”

他移开目光，似是自言自语：“我啊，本来就是这样的。”

少女哽咽着跑了，男子的嘴角仍挂着不羁的浅笑，将香槟一口喝尽，拥住另一个娇笑的女人……

左拥右抱不过如此了，惊悚震撼真的……也不过如此了。

俞绵绵看着远去的少女，干涩的喉咙里吐出几个字：“小、小鲸鱼……”

从月光工作室辞职的小鲸鱼，居然到了苏黎世！

俞绵绵仍在震惊状态中，惊叹声极低，男子却忽然顿下脚步，目光锋利地扫过来，四目相对，眼底忽然闪过欣喜与震撼。像是慌乱般，他松开怀里的人，冲到她面前。

想过无数次重逢，然而这一次，他喉咙哽咽着，说：“俞绵绵。”

俞绵绵的手心发抖，看着他身边的香槟红酒，看着那些姿色各异的美人们……

原来，这就是他失踪的理由！原来，这就是他一次次不告而别的原因！

她直视他的目光：“秦唐。”

俞绵绵听到自己冰冷的声音，说：“不如不见。”

伸出的手顿在半空中，秦唐默默收紧了手指，久别重逢，却只有一句不如不见！

他忽地勾唇，自嘲地笑了。

空旷的停机坪里，所有人都见到了那样夺人心魄的笑。

所有人都静默了。

俞绵绵转身，经过楼思危面前时，停下了脚步：“这就是你想让我看到的？”

楼思危视线与秦唐对上，双手作投降状，“我只负责提供惊喜，是你自己作成了惊吓。”

楼思危眯眼一笑，道：“送礼失败。”

他说的送礼，送的就是她。

秦唐是他叫来欧洲的，因为要帮他夺回楼家，而现在，继承权他拿到了，顺手做了个人情送出去，谁知道会有这桩意外。什么时候赶走那头鲸鱼不好，偏偏挑今天。

楼思危走过去，拍了拍秦唐的肩膀，“啧，自求多福。”

这话安慰不到秦唐，眼见着俞绵绵往机场外走，秦唐横了看好戏的某人一眼，抬脚就往外追，临到玻璃门前，他拽住俞绵绵手腕，“等等！”

挣脱不了，她瞪过来，“你给我放开！”

俞绵绵没想到，小鲸鱼都追秦唐追到了瑞士，说辞职就辞职，说走就走，而他居然带了一群辣妹喝酒玩飞机，她快气死了！

想到这里，俞绵绵跺脚道：“渣男！”

一言既出，秦唐眼眸一眯，“哦，我渣男——你这么介意做什么？”

俞绵绵一顿，她、她哪有介意了。

秦唐挑眉道：“就因为我气走了小鲸鱼？”

“是！”她想也不想地点头。

手腕上的力道蓦然被收紧，秦唐忽而扬起嘴角，邪气道：“我不信。”

上前一步，将她逼到玻璃门边，他笑如春风，哑声道：“你理所当然的样子，我偏偏就不信。”

轰——

她忽然有些热，急匆匆地撇开眼，“你给我让开！”

秦唐真的让开了，站在原地，嘴角挂着翩然浅笑。

很久之后，俞绵绵都记得这样一个笑意，如春风化雨，千种风情尽在眼角眉梢。

然而，俞绵绵却觉得瘆得慌。

为什么？

你一直面对一个这样夺目的男人试试。

私人飞机里，俞绵绵扶额，她为什么要跟楼思危一起回主宅。

回就回，秦唐为什么要跟着？

抬头，对上秦唐明亮的眼眸，她弱弱地移开视线：记忆里，主宅离苏黎世机场也没有远到需要坐飞机吧……

有钱人八成都有病！

夜晚，俞绵绵站在楼宅宽广的房间里，觉得这一切如梦一场。

她又回到了这所房子里，离开十几年，那些记忆——从前被放在秋千上，从前被外公疼爱，一直到被污蔑，被赶出这所房子的记忆……历历在目。

俞绵绵走出房间，靠在墙边深吸一口气。

白天，楼思危告诉她，楼善文辞世的消息会在凌晨公布，丧礼就在明天。

当时她是震惊的，带着自己也说不上来的惧怕，是秦唐上前一步，状似不经意道：“那我住哪里？二楼第四间房？行，那我去洗澡了。”

一句话轻描淡写，让俞绵绵蓦然抬起头来。

二楼第四间房，就在她房间对面！

他知道她害怕！

他知道她对这所房子的恐惧！

俞绵绵看向秦唐，而他，只是挑唇一笑，恍若不在意："困死了。"

而现在，俞绵绵靠在走廊上，一墙之隔，秦唐就在里边。

她有太多的问题了，白天都被一一忽视：秦唐为什么会在苏黎世，为什么会跟楼思危这样熟稔？为什么能自由出入楼宅？

他什么时候来的欧洲？

还是说，消失的那段时间，他一直就在这里？

俞绵绵停在他门前，几经犹豫，终于垂下头，转身回到了自己房里。

三秒之后，对面房间的大门被打开，男子身影颀长，手指扣在门把手上，垂下了眼睑——

傻瓜。

他低低道："傻瓜，晚安。"

他知道，明天在丧礼上，还有一场硬仗。至于他们的问题，来日方长。

那时候，秦唐也不知道后来的事情；他不知道，在楼善文丧礼上会有变数。

次日，吊唁厅外，林肯车厢里。

秦唐安静地交代，她只需要安静地出席，鞠躬敬礼即可，不需要参加后续的活动。如果有媒体提问，她一概不需要回答。临末递给她黑色头纱。

按照秦唐和楼思危的意思，她是不需要露脸的。

俞绵绵一声不吭地戴上头纱，这才下了车。虽然有保镖护场，但是，铺天盖地的媒体记者还是把她吓了一跳。在保镖的护送下，俞绵绵亦步亦趋地走着，却还是回头看了林肯后座一眼。她看不清，但她知道，他就在那里。

像昨晚在走道里一般，俞绵绵安心了，呼出一口气，扭头迈上台阶。

意外就是这瞬间发生的，寒风扬起黑纱，记者们一拥而上，架着长枪短炮对准她。密密麻麻的快门声中，俞绵绵慌了神，眨眼间，她的身体蓦然一歪、被扯进一个怀抱里——

强势的温度将她包裹起来，俞绵绵蓦然抬起头，却被身前的人再度按入怀里。

男人眉眼如锋，呼吸微沉，抬手为她整理好头纱，朝着众多媒体记者说了句什么。

俞绵绵听到了，是法文。瑞士的官方语言，法语。

她听不懂意思，但是，这声音……

第二十章
雪落到白首

周薄暮磨牙，正要将醉醺醺的某人带走，身后响起秦唐的声音：“等等。”

“怎么？”周薄暮停下脚步，冷笑，“需要打架么？”

第一次，周薄暮企图以暴力解决问题。简单、迅速。事关俞绵绵，他不想再耽搁。

“你不觉得，应该给她一个机会吗？”秦唐目光微凉，“周薄暮，你欠她一个选择的机会。”

不可置信地睁大眼，俞绵绵整个人怔住，“你怎么在这里？！”

这男人不是应该在柏林？！

景致大奖颁奖典礼不是一共三天，这个时间段，他不是应该抽不开身？！

周薄暮靠近她耳边，低声道：“因为你在这里。”

没有航班了，他开车来的，中途撞了车，所以才耽搁到现在。

周薄暮低低地呼吸，道：“好在，还是来得及。”

是啊，来得及，跟她一道吊唁，跟她一道出席丧礼。

后来啊，俞绵绵站在人群里，在墓地上放上一朵白花。刚好在周薄暮跟人握手说话的工夫，眼前忽然窜上一道人影。她吓一跳，发现是小鲸鱼，这才松一口气。

四目相对，小鲸鱼开口：“有时候我觉得，世界上有两个秦唐。”

俞绵绵一愣，“什么意思。”

阳光下，小鲸鱼笑得明媚，说：“一个在你面前，一个在我面前。”

说完，她朝俞绵绵身后看去，绿草地上，秦唐就站在那里，目光时时刻刻停在俞绵绵身上，温柔的，眷恋的，深情的。她渴望的所有目光，秦唐都给了这个女孩子。

俞绵绵沉默了，小鲸鱼却开了口：“辞职之后，我跟在他身后来了苏黎世。”她顿了顿，接着道说：“很傻么？”

“没有，我只是……只是太惊讶。”

小鲸鱼笑起来，说：“你也有喜欢的人，你知道的，这样的勇敢不值得让人惊叹，而是——理所当然。”

什么一腔孤勇地跟在一个人身后，什么默默奉献、傻傻追求，那都是理所应当。而，真正放弃他，放弃那个心尖上的人才是天方夜谭。

多难啊，她放弃不了，她做不到！

小鲸鱼移开眼，说：“三天后，我回国了。”

“那……秦唐呢？”

“不知道。”小鲸鱼一动不动地看着她，说，“也许，该告别了吧。”

两人有些无话可说的意思，可俞绵绵却分明记得，不久之前，她们是朋友。

曾经无话不说，现在，无话可说。

俞绵绵垂下了眼睑，小鲸鱼却停下了脚步，扫了不远处的周薄暮一眼，说："俞绵绵，别耽误太久。"

"什么？"

"你的选择——别耽误太久。"

这样的话，李小疯说过，小鲸鱼说过。

夜晚，卧室里，她掐紧手心，觉得不安。秦唐住在对面，而周薄暮，放下酒店不住，也大咧咧地住进了楼宅。甚至，傍晚时分，连庄越也风尘仆仆地赶了来。

按庄越的话来说是："景致大奖有什么意思，我来苏黎世见证一个时代的变迁了。"

楼思危掌控楼家，于苏黎世或是整个瑞士而言，的确是一个时代的变迁，他用词毫不夸张。俞绵绵却觉得头疼至极，就这样，三个男人，霸占了一层楼，还偏偏都在她房间左右。

俞绵绵总觉得，楼思危这么安排是故意的。

俞绵绵越想越不安，在露台上坐了会儿，又在房间里跑了几圈，最后，打开壁柜选了瓶酒，咕噜咕噜地喝了几口——

所以，才有了后来这一幕：

走道里，俞绵绵将门拍得震天响："开门！给老娘开门！"

几秒钟后，房门是真的被打开了。秦唐站在门口，从上到下地看了一眼喝得醉醺醺的人，问："小绵绵？"

俞绵绵无知无觉，手指还在敲，却刚好被他攫住。

"怎、么、了？"秦唐眉眼一眯，眼神掠过俞绵绵，看了眼她身后站着的男人。

庄越怔了怔，"我没有！不关我的事！"

天地良心，是真的不关他的事。

俞绵绵敲了这么久的门，是个人都该被吵醒了吧。而他只是出来看了一眼……

秦唐似乎信了，目光收回来，声音低了一个度，柔声道：“小绵绵，怎么了？”

俞绵绵睁开眼，蓦然抱住他腰身：“不要走！”

动作太突然，在场的两个男人都怔住了。

秦唐心头蓦然一跳：“我、我不走。”

俞绵绵抬起头，“那你……为什么要消失啊……”

她有一肚子问题要问，却只到夜晚，才能问出口。

这才是她喝酒的原因，最开始是焦躁不安，后来那么渴望水落石出，那么渴望明明白白、坦坦荡荡。

俞绵绵不愿意欠人，纵使他真的是为了她来苏黎世，纵使她不得不欠。

眼泪涌出来，她抽泣道：“说话啊！”

俞绵绵直起身子，摇摇晃晃，靠着墙才勉强站稳：“为什么离开洛城，为什么出现在苏黎世？为什么啊……”

“因为……”秦唐启唇，余光里一只手臂伸过来，将身前的人捞走。

周薄暮？！

秦唐眼眸一敛，目光笔直地跟人对上。

“不好意思。”周薄暮扫了一眼当下的状况，冷淡道，“打扰了。”

说完，揽住俞绵绵往房间里带。他怎么知道，就洗一个澡的工夫，这只兔子能闹出这么大的动静来。气极，牙根都在发痒，偏偏一眼瞪过去，俞绵绵还在抽泣。

哭什么？有什么好哭的！

俞绵绵却忽然止住了泪，出声道：“周薄暮！”

闻言，周薄暮呼吸一顿，“嗯？”

俞绵绵指着他，道：“正好！我也要找周薄暮……”

说完，她几步冲到他房门前，咚咚敲了起来：“周薄暮，你开门啊……”

身旁，围观全程的庄越目瞪口呆，看着她的小拳头“砰砰砰”地砸向房门。终于，庄越回过神，捂住了眼睛：有毒啊，周薄暮不就在眼前？

真是……丢脸啊！

周薄暮手指抱住她的拳头，他还没追究她不告而别的事情！如果不是庄越说漏嘴，他现在还在景致大奖上！他还不知道她已经到了苏黎世！

暗自磨了磨牙，周薄暮正要将人带走，身后忽然响起秦唐的声音：“等一下。”

等？

周薄暮眉眼一冷：“怎么？”他停下脚步，冷笑，“需要打架么？”

史上第一次，周薄暮企图以暴力解决问题。

简单、迅速。因为事关俞绵绵，他一分一秒也不想再耽搁。

转身，秦唐目光微凉，“你不觉得，应该给她一个机会吗？”

周薄暮脚步一僵，目光沉沉地看过去。

秦唐说了什么？

他说，“周薄暮，你欠她一个选择的机会。”

第二天，俞绵绵是头疼着醒来的。

走出房门时，走廊里一片寂静，俞绵绵转角，被靠在墙边的人影吓了一跳。

庄越看过来，啧啧两声：“厉害！厉害！”

俞绵绵怔了整整十秒钟，然后回过神来，尖叫一声，重新跑回了房间。

将脑袋埋进被子里后，她完全想起了昨晚发生了什么……

俞绵绵脑袋在枕头上撞了撞，身后，庄越的声音淡定至极：“枕头又撞不死人。”

俞绵绵回头瞪他一眼，庄越笑眯眯道：“不然换个地方试试？”

他指向自己胸口，“撞我怀里来？”

俞绵绵老早就习惯了他玩世不恭的调调，扔了枕头过去，然后悄咪咪地朝门口睨了一眼：“为什么外面这么安静？”

“哦，”庄越顺口道：“秦唐出去了。”

俞绵绵点点头，庄越又道：“周薄暮也出去了。”

俞绵绵坐在床上，顿感松了一大口气，然后，庄越挑起不羁的笑，愉悦地道：“他们一起出去的。”

生平第一次，俞绵绵控制不住地想骂人：“我靠！”

她腾地一下跳下床：“你不早说！”

越过庄越，她停下脚步，又折了回来，问：“他们去哪里了？什么时候走的？去干什么？”

急死了！

偏偏庄越慢悠悠地，启唇道：“滑雪场。”

俞绵绵：“？”

庄越伸了个懒腰，说：“谁知道干什么呢，也许，决斗吧？”

决斗……

古欧洲，两个男人如果同时喜欢一个女人，会用决斗来定输赢。虽然传闻摆在这里，但是，俞绵绵不信啊！周薄暮和秦唐，一个冷漠，一个傲娇，怎么可能在滑雪场决斗？还是为她决斗，别逗了好吗？

俞绵绵强忍住一脚踹到庄越身上的冲动，深吸一口气道：“不可能。”

庄越摸了摸下巴，说：“我也是这么想的。”

忽而，他灿然一笑，道：“可是，Charles 说，世界上没有不可能。”

Charles Lou！

楼思危！

俞绵绵手指哆嗦起来，怎么哪里都有他！

有了这家伙掺和一脚……

俞绵绵不敢想！！

因为有阿尔卑斯山，瑞士成了全球知名的滑雪天堂。而苏黎世就位于山北面，坐拥湖光山色，离皑皑白雪只有一步之遥，是滑雪家们汇聚的旅游胜地。

年初，楼思危在仙女峰建了一座私人滑雪场，海拔超过四千米，雪道总长超过三百五十公里，无论怎么看，都是专业级别的——

庄越说这些的时候，俞绵绵横看了他一眼：“你怎么知道？”

“你觉得，我有什么会不知道么？”他懒洋洋道。

俞绵绵忽地想起，在柏林喝酒的那夜，她只是说了外公去世了，是他脑补完了整出故事，然后拍着她的肩膀说：“那你偷偷去苏黎世，我帮你断后？”

那会儿俞绵绵很诧异；现在，她只是撇嘴，默不作声地下了车。

真的到了滑雪场，她还是被眼前的场景震撼到了：山峰与林地银装素裹，一眼看去，白雪皑皑了无尽头，太空旷，无垠雪地也太温柔。偏偏如此美景里，三道身影从山峰上滑下，如风般迅速，似雪般肆意。

俞绵绵看得呆了：周薄暮！秦唐！楼思危！

三个人身量颀长，自雪峰上一跃而起，沿着高难度黑线滑道一行而下，穿过林地，穿过雪原，矫健如豹却又优美如蝶！真正的盛世风光也不过如此啊！

俞绵绵无法言说心上的震撼，这三个人一起，摆明就是技巧满分、颜值爆表呀！

雪地里，庄越双手插兜，遥遥地看过去，啧了一声：“谁还不会滑似的，起什么劲呀。”

俞绵绵翻了个白眼，弱弱道：“我不会……”

庄越嘴角抽了抽，干咳一声：“继续围观，继续……”

三人越来越近，楼思危率先注意到他们，两指并拢桀骜至极地比了个手势。

明明是耍帅，俞绵绵却看得心潮澎湃——她怎么觉得，这一刻的楼思危没那么讨厌了？

果然，颜值会给一个人加分，加很多很多分！

几秒钟内，周薄暮与秦唐也看了过来。两道灼热的目光下，俞绵绵下意识地退了一步：她忽然在想，自己是不是来错了。

毕竟，这两个家伙完全没有决斗的趋势呀！

一分钟后，俞绵绵断定，自己真的来错了。因为周薄暮和秦唐两两停在她跟前，同时扫了眼庄越一眼，一个眼眸微凉，一个嘴角抿起：“这么巧？”

庄越一边整理装备，一边答：“嗯哼，带我们家小职员来滑雪。”

俞绵绵眼角一抽，所以说她又被骗了。什么决斗，明明是庄越自己想来滑雪！

秦唐嘴角扯了扯，“你们家？”

俞绵绵感觉一阵寒风刮过，秦唐挑起一抹笑：“可你知道她恐高么？”

庄越看向俞绵绵，笑得人畜无害：“在苍澜江大桥上喝酒聊天时也没见你恐高哎？”

话音刚落，在场两个男人脸色同时黑了起来。

聊天，喝酒？什么时候的事？

秦唐眼眸一凛：呵呵，他记住了。

俞绵绵头皮发麻，一边后退，一边干笑道：“还好，那个……我不会滑雪，你们玩吧……”

庄越一挑眉，似是无意地拦住她的去路，“没关系，我教你嘛。”

一片静谧里，沉默良久的周薄暮幽幽开口：“你教她？”

庄越蹬上滑雪板，懒洋洋道：“有什么问题吗？”

周薄暮眼眸淡淡，说：“念书时高山滑雪课才三十六分，你凭什么教她？”

庄越怔住，陈年往事了，他为什么还记得。

秦唐扬起唇来，同情地拍了拍庄越的肩膀，“加油，小朋友。”

俞绵绵就这样被带走了，还是被周薄暮与秦唐两个人，一左一右地带走了。

踩着滑雪板，连走路都踉踉跄跄的，周薄暮伸手将她扶住，一个上坡，俞绵绵还是身子一歪，秦唐叹了口气，也伸出一只手……

然后就出现了画风清奇的一幕：皑皑雪地里，两个男人，一个面容冷峻，一个眉眼不羁，带着笨拙如熊的少女，站在平缓的小山坡上——

俞绵绵吞了口唾沫，这两人教的基本动作她是学会了，但是，从这里滑下去，她会不会死啊？！

一侧，楼思危看得嫌弃极了：这家伙，真的是楼家的人吗？

庄越也看得扶了额：真丢脸，啧啧。

俞绵绵横了两个面色难看的旁观者一眼，鼓起勇气往前走了一步，临到坡边，泄气、埋头，又退了回来，看得周薄暮嘴角一抽，“这个坡度很平缓了。”

秦唐点头：“嗯。”

俞绵绵倒吸了一口凉气，苦着脸道：“那怎么办？”

怎么办。

周薄暮与秦唐对视一眼，道：“三。”

秦唐勾唇：“二。”

俞绵绵一头雾水，耳际一声“一”响起，双手被一左一右地拉住，眼前跟着一花，沿着平缓山坡，他们带她顺势而下。冷风迎面拂来，俞绵绵看着眼前极速倒退的景色，惊讶极了：跟赏雪不同、跟旁观也不同，真正滑雪时像飞起来一般，自由如风。

浩瀚的雪原，远处碧色的湖水、丛林、飞鸟……交织成一幅画卷，让她怦然心动。

手上的温度是真实的，眼前的美景也是真实的，俞绵绵看了眼左边的周薄暮，下颌扬起，清朗俊逸；右边的秦唐，嘴角微扬，眼底有星光……

如果时光真的能停在这刻，该有多好？

所以，变故发生时，她没有缓过神来——远处发出巨大的轰鸣声，顷刻间尘嚣扬起，在庄越震惊的神色中，在楼思危苍白的脸色里，俞绵绵心尖狠狠一颤——

雪崩了。

第一次滑雪遇到雪崩的概率有多大。

一个人的一生中有二千一百四十二万分之一的机会中大乐透，却不见得有一次能遇到阿尔卑斯山雪崩，换言之，俞绵绵中奖了。

声音远去了，景色也远去了，四周静如默片！

白雪倾泻，眼前却只有一条雪道，如果继续滑行，三个人全部都会被雪埋葬！但如果有人拦住雪道上为数不多的积雪，将另一个人沿着山坡推下，借着滑雪板的力道，也许能逃出生天。俞绵绵从未如此清醒过：如果挡雪的人是她，她能救一个人！

一边是周薄暮，一边是秦唐——

一秒之内，俞绵绵松开周薄暮的手，用尽全力将秦唐推下雪坡——

周薄暮骤然收缩的瞳孔、秦唐惊诧的神色在眼前一一闪过，俞绵绵心脏狠狠地跳动着，闭上了眼，却在手臂伸出的那瞬间，猛地被秦唐拽住。

两人沿着雪坡滚落。巨大的喧嚣响起，之后，四周一片死寂。

山谷之上，楼思危大喊：“救人啊！”

庄越回过神来，疯了一般冲进雪地里，紧接着，滑雪场的工作人员一拥而上……

俞绵绵浑身都疼，睁开眼却看到了秦唐哀痛的眉眼，他的唇、他的呼吸都在颤抖着，不等她说话，狠狠抱住了她：“我以为……以为……”

以为她死了。

就连她自己也是这样认为的，可是谁曾想，他们都活了下来、被困在山谷下的雪坡里。

夕阳照亮了天空，一切都安宁极了，丝毫看不出天地间刚刚经历了一场浩劫。

俞绵绵受了伤，秦唐也是。

不顾腿上的血迹，他低头查看着俞绵绵的额头上的伤，眉宇都蹙到了一起：“让我看看！”

俞绵绵没有动，任他查看伤口，眼泪却一颗接着一颗地掉下来。

秦唐手指一怔，低声道：“会有人来救我们的，不要怕。”

他俯身，声音也跟着低了下来，“小绵绵，不要怕。”

俞绵绵靠在他怀里，泪眼模糊，嘴唇颤动。

三个小时，秦唐觉得，那是他人生里最珍贵的三个小时，他一身痛到不行，抱住她的手也在隐隐地颤抖着，试图让俞绵绵从恐惧中缓过神来。他跟她说话，说从前，说往后，说苏黎世，也说洛城。

俞绵绵无动于衷，眼神只是呆呆地落在某处。终于，她推开她的怀抱，艰难地跑到一边的雪地里，从地上拿起了什么……

那是一个钱夹。

秦唐走近，看着俞绵绵跪坐在地上，手里的钱夹展开，一张照片出现在眼前。

照片色调温柔，漫天香樟树下，少女身着校服，冲着镜头抿唇而笑，明媚而温暖——

那是十七岁的俞绵绵……

那是他拍的照片，曾经被锁在凤凰山暗房里，却因为俞绵绵的突然造访，而遗落在地……

后来啊，他无论如何也找不到了。

因为被周薄暮收走了，因为被周薄暮夹进了钱夹里……

他心口一闷，眼眸低垂——

这是周薄暮的钱夹。

俞绵绵呆呆地看着，终于，失声痛哭起来。

哽咽着、号啕着，他听清楚了俞绵绵的声音，她说的是："他还活着，是吗……"

一遍一遍重复着，一遍一遍击打着他的心脏。

在生死一线时，她选择了救自己，可是，她的心却一分一毫也不属于自己。

秦唐单膝跪在她身边，低声道："俞绵绵，他会好好的。"

俞绵绵抽泣着，翻遍全身的口袋，翻到了一颗精致的纽扣，叠在了钱夹照片上……

那是她的求婚纽扣，周薄暮给她的求婚纽扣！

秦唐一怔，赫然间，他脑海里闪过许许多多的片段。多年前的学校操场，十五岁的俞绵绵捡起了地上的纽扣，傻乎乎地笑着，说：那我就把这颗当作是周薄暮的纽扣吧——

曾经啊……最美好的，都是曾经。

秦唐笑起来，眼底依旧有星光，他说："我保证，以我们青春的名义——保证。"

三小时零八分钟，救援队深入山谷，将俞绵绵与秦唐救了出来。

一场浩劫使一切都恍如隔世。

楼思危在，庄越在，就连小鲸鱼也赶了过来。见到秦唐，小鲸鱼先冲了过去，嚎啕大哭：“你没有死！太好了！我就知道祸害遗千年，呜呜……”

秦唐的视线依旧落在俞绵绵身上，救护车里，她失魂落魄地坐着，紧拽着钱夹，始终不曾说话。他心里一怔，强迫自己移开目光，对小鲸鱼说：“疼。”

小鲸鱼愣住，飞快地松开怀抱，朝人尖叫道：“医生！Help！疼！他疼啊！”

眼泪都快急了出来，嘴巴忽然被秦唐捂住：“被你吵得我耳朵很疼。”

小鲸鱼一拳揍了过去，却被秦唐按住。

四目相对，她泪眼婆娑，他嘴角微抿，随口道：“我不去医院。”

“怎么可以，你才刚刚……”

“不去，”秦唐扯了扯嘴角，“我、乐、意。”

另一厢，救护车里。

庄越脸色愠怒，俞绵绵死死地掐住钱夹，垂下了目光。

耳边，他的声音压抑着怒火：“下次这么英勇之前，可不可以先顾自己？！俞绵绵，你以为你还是小孩子？还逞一时英雄，你知不知道……”

你知不知道，我差一点就再也见不到你……

你又知不知道，我差一点就要彻底失去你了……

庄越呼吸发紧，眼前，她却依旧低着头。

庄越一怔，随着她视线看过去，钱夹照片已经被拽得变了形，依稀可辨，那是曾经的她……

他手指一颤，“俞绵绵？”

她赫然抬起头，眼泪滚滚而下。

庄越喉咙动了动，耳际响起遥远时空里，一段看似轻快的对话：

“如果，我是说如果，你爱的人和你爱的人，同时遇到危险，你先会救谁？”

“爱我的人。”

“然后？”

“然后，和我爱的人一起——同生共死。”

庄越心头一怔，视线落在右手上，紧握着的是她的手机。那他在雪地里捡到的，上面一个个未接来电，都是过去三个小时里他拨出的，备注名是“阿越”。

在洛城时，他亲手存的。

庄越目光一黯，可惜，他始终听不到她叫他一声——阿越。

可惜……

她等的人，也不是他。

庄越深吸一口气，心底什么情愫升起，又被自己生生地压了下去。终于，他戳了戳她的脑门，低叹：“笨蛋——”

俞绵绵不解地抬起目光，庄越撇嘴，“你难道以为，周薄暮真的死了吗？”

庄越继续道：“就你这种智商……”

俞绵绵一声不吭，庄越啧了一声，道：“外加你这种颜值也够配周薄暮吗？”

“我……”

“如果你认为够的话，那你……”

庄越跳下救护车，走了两步，回头道：“猜对了。”

俞绵绵深深地怔住，顺着他视线看去：人潮之外，有人跳下担架，隔着重重人潮冲过来，他嗓音极低，声音里饱含隐忍：“小兔子——”

她呆呆地看着……

四目相对，一眼万年。

与此同时，秦唐将庄越的表情收入眼底，淡淡道：“回家。”

小鲸鱼怔了半晌，回家？回他在苏黎世的家？不躲着她了吗？不再赶她走了吗？

蓦然，她眼泪掉了下来，哽咽道：“你、你……早说啊。”

秦唐扯了扯嘴角，低低道：“如果可以的话……”

小鲸鱼没听清，问：“嗯？”

秦唐单手插入裤袋里，视线落在远方，他淡淡道：“如果可以的话，我们……”

“啊？你说什么？”

“没什么。”

番外一 周薄暮篇

你说你孤独，像很久很久以前，火星照耀十三座州府。

——题记

周薄暮似神——天蝎座，淡漠至极，他的人生按部就班，不容差错，如同他笔下的每一幅建筑图一样，理性而精准。十六岁赚取人生第一个一百万，十七岁包揽享誉国际的建筑大奖，十九岁，二十岁，二十一岁，他在最璀璨辉煌的岁月里，一次次地与俞绵绵擦身而过。

为什么？

因为他不染尘埃，也因为他高高在上。

你有没有见过报告厅的舞台？地毯绵软，每走一步都像是踩在云上一样，四周都是吸声装置；每说一句话，荡过来的回音厚重清然；最厉害的是灯光，一排射灯照在身上，光彩非凡。

如果你曾经站过这样的位置，就能理解周薄暮的人生，被光环簇拥的人，看谁都影影绰绰，看谁都虚无缥缈。

是其他人太渺小吗？不，是这样的男人原本就是神话。

俞绵绵仰视他七年，一次次出现在他的生命里，搅乱他的轨迹，周薄暮漠视过，恼火过，最不安的时候，他甚至逃到了日本，一住三个月。

人人就知道，BN设计投资人周薄暮为了大阪别墅的案子旅居日本。他们看见他出现在网络头条，看见他出入建筑工地，看着他在日式主宅里煮茶下棋，却从不曾看到他在深夜辗转难眠，也不曾看到他凝视手机沉默不语——屏幕上只有小小的一张图，是俞绵绵的头像。

该回去吗？不该吗？

他也迟疑，他也犹豫。

那个女孩是一抹明媚的色彩，出现在他的生活里，温暖生花。

周薄暮受过最棒的教育，拥有迷人的皮相，即便翩然如浊世佳公子，在她面前，也不过是普通人——会犹豫，会不安，会忌妒。

来日本之前，C大组织了一场校友篮球赛，远程射篮之后，上半场结束，俞绵绵将他拦了下来，战战兢兢道：“学、学长……你好，那个……”

少女嗫嚅半晌，也没敢把握了一下午的矿泉水递过来。

他抿唇，佯装慵懒地看去，却深深地记住了那一刻，她眼角眉梢淡淡的日光。

终于，这个小姑娘走到他面前来了——周薄暮勾唇一笑，尾音不自觉地上扬：“嗯？”

“学长，我……”

话音刚起，车鸣声响起来，紧接着，路边一辆跑车车窗降下来。驾驶位上，男子不耐烦道：“俞绵绵！等你老半天了！选修课要迟到了！”

“秦小唐！不许吵了！”少女气鼓鼓地喊，再扭过头来，慌张道，“我……我先走了！”说完，将水塞过来，脸蛋红红地跑掉了。

周薄暮站在原地，眼眸悄然眯了起来，而后，下半场球赛输了。

他从来都讨厌被影响，可偏偏，还是被她影响了。

世界上有这么一种人，遇见心动，第一反应是逃避。

后来，周薄暮飞去日本，一直到三个月后，他看着朋友圈里俞绵绵和秦唐的合影，面前摆了个心形蛋糕，眼眸一凛，拨通了助理的电话：“帮我订机票，回国。”

波音747冲上云霄，他单手支颐，想的是：那么，我们来日方长。

那一天，飞机掠过铁塔，掠过高楼，降落在洛城机场。

如果你像我一样，脑海中有一幅画面的话，大抵能看到，周薄暮自光中走来。

世界上最动人的事情不就是这样吗？

他曾经坐拥孤独，却因为一个她，生出凡心来。

番外二 秦唐篇

“你看云时很近，你看我时很远。”
——题记

有句话是这样写的：“你发觉夏天到来的时候，已经是盛夏了；你意识到秋天来了的时候，已经是深秋了。”

或许，那个人离开的时候，你发现你其实爱上了。

人的本性是不是都是如此。拥有的都被视为理所当然，终其一生，辛苦地仰视着遥远的梦，还有，遥远的人。

俞绵绵之于秦唐，是近还是远？

他们在同一个屋檐下看动画片，在同一张沙发上犯困。相识十七年，他见过她所有的困窘，美好的一面，怯懦的一面，还有，在周薄暮跟前勇敢的一面，通通一览无遗。

周薄暮赚取人生的第一桶金时，俞绵绵眼冒桃心念叨许久；周薄暮包揽国际建筑大奖时，俞绵绵跷课去网吧看颁奖礼；周薄暮赢得天才之名的时候，俞绵绵挑灯夜读，立志要考难如登天的C大。

她不曾真正地出现在周薄暮的生命里，却丝毫不落地参与了那个人所有的青春。

这些，秦唐都看在眼里。

一场斯诺克球局上，秦唐大杀四方。

死党徐墨白被虐到体无完肤，摸着鼻子道：“怎么着啊，心情不好，被你们家小绵绵欺负啦？”

话音未落，便身量一歪，被秦唐反折在台球桌上。

徐墨白哀号道："你这人就是什么都不缺惯了！欸！疼！"

秦唐目光落向窗外，你看，亲近如徐墨白都这样评价：什么都不缺。

俞绵绵心心念念的周薄暮闪着光、高高在上。

那他秦唐呢？

——什么都不需要自己去争取。

——什么都不缺。

他是洛城金贵的世家公子，真正的伸手可摘星，却因为几封手写信，躲到了西街浇愁——就在今天，他无意中见到了俞绵绵写给周薄暮的情书。

她离梦想近了一步，离他，会远一些么？

秦唐不敢想，一口喝尽了杯中的红酒，目光落入斑驳的夜色里。

徐墨白坐起来，懒洋洋道："喜欢就上，怕什么，嗯？"

"你以为我是你？"秦唐讥诮道，"管他物物交换，还是强取豪夺？"

指的是徐墨白为了心上人小椰子，买下一条街的产权，可即便是这样的大手笔，哪有让小椰子高看一眼。

可俞绵绵不同。

秦唐叹了口气，低声道："她跟所有人都不同。"

"啧，女人。"徐墨白捏起桌边的飞镖，悠哉地钉到墙上，"哪有什么与众不同，无非是因为你喜欢。"

秦唐的目光落在那面飞镖墙上，再往上移动半分，是七号会所的斯诺克 PK 榜。

第一名：Evan——那是周薄暮的英文名。

他视线微冷，道："也许吧。"

话音刚落，一支飞镖从角落飞出，冷冽地钉在墙靶上。

秦唐蓦然回头，视线与周薄暮对上。

狭路相逢——周薄暮率先开口："秦唐？呵，见面不如闻名。"

气氛冷冽，看得徐墨白叫苦不迭：秦唐是发小，周家是世交，这两人要真动起手来，他帮谁？

就在他大为头疼之际，秦唐扬手将飞镖射出，稳妥地将周薄暮投掷出的那枚打落在地。

空气里一片寂静，良久，徐墨白才回过神道："欸……喂，你去哪里？"

秦唐目光掠过他，也掠过周薄暮，邪魅一笑，道："回去哄小绵绵去了，至于其他什么人……本少爷一概不放眼里。"

他是秦唐，挡他路者，无一例外，无须在意。

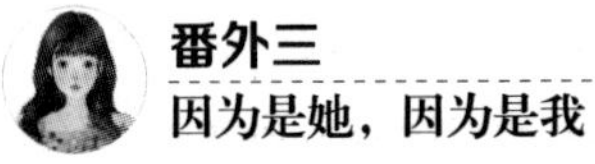

番外三 因为是她，因为是我

BN设计主办了一场“建筑与灵魂”演讲，演讲人是周薄暮。

观众从艺术家到在读学生应有尽有；嘉宾是全亚洲乃至全世界的专家学者；至于主持人是谁，老陈想，谁吃饱了撑的在乎是谁。

所以，身为周薄暮的特助，他大手一挥，对底下人说，就请电视台常露脸的那个谁就行了。

他刚把计划表发给秘书室，电话就响了。

听筒那边，周薄暮沉吟道：“陈泽宇，主持人的名单……”

老陈体贴地接话：“定完啦！”

周薄暮顿了一刻，说：“不再考虑看看？”他觉得请一个大学生就行，质朴；请女大学生更好，亲和力强；周薄暮扫了眼桌上俞绵绵的简历，想：请他圈定的女大学生，最好。

老陈立正站好，像一只求表扬的猫，微笑道：“不用考虑了！老板！我能搞定的，加油！”

周薄暮被呛声，忍无可忍道：“陈泽宇！”

然后，就把电话撂了。

主持人选拔赛是后来才加的，从C大选人，可以说是不拘一格降人才了。

他啪啪地为老板鼓掌，换来周薄暮凉凉的一个目光。

然而选拔赛当天，迟钝如老陈终于知道问题出在哪里了！

那是在入场的时候，周薄暮眼眸冷得能冻死人，老陈顺着他的目光看过去：一对男女拥在一起，男子身形利落，少女娇俏可爱。

“俞、绵、绵！”周薄暮咬牙切齿，吐出这三个字。

老陈眉头挑了挑，一眼看去：俊朗的男子将微型耳机塞到了少女耳朵里，这是——参赛选手要作弊哟？

他刚要发表意见，周薄暮已经抬脚走人了。

看着周薄暮黑掉的脸色，老陈一拍大腿：懂了，完全懂了！于是，他给选拔赛增加了难度，让自由演讲变成命题演讲。而俞绵绵，抽到的题目是“作弊”。

帘幕后，老陈满意极了：惹老板不高兴了吧！看你们还怎么作弊！

目光一扫台下，与周薄暮的视线对上，老陈笑得傻呵呵的，眼神里的意思是：老板！不用谢！我是全世界最懂你的男人哟，比心。

周薄暮也笑了起来，一边笑，一边掐了掐手指关节，他想的是：果然很久没有揍人了。

不过周薄暮知道现在不是揍人的时机，因为，评委在为难他的小姑娘。他们问她：你对 BN 设计的了解有多少？你对周薄暮的了解又有多少？

他低眉，手指一寸寸收紧。

上一次这么紧张是什么时候？代表华人建筑师发表风格见解？德国景致大奖颁奖礼？不，都不是，是在篮球场上，俞绵绵将矿泉水递给他，他佯装平静地收下。

“怦！怦……”，他的心跳一声一声，静谧的时间被拉长——

直到他的小姑娘用生涩的英文说：“全场五百人，只有我画过他的每一张画，看过他看的每一本书，走过他走的每一条路，我最了解他。”

最，没有之一。

周薄暮抬起目光，发自肺腑地笑了：就她了。

事后，作为评委的顾心追上他的脚步，质问道：“你为什么让俞绵绵过关？”

她想不通的问题还有很多，比如：为什么评委们一致选俞绵绵？她兢兢业业才有了今天的成就，刻苦努力才能出现在他身边，凭什么俞绵绵可以轻松地拥有这一切？！

周薄暮并不想回答，顾心却明显激动起来，拉着他袖子不肯放手。碍于有记者正在拍照，周薄暮忍着将她丢开的冲动，冷淡道："因为做主的人——是我。"

顾心嘴唇颤了颤，放下自尊道："即便她和秦唐在一起，即便她都不瞧你一眼？"

顺着她视线看过去，俞绵绵捧着奖杯和秦唐一起走出报告厅，四个人就这样撞上了。

周薄暮面沉如水，道："我不在乎。"

说完，他挪开目光，嘴角扯出一抹冷笑。

记者们捕捉到了这一瞬间，一个劲儿地让周薄暮与顾心凑近些，好给两人拍一张合影。一片嘈杂声里，顾心哑声问："为什么？！"

周薄暮单手插进裤袋，淡淡道："因为是她，因为是我。"

还因为，来日可期，他要定了他的小姑娘。

后记

写故事就像是织梦呀，最开始，周薄暮、秦唐、庄越、楼思危，还有小绵绵都像是我梦中的人，他们的故事第一次上《飞言情》杂志连载，第一次被你们看到，第一次被大呼精彩，而后，一次又一次，我由衷地觉得他们就像是生活中的人，在一个叫洛城的地方，恨过，也爱过。

闭上眼，我能看到周薄暮淡漠的眼神，触及俞绵绵时，才有片刻的暖意；我能看到秦唐勾唇浅浅一笑，眼底蔓延着淡淡光泽；能看到桀骜不驯的庄越，骑着机车飞跃城市的大街小巷；能见到楼思危冷漠地抱臂，冷冷一笑，嘲弄地问：这世上，难道真有爱这种东西？

他们活色生香，他们跌跌撞撞，就这样，因为我聚在了一起。

世界上还有比这更让人开心的事吗？

也许再也没有了。

所以，我多么幸运能做一个写字的人，多么幸运，写下的故事能被你们看到。

十年前，我就站在你们中央，捧着喜欢的书，看着别人的后记，眼里冒着欣羡的光。那时候呀，那个作者这样写：你们穿过城市的大街小巷，买下这本书；你们仰头看着报刊亭新挂起来的海报，你们翻开书的扉页，指尖划过我的名字——曾经，我也是你们其中的一员，现在的你，就是曾经的我。

“轰——”我清楚地记得，那瞬间我的灵魂被击中了。

我觉得欣喜，青春也许是迷茫的，但是幸运如我，因为短短的一句话找到了前进的方向。谁又相信呢？就是这句话，就是这样的理想，支撑我走过了这十年。

这十年里，我遇到过艰难，也有过失望，很多人走了，又有很多人融入我的生命里……那些远去的人啊，最后都变成了故事的养分，那些后来的人，他们的笑或者眼神，都是我成长的力量。

会太沉重吗？

我是在试图告诉你，去实现理想吧，没那么难。深夜痛哭之后，也许就是柳暗花明？世间的别离也没那么伤感，也许转角之后就是重逢？

这何尝不是告诉我自己呢？

不知道看了《小情劫 2》后，有多少读者想跟我寄刀片。唔，打听到快递不允许寄刀具后，我真的松了一大口气。如约，给了秦唐一个充满希望的结局，希望能安慰到公子党们，如果你们想看，我也会尽量写他的番外和他的故事，欢迎你们来告诉我。

还有哦，故事里徐墨白与顾椰的故事也提上日程了，定名为《顾的白白》，今年下半年上市，糖心蜜恋哦，只宠不虐，请多多支持啦。

那么，我们下个故事再见？

拉勾，约定。

么么哒。

纪十年
2018.04.10
于湖南长沙

这个世界上，我最喜欢你，
如果非要二选一，那就是
你和你。

——《顾的白白》

《顾的白白》

◇简介◇

挥金如土四公子 X 一穷二白萌少女

因为一段家族秘辛，徐墨白缠上了顾椰。

她犯傻？他善后！她缺钱？他砸！她身边出现高冷竹马？徐家四公子当即转学到C大，随手捐了两栋楼，以她的名字命名。利用她、折腾她，甚至吻了她；后来，尝过她的唇，贪恋她的笑，倾其所有，他要得到她！

顾椰：“求你别喜欢我了！我作、我丑、我穷，你是不是瞎？！”

徐墨白：“嗯，我瞎。”

一开始就不单纯的爱意，会开出怎样的花？

顾椰 

昵称：小椰子（徐墨白专属）

平安街长大的草根少女

敢爱敢恨，倒追孟川柏多年——无果。

徐墨白出现后，缺失了二十年的两朵桃花一齐盛放。

“后来我终于发现了，我不是喜欢冷漠如冰的人，我只是喜欢冷漠如冰的某人。”

徐墨白

昵称：四公子

徐氏医药少东
漂亮到妖治。
为了家族夺权接近顾椰，后来却发现自己弥足深陷。

“我不想玩左手糖果、右手饼干的游戏，小孩子才分左右手，成年人只要你。”

孟川柏

昵称：川川

C大“第二周薄暮”

清俊冷漠，理性非常。

善于用数学原理分析一切，为1+1=2的浪漫感着迷。

与顾椰一起长大，怀揣爱意却不愿意承认。

“路这么宽，你偏偏撞在我怀里，说实话，唔，你是不是在勾引我？”

选择

没赶上公交车，打车也没钱，我怎么这么倒霉！

上车或者迟到，选一个。
我的选项就简单多了，选我或者他。

天啦！这是在拍偶像剧吗？
女主角长得很普通嘛！短胳膊短腿的！

啊！选开超跑的那个！
什么情况？！
但是，骑山地车的那个也好帅！

不会吻？我教你啊

你要干吗？
上次你吻了我，现在，你说我要干吗？

你、你想咬回来？

那、那你要不要换个位置？轻点儿啊！
你是不是分不清什么是咬，什么是吻？

啊？
没关系，我教你啊。

吃醋

你之前对我是欲擒故纵？还是投怀送抱？
顾椰，你看男人的眼光越来越烂了。

那个自以为是的浑蛋是谁？
邻居家的傻儿子。

你自己不会走吗？
哎呀，你就送送人家嘛！
自己走回去，或者坐法拉利，随便你。

你吃醋啦？
哼。

喜欢不喜欢

你是不是
喜欢我呀？
你想太
多了。

好一个我本将心照明月，
奈何明月瞎了眼呀！

孟川柏？果然
不招人喜欢。
哦？你打
算喜欢我？
不要吧。尺
度有点儿大啊！

你闭嘴！
哎？！

偷吻

你为什么
盯着我？
你脸上有
脏东西。

凑近一点
儿，我帮
你擦掉，再
近一点儿，
再……
你是不是想偷亲我？

啊——唔。

是，我承认了。

而我只要你

徐墨白快起来啦！

干吗？
我们来玩猜谜的游戏好不好？

一边是糖果，一边是小饼干。
你要哪个？

小孩子才分左右手。成年人只要你。

无赖

你叫这么多啤酒，是想喝到胃穿孔吗？？
你是在关心我吗？

还不承认，你关心我，你喜欢我，你爱我爱得要死。

你放开我！
叫老公，我就考虑看看……

无赖！

耍流氓的代价

小妹妹几点下班呀？加个微信吧？
一共两百块，请付现金，谢谢。

我请你喝酒。
你喝一杯，我给你一百怎么样？

她会缺钱？
痛痛痛，我错了！

去打听打听，我徐墨白的女人，会缺钱？

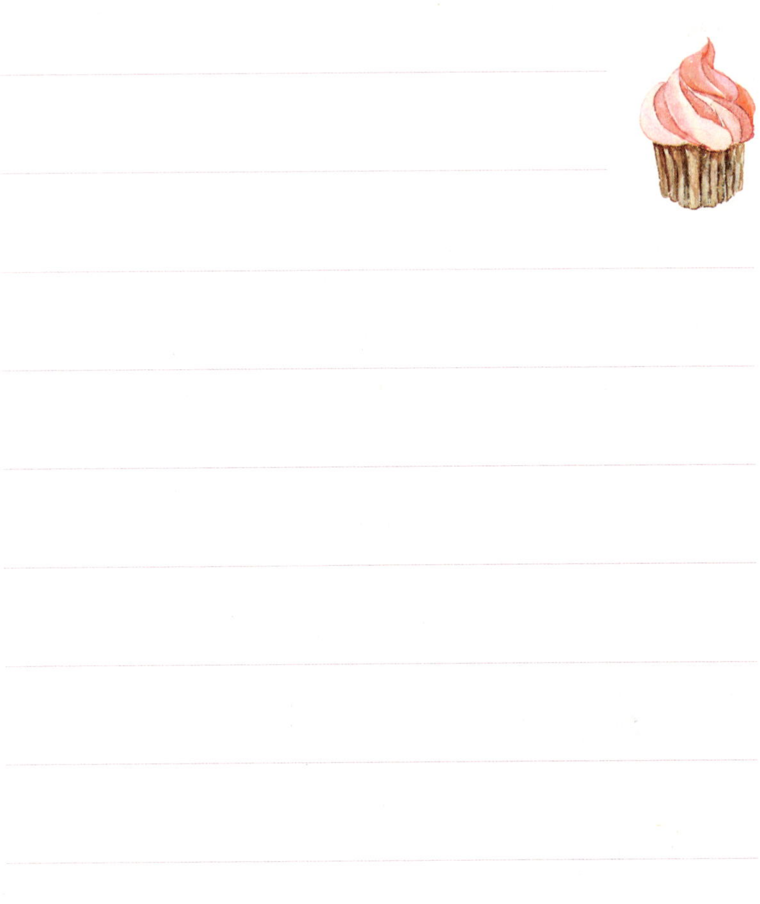